ATALANTE
LA FILLE DE LA DÉESSE

ANNE-SOPHIE SILVESTRE

ATALANTE
LA FILLE DE LA DÉESSE

Flammarion

87, quai Panhard-et-Levassor – 75647 Paris cedex 13

CHAPITRE 1
LE TERRIBLE VŒU

Le roi Chonée régnait en Grèce sur la ville de Termessos. Il était jeune, il était beau, sa cité était prospère, et son armée suffisamment forte pour avoir la paix avec ses voisins. Pour couronner le tout, on venait de célébrer ses noces avec la jolie Philis, et Chonée se faisait une joie d'avoir bientôt des enfants. Il les voulait nombreux. Son plus grand plaisir, c'était d'imaginer un fils qui lui ressemblerait. Et ce petit garçon, ce futur roi de Termessos, deviendrait le meilleur guerrier, le meilleur coureur et le chasseur le plus adroit qu'on ait jamais vu.

Les dieux – ou la nature – étaient bien disposés à son égard. Philis reconnut bientôt qu'elle était enceinte, et les médecins confirmèrent la bonne nouvelle. Le roi Chonée devint alors intarissable sur le chapitre de son fils : et comment cet enfant apprendrait à tirer à l'arc, et à quel âge il monterait sur un cheval... Il pouvait parler de ses projets pendant des heures entières.

Un soir, Chonée rentrait de la chasse. Le jour avait été chaud, le soleil descendait sur l'horizon, les chasseurs de sa suite, fourbus et joyeux, marchaient au pas en laissant les rênes longues à leurs chevaux. Chonée se sentait particulièrement heureux. La journée avait été belle ; il montait Éros, son cheval préféré, qu'il appelait parfois « son meilleur ami » ; et, encore une fois, il bavardait à propos de ce fils tant attendu.

Ce fut alors que Iolos, l'un des chasseurs, fit observer :

– Dis-moi, roi Chonée, tout cela est bien beau, mais il naît autant de petites filles que de petits garçons. Si les dieux t'envoient une fille, tu lui apprendras à broder et à filer la quenouille ?

Ce fut comme si la foudre était tombée au milieu des chasseurs. Il y avait tant de malveillance et de perfidie dans la voix de Iolos que tous reconnurent dans cette moquerie une insulte grave. Cette remarque était un soufflet lancé au visage du roi. Les chasseurs, si insouciants un instant plus tôt, furent comme pétrifiés. Et tous attendirent dans un silence plein d'appréhension la réaction de Chonée.

Iolos était l'un des plus anciens compagnons du roi. Il était le fils du premier magistrat de la ville. Chonée et lui avaient grandi ensemble. Et, depuis l'enfance, une idée dominait toutes les pensées de Iolos : pourquoi lui et pas moi ? Pourquoi la Fortune favorisait-elle à ce point Chonée ? Il avait tout, ce grand imbécile prétentieux, le trône, la richesse, la beauté, Philis !... Et tout cela sans jamais avoir eu à lever le petit doigt. Le sort était injuste !

Chonée ne s'était jamais douté des sentiments qui agitaient Iolos. D'abord parce que, possédant tout, la jalousie lui était étrangère. Et ensuite, parce que les états d'âme de Iolos, il ne leur avait jamais accordé un instant d'intérêt.

En entendant les paroles de Iolos, le roi Chonée était devenu blême. Il ressentit l'outrage comme un coup de cravache. On l'attaquait dans ce qu'il avait de plus précieux : son enfant à naître et sa succession au trône de Termessos. Mais, il y avait autre chose qu'il percevait tout aussi clairement, c'était l'attente des autres chasseurs. Ils attendaient que leur roi réponde à l'affront par un geste vraiment fort, un acte de roi, une décision qui établisse incontestablement son autorité de monarque. Malgré sa fureur, Chonée éprouva à ce moment peur et indécision. Il était jeune, c'était la première fois qu'on le défiait et, qui pis est, l'attaque venait d'un de ses proches. S'il répondait avec maladresse, il perdrait la face, et l'autorité de tout son règne en serait compromise.

Une décision qui aurait été délicieuse à prendre, ç'aurait été d'ordonner qu'on coupe immédiatement la tête de Iolos. Mais sous quel prétexte ? Pouvait-on faire décapiter le fils d'un magistrat pour une raillerie, cette raillerie fût-elle chargée de toute la haine et de toute la rancœur du monde ? Non, on ne le pouvait pas, décida Chonée en lui-même. Mais Iolos ne perdait rien pour attendre et, un jour, ce serpent paierait pour ce qu'il venait de dire... Non, dans l'immédiat, il fallait accomplir un acte extraordinaire, un acte qui le place au-dessus des hommes, près des dieux, à sa place de roi donc...

Chonée s'efforça de maîtriser la colère de sa voix et de rendre son visage impassible.

– Les dieux, dit-il enfin, m'ont toujours témoigné leur bienveillance. Ils savent que j'ai besoin d'un fils qui me succède et devienne votre roi.

Il appuya fortement sur « votre » et promena sur les assistants un regard sévère, presque menaçant.

– Il est donc probable qu'ils m'enverront un garçon. Toutefois...

Le roi s'interrompit et baissa les yeux, regardant fixement les cailloux du chemin.

– Toutefois, reprit-il, si une fille naissait, je considérerais que les dieux me mettent à l'épreuve et qu'ils attendent de moi les plus grands sacrifices. Je leur offrirais ce que j'ai de plus cher après la reine Philis : ma fille première-née ! Puissent-ils agréer ce sacrifice et me faire don ensuite du fils que j'espère !

Chonée, la sueur lui perlant au front, releva les yeux et regarda ses compagnons. Ils avaient mis pied à terre et se tenaient un genou au sol, à la fois éblouis et consternés par le terrible vœu que leur roi venait de prononcer. Chonée était véritablement un grand roi ! Il traitait directement avec les dieux et offrait sa fille pour le bien de la cité. On n'avait encore jamais rien vu de tel !...

Sans un mot de plus, Chonée reprit ses rênes et resserra ses jambes contre les flancs d'Éros. Éros prit le galop et le roi rentra à Termessos d'une traite. Des larmes coulaient sur son visage. Il entra dans le palais sans ralentir son allure. Lui qui, au retour de la chasse, passait toujours une heure à baigner lui-même les membres de son cheval et à le panser, il abandonna Éros aux palefreniers sans même le dessangler et courut se réfugier dans sa chambre, où il interdit à quiconque d'entrer.

Son cœur battait à se rompre. Avait-il bien agi ? Certes, son prestige de roi était maintenant plus grand que jamais. Mais à quel prix ?... Il tenta de se rassurer en se souvenant que, comme l'avait rappelé ce putois de Iolos, il naissait autant de petits garçons que de petites filles... Et les dieux ne pouvaient pas lui vouloir soudain tant de mal...

Toute sa joie des mois précédents avait disparu. Il donna ordre à l'entourage de la reine – sous peine de mort ! – d'empêcher qu'un seul mot du serment prononcé sur le chemin des collines arrive aux oreilles de Philis. Dans son état, aucune nouvelle angoissante ne devait lui parvenir. Et Chonée ne parla plus de l'enfant à venir. Lui qui avait espéré avec tant d'impatience le terme de la grossesse de Philis, il redoutait maintenant de le voir arriver.

CHAPITRE 2
CONFIÉE AUX DIEUX

Quand l'heure de la naissance fut arrivée, Chonée s'enferma dans ses appartements et il attendit, seul, dans la peur et l'angoisse, la délivrance de son épouse.

Quelques heures plus tard, les médecins et les sages-femmes frappèrent à sa porte pour lui présenter le nouveau-né.

Le roi se tenait face au mur.

– Alors ?... demanda-t-il sans se retourner.

La première sage-femme fit une respectueuse révérence.

– Ô roi Chonée, ton épouse se porte bien. Ton enfant aussi... c'est une fille...

– Ah ! dit simplement Chonée.

Et il attendit pour leur faire face que toute émotion ait disparu de son visage. Enfin, il se tourna vers eux. L'usage voulait que le roi reçût le bébé des mains de la sage-femme devant tous. Ce geste marquait de manière symbolique qu'il reconnaissait l'enfant.

Chonée prit la nouvelle-née avec d'infinies précautions. « Comme c'est petit ! songea-t-il, cela tient juste dans les deux mains... » Le bébé ouvrit les yeux, ils étaient bleus, encore un peu troubles. Il sembla à Chonée que ce regard était curieux et amical. Puis la petite saisit un doigt du roi dans sa main minuscule et s'y agrippa. Chonée remarqua alors qu'elle avait une tache sur le poignet droit, une petite marque brun doré en forme de croissant de lune... Et soudain, le souvenir poignant de ce qu'il avait à accomplir lui revint. Il prit une profonde inspiration, éleva légèrement l'enfant et prononça :

– Ô grande Artémis ! déesse de la nature sauvage et de la fécondité, ce que je t'avais promis, je te le donne ! Je te confie ma chère fille. Et si mon sacrifice te plaît, donne-moi un fils !

Puis, se tournant vers la porte, il appela :

– Okaénos !

Okaénos, le capitaine des gardes, qui veillait devant l'appartement du roi, entra et salua profondément.

– Ô roi Chonée ?...

Chonée lui remit l'enfant.

– Okaénos, quitte le palais à l'instant et sans parler à quiconque. Tu vas gravir le mont Parthénion. Quand tu seras proche du sommet, dépose cette enfant sur les pierres et laisse-la là.

Le capitaine, habitué à obéir à son roi sans murmurer, prit le bébé et partit. Chonée se tourna alors vers les médecins et les sages-femmes.

– Vous tous, écoutez-moi ! dit-il d'une voix basse et terrible. Vous allez retourner auprès de la reine et vous lui direz que l'enfant est née presque sans souffle et qu'elle n'a vécu que quelques minutes. Dites-lui aussi que j'ai confié son corps aux prêtresses du temple d'Artémis à Éphèse. Si l'un de vous trahissait le secret de ce qui s'est passé ici aujourd'hui, il mourrait dans le quart d'heure.

Les médecins et les sages-femmes, terrifiés, prêtèrent en balbutiant le serment qu'on leur demandait et se retirèrent précipitamment. Chonée demeura seul. Il lui semblait que Philis souffrirait moins de savoir que son bébé était mort à la naissance, ce qui était le lot de beaucoup de nouveaux-nés, plutôt que d'apprendre que l'enfant avait été abandonnée sur la montagne par ordre de son père.

Pendant ce temps, Okaénos marchait vers le mont Parthénion. Le capitaine aimait les enfants. Lui et sa femme Ismène en avaient six et en attendaient un septième.

C'était pitié, pensait-il en examinant le bébé, de ne pas laisser vivre une aussi belle petite. Sur les pentes de la montagne balayées par le vent, elle allait mourir de froid et de faim...

Pour la première fois de sa vie, il songea à enfreindre les ordres de son roi. Il allait ramener cette enfant chez lui et la confier à Ismène. Parmi toute leur marmaille, personne ne s'apercevrait jamais qu'il y en avait une de plus... Mais, soudain, il se souvint avec terreur que Chonée avait solennellement offert l'enfant à la déesse Artémis. Qui était-il, lui, Okaénos, petit capitaine des gardes, pour se mêler des affaires des rois et des dieux ? Et que se passerait-il si, en grandissant, l'enfant présentait une ressemblance troublante avec l'un de ses parents ? Non, c'était affreux, mais il fallait obéir et abandonner l'enfant.

Sur les dernières pentes du mont Parthénion, il déposa le bébé. Non pas sur les pierres : il l'enveloppa dans son manteau de soldat et l'installa à l'abri du vent, derrière un rocher. Avec son poignard il coupa des branches qu'il arrangea comme un petit toit pour la protéger du soleil. Enfin, le capitaine perça un doigt d'un de ses gants de cuir pour en faire une tétine et fit boire au bébé de l'eau mélangée de miel.

– Peut-être, ainsi, dit Okaénos, vivras-tu assez longtemps pour qu'un chien de berger te trouve et aille chercher son maître... Je te demande pardon, mais je ne peux rien de plus pour toi.

Et Okaénos, horrifié par ce qu'il venait de faire, partit en courant. Il dévala la pente, sautant les buissons et les rochers, fuyant son crime. Et il maudissait la folie de son roi, l'exigence des dieux et sa propre lâcheté. Soudain, il s'arrêta. Il se retourna et cria de toute sa force en direction de la montagne :

– Artémis ! On t'a confié l'enfant, alors, fais quelque chose !

CHAPITRE 3

UN AN CHEZ LES LOUPS

La déesse Artémis avait suivi ces événements avec attention. Ses divins bras lui en tombaient. Que ces humains étaient donc compliqués ! Que d'agitation pour peu de chose ! Ce Iolos, dévoré par l'envie, vivait de l'idée que le sort était injuste envers lui mais jamais il n'avait fait d'effort pour devenir un grand homme. Le roi Chonée... quel sot ! Elle savait bien, elle, Artémis, ce qu'elle aurait fait, si elle s'était trouvée à sa place. Quand Iolos avait proféré ses venimeuses paroles, elle aurait pris son arc et lui aurait transpercé la gorge. Ce chacal n'aurait même pas eu le temps de finir sa phrase. Et si c'était de l'autorité que Chonée voulait, il en aurait eu, et en quantité même ! Mais il avait tout embrouillé. Il avait imaginé ce vœu absurde que personne ne lui demandait. Il avait menti à sa femme. Il serait malheureux jusqu'à son dernier jour, et Philis aussi, ce qui était bien injuste... Quel gâchis ! Et les chasseurs : stupides d'admiration devant ce serment cruel... Et Okaénos... son bon cœur lui avait indiqué la solution, mais la peur avait été plus forte que la compassion.

Elle soupira. Enfin !... Donc, c'était à elle, Artémis, que revenait la responsabilité de l'enfant. Eh bien, soit ! Elle n'y voyait pas d'inconvénient. Elle adorait les enfants.

Dès que les pas d'Okaénos se furent éloignés vers la vallée, la déesse s'approcha.

– Mais, c'est que nous sommes ravissante !... dit-elle en retirant le bébé de son abri. On te mangerait de baisers... Dis donc, il t'en a fait une jolie maison, papa Okaénos...

À cet instant, l'appel d'Okaénos, répété par les échos, arriva jusqu'à elle : « Fais quelque chose... chose... chose !... »

Artémis haussa ses divines épaules.

– Bien entendu, dit-elle, ce n'est pas la peine de crier si fort.

Toutefois, ce témoignage de confiance chatouilla agréablement sa vanité et la mit de bonne humeur.

– Avant tout, je vais te donner un nom. Tu seras Atalante. Mais, dis-moi, mon amour, il est l'heure de manger, tu dois avoir faim... Si nous te cherchions une nourrice ?... Ah ! mais ne t'en fais pas, fille de roi, filleule de déesse, nous allons te trouver ce qu'il y a de mieux.

Un peu plus bas dans la montagne, à l'étage des arbres, dans une grotte, une louve avait mis bas quelques jours plus tôt. Quatre adorables boules de poils aux yeux encore fermés se serraient contre son flanc en poussant de petits couinements.

– Louve, dit Artémis en pénétrant dans la grotte, voudrais-tu me rendre service ? Ma petite a faim.

La louve était bonne et gentille et ne fit pas d'embarras. Ce n'est d'ailleurs pas rare. Il existe une quantité d'histoires de louves qui ont nourri un ou deux enfants d'homme avec leurs louveteaux. La louve déposa la petite toute nue au milieu de ses boules de poils et elle guida de sa truffe grise la bouche du bébé vers sa mamelle rose. Atalante happa cette mamelle et se mit à téter avec une énergie qui fit rire la déesse.

– Je crois que je peux vous laisser, dit Artémis. Tiens, j'oubliais, Atalante a un cadeau pour vous...

Elle étala le manteau d'Okaénos sur le sol de la grotte.

– C'est sa précédente nounou qui le lui a donné, indiqua-t-elle.

La louve s'installa sur le manteau avec sa nichée, et tous s'accordèrent pour le trouver très confortable.

Ainsi Atalante vécut-elle sa première année chez les loups.

La vie des louveteaux pendant leur première année est charmante. Ils n'ont que trois occupations : jouer, manger et dormir. Très vite, leur mère leur apporte des morceaux de viande crue qu'ils déchirent de leurs petits crocs en tirant chacun de leur côté et en essayant de rugir à la façon des seigneurs loups. Et c'est merveilleusement amusant.

Atalante était pleinement heureuse. Elle croyait tout a fait être un loup elle-même. Elle grondait et mordait avec autant d'enthousiasme que ses frères et sœurs louveteaux, si ce n'est plus. Ensemble, ils se roulaient dans la poussière jusqu'à en rester haletants. Ensemble, ils dormaient en tas, ils couraient à quatre pattes et se faisaient lécher par mère louve.

À huit mois, Atalante fit une découverte : en prenant appui contre un arbre ou un rocher, elle pouvait se mettre debout. À dix mois, elle fit ses premiers pas. À un an, elle marchait devant la grotte avec vélocité. Elle avait compris qu'elle était faite pour se déplacer sur deux pattes, tout comme sa famille loup était faite pour marcher sur quatre. Il n'y avait rien là de bien sorcier, elle était un loup à deux pattes, voilà tout.

Artémis, qui suivait ces progrès, était enchantée.

– Regardez, disait-elle à ses nymphes, regardez comme ma petite est intelligente. Les enfants, ordinairement, progressent en imitant leurs aînés. Celle-ci a senti toute seule que son don à elle, c'est de courir sur deux jambes.

La déesse savait qu'il serait bientôt temps de retirer sa filleule de chez les loups. Les louveteaux allaient maintenant apprendre à chasser. Dans quelques mois, ils devraient savoir se nourrir par eux-mêmes. Une nouvelle portée allait alourdir les flancs de la louve, elle aurait besoin de toutes ses forces pour ces petits-là. Artémis jugeait que c'était un peu tôt pour Atalante. Les petits d'homme, par nature, apprennent à chasser plus tard. Atalante viendrait poursuivre son éducation chez les nymphes.

CHAPITRE 4
LE SANGLIER DE CALYDON

Les nymphes étaient les compagnes d'Artémis. Divinités de rang secondaire, elles exprimaient les esprits de la forêt, de la montagne et des rivières. La déesse et ses amies vivaient dans les forêts de l'Arcadie. Leur grande affaire était la chasse. Leur seconde passion était le sport. Elles ne se lassaient jamais d'organiser entre elles des concours de course à pied, de natation ou de tir à l'arc.

Les nymphes, cependant, avaient un sujet de chagrin. Elles vivaient très longtemps et les enfants-nymphes étaient rares. Elles n'avaient donc que peu d'enfants au cours de leur longue vie. Or, elles étaient douées d'une nature maternelle et généreuse et elles se seraient volontiers accommodées d'un bébé chaque année. On imagine leur joie quand elles virent arriver Atalante ! La petite louvarde, joyeuse et sauvage, qui mordait à pleines dents dans les pommes vertes, la viande crue et la vie en général conquit immédiatement leurs cœurs.

Pendant toutes les années qu'Atalante passa chez les nymphes, elle fut aimée, choyée et dorlotée. Les nymphes se mettaient en quatre pour leur sauvageonne. Elles lui tissaient des tuniques dans un lin doux qui ne grattait pas. Elles peignaient ses bouclettes et en retiraient les petits morceaux de mousse et d'écorce qui s'y prenaient, sans jamais lui tirer les cheveux. Elles chassaient pour elle du gibier jeune, facile à manger. Et, à l'heure du coucher, elles lui racontaient des histoires et lui chantaient des chansons.

Les nymphes aimaient courir. Elles couraient pour chasser, pour se déplacer ou pour le plaisir. Atalante ne manqua jamais de partenaires pour jouer à chat. Quand elle eut deux ans, elle exigea en trépignant de participer à toutes les courses que les nymphes organisaient entre elles. Et, quelques années ayant passé, elles n'eurent plus besoin de ralentir leur allure pour que leur petite puisse figurer sur la ligne d'arrivée en même temps que ses concurrentes.

Quand elle en eut l'âge, on tailla pour Atalante un arc et des javelots à sa mesure. Les nymphes lui apprirent à ajuster ses tirs. Elles furent charmées de découvrir qu'elle avait le coup d'œil rapide et précis. Atalante trouva ce nouveau jeu passionnant. Elle adorait le petit frisson qu'on ressent au creux de l'estomac quand on a juste lâché sa flèche et qu'on suit du regard sa trajectoire. Dans cet état d'esprit, elle apprit vite.

Le jour de ses sept ans, la déesse Artémis déclara avec solennité qu'elle était maintenant assez grande pour l'accompagner chaque jour à la chasse. Ces courses étaient longues, les chasseresses marchaient vite et ne s'arrêtaient pas souvent. Les premiers mois, Atalante fut souvent à la peine. Mais elle ne se plaignit jamais. Elle marcha parfois les yeux pleins de larmes et les dents serrées, jamais elle ne demanda à ralentir ou à se reposer. Elle éprouvait une telle fierté d'accompagner Artémis qu'elle aurait mieux aimé tomber d'épuisement plutôt que reconnaître qu'elle était fatiguée.

À quinze ans, Atalante était longue et mince comme un jeune palmier. Ses yeux étaient gris et doux comme l'ardoise. Ses cheveux avaient une couleur entre le roux et le blond, comme le soleil quand il commence à baisser. Elle courait avec la grâce et l'agilité d'une gazelle, et elle tirait à l'arc ou lançait le javelot avec une sûreté de geste qui faisait l'orgueil de ses mères adoptives.

Le soir, quand la nuit tombée faisait qu'il n'y avait plus d'autre distraction possible que la conversation, Artémis et les nymphes se réunissaient autour du feu et bavardaient. Elles parlaient de tout, de rien, du temps qu'il avait fait, de la chasse du jour et des aventures des humains, spectacle toujours inattendu et passionnant.

– Connaissez-vous Calydon ? demanda un soir la déesse.

– N'est-ce pas cet endroit où il y a un terrible sanglier ? interrogea l'une des nymphes.

– Un sanglier terrifiant, gros comme un taureau, dont les défenses et les sabots sont durs comme du bronze ? précisa une autre.

– C'est bien cela, mes enfants, dit Artémis. Eh bien, ce sanglier qui fait tant de mal aux gens de Calydon, c'est à cause de moi qu'il est là.

Atalante était assise en tailleur parmi les chasseresses. Elle veillait à se tenir bien droite. Elle s'était levée avant le jour pour accompagner Artémis. En fin d'après-midi, elle avait encore nagé dans le lac avec les nymphes. Elle tombait de sommeil, mais pour rien au monde elle n'aurait laissé voir qu'elle avait moins d'endurance que ses compagnes. De temps à autre, elle se pinçait fortement l'intérieur de la cuisse, excellent remède contre l'assoupissement.

– Il y a deux ans, raconta la déesse, Calydon connut une extraordinaire récolte. Les habitants, après avoir vendangé leurs vignes et rentré leurs moissons, organisèrent des cérémonies en l'honneur des dieux. Ils honorèrent Déméter, déesse des récoltes, pour la remercier de l'abondance de blé, Pallas Athéna* à qui ils devaient tant d'olives et Dionysos** pour avoir chargé leurs vignes de tant de raisin. Et moi ? Rien du tout ! Pas la moindre offrande, pas le plus petit bûcher ! Ils auraient pourtant bien dû penser que, si belle récolte il y avait, c'était que moi, Artémis, j'avais retenu loin de leurs champs les bêtes sauvages. Ils me

* Déesse de la sagesse. La légende dit qu'elle créa l'olivier et en fit don aux hommes.

** De la joie, de l'inspiration artistique et de la vigne.

devaient bien un petit merci. Je fus vexée de leur ingratitude...

La déesse s'interrompit et eut un petit rire, se moquant d'elle-même :

– En vérité, je suis parfois aussi susceptible et vaniteuse qu'une humaine...

Puis elle reprit :

– Ces énormes sangliers vivent ordinairement dans les forêts de l'Aracynthe, une contrée très loin vers le nord où il n'y a pas d'hommes. Il y a quelques mois, je ne sais pourquoi, il a pris fantaisie à l'un d'eux de migrer. Un jour, comme ça, il est parti tout seul vers le sud... J'aurais pu le faire rentrer chez lui, mais, quand j'ai vu qu'il se dirigeait vers Calydon, je l'ai laissé aller. Et aujourd'hui, ce monstre détruit des champs, des bois et des vergers entiers. Il attaque même les bœufs et les chiens de berger. Tous les chasseurs de Calydon se sont mis à ses trousses, mais l'animal est dangereux comme un fauve et a la peau plus dure qu'une cuirasse.

– Ô déesse, demanda une nymphe, vas-tu laisser longtemps ces gens souffrir ?

– Non, répondit Artémis. Le prince Méléagre, fils du roi de Calydon, a décidé d'en finir. Voyant que les prières et les sacrifices ne servaient à rien et que les traques ordinaires étaient inutiles, il a invité les meilleurs chasseurs de Grèce. « J'appelle, a-t-il dit, tous les héros épris de gloire. Notre chasse sera prodigieuse. Nous ne l'arrêterons que quand cette bête sera abattue. Ceux qui seront là gagneront honneur et renommée ! »

– Il est bien, ce jeune homme! dit une des nymphes. Est-il beau?

Artémis eut un sourire malicieux.

– D'une extraordinaire beauté, répondit-elle.

– Eh bien, s'exclamèrent les nymphes, allons aider ce beau prince! Ô Artémis, prendrons-nous part à cette chasse?

– Non pas, dit la déesse. Moi aussi, ce jeune Méléagre me plaît, c'est pourquoi je tiens à lui laisser tout le mérite de son entreprise. Toutefois, l'une de nous ira l'aider. Ce sera un signe que je ne suis plus fâchée et que j'honore le courage de Méléagre. Atalante ! ma fille, c'est toi qui iras à Calydon.

Atalante écoutait le récit d'Artémis avec tant d'intérêt qu'elle en avait oublié sa fatigue. Elle se leva d'un bond, stupéfaite d'être désignée pour un tel honneur. Il y eut un silence parmi les nymphes. Enfin, l'une d'elles prit la parole, d'une voix qui trahissait son inquiétude :

– Ô grande déesse, loin de nous l'idée de disputer cet honneur à notre Atalante, mais elle est si jeune... Calydon est si loin... Ce sanglier est si terrible... Et puis, là-bas, tous ces chasseurs, tous ces hommes... pour une jeune fille...

Artémis adressa à sa filleule un regard plein d'affection.

– Ne vous tourmentez pas, Atalante se débrouillera très bien, et je suis sûre qu'elle se couvrira de gloire. Et, enfin, je crois que notre Atalante connaît mieux les bêtes de la forêt que les hommes, et qu'il est temps qu'elle rencontre un peu les siens. Atalante, mon enfant, tu n'as pas peur ?

Atalante adressa un sourire à la déesse et fit joyeusement signe que non. Les noms de Méléagre et de Calydon avaient enflammé son imagination. Des sangliers, elle en avait déjà chassé, et si celui-ci était gros, tant mieux ! Quant aux hommes, elle en faisait son affaire.

– Tu partiras au point du jour. Les autres chasseurs sont déjà en route, ils ne t'attendront pas.

Atalante s'inclina en signe d'obéissance. La déesse reprit :

– Et, savez-vous ? C'est vraiment une créature étonnante que ce sanglier. Il est plutôt désagréable, sale, vulgaire... Dans son cerveau il n'y a de place que pour une seule idée, nuire. Mais pour nuire, alors, il a du génie.

CHAPITRE 5

LES HOMMES DE CALYDON

Des hommes à l'esprit aventureux, venant de toute la Grèce et de l'Asie Mineure, avaient répondu à l'appel de Méléagre.

Méléagre et son père, le roi Œnée, accueillirent leurs invités par un festin de bienvenue. Les chasseurs se réunirent dans la salle de banquet du palais et s'allongèrent sur des lits de repos. Des jeunes gens et des jeunes filles aux cheveux tressés de fleurs jouaient de la harpe et servaient des vins fins et des mets exquis. Œnée et Méléagre présidaient le repas et veillaient au bien-être de chacun.

Les chasseurs étaient de la plus joyeuse humeur, ils dévoraient à belles dents pour réparer les fatigues du voyage, et ils évoquaient bruyamment leurs exploits passés et la belle chasse qu'on lancerait le lendemain. Ils avaient un air de force et de décision, qui aurait grandement inquiété le sanglier s'il s'était trouvé là lui aussi.

Il y avait, allongés parmi les convives, Toxée et Calixte, les frères de la reine, les beaux-frères du roi Œnée.

Depuis longtemps, Œnée leur avait donné à tous deux le titre de maître des chasses de Calydon. Toxée et Calixte aimaient passionnément la chasse. Ils la considéraient comme un art compliqué et raffiné. Des années durant, ils avaient rempli leur fonction avec scrupules et compétence. Mais, aujourd'hui, ils se trouvaient parmi les invités comme des chasseurs ordinaires, et ils en étaient très irrités. Normalement, c'étaient eux, les maîtres des chasses, que le roi aurait dû charger d'organiser cette splendide battue ! Cette chasse aurait été leur chef-d'œuvre ! C'étaient eux qui auraient dû présider ce festin ! Mais le prince Méléagre avait tout ordonné sans les consulter en rien, ni même les avertir...

Il n'y avait pas si longtemps, Méléagre était un gamin maigre et espiègle, charmant, respectueux de ses aînés. Puis, en deux ou trois années, il avait dépassé ses oncles d'une tête, ses muscles étaient devenus larges et puissants, et une barbe noire comme une plume de corbeau lui était venue au menton. Toxée et Calixte commençaient à le trouver bien arrogant, ce jeune seigneur ! Monsieur l'héritier du trône semblait pressé d'établir son autorité !

En vérité, Méléagre et le roi Œnée n'avaient jamais eu l'intention d'offenser les frères de la reine. Ils les avaient simplement oubliés, ce qui d'une certaine façon était pire. Quand Méléagre avait conçu son grand projet et l'avait soumis à son père, il n'avait juste plus pensé à ses bons oncles... Il n'était même pas venu à l'idée du roi et de son fils que Toxée et Calixte puissent être froissés. Malheureusement, leur fonction de maître des chasses était leur raison d'être, et ils ressentirent de cette mise à l'écart une amertume profonde.

Un majordome s'approcha du roi Œnée et l'informa à l'oreille qu'un nouveau voyageur était à la porte du palais et qu'il demandait à participer à la chasse.

– Qu'il entre et qu'il prenne place parmi nous ! répondit le roi d'une voix forte. Qui soit-il, il est le bienvenu !

Et tous les convives acclamèrent de façon tonitruante le nouveau compagnon et portèrent leur coupe à sa santé. Le majordome écarta le rideau et le retardataire entra. Le silence se fit dans la salle du festin. Le nouveau venu n'était pas un puissant guerrier, c'était une jeune fille !... Longue, mince, blonde, très jeune. Pourtant, il n'y avait pas de doute possible, elle venait bien pour la chasse, elle portait plusieurs javelots, un grand arc de frêne et un carquois de flèches.

Méléagre fut auprès d'elle en trois bonds. Il ordonna aux serviteurs de se charger de ses armes et lui prit la main.

– Sois la bienvenue, courageuse entre les courageuses ! Nous diras-tu ton nom, toi qui affrontes seule les dangers de la route et qui ne sembles pas craindre le sanglier de Calydon ?

Atalante le regardait droit dans les yeux, sans aucune timidité. Elle pensait simplement que ce prince était beau, aussi beau que l'avait dit Artémis, et que ce serait bien amusant de chasser en sa compagnie.

– Je m'appelle Atalante. Pardonne mon retard, ô prince, mais le chemin est long depuis les montagnes de l'Arcadie.

Le roi Œnée s'était levé lui aussi et avait pris l'autre main d'Atalante.

– Mon enfant, je vois à ton allure que tu es déjà une chasseresse expérimentée malgré ton jeune âge. Mais ce n'est pas le cerf ou la biche que nous courrons demain, c'est une bête terrible. Les flèches glissent sur son cuir sans l'entamer. N'as-tu pas une mère et un père qui attendent ton retour et qui seraient désespérés de te perdre ?

– Merci, ô roi, répondit Atalante. Je n'ai pas d'autre parent que ma mère adoptive, la divine Artémis, et c'est elle-même qui m'a ordonné de vous rejoindre. « Ma fille, a-t-elle dit, va aider les chasseurs réunis à Calydon. Dis-leur que je salue leur courage et que je souhaite de tout mon cœur le succès de leur entreprise ! »

Œnée et Méléagre s'inclinèrent comme pour remercier la déesse et son envoyée. Puis ils invitèrent Atalante à venir s'asseoir entre eux, à la place d'honneur. Mais Toxée, sur son divan, aux mots de « va les aider », avait haussé les épaules avec dédain. Depuis quand des hommes experts dans l'art de la chasse avaient-ils besoin d'une péronnelle pour chasser le sanglier ?

Ce geste n'avait pas échappé à Méléagre. Le jeune prince demanda abruptement :

– Y a-t-il quelque chose qui te contrarie, mon oncle Toxée ?

Toxée se leva et planta son regard dans celui de Méléagre.

– En effet, il y a quelque chose ! Je voudrais savoir si tu as l'intention d'emmener cette personne demain avec nous ?

– Parce que tu y verrais un inconvénient, mon oncle ?

– Certainement ! Il est contraire aux règles et usages de la chasse d'emmener des femmes quand on traque un gibier dangereux. Ce n'est pas un lapin que nous poursuivons ! Cette personne nous a transmis le message de sa maîtresse, c'est très bien, et nous l'en remercions, mais, en tant que maître des chasses, je m'oppose formellement à ce qu'elle nous accompagne.

Calixte vint se placer à côté de son frère.

– Je m'y oppose également.

Cette contestation irrita profondément Méléagre.

– Dans cette chasse, dit-il, il n'y a pas d'autre maître que moi. Et je décide qu'Atalante viendra avec nous si elle le désire. La grande Artémis nous fait la grâce de nous envoyer sa fille en signe de réconciliation, et nous, nous repousserions sa messagère ?

– Il ne s'agit pas du message d'Artémis ! Il s'agit d'usages et de traditions bien plus anciens que toi et que tu bouscules selon ton humeur ou ta fantaisie !

– Je n'ai que faire des traditions ! Cette chasse est la mienne et nul autre que moi n'y donne d'ordres !

Mais la colère de Méléagre parut soudainement se tempérer. Il regarda Toxée en face et poursuivit avec insolence :

– Voyons, mon oncle, je te trouve bien timide avec les femmes... Est-ce que tu ne serais plus un homme pour que cette jeune fille te fasse peur ? À moins que tu ne craignes qu'à la chasse elle soit meilleure que toi ?

Il y eut quelques rires parmi les chasseurs.

Toxée devint blême. Il ferma les yeux et serra les poings. Mais, après quelques instants pendant lesquels il sentit qu'il reprenait le contrôle de son visage et de sa voix, il répondit :

– Très bien, prince Méléagre, tu as raison, c'est toi le maître. Mais permets-moi de te dire une dernière chose : tu agis mal ! Tu parles, tu décides et tu tranches, sans réflexion aucune, en esclave de tes caprices. Si, plus tard, tu diriges ton royaume comme tu diriges cette chasse, tu finiras mal, mon beau neveu.

Et Toxée se rassit. Il fit signe à un serviteur de lui servir à boire et il reprit son repas, comme pour signifier qu'il ne dirait rien de plus et qu'il n'attachait aucune importance à ce que son neveu pourrait encore ajouter. Méléagre, exaspéré, eut un geste pour se porter vers son oncle, mais son père lui saisit le bras et l'arrêta.

– L'incident est clos ! dit le roi d'un ton sans réplique. Atalante décidera elle-même ce qu'elle fera.

CHAPITRE 6
EST-CE CELA, ÊTRE AMOUREUX ?

Le roi Œnée fit signe aux musiciens de jouer et aux serviteurs de verser à boire et de servir les mets. Il y eut un moment de gêne et de silence embarrassé. Les conversations reprirent à voix presque basse mais, après un moment, le brouhaha des paroles se fit plus fort. Il y eut quelques rires et, un quart d'heure plus tard, tout le monde semblait avoir oublié la querelle qui avait opposé Méléagre et ses oncles.

Méléagre, dont l'émotion s'apaisait, se pencha vers Atalante.

– Tu sais, Atalante, tout à l'heure, je t'ai défendue contre ces vieux hiboux, mais, sincèrement, j'aimerais que tu choisisses de ne pas venir.

Atalante, qui s'empiffrait joyeusement, eut un sourire gai, un peu moqueur.

– Crois-tu, prince Méléagre, que j'ai fait tout ce chemin pour rester au palais à filer la laine pendant que vous serez tous à cette belle chasse ?

– Je ne doute pas un instant de ta bravoure ni de ton adresse, mais ce sera terrible, demain. Il y aura peut-être des blessés. Je serais désolé s'il t'arrivait quelque chose.

– Toutes les compagnes d'Artémis auraient aimé venir à ta chasse, et c'est moi, la plus jeune, qu'elle a désignée. Mes amies me découperaient en rondelles si à mon retour je leur racontais qu'au dernier moment j'ai eu peur de ton espèce de gros cochon et que je suis restée à la maison. Et puis, tiens, écoute, prince Méléagre, je vais te dire un secret...

Les yeux de Méléagre brillèrent d'amusement.

– Un secret ?

– Oui, écoute donc...

Elle se pencha à son oreille et chuchota :

– Je ne sais pas filer la laine.

Elle éclata de rire. Et Méléagre rit aussi de bon cœur.

– Un jour, continua Atalante riant encore, les nymphes ont voulu m'apprendre : « C'est honteux, disaient-elles, qu'une grande dinde de quinze ans ne sache pas encore filer. Si, un jour, tu n'as plus tes cent mères pour le faire à ta place, que se passera-t-il ? Tu te promèneras en loques ? » Elles m'ont mis une quenouille dans les mains mais j'ai fait un tel gâchis de laine, un tel embrouillage, qu'elles n'en ont plus reparlé. Je crois qu'elles aiment mieux tisser mes vêtements elles-mêmes que démêler mes sacs de nœuds.

Méléagre se laissait emporter par le bavardage d'Atalante, il écoutait le son de sa voix, il riait avec elle, il ressentait une étrange impression de douceur et il se sentait incroyablement heureux. « Que m'arrive-t-il ? songeait-il. Mon cœur bat comme si je me trouvais en face d'un ennemi armé... Est-ce que je serais amoureux ? C'est donc cela, être amoureux ? Comme c'est bien, comme c'est agréable... »

Et soudain, il ne put s'empêcher de demander :

– As-tu un fiancé ?

Atalante, qui venait de s'enfoncer dans la bouche un gâteau au miel gros comme la moitié du poing, le regarda avec étonnement, la bouche pleine, les yeux arrondis de surprise.

Méléagre se reprit aussitôt.

– Pardonne-moi, dit-il avec précipitation, ma question était indiscrète. Je ne sais pas comment je me suis permis...

Atalante fit laborieusement descendre le gâteau vers son estomac.

– Il n'y a là aucun secret, dit-elle quand elle eut récupéré l'usage de sa voix. Je n'ai pas de fiancé, je ne connais rien à l'amour et je ne veux rien y connaître. Il y a quatre ans, j'ai fait vœu de rester toute ma vie vierge et chasseresse comme ma mère, la grande Artémis.

– C'est un très beau vœu, dit gravement le roi Œnée qui écoutait cette conversation. Et je suis sûr que la divine Artémis l'a apprécié à sa juste valeur.

– La déesse, en effet, m'a félicitée. Mais les nymphes m'ont dit qu'il était bien dommage de me priver ainsi des joies de l'amour.

– Peut-être n'ont-elles pas tout à fait tort, observa le roi. Mais je crois savoir que les dieux, dans leur grande indulgence, relèvent facilement de ce genre de serment, surtout quand il a été prononcé par une personne vieille de onze années.

– Mais pourquoi, ô roi, aurais-je le désir d'être relevée de mon vœu ?

Le roi écarta les bras.

– Sait-on jamais ? dit-il avec bonhomie, les maris font parfois des compagnons de chasse presque supportables.

Le repas touchait à sa fin. Les chasseurs n'allaient pas tarder à se séparer pour aller prendre du repos. Méléagre leva les yeux et rencontra, posé sur lui, le regard de Toxée. Son expression était à la fois glaciale et railleuse. Méléagre comprit que son oncle l'avait observé pendant tout le festin, et qu'il avait suivi sur son visage, aussi clairement que sur un texte écrit, la naissance – ou plutôt, l'explosion – de son amour pour Atalante. Méléagre en fut gêné, blessé dans sa pudeur. Il s'en voulut de n'avoir pas mieux surveillé son attitude et d'avoir laissé son secret lui échapper si facilement. Mais aussi, il se sentit mécontent, désolé, volé de quelque chose de précieux.

Plus tard, allongé sur son lit, les yeux ouverts dans le noir, Méléagre ne trouvait pas le sommeil. La conscience du danger qu'allait courir Atalante le tourmentait, et il ne parvenait pas à chasser de sa pensée le regard froid et ironique de Toxée. « Ce regard est un mauvais présage », songea-t-il avec inquiétude.

Les rabatteurs et les chiens partirent avant l'aube. Les chasseurs montèrent à cheval aux premières lueurs du jour. Méléagre, excité et joyeux à l'approche du danger, ne pensait plus qu'à la chasse. Il avait complètement oublié ses moroses songeries de la nuit que, d'ailleurs, il aurait qualifiées de mômeries et d'histoires de bonne femme s'il avait eu le loisir d'y repenser.

La chasse dura quatre jours. Quatre jours pendant lesquels aucun chasseur ne rentra à Calydon. Ils mangèrent parfois quelques bouchées auprès des chevaux et dormirent de courts moments au pied des arbres.

Par cinq fois, les rabatteurs parvinrent à cerner le sanglier et à l'envoyer vers les chasseurs. Cinq fois, il força le barrage. Artémis avait annoncé que le sanglier était très doué pour nuire, eh bien, c'était vrai à un point terrifiant. L'animal semblait posséder une sorte de science du combat. Quand il se trouvait repoussé vers les chasseurs, il choisissait d'un œil sûr l'endroit le moins défendu de leur ligne et chargeait. Chaque fois, il reçut une grêle de flèches et de javelots, mais lancés de trop loin et qui le blessèrent à peine. À deux reprises, il sut voir qu'un chasseur était posté trop à l'écart du groupe et il porta son attaque sur celui-là. Ils furent tous deux renversés, piétinés et taillés en pièces.

Au soir du quatrième jour, les chevaux, les chiens et les chasseurs étaient harassés. Cependant, à aucun moment Atalante ne s'était plainte de fatigue. Elle s'était toujours tenue avec rigueur aux postes qui lui étaient assignés et, quand le sanglier avait chargé, elle n'avait pas reculé d'un pas. Les chasseurs étaient pleins d'admiration. Même Toxée et Calixte durent reconnaître qu'ils ne s'étaient pas attendus à rencontrer tant de fermeté chez une jeune fille.

Le soleil commençait à baisser, le sanglier s'était encore une fois échappé, deux chasseurs avaient perdu la vie, hommes et bêtes semblaient à bout de forces. Méléagre s'apprêtait à suspendre la chasse.

On n'était plus en état, pensait-il, d'affronter une quatrième nuit de bataille. Il fallait que chacun prît du repos. On reprendrait la traque dans un jour ou deux. Le sanglier aussi allait refaire ses forces, c'était dommage, mais tant pis ! Si l'on continuait ainsi, il y aurait d'autres morts.

Au moment où Méléagre allait donner l'ordre de rentrer, le chef des rabatteurs déboucha de la forêt sur son cheval lancé au galop.

– Prince, nous avons acculé la bête dans un ravin ! Le fond du ravin est bouché par des pierres éboulées. Il est pris au piège ! Pour l'abattre, c'est maintenant ou jamais !...

Cette nouvelle raviva l'énergie des chasseurs et, faisant appel aux dernières forces de leurs chevaux, ils se rendirent en toute hâte au ravin.

Le sanglier y était pris comme dans une nasse. L'animal entendit d'abord les aboiements des chiens, puis il vit les hommes avancer vers lui, déployés en éventail, lentement, à pied, l'arc et le javelot en main, prêts à tirer. L'animal se ramassa pour réunir ses forces. Il se détendit comme un arc et, avec un mugissement terrible, chargea. Jamais il n'avait été aussi effrayant. Le fracas de ses sabots résonnait dans le ravin comme un tremblement de terre... Une volée de javelots partit. Le sanglier ne ralentit même pas. De deux coups de tête il envoya rouler, déchirés et gémissants, les chiens les plus proches. Encore une fois, il se sauvait...

« Non ! pensèrent les chasseurs horrifiés, qu'avons-nous fait pour que cela nous arrive ? Et cette fois, nous ne le rattraperons plus. »

Mais à cet instant, une silhouette blanche s'élança sur une trajectoire qui coupait celle de l'animal. C'était Atalante.

« Trop tard et inutile !... songèrent les chasseurs. Maintenant, c'est un cheval de course qu'il faudrait pour rejoindre cette bête déchaînée... »

Mais les chasseurs stupéfaits la virent soudain allonger sa foulée d'une manière si fulgurante qu'elle coupa la route du sanglier. Jamais ils n'auraient cru qu'une telle course fût possible. Il y eut deux éclairs : le javelot d'Atalante, puis une flèche. Le javelot s'enfonça droit et profond dans l'œil du sanglier. La flèche pénétra le point faible situé en arrière de l'oreille. Le sanglier fut fauché en plein élan, il se cabra et retomba sur le flanc avec un choc qui ébranla le sol. Pour la première fois, il était atteint profondément. Il se releva cependant et, avec un mugissement de douleur et de rage, il reprit sa course, dirigeant maintenant sa fureur sur Atalante qui, en toute hâte, tentait d'engager une seconde flèche. Mais Méléagre avait eu le temps d'arriver et, de toute sa puissance, il planta son épieu entre les yeux de la bête. Les javelots de Toxée et de Calixte sifflèrent et s'enfoncèrent dans le flanc de l'animal, donnant les coups de grâce. Le sanglier s'abattit sur le côté, se tordit une ultime fois et, enfin, s'immobilisa.

CHAPITRE 7
MÉLÉAGRE

Les chasseurs, tremblants encore de fatigue et d'émotion, se rassemblèrent autour de la dépouille du sanglier.

– Mes amis, dit Méléagre, je vous remercie tous. Grâce à votre courage, la campagne de Calydon va retrouver la paix. Merci à vous qui êtes venus de loin. Je promets que nous n'oublierons jamais les noms de nos deux compagnons qui ont perdu la vie dans cette aventure.

Il se tourna vers Atalante.

– Atalante, c'est grâce à la rapidité de ta course et à la rigueur de ton tir que le sanglier a été vaincu. Sans toi, il courrait encore. C'est pourquoi, ô jeune fille, je déclare que l'honneur de la chasse te revient et je t'offre, en guise de trophée, la hure du sanglier. Mon maître veneur la portera où tu voudras.

– Méléagre, intervint Toxée, tu te trompes. L'usage veut que tous ceux qui ont porté les coups mortels partagent le trophée. Nous sommes quatre à pouvoir prétendre à cet honneur.

C'était vrai. C'était la règle, et Méléagre la connaissait. Mais il était amoureux, et il lui était aussi impossible de ne pas honorer au-dessus de tous les autres celle qu'il aimait que de s'arrêter de respirer. Cette réclamation l'emplit de colère, colère d'autant plus dangereuse que la fatigue l'empêchait de la contrôler.

– Combien de fois, mon oncle Toxée, faudra-t-il te rappeler que je suis le maître de cette chasse ? Il m'appartient, et à moi seul, d'en désigner le vainqueur !

– Alors, ricana Calixte, heureux le concurrent qui commence par capturer le cœur du juge !

Cette remarque, à la fois vraie et perfide, déchaîna la fureur de Méléagre. Il marcha sur Calixte, l'air si méchant et dangereux, que Calixte fut pris de peur. Celui-ci recula et, dans un geste de défense, porta son javelot contre son adversaire. L'arme atteignit Méléagre au côté. Une tache de sang apparut sur sa tunique. Méléagre poussa une sorte de rugissement et se dressa comme un ours en furie. Il balaya l'air du manche de son épieu et frappa Calixte avec une telle violence qu'il fut jeté à terre, à plusieurs pas de là. Toxée vit son frère rouler sur les pierres, sanglant, brisé et inanimé. Avec un gémissement de souffrance et de haine, il tira son couteau de chasse et se rua sur son neveu. Méléagre aussi dégaina et, pendant quelques instants, devant leurs compagnons muets d'horreur, ils s'empoignèrent dans un corps à corps furieux. Méléagre était le plus fort et le plus impétueux. Le combat cessa brusquement. Toxée, avec un soupir, fléchit les genoux et tomba. Tout cela n'avait duré que quelques secondes.

Méléagre, maintenant comme absent, contemplait les corps incontestablement sans vie de Toxée et de Calixte. Il promena un regard saisi d'épouvante sur les assistants effarés. Un regard qui demandait : « Est-ce bien moi qui ai fait cela ? »

– Malheur ! dit-il enfin à mi-voix. Malheur à moi, j'ai versé le sang de mes parents. Je dois quitter Calydon et les collines que j'aime, et plus jamais je ne verrai le visage de ma mère.

Il recula brusquement de deux pas, comme pour s'éloigner de tous. Quelques-uns eurent un mouvement pour le retenir, mais le roi Œnée les arrêta d'un geste de la main.

– Laissez-le, commanda le roi. Il a raison. C'est notre loi.

Des larmes roulaient sur son visage et sur sa barbe blanche.

Méléagre se tourna vers Atalante.

– Atalante, j'avais raison : toi seule as mérité le prix de cette chasse. Cependant ils avaient vu juste pour autre chose : il est vrai que je t'aimais. Mais, comme fils de roi, déjà, je me trouvais indigne de toi, alors, maintenant que je ne suis plus qu'un banni et un vagabond... En tout cas, sache que tu n'es pour rien dans cette affaire. C'est leur jalousie et ma violence qui ont causé tout ce mal.

Méléagre remit son couteau à sa ceinture et, sans plus prononcer une parole, s'enfonça dans la forêt dans la direction opposée à celle de Calydon.

Dans la consternation générale, les chasseurs ne virent pas qu'Atalante les quittait et prenait à travers la forêt le même chemin que Méléagre.

La nuit était presque tombée. Atalante marchait silencieusement, se laissant guider par le bruit de la marche de Méléagre. Soudain, elle n'entendit plus rien. Il s'était arrêté. Elle approcha doucement. Méléagre était assis, adossé à un arbre. Malgré la pénombre, il lui parut très pâle. Sa respiration était précipitée, laborieuse. Voyant Atalante venir à lui, il eut un sourire empreint de gratitude, d'amour et de pitié.

– Les dieux sont bons, dit-il.

– Que t'arrive-t-il, mon prince ? demanda-t-elle en s'agenouillant à son côté.

– Le javelot de Calixte... Il a pénétré plus profondément que je ne l'ai d'abord cru. Sans doute a-t-il blessé une veine ou un organe. Je crois que le sang coule quelque part dans mon corps...

Atalante se leva d'un geste vif.

– Je vais chercher du secours, dit-elle.

– Non, dit Méléagre, reste. À ton retour, je ne serais plus là.

Atalante glissa sa main sous la tunique de Méléagre et la posa sur sa poitrine. Elle fut saisie de frayeur. Le cœur de Méléagre battait comme celui d'un oiseau qu'on a abattu d'une flèche. Il battait avec précipitation, mais les pulsations étaient si faibles qu'elles étaient presque insensibles. On eût dit que ce cœur s'affolait, s'acharnait, travaillait au-delà de ses forces pour retenir la vie, qui s'échappait. Atalante comprit que Méléagre avait raison et qu'il était trop tard pour rien faire. Elle s'assit près de lui et lui prit la main.

Méléagre s'en allait, emporté par l'hémorragie interne aussi sûrement qu'un morceau de bois est emporté par le courant d'une rivière. Il fut parcouru par un frisson, puis par un autre plus intense. Il prit une profonde inspiration, sourit à Atalante, puis il poussa un soupir et ne bougea plus.

Atalante demeura longtemps à son côté, les larmes inondant son visage. Enfin, elle se releva, réunit des branches et alluma un grand feu afin que les bêtes sauvages laissent en paix le corps de Méléagre. Puis elle reprit le chemin de Calydon afin de prévenir le roi Œnée.

CHAPITRE 8
LES CENTAURES

Atalante rentra en Arcadie aussi vite qu'elle le put. Le soir de son retour, assise à côté d'Artémis dans le cercle des nymphes, des larmes dans les yeux et la voix brisée, elle raconta son voyage. L'accueil si chaleureux de Méléagre et du roi Œnée ; la méfiance de Toxée et de Calixte ; le sanglier, terrifiant et magnifique, qui semblait deviner les intentions des hommes ; l'explosion de violence dans laquelle Toxée et Calixte avaient perdu la vie ; le bannissement et la mort de Méléagre.

Les nymphes que rien n'émouvait tant que les histoires d'amour furent bouleversées. Elles serrèrent Atalante contre elles, l'appelèrent leur « pauvre chère petite fille... » et cherchèrent toutes les consolations raisonnables possible, s'il est des consolations raisonnables possible quand il s'agit de la mort de quelqu'un. Artémis avait écouté en silence. Elle demeura un moment songeuse puis, enfin, prit la parole :

– Une chose est certaine, Méléagre avait raison : tu n'as aucune part dans cette tragédie. Les hommes agissent le plus souvent en obéissant à leurs passions, qui sont violentes et primitives. Il en est deux singulièrement puissantes : l'amour et l'orgueil. À Calydon, tu t'es trouvée prise entre l'amour de Méléagre et l'orgueil blessé de Toxée et de Calixte. C'était une situation terriblement difficile et j'estime que tu t'es comportée avec cœur. Je dis que j'éprouve aujourd'hui de la fierté à être ta mère.

La sollicitude des nymphes et les paroles de la déesse furent un profond réconfort pour Atalante. Il lui sembla qu'à l'instant où Artémis parlait, sa douleur s'apaisait. L'image de Méléagre mourant en souriant, qui n'avait pas quitté son esprit depuis son départ de Calydon, se fit soudain plus lointaine et moins pénible.

Les semaines passèrent. Atalante reprit la vie paisible d'avant le sanglier et, petit à petit, la chasse quotidienne, les défis sportifs et les amicales conversations du soir lui rendirent son calme. On l'entendit à nouveau bavarder et rire dans la forêt. Le souvenir de Méléagre, son premier ami chez les hommes, devenait comme une blessure qui se serait fermée. Mais la cicatrice demeurait d'une sensibilité extrême.

Quelques semaines après son retour, un jour, à l'heure où le soleil commençait à baisser et la chaleur à diminuer sur les collines, Atalante, étendue sur un lit de mousse à l'ombre d'un bouquet de chênes verts, s'éveilla. Elle bâilla et s'étira pour mieux goûter l'agréable sensation de paresse qu'elle ressentait dans tout le corps. Enfin elle se secoua et s'assit, l'esprit encore engourdi par la sieste.

Elle s'était levée avant le jour pour accompagner Artémis à la chasse dans une contrée de collines escarpées. Au milieu de la matinée, elles avaient débusqué un grand bouc de montagne. Il les avait entraînées dans une longue marche à travers les éboulis et les crêtes de rochers. Vers midi, elles crurent avoir gagné, le bouc se trouvait dos à une falaise. Mais, soudain, il s'était glissé dans un lit de torrent et avait disparu, plantant là les chasseresses dépitées. De retour au camp, Atalante, qui se sentait après cette course les jambes et le dos aussi raides que du bois, s'était glissée dans sa cabane sous les chênes et s'était profondément endormie. Le jour finissant venait de la réveiller.

Elle ramassa son arc et son carquois et, d'un pas encore ensommeillé, marcha jusqu'au torrent voisin. Elle retira sa tunique et la laissa tomber sans façon sur le sol. Elle posa l'arc et le carquois sur un rocher et, entièrement dévêtue, s'assit sur une grosse pierre, les jambes plongeant dans l'eau. C'était délicieux. La pierre était chaude de soleil et l'eau presque glacée. Lentement, elle se laissa glisser dans le courant et s'allongea sur le fond de cailloux. Elle massa ses jambes, puis ses bras. Puis elle renversa la tête en arrière afin de rincer ses longs cheveux. Elle ferma les yeux. Il lui semblait que toute la fatigue et toutes les courbatures de cette journée s'en allaient au fil du courant...

Splafff !

Elle reçut une gerbe d'eau en plein visage, et sur la rive retentirent un rire moqueur et un sifflement narquois. Quelqu'un avait jeté une pierre dans l'eau. D'un saut elle fut sur ses pieds et, les jambes fléchies, de l'eau jusqu'aux épaules, elle chercha sur la rive qui l'avait défiée ainsi.

À l'endroit où elle s'était dévêtue un moment plus tôt se tenaient deux jeunes centaures qui la contemplaient avec insolence.

Élos et Kita !

Ah ! elle les connaissait bien. Elle ne connaissait qu'eux. Ils avaient tous trois le même âge. Les centaures ont un corps de cheval surmonté d'un torse et d'une tête d'homme. Ils sont extrêmement rapides à la course et redoutables dans les combats. La famille de ces deux-là habitait les plateaux de l'Arcadie, non loin des collines où résidait la déesse.

Élos et Atalante étaient en rivalité depuis l'âge de leurs premières courses. Élos avait toujours prétendu courir plus vite que qui que ce soit. Atalante, orgueilleuse d'être élevée par les nymphes d'Artémis, trouvait cette vantardise insupportable. Au cours de leur enfance, ils s'étaient affrontés de multiples fois, sur toutes sortes de terrains ; sans résultat tangible d'ailleurs car ils étaient en vérité d'une rapidité à peu près égale. Kita était l'ami de toujours d'Élos, le suivant comme son ombre et approuvant toutes ses idées.

Depuis une ou deux années, les trois jeunes gens grandissant, l'attitude d'Élos et de Kita envers Atalante avait changé. Ils ne se souciaient plus guère de course à pied. En revanche ils ne manquaient jamais une occasion de ricaner ou d'envoyer des sifflements offensants quand ils croisaient la jeune fille. Mais jamais encore ils n'avaient poussé l'impudence jusqu'à venir l'espionner pendant qu'elle prenait son bain !...

Élos avait ramassé la tunique d'Atalante et, l'œil goguenard, la faisait tourner autour de son doigt. Les yeux d'Atalante se plissèrent de colère.

– Laisse ce vêtement, Élos, et va-t'en !

– Viens le chercher !... Si tu sors, je te le rends, c'est promis.

– Élos, sale rat, pose cette tunique et décampe, ou tu le paieras !

– Vraiment tu n'es pas aimable. Nous avons marché trois heures pour te rendre cette visite et voilà comme tu nous accueilles !...

Sslaff ! Une pierre siffla à l'oreille d'Élos qui l'esquiva.

– Alors ?... Tu sors de l'eau ? C'est le prix si tu veux récupérer tes jupons.

– Tu peux crever ! Élos, cloporte immonde, pour la dernière fois, va-t'en d'ici !

Atalante, ulcérée de s'être ainsi laissé piéger, fouillait dans sa mémoire à la recherche des pires insultes et enrageait de ne rien trouver d'assez injurieux.

– C'est ça, prends tes grands airs... rétorqua Élos. Kita, tu ne trouves pas qu'elle a l'air bête, la fière fille de la déesse, accroupie comme ça, coincée dans son trou d'eau ?...

– C'est vrai ça, confirma Kita, elle a l'air bête.

C'en était trop !

Atalante, trop furieuse maintenant pour se soucier d'être vêtue ou non, jaillit de la rivière. Les deux centaures firent un bond de côté pour mettre la tunique hors de sa portée ; mais ce n'était pas sa tunique qu'Atalante cherchait à atteindre, c'était son arc. Elle le saisit d'un geste et, en un instant, elle engagea une flèche qu'elle pointa sur le front d'Élos.

– Et maintenant, dit-elle, cheval galeux, mulet pelé, tu vas poser ce vêtement par terre et tu vas retourner dans ta tanière ! Et ne reviens plus jamais par ici. Parce que, tu vois cette flèche ? Désormais, il y a ton nom écrit dessus. Si un jour tu as le malheur de te trouver encore sur mon chemin, elle te transpercera la gorge.

La colère est contagieuse. Les deux centaures, exaspérés de s'être laissé surprendre, ressentaient maintenant une rage égale à celle d'Atalante. Les jarrets tendus, le poil hérissé, ils étaient prêts à bondir. Face à eux, Atalante, les jambes fermement fléchies, tenait son arc tendu, la flèche dirigée très exactement entre les yeux d'Élos. Un mot de plus et la flèche partait. Alors les centaures – en tout cas, celui qui serait épargné – déchaîneraient leur violence et leur mauvaise plaisanterie se terminerait en massacre.

À cet instant, une voix forte, venant de sous les arbres, commanda :

– Élos ! Kita ! Cessez immédiatement, je vous l'ordonne ! Et toi, Atalante, détourne ton arc.

Il y avait une telle autorité dans cette voix que, pas un instant, les trois jeunes gens n'eurent l'idée de désobéir. Les deux centaures relâchèrent la tension de leurs muscles, d'abord très lentement, puis plus franchement. À leur suite, Atalante tourna son arc vers le sol et, avec lenteur, laissa la corde se détendre. Alors, seulement, ils osèrent se quitter du regard et regarder vers les chênes verts. À la lisière du bois, hautain et sévère, se tenait le centaure Chiron.

– Élos, Kita, retournez chez vous ! poursuivit Chiron. Nous reparlerons de cela. Je ne suis pas fier de vous.

Les deux jeunes centaures, le regard méchant mais soumis, se détournèrent et s'éloignèrent. On entendit le bruit de leurs pas diminuer puis disparaître.

– Atalante, dit encore Chiron dont la voix prit une nuance de moquerie, il me semble qu'il serait convenable que tu remettes tes vêtements.

Atalante, les mains encore tremblantes, enfila sa tunique, accrocha sa ceinture et laça ses sandales. Puis elle se laissa tomber assise sur une pierre. Chiron s'approcha. Atalante leva les yeux.

– Merci, Chiron, dit-elle.

CHAPITRE 9
LA SARDINE

– Eh bien, ma douce enfant, dit Chiron en s'installant auprès d'Atalante, tu n'es guère commode.

Atalante, encore trop émue pour s'exprimer clairement, voulut expliquer qu'elle n'y était pour rien, que les deux vauriens étaient venus l'insulter alors qu'elle se lavait dans le torrent...

– Je sais, dit Chiron, conciliant, ils sont forts comme des chevaux sauvages mais ils ont très peu de cervelle.

Le centaure Chiron était un être de grand savoir. Médecin, chirurgien, philosophe et esprit curieux de toutes les sciences, il était par-dessus tout renommé pour son talent d'éducateur. Les rois sollicitaient son enseignement pour leurs fils. Atalante connaissait bien le centaure Chiron, demi-frère de la déesse Artémis. Il rendait souvent visite à sa demi-sœur et avait toujours témoigné de l'amitié à sa jeune filleule.

– Comment te trouvais-tu ici, ô Chiron ? demanda Atalante.

– Je passais... En vérité, je te cherchais. C'est ma chère sœur Artémis qui m'a demandé de venir te voir. C'est une chance, je crois que je suis arrivé au moment opportun.

– Juste à temps pour m'empêcher d'ouvrir en deux la cervelle d'Élos, et pour éviter que Kita me transforme en chair à pâté... Pourquoi ma mère t'envoyait-elle vers moi ?

– Elle s'inquiète. Elle s'en veut de t'avoir envoyée à Calydon. Elle devine que tu t'efforces d'être gaie comme autrefois, mais elle entend que ton rire n'est plus le même.

– Ah ! fit Atalante, je sais qu'il est bien difficile de tromper ma mère... Connais-tu un remède contre le chagrin, Chiron ?

– C'est justement ce que ma sœur m'a demandé pour toi. Je ne garantis pas le succès de ma cure, mais nous pouvons toujours essayer. Nous parviendrons peut-être au moins à l'atténuer.

– Quelle médication devrai-je prendre ?

– Pour les jeunes gens, je recommande de nouveaux paysages et de nouvelles études. Tiens-toi prête, nous partirons demain au lever du jour.

Atalante et Chiron marchèrent trois jours dans la direction du sud. Le troisième jour vers midi, ils atteignirent la mer, qu'ils longèrent par un sentier côtier. Le soir, enfin, Chiron fit halte sur un escarpement. Devant eux, une baie aux eaux tranquilles, abritée des vagues du large, s'étendait. Une barque de pêcheur aux voiles ferlées* était tirée sur le sable. Au bout de la plage, il y avait une maisonnette blanche, sans doute la demeure du pêcheur.

– Nous sommes arrivés, dit Chiron.

– Où sommes-nous ? demanda Atalante.

– Cette baie s'appelle Vounia.

Chiron se remit en marche et désigna la maison.

– Ici demeure l'un de mes meilleurs amis. Je veux te présenter à lui.

L'homme qui ouvrit la porte avait les cheveux blancs et les yeux noirs et perçants. En découvrant qui avait frappé, il eut un bon sourire.

– Chiron ? Quelle joie !

– Salut à toi, Eskandéros.

Chiron et le pêcheur aux cheveux blancs s'étreignirent.

– Quelle surprise tu me fais ! dit encore Eskandéros.

Il fit entrer ses visiteurs, remit du bois dans le feu et déposa sur sa table tout ce qu'on pouvait trouver à manger dans sa maison. Comme le repas finissait, il considéra Atalante avec intérêt.

– Cette jeune fille fait-elle partie de tes élèves ? demanda-t-il.

– Oui, répondit Chiron. Je suis même assez content d'elle. Elle possède assez bien la science des armes. J'ai pu constater récemment – il eut vers Atalante un sourire en coin, un peu goguenard – qu'elle possède de jolis réflexes, quoiqu'elle se laisse trop facilement

* Roulées et attachées.

emporter par la provocation... Mais je pense que la connaissance de la chasse et celle des armes ne sont pas suffisantes pour faire une éducation. Par exemple, elle ignore tout de la mer.

– C'est un grave manque, dit Eskandéros. Je ne dis pas cela pour faire valoir mon petit savoir de navigateur, mais la curiosité de connaître ce qu'il y a de l'autre côté de l'horizon de la mer est l'une des plus anciennes passions des hommes. Pour comprendre ses frères humains, il est utile de pénétrer ce sentiment.

– C'est pour cette raison que nous sommes ici, ami Eskandéros, dit Chiron. Veux-tu enseigner à Atalante l'eau salée et l'effet du déplacement de l'air sur une voile ?

– Si elle le désire, ce sera pour moi une fierté.

– Merci, vieil ami, je reviendrai à la fin de l'été.

Ce fut un été magnifique. Chaque matin, parfois avant le jour, Atalante et Eskandéros poussèrent la barque – qui répondait au nom aimable de la *Sardine* – à la mer ; et chaque soir, ils la remontèrent. Eskandéros semblait savoir lire dans les couleurs du ciel, la forme des nuages et l'aspect des vagues quels seraient la meilleure heure et le meilleur lieu pour la pêche.

Eskandéros montra à Atalante comment on manie la godille si souple et l'aviron si puissant ; comment on hisse les voiles et comment on les affale. Il lui apprit à reconnaître d'où vient le vent et comment on juge de sa force. Et lui dit aussi à quel point il est essentiel que cette force et cette direction soient à tout instant présentes à l'esprit du marin. Atalante apprit à serrer le vent en bordant la voile, et à laisser courir le bateau en la libérant. Elle navigua par petit et par gros temps. Et peu à peu, alors que chaque jour son teint devenait plus brun et ses cheveux et ses cils toujours imprégnés de sel plus blonds, elle apprit que sur un bateau tous les sens doivent être constamment en éveil. Et elle apprit que toute variation de la couleur de la mer, de la forme de la vague, tout changement de la gîte*, du bruit de l'eau contre la coque ou du poids du gouvernail dans la main a une signification et une importance.

* Inclinaison du bateau.

CHAPITRE 10
GRECS ET TROYENS

Il était presque midi et le soleil frappait dru sur la mer. La *Sardine* laissa ses voiles s'ouvrir et descendit vent arrière vers le petit port. À une centaine de brasses de la plage, Atalante et Eskandéros affalèrent la voile. Le bateau poursuivit paisiblement sa route sur son élan. Debout à la proue, penchée vers l'avant, Atalante surveillait le fond, prête à signaler un éventuel rocher. Ce n'était qu'une précaution de principe, la baie de Kala était très sûre, le fond de sable scintillait à travers l'eau.

Quand il n'y eut plus qu'une brasse de profondeur, Atalante sauta du bord et, dans l'eau jusqu'à la ceinture, s'arc-bouta pour freiner le bateau et l'empêcher d'aller s'échouer. Eskandéros jeta l'ancre par l'arrière. La *Sardine* s'arrêta pesamment. Atalante alla nouer une amarre à un pieu de bois planté sur la plage et le bateau s'immobilisa.

Atalante et Eskandéros pouvaient maintenant s'occuper des affaires importantes : prélever dans leur pêche les meilleurs morceaux et les mettre de côté pour leur déjeuner et leur repas du soir. Le reste serait bon pour la vente. Ils choisirent quatre belles daurades, deux poulpes rebondis et ce qu'il y avait de plus dodu parmi les rougets et les anchois. La pêche était bonne, ces jours-ci, air frais et vent de nord-est, le temps s'y prêtait bien. Ils remplirent deux paniers de ce qui restait et descendirent à terre pour porter leur pêche à Dromon, un ami. Dromon possédait trois bateaux. Il avait chaque jour une importante quantité de poisson à vendre en ville. Il se chargeait de celui d'Eskandéros en plus.

– Si nous vendions nous-mêmes notre poisson au marché, demanda Atalante, est-ce que nous n'en tirerions pas plus d'argent que ce que te paie Dromon ?

– Certainement. Une fois et demie, au moins.

– Eh bien, alors ?

– Et la peine d'y aller ? De rester debout sous le soleil ? De discuter les prix ? De devoir parler avec tous ces gens ?... Non, crois-moi, fillette, il faut savoir faire des sacrifices. La sieste vaut bien un petit sacrifice d'argent.

Dromon attendait devant ses bateaux. Il était d'excellente humeur. Pour lui aussi, les journées étaient bonnes.

– Belle pêche, mes amis, belle pêche !... dit-il en voyant arriver Atalante et Eskandéros.

L'habitude était de déjeuner tous ensemble sur la plage. Les pêcheurs de Dromon avaient déjà allumé le feu et mis à griller des poissons pêchés le matin. Une odeur forte et exquise s'en échappait, qui rendait soudain la faim féroce. Il y avait aussi une cruche d'eau, des boules de pain, un pot de vin au goût de résine, des figues et des raisins secs. Pour ces pêcheurs qui avaient pris la mer avant le lever du jour, c'était le premier moment de repos de la journée. Le début du repas fut silencieux. Quand on a bien faim, il est déraisonnable de parler en mangeant. Chacun mastiquait avec lenteur et application, goûtant le plaisir du repos et du repas. L'autre plaisir, celui de la conversation, viendrait quand les appétits seraient apaisés.

Il ne restait plus que les arêtes des poissons quand l'attention de tous fut attirée par un bateau qui croisait au large.

C'était une grande et puissante galère à trois rangs de rameurs, naviguant vers l'est.

– C'est une trirème de guerre, n'est-ce pas ? demanda Atalante.

– Et des plus belles, encore ! répondit l'un des pêcheurs. C'est une trirème mycénienne. Un navire d'Agamemnon, le roi des rois. Cette galère va à Troie. C'est la deuxième que je vois passer en moins de deux mois. Agamemnon doit rencontrer des difficultés pour appeler auprès de lui tant de troupes.

– Agamemnon peut amener autant de soldats qu'il veut sous les remparts de Troie, dit Dromon, cela ne changera rien. On ne peut pas prendre une ville pareille par l'assaut, les murs sont trop hauts. On ne peut pas non plus la prendre par la faim, la cité est trop grande et possède six portes. Il faudrait des milliers et des milliers d'hommes pour bloquer toutes les entrées de la ville. Et s'il y a des guerriers qui savent se battre, ce sont les Troyens.

La guerre dont on parlait, c'était la guerre de Troie. Il y avait bientôt dix ans que les rois grecs s'étaient unis pour aller assiéger la puissante cité de Troie, campée aux portes de l'Asie.

Dès l'entrée en guerre, les Grecs s'étaient emparés du port, situé hors des remparts. Ils y avaient établi leur camp. C'était une véritable ville de toile, entourée d'un mur et d'un fossé garni de piques et de pieux. De leur côté, les Troyens s'étaient retirés à l'abri de leurs formidables murailles. Le face-à-face s'éternisait. Presque chaque jour, des combats avaient lieu sur la plaine qui s'étendait entre la ville et le port, mais ni l'un ni l'autre camp ne prenait jamais d'avantage décisif.

– Est-ce que les Troyens ne souffrent pas de la faim après tant d'années de siège ? demanda Atalante.

– On ne manque de rien à Troie, dit Dromon. Le port est occupé par les vaisseaux grecs, mais la côte de Troade ne manque pas de baies discrètes où l'on peut débarquer toutes les cargaisons qu'on veut. L'approvisionnement de la ville se fait presque normalement par les portes qui tournent le dos à la mer. Il suffit aux marchands d'un peu de patience pour éviter les patrouilles grecques. Et des chariots de blé, d'armes et de toutes sortes de marchandises entrent chaque jour dans la ville.

La haute galère s'éloignait. Elle disparut derrière le cap qui fermait la baie.

– Troie ne sera pas vaincue par la famine, conclut Dromon.

Il se leva. Il était temps pour lui de remonter sur l'un de ses bateaux et de se rendre à la ville voisine, au marché de l'après-midi, afin de vendre le poisson.

Pour Atalante et Eskandéros, la journée de travail était terminée. Ils prirent congé des pêcheurs, relevèrent le mouillage de leur bateau et mirent le cap sur Vounia. La brise de mer commençait à se lever. La barque, vent portant, marchait bien. Les vagues frappaient la coque avec un tranquille bruit régulier. Il ne faudrait guère plus d'une heure pour rentrer à la maison.

Atalante tenait la barre, les yeux fixés sur la route du bateau. Eskandéros, allongé sur le plat-bord, les yeux fermés, s'offrait un acompte sur la sieste qu'il s'était promise.

– Pourquoi cette guerre n'en finit-elle pas ? demanda Atalante.

Eskandéros répondit sans se donner la peine d'ouvrir les yeux :

– Parce que les Troyens, tout courageux et pugnaces qu'ils soient, ne sont pas assez nombreux pour affronter l'armée grecque en terrain découvert et la rejeter à la mer. Et parce que les Grecs dépensent plus d'énergie à se disputer entre eux qu'à se battre contre les Troyens.

Cela, Atalante le savait. Les rois grecs, réunis sous l'autorité d'Agamemnon, le roi des rois, ne s'entendaient pas. Il y avait chaque jour des différends entre eux. Le caractère le plus difficile était celui d'Achille, le roi des Myrmidons. Mais Achille était aussi leur meilleur combattant. Et chaque fois qu'Achille était contrarié, il manifestait sa mauvaise humeur en se retirant du combat, sachant bien que son absence affaiblissait considérablement l'armée grecque.

Du côté grec, il y avait donc Achille, *Achille aux clairs cheveux*, le plus prodigieux guerrier qu'on ait jamais vu. Mais, du côté de Troie, il y avait Hector, *Hector au casque étincelant*, le fils aîné du roi Priam, le chef de guerre et le champion des Troyens.

Hector, Achille. Achille, Hector... Le combat des deux héros symbolisait cette guerre tout entière.

Eskandéros, comme s'il avait suivi le fil de la pensée d'Atalante, demanda :

– Et toi, fille, lequel est ton préféré, Hector ou Achille ?

Atalante sourit.

– Hector. *Hector au casque étincelant.*

– Toutes les femmes aiment Hector, observa le vieux pêcheur. Et pourquoi préfères-tu le vaillant Troyen ?

– Je ne sais pas. C'est comme ça. L'homme m'est cher.

– Moi, je sais. Les femmes aiment Hector de Troie parce qu'en plus d'être un formidable guerrier, c'est un bon époux, un bon père et un bon fils. Tout le monde sait qu'il aime tendrement sa femme et son petit garçon. Vous voudriez toutes avoir un mari comme Hector.

– Tu crois que c'est là la raison ? demanda Atalante.

– J'en suis sûr, dit Eskandéros, qui n'avait pas bougé de sa position allongée.

– Mais je n'ai aucun désir d'avoir un mari.

– Pour l'instant, fillette, pour l'instant... Ce sont des choses qui évoluent avec le temps.

– On m'a déjà dit cela, dit Atalante.

– Ah ? Et qui donc ? Notre ami Chiron ?

– Non, un roi, répondit Atalante qui revit pendant un instant en pensée la salle du festin du palais de Calydon.

– Et qu'as-tu pensé de cet auguste conseil ?

– Je n'ai pas changé d'avis.

CHAPITRE 11
CASSANDRE

Le lendemain, aux premières lueurs du jour, Atalante et Eskandéros mirent la barque à la mer. La brise de terre se levait. L'étoile du berger brillait au-dessus de l'horizon. À l'est, le ciel se teintait d'une fine ligne rose.

Ils avaient déjà déployé les filets quand le soleil sortit de derrière l'horizon et éclaboussa la mer de lumière. Un peu avant midi, ils cessèrent la pêche et mirent le cap sur Kala.

Dromon les attendait sur la plage. Il avait l'air ravi et pressé d'un bavard qui a un événement important à raconter.

– Encore une belle journée, mes amis ! Venez vite vous joindre à nous. J'ai appris hier en ville de fameuses nouvelles...

Les pêcheurs étaient déjà assis sur le sable, et le poisson grillait sur la braise. Sans plus attendre, Dromon commença son histoire :

– J'ai appris hier au marché pourquoi ces galères de haut-bord passent devant chez nous. Agamemnon appelle à Troie toutes ses réserves d'hommes car Achille s'est retiré du combat !

Il y eut un murmure de dérision parmi les pêcheurs. C'était tout sauf une surprise. Achille se retirait du combat chaque fois qu'il croyait avoir une raison d'être fâché, c'est-à-dire tous les trois jours environ. Une fois sa mauvaise humeur passée, il remontait sur son char et reprenait sa place au premier rang des guerriers.

– Non, mes enfants, insista Dromon, cette fois, c'est une véritable et grave querelle qui s'est élevée entre Achille et le roi des rois.

– Quel en est le motif ? demanda Eskandéros.

– La belle Briséis. Quand les Grecs ont pris le port, ils ont fait du butin et des prisonniers. Agamemnon et Achille ont chacun reçu dans leur part une captive. Mais la prisonnière donnée au roi des rois était la fille d'un prêtre d'Apollon. Il y a quelques mois, sa famille l'a réclamée. Pour ne pas fâcher le dieu, Agamemnon a dû rendre la jeune fille. Alors il a exigé que la belle Briséis, la prisonnière d'Achille, lui soit donnée en compensation parce que – disait-il – il est inadmissible que le roi des rois reçoive une part de butin inférieure à qui que ce soit d'autre.

– Et Achille a accepté ?

– Achille, furieux d'une telle injustice, a reproché à Agamemnon sa cupidité et son égoïsme. Mais les plus anciens des Grecs l'ont supplié de céder afin de ne pas donner à toute l'armée – lui, le grand Achille –

l'exemple de la désobéissance. Et enfin, Achille a cédé. Mais, quand il a vu Briséis partir, la fureur l'a saisi. De rage, il a brisé son sceptre de commandement et en a jeté les morceaux au sol, et il a juré qu'il ne participerait plus à aucun combat, quel que soit le nombre de Grecs tombant sous les coups des Troyens.

– Et il a tenu parole ?

– Il a tenu parole. Il s'est retiré sous sa tente et, jusqu'à ce jour, ni lui ni ses Myrmidons n'ont plus participé à une seule bataille.

C'était en effet une nouvelle considérable. Achille était à lui seul le fer de lance de l'armée grecque. Si vraiment il renonçait à combattre, Hector et les Troyens, adossés à leur colossale cité, auraient désormais la supériorité sur le terrain.

– Sans Achille, prédit l'un des pêcheurs, les Grecs ne prendront pas la ville.

– Les Troyens doivent se frotter les mains, observa un autre.

– Certes, dit Dromon, on m'a dit que les guerriers de Troie ne perdent pas une occasion de se moquer de ces disputes qui leur donnent chaque jour l'avantage. Du haut des remparts ou face à face dans la bataille, ils accablent leurs adversaires de sarcasmes avant de les assommer de coups. Il paraît que le moral est au plus bas dans le camp grec.

Le vent avait tourné et monté en force. Pour revenir à Vounia, la *Sardine* l'avait maintenant par le travers avant. Atalante, la barre tenue à deux mains et la voile solidement bordée, les yeux sur la route du bateau, était attentive à suivre au gouvernail chaque variation du vent. Les vagues frappaient la barque par le travers. À chaque lame, Atalante et Eskandéros recevaient une rafale d'embruns salés. La mer était bleu sombre, parsemée de moutons blancs.

– C'est bien, fillette, approuva Eskandéros. Tu barreras bientôt mieux que moi.

Atalante, sans quitter le cap des yeux, fit une moue incrédule quoique, au fond, elle se sentît considérablement honorée du compliment.

– Mais si, expliqua Eskandéros. Moi, à mon âge, mes capacités ne font que se détériorer. Toi, tu ne fais que progresser. Nous devrions bientôt nous rencontrer, c'est logique.

– Eskandéros, interrogea soudain Atalante, quelle sorte d'homme est Achille ?

– Achille, dit le vieux pêcheur, est un homme d'une extraordinaire beauté. Il est plus rapide et meilleur guerrier que quiconque. Il est brave au-delà de la témérité, aventureux jusqu'à la folie. Il est impulsif et imprévisible. Capable de cruauté comme de la pitié la plus tendre. La seule personne qui ait le pouvoir de le raisonner est Patrocle, son ami de toujours.

– N'est-ce pas pour les Troyens un avantage considérable qu'Achille ait renoncé à se battre ?

– C'en est un, bien sûr.

– Alors maintenant, poursuivit Atalante, les yeux toujours attentifs à suivre la route du bateau, crois-tu que les Troyens vont rejeter les Grecs à la mer ?

Le vieux pêcheur tarda à répondre.

– C'est possible... finit-il par dire.

Il demeurait pensif.

– À quoi penses-tu ? demanda Atalante. À une autre chose que tu ne me dis pas.

Eskandéros garda encore un instant le silence puis répondit enfin :

– La prophétesse Cassandre a annoncé la ruine et l'incendie de Troie.

– Qui est Cassandre ? demanda Atalante.

– Cassandre est la fille du roi Priam, la sœur d'Hector. Elle possède à un point étonnant le don de prescience. La malheureuse.

– Pourquoi, la malheureuse ? Ce pouvoir est en général considéré comme une bénédiction.

– Les visions que Cassandre a du devenir de Troie sont terribles. Elle voit la défaite, la douleur, la désolation. Mais personne chez les siens ne la croit. On l'appelle « la folle », « la visionnaire », « l'oiseau de malheur », et on la fait taire dès qu'elle donne un avis.

– Mais, demanda Atalante, les conseils que donne Cassandre ne méritent-ils pas d'être écoutés ?

– Certes, il faut écouter les avis de Cassandre ! dit Eskandéros. Il faut toujours écouter tous les avis. Mais qui a envie d'entendre annoncer de mauvaises nouvelles ?

Il se tut un instant, puis reprit :

– C'est un rôle triste et injuste d'être le premier à prévoir un désastre. Quand il serait temps de l'empêcher, personne ne vous croit. Et quand le malheur est là, tout le monde vous en veut.

– Mais comment peut-on savoir si les visions de Cassandre représentent la vérité ?

– On ne le peut pas, bien sûr. Toutefois, les visions d'une prophétesse ayant un tel don mériteraient d'être prises en compte...

Il s'interrompit car on franchissait le cap rocheux qui fermait l'anse de Vounia.

– Pas si près ! Pas si près des rochers, petite... Garde-toi de la marge. Serre bien le vent... Voilà, laisse porter doucement maintenant...

Derrière le cap, le vent et les vagues se calmaient. Ils relâchèrent de la grand-voile, et le bateau, soudain plus docile à la barre, se laissa descendre vers le fond de l'anse.

– Nous avons de la visite... annonça Atalante.

Sur la plage, devant la petite maison blanche d'Eskandéros, trois jeunes femmes se baignaient et jouaient à s'éclabousser. Leurs éclats de rire parvenaient jusqu'au bateau.

– Eh ! mais quelle charmante visite ! s'exclama Eskandéros. Mais, dis-moi, ce sont des intemporelles.

– Ce sont des nymphes de ma mère adoptive, la divine Artémis, dit Atalante. Elle m'avait prévenue qu'elle m'enverrait chercher quand elle aurait besoin de moi.

– Alors, leur venue signifie que ton séjour ici est fini.

– Fini... dit Atalante, il est peut-être seulement interrompu.

Les nymphes accueillirent le bateau avec de joyeux saluts. En effet, elles étaient envoyées par la déesse

Artémis, qui demandait que sa filleule rentre en Arcadie.

– Quel délicieux endroit est Vounia ! s'enthousiasma l'une des nymphes dont les cheveux gouttaient encore d'eau salée.

– La prochaine fois que tu viendras séjourner ici, Atalante, dit une autre en tordant la masse de sa chevelure, nous t'accompagnerons.

– Et vous serez toutes les bienvenues, conclut Eskandéros avec galanterie.

CHAPITRE 12

IANÉE

La déesse Artémis reçut Atalante avec chaleur. Elle la serra dans ses bras divins.

– Ma chère fille, dit-elle, je suis heureuse de te voir.

Elle ne lui expliqua pas pourquoi elle l'avait rappelée. Atalante ne posa pas de questions. Elle savait que la déesse lui donnerait ses raisons quand elle le jugerait bon.

Atalante reprit le rythme tranquille de la vie en Arcadie. Le jour, la chasse et les longues marches dans les collines. Le soir, la rituelle conversation auprès du feu. Quand la nuit tombait, les nymphes et Atalante réunissaient des bûches et des branches mortes, les empilaient en un savant échafaudage et y mettaient le feu. La déesse venait s'asseoir, puis Atalante et les nymphes prenaient place en cercle autour d'elle.

La guerre de Troie, qui n'intéressait plus personne depuis qu'elle avait semblé s'endormir dans un siège sans fin, était redevenue par le fait de la colère d'Achille un sujet de grand intérêt. Les compagnes d'Artémis attendaient avec passion les nouvelles arrivant de Troade.

Achille tenait parole. Chaque jour, à l'heure du combat, il se retirait sous sa tente en compagnie de Patrocle, en fermait le rideau et n'accordait même pas un regard à ce qui arrivait sur le champ de bataille. Le soir, les combattants rentraient chez eux en emmenant leurs blessés. Depuis qu'Achille ne se battait plus, cela allait assez mal dans le camp grec. Hector et ses guerriers, sentant la victoire à leur portée, redoublaient de vaillance. Les habitants de Troie attendaient la victoire finale. « Encore quelques batailles gagnées, disait-on dans la ville, et les quelques Grecs qui auront résisté remonteront sur leurs bateaux et s'en iront à jamais. »

– Grande déesse, demanda un soir une nymphe, est-il vrai que les rois de la Grèce ont entrepris cette guerre parce que les Troyens ont enlevé la belle Hélène ?

– C'est beaucoup dire, dit la déesse. La belle Hélène, la femme du roi grec Ménélas, est tombée follement amoureuse du Troyen Pâris, l'un des fils de Priam. Elle a quitté son époux pour suivre Pâris à Troie. Mais les Troyens n'ont pas enlevé Hélène. Elle aimait Pâris. Elle est venue librement.

– Est-ce la seule raison de cette guerre ?

– Non pas. Troie, debout à la porte de l'Asie, est trop grande, trop riche, trop talentueuse. Elle fait de l'ombre aux cités grecques. Agamemnon n'attendait qu'un prétexte pour s'en prendre à ce puissant voisin. La mésaventure de son frère Ménélas a été ce prétexte.

Quelques jours après son retour de Vounia, Artémis fit demander à Atalante de venir la rejoindre. La déesse se tenait dans sa clairière préférée. Elle n'était pas seule. Un jeune garçon, vêtu en soldat, une épée au côté, était avec elle. Atalante s'approcha, dévisageant le nouveau venu avec curiosité. L'idée lui vint que ce garçon devait être le motif de son retour en Arcadie. Elle constata soudain avec étonnement que le jeune guerrier était une fille. Une fille de douze ou treize ans, aux yeux brun foncé et graves, au teint mat, au visage sérieux. Elle était vêtue d'une tunique de cuir épais et d'un haut-de-chausses en cuir comme en portent les cavaliers. Ses bras étaient maigres, bronzés et musclés. Un cheval à quelques pas de là broutait l'herbe de la clairière. Un casque et une javeline étaient attachés à la selle.

– Ianée, dit la déesse, s'adressant à la jeune cavalière, je te présente ma fille adoptive, Atalante.

Puis elle se tourna vers Atalante.

– Atalante, Ianée est désormais elle aussi ma fille d'adoption. Penthésilée, sa mère, me l'a confiée. Penthésilée m'est particulièrement chère, ainsi que son peuple. Puis-je compter sur toi pour que Ianée soit en sécurité et ne manque de rien chez nous ?

– Avec joie, grande déesse, répondit Atalante.

Atalante s'adressa à la jeune fille :

– Je suis heureuse de te connaître. Es-tu vraiment la fille de Penthésilée, la reine des Amazones ?

– Oui, répondit Ianée.

Atalante perçut de la souffrance dans ce simple mot. Sans doute Ianée éprouvait-elle de la douleur d'être éloignée de sa mère. Atalante décida de ne pas insister davantage. Ianée, si elle en avait envie, lui parlerait plus tard des raisons de son arrivée chez la déesse.

– Ianée est la sixième et la plus jeune fille de la reine Penthésilée, dit la déesse, qui avait elle aussi ressenti la détresse de la jeune fille. Elle vient de faire un long voyage et je crois qu'elle aimerait s'installer et se reposer. Nous l'ennuierons plus tard avec nos questions.

– En été, je couche sur la mousse et sous les étoiles, dit Atalante en guidant Ianée à travers les arbres. Mais il fait en ce moment un peu froid la nuit, tu vas habiter avec moi dans une petite grotte. Tu vas voir comme c'est confortable, on y est complètement à l'abri du vent.

Le cheval de Ianée suivait les deux jeunes filles sans qu'il soit besoin de le tenir par la bride.

– Quel caractère aimable ! remarqua Atalante. Ton cheval te suit toujours aussi gentiment qu'un chien ?

– C'est une jument, dit Ianée. Oui, elle ne me quitte jamais.

– Comment s'appelle-t-elle ?

– Douce.

– Est-elle aussi douce que son nom ?

– Avec moi, oui. Mais elle n'aime pas être montée par quelqu'un d'autre. Mes sœurs ont essayé, elle s'est transformée en furie. Grosse coquine !... Comédienne !... dit-elle à la jument en lui caressant l'encolure.

Douce frotta son front avec tendresse contre l'épaule de sa maîtresse.

– As-tu cette jument depuis longtemps ?

– Ma mère me l'a donnée à sa naissance. Moi, j'avais quatre ans. Je me suis occupée d'elle dès le premier jour. Quand elle a été assez grande, c'est moi qui lui ai appris à accepter un cavalier sur son dos.

– Mais quel âge avais-tu ?

– Presque sept ans.

– Et tu montais déjà assez bien pour dresser un jeune cheval ?

– Chez nous, cela n'a rien d'extraordinaire. Les Amazones vivent avec leurs chevaux et les enfants commencent à monter dès qu'ils savent se tenir sur leurs jambes. On considère que c'est bon pour eux d'être très tôt responsables de leur monture.

– Quand tu dis « les enfants », ce sont les garçons et les filles ?

– Mais non, nous ne sommes que des femmes et des filles chez les Amazones.

– Est-ce vrai, ce que l'on dit, que les Amazones abandonnent leurs bébés garçons à la naissance ?

– Quelle horrible idée ! On les rend à leurs pères, tout simplement. Qui t'a dit cela ?

– Je ne sais pas, dit Atalante. C'est une de ces rumeurs que les gens doivent aimer à répéter parce que c'est choquant.

– Ils grandissent auprès de leurs pères, qui ont en général une femme et d'autres enfants. Ils apprennent à construire des maisons, à cultiver la terre, à soigner les gens... Il y a aussi des filles qui les rejoignent, celles qui en grandissant s'aperçoivent qu'elles n'ont pas de goût pour les choses de la guerre. Ma mère dit qu'on ne peut pas forcer sa nature et que cela ne sert à rien de devenir une combattante si l'on n'en a pas la vocation, sauf à se faire tuer au premier engagement.

– Et toi, tu te sens une vocation pour devenir une guerrière ?

– Je crois que oui, répondit Ianée simplement.

– Comment allons-nous faire, la nuit, avec Douce ? Faut-il lui construire un enclos ?

– Ce n'est pas la peine. Elle n'ira nulle part si je n'y vais pas moi-même. Elle a été élevée ainsi. Elle a connu mon odeur dès sa première heure de vie, elle n'aurait pas l'idée de s'éloigner de moi.

– Tous vos chevaux sont élevés ainsi ?

– Les chevaux de bataille, oui. Toi aussi, tu as l'habitude de monter à cheval ?

– Pas du tout, dit Atalante. Moi, ma spécialité, c'est plutôt de courir.

– Eh bien, c'est juste pour t'expliquer que, quand on monte, il est essentiel qu'une relation de confiance existe entre le cheval et le cavalier. Et c'est encore plus vrai lorsqu'il s'agit de combattre. Imagine une guerrière qui tombe ou qui est jetée à bas de sa monture ; si son cheval s'enfuit, elle est perdue ; s'il reste auprès d'elle, elle a une chance de s'en sortir.

– Mais cela prend des années d'élever ainsi un cheval. Il devient très précieux. Que se passe-t-il s'il est blessé ou malade ?

– C'est très vrai. C'est pour cela que nous en avons plusieurs. J'ai aussi deux pouliches que je dresse de la même façon que Douce... enfin, que je dressais... Je n'ai pas pu les amener avec moi.

– Qui s'en occupe, en ce moment ?

– Ma mère et mes sœurs.

– Tu as dit : deux pouliches. Vous ne montez que des juments ?

– Oui.

– Même les chevaux mâles sont exclus du monde des Amazones ?

Cette idée fit rire Ianée. Atalante éprouva du plaisir à la sentir ainsi se détendre pour la première fois depuis son arrivée en Arcadie.

– Tu as trop d'imagination. C'est seulement parce qu'il est contraire aux usages des Amazones de castrer les chevaux mâles. Et si tu connaissais les chevaux, tu saurais que c'est compliqué de monter des étalons. Entre eux, ils ne pensent qu'à se battre. Et les juments, quand il y a un étalon dans les parages, n'ont pas d'autre idée en tête que de faire les belles. Elles n'ont plus le moindre désir de travailler ou de se faire monter sagement par leur maîtresse. N'est-ce pas, grosse coquine de Douce ?...

CHAPITRE 13

LE PEUPLE DES AMAZONES

Le lendemain de l'arrivée de Ianée, alors que la jeune Amazone dormait encore, Artémis vint au point du jour chercher Atalante et l'emmena vers la forêt à quelque distance de la grotte.

– Ma chère vieille folle de Penthésilée s'est mis dans la tête de rejoindre les Troyens. Cela ne m'étonne pas d'elle. Quand il y a un guêpier quelque part, on peut lui faire confiance pour aller s'y fourrer. Toujours est-il qu'elle a eu le bon sens de ne pas exposer Ianée et de nous l'envoyer.

– Grande déesse, je sais que l'avantage est en ce moment du côté de Troie, mais la situation peut changer. Est-ce que Penthésilée connaît les prédictions de Cassandre ?

– Je ne sais pas si elle les connaît mais je sais que ce n'est pas une pensée qui pourrait l'empêcher d'aller à Troie. Les Amazones aussi, autrefois, ont été en guerre contre les Grecs. Les Troyens les ont toujours soutenues. L'honneur commande à Penthésilée d'apporter son aide à Priam et Hector, et d'autant plus si les augures leur sont défavorables.

– Que sait Ianée, exactement ?

– Ianée sait que sa mère et les Amazones sont parties se joindre aux Troyens. Penthésilée lui a seulement dit qu'elle était trop jeune pour affronter des conditions si difficiles. Elle lui a présenté la chose de façon toute naturelle. Évidemment, Ianée en a été déçue et attristée, mais on est discipliné chez les Amazones. On ne discute pas les ordres de la reine, et encore moins si la reine est votre mère.

– Grande déesse, continuerons-nous à parler de Troie en présence de Ianée ?

– Bien sûr, nous continuerons. La petite ne pense qu'aux siennes, ce serait cruel de ne pas lui en donner de nouvelles. Seulement, je tairai tout ce qui pourrait l'inquiéter. Préviens les autres de ne pas poser de questions maladroites.

La déesse se tut un instant puis reprit :

– Maintenant que j'y songe, je crois que Penthésilée a conscience du péril qui menace Troie et ses défenseurs. Il n'est pas dans les habitudes des Amazones de se séparer les unes des autres. C'est même le contraire de leur tradition. Si elle a envoyé Ianée au loin, c'est qu'elle craint des batailles très destructrices. Elle supporte d'exposer la vie de ses cavalières et de ses cinq filles aînées, mais le cœur lui manque pour risquer aussi celle de sa petite dernière.

Quelques jours plus tard, la déesse vint à la grotte où habitaient maintenant les deux jeunes filles. Elle amenait avec elle une agréable jument gris souris.

– Tout à l'heure, dit-elle à Atalante, en voyant Ianée et Douce galoper dans la forêt, j'ai réalisé qu'il y avait une grave lacune dans ton éducation. En vérité, j'en suis confuse : comment ai-je pu oublier de te faire apprendre à monter à cheval ?

– C'était un oubli, divine Artémis, dit Atalante en souriant, je ne vois que cette explication.

Cette jument grise était une double bonne idée. Enseigner l'équitation à Atalante distrairait Ianée de ses inquiétudes. Et Atalante, en trois jours, avait eu le temps de comprendre que pour veiller sur la jeune Amazone qui passait le plus clair de son temps à cheval, il lui fallait elle aussi se mettre en selle.

Les deux juments se flairèrent avec prudence le bout du nez, puis décidèrent qu'elles se plaisaient. Elles s'adoptèrent et se mirent à brouter côte à côte.

– Les voilà déjà amies, dit Atalante. Comment s'appelle la grise ?

– Fleur d'Arcadie, répondit la déesse. Elle est généreuse de ses efforts mais, fais attention, elle a le tempérament farceur.

Atalante revêtit un haut-de-chausses en cuir semblable à celui de Ianée, cousu par les nymphes, et dès le lendemain commença son apprentissage de cavalière. Ianée lui apprit à s'élancer sur sa jument sans lui offenser le dos, à aller au pas, au trot et au galop et à épouser d'un mouvement souple du bassin tous les déplacements de son cheval.

– Par le contact de tes jambes, de ton assiette et de tes mains, disait Ianée, tu dois toujours être à l'écoute de ton cheval. Tu dois en permanence ressentir son état d'esprit, son inquiétude s'il en ressent, et son désir de se porter en avant... Imagine que tu es un centaure et que les quatre jambes qui se trouvent sous toi sont les tiennes.

Artémis avait dit vrai : Fleur d'Arcadie aimait la plaisanterie. À la fin d'un galop, égayée par la course, elle trouvait très amusant de faire quelques joyeuses cabrioles qui envoyaient immanquablement sa cavalière rouler dans l'herbe.

– Qu'ai-je encore fait qu'il ne fallait pas faire ? demandait Atalante, assise par terre.

– Tu restes trop penchée en avant, disait Ianée, je te l'ai dit cent fois. Quand tu sautes ce ruisseau, tu accompagnes ta jument vers l'avant, c'est très bien... Mais, après, reviens à ta place. Tu restes avec le visage entre ses deux oreilles... Elle n'a qu'à baisser la tête pour te voir par terre. Tu devrais pourtant savoir qu'elle ne va pas s'en priver.

Atalante se relevait, rattrapait Fleur d'Arcadie par la bride, la traitait amicalement de sale bête et de caractère de harpie et se remettait en selle.

Ianée avait vécu chaque jour de sa vie dans la compagnie des chevaux. Rien ne pouvait la rapprocher davantage de sa nouvelle grande sœur d'adoption que de lui enseigner son expérience. Atalante, au fil des jours, sentit grandir la confiance de sa protégée. Ianée s'apprivoisait. Elle racontait son pays d'Anatolie, sa mère, ses sœurs et les folles chevauchées pendant lesquelles l'ivresse du galop faisait perdre aux Amazones toute pensée autre que celle de la vitesse.

Parfois, mettant leurs juments au pas, les deux jeunes filles parlaient des après-midi entiers et ne s'arrêtaient qu'en voyant le soleil se poser sur l'horizon.

– Existe-t-il un seul ou plusieurs peuples des Amazones ? demanda un jour Atalante.

– Autrefois, il y avait un seul grand peuple des Amazones, en Anatolie. C'étaient des cavalières et des nomades. Elles s'appelaient entre elles les Sœurs du galop. Mais aujourd'hui, il y a trois tribus.

– Qu'est-ce qui a provoqué cette séparation des tribus ?

– La guerre. La guerre contre les Grecs. Comme Troie aujourd'hui.

– Quand était-ce ?

– Il y a cent ans. Un peu plus, même...

– Qu'est-ce qui a causé cette guerre ?

– Les Amazones représentaient une véritable puissance guerrière, et les Grecs n'ont jamais aimé ce qui est puissant et qui n'est pas grec. Et ma mère, Penthésilée, dit qu'ils aiment encore moins ce qui est puissant et qui est femme. Tu veux que je te raconte cette histoire ?

– Oui.

– Les Grecs étaient nombreux et brutaux, mais, pendant les premières années, les Amazones se sont bien battues. Légères, rapides, capables de vivre de peu, se déplaçant par petits groupes, elles harcelaient les Grecs. On peut dire que, pendant toutes ces années, les soldats grecs ont vécu dans la peur et qu'ils n'ont jamais vu le soleil se coucher sans sentir l'angoisse monter en eux. Les Amazones surgissaient de la nuit, fondaient sur le camp ennemi, bousculaient les tentes, culbutaient ce qui était sur leur passage, volaient les chevaux et disparaissaient dans l'obscurité avant que les soldats aient seulement eu le temps de s'armer.

Les yeux de Ianée brillaient quand elle évoquait les exploits de ces guerrières du temps passé.

– Les Grecs cherchaient à affronter les Amazones dans une grande bataille en plein jour et en terrain découvert. Ils savaient que dans ces conditions, leur nombre et leur force leur donneraient la supériorité. Les Amazones, elles aussi, le savaient et, tant qu'elles l'ont pu, elles se sont ingéniées à dépister les Grecs et à éviter cette bataille.

– Un jour, elles n'ont pas pu l'éviter ?

– C'était l'hiver. On se battait moins. Les Amazones s'étaient regroupées sur le bord d'un fleuve qui s'appelle le Thermodon. C'était une plaine éloignée de tout, adossée à la montagne. Mais les Grecs avaient les meilleurs espions du monde et ces espions ne craignaient pas la neige, ni le froid, ni la fatigue. Ils trouvèrent le camp des Amazones. Et, un matin, au lever du jour, la fonte des neiges finissait et le sol était à nouveau ferme, les Anatoliennes trouvèrent face à elles l'armée grecque tout entière rangée en bataille.

– Elles ne pouvaient pas fuir ?

– Elles avaient la montagne derrière elles. Elles durent accepter le combat. Et elles furent défaites. La nuit après la bataille, les rescapées parvinrent à se regrouper et à se retirer par les sentiers de la montagne. Elles se divisèrent en deux troupes afin de dépister leurs ennemis. La reine avait été tuée pendant le combat. Ses deux filles prirent chacune le commandement d'un des groupes. La fille aînée ramena ses compagnes vers l'Anatolie. Sa sœur choisit de suivre la côte de la mer Noire et, après plusieurs mois d'errance, s'établit près d'une ville du nom de Sinope.

– Toi et tes sœurs, vous êtes donc les descendantes de celles qui retournèrent en Anatolie...

– C'est cela. Ma mère et la reine de Sinope sont cousines. Les Amazones de Sinope se sont peu à peu rapprochées des autres gens et du mode de vie moderne. Elles portent toujours les armes mais elles ont abandonné l'état nomade. Elles font commerce de leurs chevaux. Il faut dire qu'elles élèvent les plus éblouissants pur-sang de l'Asie Mineure. Des montures de rois.

– Et vous, les Anatoliennes, vous êtes restées fidèles à la façon de vivre de vos aïeules ?

– Oui, mais ce n'est plus comme au temps de la grande tribu des Amazones. Nous ne parcourons plus d'aussi grandes distances. Mais nous ne vendons jamais nos chevaux.

– Que pense la reine Penthésilée de ces changements ?

– Ma mère dit que tout cela est bien triste, mais inéluctable. Elle dit qu'on ne peut empêcher l'esprit des gens de se modifier avec le temps et que les traditions qui se refusent à évoluer disparaissent.

Devant les deux cavalières, un long herbage s'étendait, coupé par un cours d'eau.

– C'est un bon endroit pour le galop, dit Ianée. Atalante, ce n'est pas un galop de charge ! Tu ne permets pas à ta jument de t'emporter. Tu la laisses courir, mais c'est toi qui décides. Pour le ruisseau, tu la laisses sauter, elle sait mieux que toi le faire. Tu te contentes de bien accompagner le saut. Au bout de la prairie, tu l'obliges à s'arrêter progressivement en repassant au trot, puis au pas, et non pas toutes les deux cul par-dessus tête dans les buissons...

Les deux cavalières partirent dans un galop régulier, sans précipitation. Elles franchirent ensemble le cours d'eau d'un saut facile et élégant. Mais passé le ruisseau, Fleur d'Arcadie, rendue joyeuse par l'effort, s'appuya sur la bride et allongea ses foulées. Atalante tenta de se redresser et de reprendre le contrôle, mais la jument allait trop vite. Elles arrivèrent à plein galop à la lisière de la forêt. Fleur d'Arcadie s'arrêta presque sur place, Atalante bascula par-dessus l'encolure de sa jument et alla finir sa course dans les hautes herbes du sous-bois.

– C'était presque ça, dit Ianée qui arrivait derrière. Disons que jusqu'au ruisseau, il y avait de l'idée.

CHAPITRE 14
LES FEMMES DU NORD

Atalante éprouvait pour cet étrange peuple des Amazones une sympathie et une curiosité qui augmentaient chaque jour.

– Tu m'as dit qu'il existe trois grandes tribus d'Amazones, demanda-t-elle un jour à Ianée. Tu m'as parlé des Amazones d'Anatolie, tes sœurs, de vos cousines de Sinope, mais où se trouve la troisième tribu ?

– Au nord de la mer Noire. Dans un pays qu'on appelle le territoire des Scythes.

– Celles-la aussi ont pour grands-mères les guerrières de la bataille du Thermodon ?

– Oui, mais elles n'ont pas suivi les deux filles de leur reine. Elles étaient prisonnières des Grecs. Pendant la bataille, ils avaient fait un certain nombre de captives. Ils les emmenèrent ensuite jusqu'à la côte de la mer Noire. Ils les firent monter sur un bateau et les enchaînèrent dans la cale pour les ramener chez eux.

– On dirait que les Grecs adorent avoir des captives, observa Atalante, qui songeait aux récentes querelles entre Achille et le roi des rois pour la possession de la belle Briséis.

– Pour eux, c'est la récompense suprême du guerrier, dit Ianée. La victoire est complète quand on ramène chez soi les femmes et les filles des vaincus. Alors, imagine : ramener des guerrières prisonnières... Exhiber dans sa maison des Amazones esclaves... Quel triomphe ! Quelle couronne pour le front des vainqueurs ! Ah, ils les connaissaient mal, les guerrières amazones !...

– Dis-moi vite.

– Les Grecs, après leur victoire près du Thermodon, pensaient la guerre finie. On était vainqueur, on rentrait à la maison, on ramenait un formidable lot de belles captives, tout allait bien. On pouvait bien se détendre un peu après toutes ces années d'efforts. Un jour, le bateau fit escale dans une baie pour refaire les provisions d'eau et de nourriture. On apporta de grandes futailles d'eau douce sur le pont, on défit les liens de la moitié des prisonnières et on leur permit de venir se laver et laver leurs vêtements. Qu'avait-on à craindre ? Depuis leur désastre du Thermodon, les pauvrettes étaient prostrées, abattues, incapables de volonté. C'était donc ça, les rebelles Amazones ? Légendes, tout ça... En vérité, il n'y avait là que de pauvres petites femmes qui avaient besoin d'hommes, voilà tout !... Ainsi, on les autorisa à quitter la cale pour venir se rafraîchir. Après tout, elles étaient des esclaves de luxe. Il ne fallait pas qu'elles arrivent en Grèce en mauvais état.

– Surtout pas, dit Atalante. Ç'aurait été du gâchis.

– Quand elles furent sur le pont, elles s'occupèrent sagement de se laver et de faire leur lessive. Certaines chantaient tout bas. Elles semblaient tout au bonheur de retrouver la chaleur du soleil et la liberté de leurs mouvements... Une bonne partie de l'équipage se trouvait à terre pour se détendre ou s'occuper du ravitaillement. Soudain, au signal de l'une d'elles, les prisonnières se transformèrent en furies. Elles se ruèrent sur leurs gardiens stupéfaits à coups de poing, de dents et de tout ce qu'elles trouvèrent pouvant servir d'arme. La rapidité et la surprise ont toujours été les meilleures armes des Amazones. Ils auraient pourtant dû s'en souvenir. En quelques minutes, les geôliers furent roués de coups et jetés par-dessus bord. Elles libérèrent leurs compagnes restées dans la cale. Pour s'enfuir plus vite, elles coupèrent le mouillage qu'elles ne savaient pas relever. Elles se mirent aux avirons pour s'éloigner de la côte avant que les soldats descendus à terre ne reviennent. Quand elles se jugèrent assez loin, elles se débrouillèrent pour hisser la voile. La chance était avec elles car le vent soufflait de terre et les emmena vers le large. Elles prirent toutefois le temps d'insulter copieusement leurs ex-gardiens qui nageaient et de leur jeter tous les détritus qui traînaient à bord.

– C'est magnifique, applaudit Atalante. Ensuite, que leur arriva-t-il ?

– Elles ne connaissaient pas la navigation et ne savaient pas conduire le navire. Elles dérivèrent pendant des jours et des jours à travers la mer Noire au hasard des vents et des courants. Et un jour, elles touchèrent terre sans savoir où elles se trouvaient. Elles laissèrent le bateau s'échouer, elles débarquèrent et abandonnèrent le navire. Elles étaient en Scythie.

– À terre, que firent-elles ?

– Elles voulurent reprendre la vie de guerrières nomades qu'elles avaient toujours connue. Pour ça, il leur fallait des chevaux. Elles les volèrent aux habitants des villages scythes. Ceux-ci n'y comprenaient rien. Ils ne virent les Amazones que de loin et les prirent pour de jeunes garçons. D'où sortait donc cette horde d'adolescents voleurs de chevaux ? Ils désignèrent pour les poursuivre un groupe d'hommes choisis parmi ceux qui n'étaient pas encore mariés. C'était leur habitude. On exposait d'abord la vie de ceux qui n'avaient pas de famille à charge. Pendant un temps, ils pourchassèrent les guerrières. Il y eut quelques échanges de flèches et de javelines, mais de loin, et qui ne blessèrent personne. Mais, un jour, les Scythes parvinrent à s'approcher sans bruit de quelques Amazones qui s'étaient éloignées du groupe pour se laver à un ruisseau. Ils découvrirent alors avec stupeur que leurs jeunes voleurs étaient des filles.

– Cela changeait quelque chose ?

– Cela changeait tout. Chez les Scythes, la vie des femmes en âge d'avoir des enfants est sacrée. Alors, ils tentèrent de se rapprocher des fugitives et de faire la paix avec elles.

– Ils y parvinrent ?

– Il faut croire qu'ils étaient séduisants et qu'ils surent être persuasifs car, bientôt, ils ne furent plus qu'une seule troupe. Des couples se formèrent. Pendant un temps, ils marchèrent ensemble et leur chevauchée les mena jusqu'aux confins des territoires scythes. Un jour, les hommes souhaitèrent rentrer dans leurs villages en ramenant avec eux leurs nouvelles épouses. Mais les Amazones refusèrent. Elles dirent à leurs maris qu'elles avaient toujours connu une vie libre dans les grands espaces et qu'elles ne sauraient jamais supporter l'autorité de leurs belles-familles. Les hommes cédèrent et ils s'installèrent où ils étaient, c'est-à-dire dans ces territoires du Nord.

– Que devinrent-ils ensuite ?

– Ils y sont toujours. Ils ont fondé un nouveau peuple. Ils vivent en couples mais hommes et femmes portent les armes, vont à la chasse et montent à cheval. Ma mère dit que ce sont sans doute ces femmes du Nord qui feront vivre le plus longtemps la tradition des Amazones.

CHAPITRE 15

LES PRÉSAGES

Atalante progressait dans l'art équestre. Elle était maintenant capable de garder le contrôle de son cheval dans les galops déchaînés que Ianée aimait. Les deux juments, Douce et Fleur d'Arcadie, ne pouvaient pas plus l'une que l'autre supporter d'être la seconde. Elles se livraient à des courses effrénées qui coupaient le souffle de leurs cavalières. Fleur d'Arcadie s'amusait toujours à ses sauts de cabri, mais Atalante avait appris à les voir venir et se retrouvait de moins en moins souvent à terre.

Ianée parlait régulièrement des combats de Troie. C'était pour elle une inquiétude constante. S'en ouvrir à son amie la rassurait un peu. Atalante comprit vite que Ianée, instruite dès l'enfance des choses de la guerre, avait une vision assez lucide de la situation. Mais par un tenace et animal besoin d'espoir, elle repoussait toujours de son esprit l'image d'une possible défaite des Troyens.

– Sais-tu comment on appelle parfois la cité de Troie ? demanda-t-elle un jour à Atalante.

– Non.

– *Troie aux bons chevaux*. Les Troyens et les Amazones ne peuvent que s'entendre. Comme les Amazones de Scythie sur leur bateau, nous finirons par jeter les Grecs à la mer.

Le soir, auprès du feu, la déesse donnait à ses compagnes les nouvelles qu'elle avait, tout en veillant à atténuer autant que possible celles qui pouvaient nourrir l'anxiété de Ianée.

Chaque jour, on se battait dans la plaine de Troie. Troïlus, le jeune frère d'Hector, encore adolescent, Troïlus le cavalier, celui que ses amis appelaient *Troïlus qui combat à cheval,* avait été tué. Mais cela, Artémis ne le dit pas à ses compagnes.

Agamemnon avait envoyé une ambassade auprès d'Achille pour tenter de le convaincre de reprendre sa place. Achille, dont la rancune n'avait pas diminué le moins du monde, avait repoussé toutes les offres de réconciliation. Et pour achever de contrarier ses alliés, il avait même annoncé son intention de remonter bientôt sur son vaisseau et de quitter le camp. Cette nouvelle était parvenue aux Troyens. La ville entière avait exulté de joie en l'apprenant. Cela, en revanche, Artémis l'avait annoncé en présence de Ianée.

Les deux amies avaient mis pied à terre au bord d'un torrent et laissaient boire leurs juments. Ianée, le regard perdu dans l'eau qui court, était plongée dans ses pensées.

– As-tu entendu parler des prédictions de Cassandre ? demanda-t-elle soudain.

– Oui, dit Atalante.

– Elle a annoncé la défaite et l'incendie de Troie, continua Ianée sans lever les yeux. Est-ce que tu y crois, toi ?

– Je ne sais pas, répondit Atalante. Il faut avoir des dons de prêtresse pour interpréter les augures.

– Moi, je n'y crois pas, dit Ianée d'une voix presque chargée de défi. La reine ma mère dit qu'avant une bataille les augures sont toujours défavorables, ce qui est normal puisque au moins l'un des camps va perdre. Elle dit que les oracles ne sont jamais capables de préciser clairement lequel des adversaires est concerné. Parfois, pour plaisanter, elle ajoute que si l'on devait attendre des présages encourageants pour livrer combat, on resterait toujours chez soi à tondre ses moutons et filer leur laine, ce qui ne serait d'ailleurs pas sans charme. Elle prétend qu'elle y pense parfois pour ses vieux jours...

Atalante sourit.

– Quand tu parles de Penthésilée, ta mère, je comprends qu'elle est à la fois vaillante, bonne de cœur et drôle... J'aimerais la connaître.

Une expression de grande tendresse passa sur le visage de la petite Amazone.

– Oui, ma mère est tout ce que tu dis. Peut-être, quand je rentrerai chez moi, tu pourrais m'accompagner...

Fleur d'Arcadie releva soudain la tête, échappa à sa cavalière et s'éloigna en quelques bonds de côté. Elle s'arrêta à une dizaine de pas en regardant Atalante d'un air taquin, une mine qui semblait dire : « Attrape-moi, si tu le peux. » Atalante fit deux ou trois rapides enjambées, la jument s'éloigna d'autant. Mais la jeune fille accéléra soudain sa course de façon si fulgurante qu'elle saisit la bride de Fleur d'Arcadie avant que celle-ci n'ait eu le temps de prendre franchement le galop. Atalante tira à elle la tête de la jument jusqu'à l'appuyer contre son front.

– Tu ne joues jamais à cela avec moi ! dit-elle. C'est compris, grosse affreuse ?

La jument roulait des yeux effrayés, craignant une punition, mais Atalante la ramena sans plus de reproches vers la rivière. Ianée riait.

– C'est magnifique, dit-elle, ce que tu cours vite.

– C'est parce que j'ai appris à courir comme toi à monter à cheval : toute petite.

– Avec ta vitesse, tu ferais une splendide guerrière.

– Vos cuirasses, vos armes, vos boucliers m'empêtreraient. Avec tout cet attirail, je me traînerais comme une tortue. Il faut être léger pour courir vraiment, presque nu.

– Même toute nue tu n'iras jamais aussi vite qu'une flèche. Et, sans cuirasse, elle te traversera tout simplement le corps.

– C'est vrai. Ce doit être pour ça que je n'ai pas de goût pour les choses de la guerre.

Ianée revint à sa songerie concernant les présages qui pesaient sur Troie.

– Tu sais, Cassandre... Peut-être a-t-elle des visions justes, mais mal interprétées... La ruine, l'incendie... ce pourrait-être dans le camp des Grecs.

– Peut-être, dit Atalante avec gentillesse. En effet, on peut comprendre ses prédictions de cette façon. Est-ce ainsi que la reine ta mère voit les choses ?

– Oh, non ! ma mère est comme toi. Elle dit que ce n'est pas son métier d'ergoter sur le sens à donner aux augures et que, pour elle, le meilleur présage, c'est une épée solide au bout d'un bras bien entraîné. En revanche, elle sait très bien apprécier les forces respectives de deux ennemis en présence. Son avis est que la force est, aujourd'hui, du côté de Troie, surtout si Achille persiste à demeurer hors du combat. Mais, avant tout, elle dit que l'honneur commande aux Amazones de se battre aux côtés des Troyens et qu'on ne change pas de camp parce que le vent tourne ou que la fortune est contraire.

– Ne pas prendre part aux combats, ce n'est tout de même pas la même chose que changer de camp...

– Pour les Amazones, c'est exactement la même chose.

CHAPITRE 16
PATROCLE

Atalante et les nymphes étaient réunies, assises en cercle auprès de la déesse. Ianée n'était pas parmi elles. Fatiguée ce soir-là, elle avait demandé à se retirer et dormait dans la grotte.

Artémis fit signe à ses compagnes de se rapprocher et dit à mi-voix :

– Une terrible bataille a eu lieu. La plus longue et la plus acharnée qu'on ait vue depuis le début de cette guerre.

– Des sœurs de Ianée ont-elles été tuées ? demanda aussitôt Atalante.

– Non, Penthésilée et ses Amazones sont sauves, répondit la déesse. C'est une grande victoire pour Hector qui a mené toute l'attaque. Pendant plusieurs heures les Grecs se sont trouvés repoussés jusqu'au rivage. Ils ont défendu chaque pouce de terrain mais, enfin, Hector et ses hommes ont traversé leurs rangs et mis le feu aux navires grecs remontés sur la plage.

Les bateaux ont brûlé comme des torches géantes, illuminant la plaine comme en plein jour.

– Est-ce que cela veut dire que, pour les Grecs, la guerre est perdue ? demandèrent les nymphes.

– Non. Et je ne sais si les Troyens doivent se réjouir de cette victoire, car Hector, emporté par sa fougue, est allé trop loin. Voici comme les choses se sont passées : Patrocle, l'ami d'Achille, a vu les vaisseaux prendre feu. Bouleversé, il a couru supplier Achille de pardonner aux siens et de venir à leur secours. Achille s'est ému. Le jour n'allait pas tarder à se lever. Les Myrmidons n'avaient pas encore combattu, leurs forces étaient intactes. S'ils chargeaient les Troyens fatigués, ils les rejetteraient hors du camp. Mais Achille avait encore trop d'amertume contre le roi des rois pour combattre en personne. Alors, il a aidé Patrocle à revêtir sa propre armure et son casque à panache. Chacun, pensait-il, en voyant Patrocle croirait voir Achille. Les Grecs reprendraient courage, les Troyens perdraient le leur. « Mais, dit Achille à son ami, reviens aussitôt que les vaisseaux seront dégagés. Ne conduis pas nos guerriers jusqu'aux remparts de Troie. »

La déesse se tut un instant. Puis elle reprit :

– Patrocle et les Myrmidons se sont rués au combat. Comme prévu, les Troyens, croyant voir Achille les attaquer, ont reculé. Ils ont laissé le port et reculé en ordre vers la plaine et vers Troie. Et là, ce fou de Patrocle a vu, droit devant lui, la ville et ses portes ouvertes. Il a cru que la fière Troie allait enfin être prise, et grâce à lui !

Avec un cri de guerre, il a poussé ses chevaux et s'est élancé à la poursuite des Troyens.

– Mais, grande déesse, les ordres d'Achille ?

– Oubliés, les ordres d'Achille ! Et cet autre fou d'Hector, aussi fou que Patrocle, voyant les Myrmidons le poursuivre, se retourne et fait front !... Il n'avait pourtant qu'à rentrer dans la ville, abriter ses hommes fatigués derrière les remparts et fêter sa prodigieuse victoire... Ses amis l'ont adjuré d'arrêter là ce combat. Les présages étaient mauvais, disaient-ils. Mais Hector a balayé toutes ces raisons. « Il n'est, a-t-il dit, qu'un vrai, qu'un bon présage, c'est de défendre son pays. » Il a fait demi-tour et il est reparti vers l'ennemi dans un galop d'enfer en lançant son cri de guerre : « Troyens, Lyciens et Dardaniens, montrez-vous des hommes ! » Voyant Patrocle, il a cru reconnaître Achille. Il avait accompli ce jour-là tant d'exploits qu'il se sentait prêt à tout affronter. Sans doute pensait-il même que c'était le jour où jamais pour vaincre Achille...

Les nymphes et Atalante écoutaient dans le plus grand silence. La déesse repoussa une bûche qui s'écroulait hors du feu et poursuivit :

– Hector s'est dirigé droit sur Patrocle. Patrocle a sauté de son char pour l'attendre. Une mêlée sauvage a eu lieu. Patrocle s'est battu comme un taureau furieux. Seul contre neuf, il faisait de terribles moulinets, mais il avait vu trop grand, trop fort... Dans la tempête du combat, il a perdu son casque, ou plutôt le casque d'Achille, et chacun a pu le reconnaître. Les Troyens l'ont encerclé. Il a été atteint de deux coups de lance, sa cuirasse s'est brisée. Se sentant faiblir, il a voulu rejoindre les siens, mais Hector s'est dressé face à lui, a levé sa javeline et l'a frappé en plein corps. « Ah, Patrocle ! a dit Hector, fou que tu étais ! Tu croyais emporter notre ville et emmener nos femmes captives dans ton pays ? » Patrocle est tombé sur les genoux et, lentement, s'est affaissé sur les pierres. Il sentait la vie qui le quittait. Animé du don de prophétie qui est accordé aux mourants, il a répondu d'une voix presque sans souffle : « Ne triomphe pas tant, Hector. Toi aussi, tu vas mourir, bientôt. Et c'est Achille qui te donnera les coups mortels. – Qui sait, Patrocle ? Peut-être est-ce moi qui frapperai Achille de ma lance. » Et Hector a retiré la javeline du corps de Patrocle, lui ôtant du même geste la vie...

Un long silence suivit ces dernières paroles de la déesse. On n'entendait que les craquements du feu et une chouette qui, au loin, appelait dans la nuit.

– Hector, reprit enfin la déesse, s'est emparé des armes d'Achille et les a revêtues. Pour lui, à cet instant, le triomphe était complet. Et la bataille a repris. Les Grecs présents ont déployé tous leurs efforts pour reprendre le corps de Patrocle. Comment pourrait-on jamais annoncer à Achille que son ami avait été tué et que son corps était resté chez les Troyens ?

– Achille connaissait-il la mort de son compagnon ?

– Achille a vu que la bataille s'éloignait des vaisseaux. Il en a été rassuré. Il pensait que Patrocle, conformément à ses ordres, n'allait pas tarder à rentrer, victorieux, sain et sauf. Mais les heures s'écoulaient, et Patrocle ne rentrait pas. Achille alors a commencé à craindre qu'un malheur ne soit arrivé. C'est à ce moment que des guerriers sont revenus de la plaine et ont annoncé à Achille la mort de Patrocle. La douleur d'Achille a été si déchirante que ceux qui étaient là lui ont saisi les mains, craignant qu'il ne se tue avec sa propre épée. Des sanglots le secouaient. Il se reprochait en pleurant d'avoir envoyé à la mort un ami plus cher qu'un frère... Et soudain, voyant qu'on lui ramenait son char, le char dont il avait lui-même resserré les harnais avant que Patrocle ne parte, il a sauté sur la plate-forme et a lancé ses chevaux. Il a franchi au galop la porte du camp. Il était sans casque et sans armes. Il s'est arrêté près des fossés, et debout, face à Troie, il a poussé un terrible cri : « Troyens, malheur à vous ! Et toi, Hector, je te tuerai ! » Il était debout sur son char, éclairé par le dernier feu du soleil, et sa voix était si formidable, son aspect si menaçant, que les Troyens ont été pris de peur et ont reculé, abandonnant la lutte. Les Myrmidons ont alors étendu le corps de Patrocle sur une civière et l'ont ramené à la tente d'Achille.

CHAPITRE 17
SŒURS DU GALOP

La lune venait de surgir au-dessus des arbres et répandait sa lumière blanche sur la forêt. L'ombre des troncs dessinait des lignes noires sur le sol. Atalante marchait vers la grotte, plongée dans ses pensées.

Comment les Troyens, si courageux, si belliqueux et si seuls, allaient-ils résister aux Grecs à nouveau conduits par un Achille à la douleur et à la fureur démesurées ? Certes, à l'intérieur des murailles, des optimistes entêtés devaient s'obstiner à chanter victoire et à célébrer l'incendie des vaisseaux... Mais, comme l'avait dit la déesse, Hector était allé trop loin. Le meilleur atout de Troie avait été la neutralité d'Achille. Et maintenant, par leur faute, ils l'avaient perdue.

Atalante était saisie d'une grande pitié pour Ianée, la petite Amazone, qui dormait en ce moment dans la grotte. Des larmes lui vinrent aux yeux. Combien de compagnes de Ianée, de Sœurs du galop, allaient-elles perdre la vie ou la liberté dans ce combat auquel elles prenaient part par honneur, fidélité et amour du code de conduite légué par leurs aïeules, les grandes guerrières d'Anatolie ?...

Les deux juments broutaient dans la demi-obscurité avec un paisible bruit régulier. Atalante vint appuyer son front contre l'encolure de Fleur d'Arcadie, pour y puiser un peu de réconfort. La jument leva la tête et flaira sa maîtresse. « Ah, c'est toi ! » sembla-t-elle dire.

– Ma pauvre Fleur, murmura Atalante, qu'allons-nous faire à présent ?

La grande bête silencieuse demeura un moment immobile, paraissant écouter et réfléchir. Puis elle soupira, comme pour dire : « Oui, tout cela est bien difficile, mais je suis là, moi. »

Enfin, Atalante se baissa pour pénétrer dans la grotte. Que dirait-on à Ianée ? Elle s'approcha doucement pour voir si, au moins, la petite dormait bien. Ianée était étendue sur leur lit de foin. Son visage, éclairé par la lune, était tourné vers l'entrée de la grotte. Ses yeux étaient grands ouverts et des larmes coulaient sur son visage.

– Je ne dormais pas, dit-elle. J'ai voulu vous rejoindre près du feu. J'arrivais au moment où tu demandais si mes sœurs avaient été tuées... Alors, je me suis assise derrière un arbre et j'ai écouté... Je sais qu'Hector a tué Patrocle et qu'il a déchaîné la fureur d'Achille. Je sais que maintenant tout va être encore plus difficile pour les Troyens, et ceux qui sont avec eux...

Atalante s'assit et la serra contre elle. Elle ne chercha aucune parole de consolation. Il n'y en avait pas. Ianée avait exactement tout dit.

L'aube trouva Ianée face à la déesse Artémis.

– Grande déesse, je dois aller rejoindre ma mère et mes sœurs. Ma place est auprès d'elles.

Artémis considéra longuement l'enfant qui se trouvait devant elle. La petite était pâle sous son teint bruni de soleil. Ses yeux étaient cernés par l'angoisse des semaines précédentes et les larmes de la nuit. Il sembla à la déesse qu'elle avait maigri, ses poignets paraissaient plus minces qu'au jour de son arrivée. Mais la jeune guerrière se tenait droite, sans signe de désarroi. Dans son esprit, son devoir était simple : sa place était aux côtés de ses sœurs, comme l'avaient toujours fait les guerrières Amazones.

La déesse songea un moment, puis enfin dit :

– C'est vrai. Tu dois aller rejoindre ta mère et tes sœurs. Ta place est auprès d'elles et nulle part ailleurs. Tu dois même partir aujourd'hui.

La déesse vint rejoindre Atalante.

– Ianée va partir aujourd'hui pour la Troade.

– Grande déesse, crois-tu que ce soit le moment de l'envoyer dans cette marmite qui bout ?

– Bien sûr que non, c'est le pire moment. Mais il n'y a pas d'autre solution. Des siècles de tradition sont concentrés dans cette enfant. On ne pourrait pas la retenir... La force qui l'appelle auprès de ses sœurs est aussi impérieuse que celle qui fait s'envoler l'oiseau migrateur. Si nous la gardons ici, elle s'épuisera et déclinera comme un animal sauvage enfermé dans une cage. Mais je n'oublie pas que sa mère m'a confié sa vie. Nous allons faire de notre mieux pour la protéger. Tu vas partir avec elle.

– Moi, grande déesse ?

– Oui. Tu essaieras qu'il ne lui arrive rien.

– Mais, déesse, je ne connais rien à la guerre.

– Tu sais chasser, cela suffira. D'ailleurs, tu ne prendras pas directement part à la bataille. Cette guerre n'est pas la tienne. Mais je ne voudrais pas que, dans la confusion, ta petite sœur d'adoption perde la vie ou la liberté.

– Je ferai ce que je pourrai, déesse.

– Merci, ma fille bien-aimée, je sais que cela sera beaucoup.

CHAPITRE 18

LE POISSON-VOLANT ET L'OURSIN

Les deux jeunes filles embarquèrent sur un navire marchand, le *Poisson-Volant,* qui partait pour l'île de Samothrace. On installa le mieux qu'on put les juments dans l'entrepont. De Samothrace, de plus petits bateaux partaient tous les jours vers les ports de Troade les moins surveillés par les Grecs. Des convois nocturnes de chariots acheminaient ensuite les marchandises vers la ville assiégée. Les Troyens possédaient assez de richesses pour ravitailler la ville pendant encore plusieurs années. La nuit, on entrait et sortait de Troie à peu près comme on voulait par les portes qui tournaient le dos à la mer. Les Grecs le savaient et laissaient faire. Ils n'avaient plus assez d'hommes ni assez de bateaux pour assurer un blocus étanche.

Le vent de sud-ouest semblait bien établi, au grand déplaisir d'Atalante, qui aurait souhaité le vent le plus contraire qui soit et une traversée interminable. Elle aurait voulu que la traversée dure un an. Elle aurait voulu arriver à Troie quand tout serait fini. Elle aurait voulu que cette guerre se termine, d'une façon ou d'une autre, mais pour de bon ; et que sa protégée n'aille jamais s'exposer dans quoi que ce soit qui ressemble à une bataille. Mais le divin Éole, dieu des vents, ne semblait pas avoir compris son désir, et le *Poisson-Volant*, qui méritait bien son nom, filait rapidement vers Samothrace.

Les marins du bord et les habitants des îles où l'on faisait escale ne parlaient que de la guerre. La grande nouvelle, qui se transmettait avec la rapidité du vent à travers les cent îles de la mer Égée, était la réconciliation officielle d'Achille et du roi des rois. Ils s'étaient demandé pardon l'un à l'autre devant toute l'armée. Achille avait annoncé son retour au combat et avait exhorté les guerriers grecs à redoubler d'ardeur. En gage d'amitié, le roi des rois lui avait rendu la belle Briséis.

Le *Poisson-Volant* fit escale à Skiros. Atalante et Ianée descendirent à terre et se rendirent pour dîner dans une taverne du port. La patronne de l'auberge, au courant de tout ce qui se passait à Troie grâce aux récits des marins qui redescendaient de Troade, vint raconter aux voyageuses le retour de Briséis dans la tente d'Achille.

Briséis était tombée en larmes dans les bras d'Achille, pleurant Patrocle. « Ah ! Patrocle, disait-elle à travers ses larmes, mon ami si doux qui savait toujours si bien me consoler... Toi que j'ai quitté vivant et que je retrouve mort... » Et Achille pleurait avec elle, et avec eux tous ceux qui se trouvaient dans la tente.

Il y avait trêve actuellement entre les Grecs et les Troyens. Achille avait demandé huit jours pour pleurer Patrocle comme il convenait. Et on forgeait aussi de nouvelles armes pour le héros grec. Les Troyens profitaient de ces journées pour refaire leurs forces et réorganiser leur armée. Ils savaient qu'ils allaient de nouveau avoir à affronter l'armée grecque au complet, menée par Achille et les Myrmidons. On appelait en renfort tout ce qu'on pouvait encore trouver d'alliés en Lycie et dans les territoires des Détroits.

Malgré ce proche avenir chargé de toutes les menaces, il semblait à Atalante que, depuis qu'on avait embarqué à bord du *Poisson-Volant,* Ianée était plus calme. Elle passait de longs moments debout à l'avant du navire à regarder l'horizon comme si elle guettait l'apparition de l'île de Samothrace. Elle connaissait peu de choses à la navigation. C'était la deuxième fois de sa vie qu'elle montait sur un bateau. Elle se faisait expliquer par Atalante le vent, les voiles, les rames, les étoiles. Elle essayait ensuite de calculer combien de jours de mer il faudrait encore pour atteindre Samothrace... Ianée n'avait pas peur. Elle ne serait plus la seule à se tenir à l'abri quand les autres étaient en danger. Elle était enfin en accord avec ce qu'elle avait toujours appris. Mais de temps en temps, une angoisse et un doute la saisissaient. Elle s'effrayait pour Atalante.

– Quand nous serons en Troade, promets-moi de repartir tout de suite, disait-elle parfois. Je ne veux pas que tu sois prise dans cette tourmente.

– Je déciderai moi-même de ce que je ferai, répondait Atalante. Je te rappelle que c'est moi l'aînée.

– Je m'inquiète pour toi.

– Ne t'en fais pas, petite sœur, je ferai attention à moi. Et est-ce que tu ne m'as pas promis de me faire connaître ta mère, Penthésilée ?

Le *Poisson-Volant* jeta l'ancre au mouillage de Samothrace après vingt jours de traversée. On débarqua les deux juments et on les mit au pré dans un petit enclos à l'herbe rase, près du port. Après tout ce temps passé en mer, elles souffraient de vertige. Il leur faudrait quelques jours sur un sol ferme avant de retrouver leur équilibre.

À Samothrace, on était au courant jour par jour des événements de Troie. La trêve était terminée. La bataille avait repris. Achille conduisait des combats plus emportés que jamais. Il n'y avait pas eu de mort ni de prisonnier illustre, mais il était indéniable que l'équilibre des forces n'était plus en faveur des Troyens.

La plupart des bateaux de Samothrace vivaient du transport des marchandises vers Troie. Le capitaine d'une grosse barque menée par cinq matelots, l'*Oursin,* s'offrit pour faire traverser le bras de mer aux deux voyageuses et à leurs montures.

Deux jours plus tard, l'*Oursin* prit la mer. On partit à l'aube. L'*Oursin* transportait, outre ses passagères, des sacs de blé, des jarres de vin et d'huile, des paniers d'olives, des flèches et des pointes de javelots. Le capitaine avait l'habitude de décharger sa cargaison à Kira, un petit port en eau profonde situé à une demi-journée de Troie. Il voulait arriver après la nuit tombée. Il était inutile d'attirer l'attention de soldats grecs qui auraient pu avoir la fâcheuse idée de se trouver par là.

À la fin de la journée, on aperçut enfin, par tribord avant, la ligne sombre de la côte de Troade. Et comme on approchait, les derniers rayons du jour permirent de distinguer au loin la formidable silhouette des murailles de Troie.

Les deux jeunes filles, debout, appuyées au bordage, regardaient la ville disparaître dans la nuit qui tombait. Sans se parler, elles éprouvaient toutes deux la même émotion. Jamais encore elles n'avaient vu une cité dont émanait un air de force aussi extraordinaire. Une telle ville, si grande et aux murs aussi énormes, semblait imprenable. D'ailleurs, les Grecs s'y cassaient les dents depuis dix ans. On comprenait en la voyant pourquoi le roi des rois n'avait pas voulu qu'une telle puissance demeurât debout à sa porte, et pourquoi les Troyens ne pouvaient pas imaginer que la défaite fût possible. Comment cette guerre, cette bataille de titans, pourrait-elle finir un jour ?

Toutes deux demeurèrent longtemps les yeux perdus dans l'obscurité, regardant dans la direction de la ville.

L'*Oursin* aborda à Kira une heure après minuit. Des marins et des portefaix les attendaient sur la plage, dans l'obscurité. Ils étaient émus et agités. Dès qu'on fut à portée de voix, ils annoncèrent aux occupants du bateau la nouvelle de la mort d'Hector.

CHAPITRE 19
LA MORT D'HECTOR

Quelques heures plus tôt, Hector avait été tué par Achille en combat singulier. Les armées grecque et troyenne s'étaient affrontées comme chaque jour, mais, au milieu de l'après-midi, les deux héros s'étaient retrouvés séparés des leurs, seul à seul, sous les murailles.

Les habitants de la cité avaient vu le combat depuis le haut des murs et entendu les paroles qu'échangeaient les deux hommes.

Le chef de la caravane qui faisait la navette entre Kira et Troie se trouvait encore à l'intérieur de la ville. Il attendait la nuit pour repartir. Des cris et des lamentations s'étaient soudain élevés sur le haut du rempart. Alors, il était monté lui aussi et était arrivé juste à temps pour assister à la brève et terrible passe d'armes dans laquelle le chef de guerre troyen avait perdu la vie.

Le caravanier fit entrer dans sa maison l'équipage et les passagères de l'*Oursin* pour leur raconter ce qu'il avait vu :

– Vers midi, leur dit-il, la bataille a repris. Hector s'est écarté de ses hommes pour avoir une vue générale de la bataille. Achille a alors lancé son char au galop pour le rejoindre sous le rempart. Il a sauté à terre et marché vers Hector. Hector a fait face.

« – Achille, a-t-il dit, me voici prêt à t'affronter. Je vais te tuer ou moi-même périr. Si les dieux m'accordent la victoire, je m'engage à rendre ton corps aux tiens. Agis de même avec moi. »

Mais Achille a répondu :

« – Tu as tué mon frère Patrocle, aucun serment n'est possible entre nous. Tu vas payer pour la douleur que tu m'as infligée. »

Et il a lancé sa longue javeline. Hector s'est jeté au sol, la pointe de bronze est passée en sifflant au-dessus de sa tête et s'est plantée dans le sol quelques pas derrière lui. Il s'est redressé et, d'un geste fulgurant, a envoyé sa lance. Achille a paré le coup avec son bouclier. La javeline a voltigé au loin. À cet instant, l'écuyer d'Achille, qui attendait près du char quelques pas en arrière, a tendu une seconde lance à son maître. Hector a appelé son demi-frère Deïphobe, qui l'avait accompagné jusqu'à ce moment, pour qu'il lui donne aussi une autre lance. Hélas ! Deïphobe était trop loin. Hector s'est soudain vu seul et désarmé face à son ennemi mortel. Il a dégainé son glaive et couru sus à son adversaire dans l'espoir d'engager le combat à l'épée avant qu'Achille n'ait le temps de jeter sa lance. Mais Achille a lancé son trait de toute sa force et de toute sa vitesse. La javeline a fauché Hector en plein élan. Hector a roulé sur le sol. Achille s'est alors approché.

« – Hector, quand tu volais les armes de Patrocle, tu ne pensais pas qu'un jour, tu t'en repentirais ? Dans ta folie, tu avais oublié que j'étais là ?

« – Achille, a murmuré Hector d'une voix qui s'éteignait, je t'implore par ta vie et par tes parents, accepte la rançon que te verseront mon père et ma mère et laisse-les ramener mon corps à la maison.

« – Ne me parle pas de mes parents ! Ta carcasse, Hector, sera livrée aux chiens errants et aux oiseaux de proie, et à jamais privée de sépulture ! Même si ta mère et ton père doivent en mourir de chagrin. Aucune douleur ne pourra jamais payer pour la mort de Patrocle.

« – C'est un cœur de fer que tu as dans la poitrine, Achille. Mais, prends garde, ce que tu fais aujourd'hui attirera sur toi la rancune des dieux. Toi aussi, tu mourras devant la porte de Troie. Et c'est mon frère Pâris qui te frappera. »

La voix d'Hector s'affaiblissait. La vie l'a quitté. Il a laissé tomber sa tête dans la poussière et n'a plus bougé.

« – Meurs ! a dit Achille. Mon trépas, moi, je le recevrai quand les dieux le voudront. »

Puis il a ôté ses armes à Hector et les a entassées dans son char. Il a noué une courroie autour des jambes du héros troyen et l'a fixée au char. Il a sauté sur la plate-forme et a fait claquer son fouet en l'air. Les chevaux se sont élancés vers le camp grec, offrant aux Troyens assemblés sur le haut du rempart l'atroce spectacle du corps de leur général, traîné sur le chemin et emmené loin d'eux.

La douleur et la consternation régnaient dans la petite maison du port. Chacun, les marins, les voyageuses et les habitants de Kira, qui les avaient rejoints, avait des larmes coulant sans bruit sur le visage. Le brasero qui avait donné une faible lumière à la pièce s'éteignait. Les fenêtres, peu à peu, devenaient grises. Les premières lueurs du jour n'allaient pas tarder. Venant de l'extérieur, on entendait le bruit des vagues sur la plage et celui des drisses qui battaient le long des mâts des bateaux.

Atalante et Ianée s'étendirent pendant quelques heures sur la plage, enroulées dans leurs manteaux. Il fallait prendre un peu de repos avant de continuer le voyage. Les juments veillaient patiemment auprès d'elles, broutant les maigres ajoncs de la dune.

Le chef de la caravane leur avait proposé de faire le chemin ensemble. En temps de guerre, il n'était pas prudent que des femmes aillent seules sur les routes. Le convoi partirait vers midi de façon à arriver à Troie après la tombée de la nuit, quand les armées seraient rentrées dans leurs camps.

La guerre n'était pas finie. Les Troyens avaient perdu Hector, mais ils conservaient leurs infranchissables murailles. La douleur régnait dans la ville, mais pas le désespoir. De nombreux oracles concordants avaient annoncé qu'Achille mourrait devant l'une des six portes de Troie. Les guerriers troyens, bouleversés et rendus furieux par la mort d'Hector, avaient juré vengeance et s'apprêtaient à rivaliser d'acharnement au combat.

La caravane atteignit le bord du fleuve Xanthe alors que le soleil se couchait. La ville était en face d'eux, grandiose et massive. Le chef de la caravane fit arrêter la file des chevaux et des chariots. Il traversa seul le gué afin d'aller observer la plaine qui s'étendait entre le fleuve et la cité. Il revint une heure plus tard : tout était calme. Il n'y avait plus aucun soldat en vue. Sans doute même n'y avait-il pas eu de combat pendant la journée car deux ou trois troupeaux paissaient sur la plaine.

À la nuit, on entra dans Troie. Il y avait foule près des portes. C'était l'heure de l'arrivée des convois de marchandises et il en venait par la plupart des routes. Il y avait des torches allumées, on déchargeait les bêtes, on marchandait de toute part. Mais l'atmosphère de deuil était présente partout. Les gens étaient comme ralentis, abasourdis par le coup qu'ils venaient de recevoir. Chacun parlait bas, comme pour ne pas déranger le chagrin des autres. Même les marchandages devant les chariots et les chameaux se faisaient à mi-voix.

Hector était le héros et l'espoir des Troyens. Sa mort était leur plus gros revers depuis le début de cette guerre. La perte du port, dix ans plus tôt, n'avait pas été une souffrance plus profonde. Le port qui pourtant faisait l'orgueil et la fortune de Troie avec son va-et-vient continu de navires de haute mer.

On ne doutait pas que la victoire fût au bout du chemin, mais on trouvait qu'elle coûtait bien cher.

CHAPITRE 20
PENTHÉSILÉE

Atalante et Ianée remercièrent les caravaniers et les quittèrent. Puis, tenant leurs chevaux par la bride, elles gravirent les rues en pente qui menaient au temple d'Apollon et au palais de Priam.

On ne pénétrait pas facilement dans le palais. La garde redoutait plus que tout l'assassinat d'une personne de la famille royale, Priam ou l'un de ses fils. Les deux jeunes filles durent parlementer avec les soldats du corps de garde, qui ne voulaient pas les laisser entrer. On n'attendait pas de guerrières amazones en renfort, et la reine Penthésilée n'avait jamais annoncé l'arrivée d'une de ses filles. À force de persuasion, Ianée obtint qu'on aille chercher l'une de ses sœurs.

Enfin, une jeune femme vint les rejoindre. Elle était vêtue d'une tunique de cuir souple. Elle ressemblait à Ianée, avec quelques années de plus et le visage plus rigide. Elle marchait d'un pas élastique et rapide. On devinait qu'au combat, elle devait être puissante et dangereuse comme un arc tendu. En reconnaissant sa petite sœur, ses yeux se plissèrent de mécontentement.

– Ne te fâche pas, Nalia, se hâta de dire Ianée. C'est la déesse elle-même qui a dit que ma place était auprès de vous.

Une expression d'incertitude passa sur le visage de la jeune femme. Enfin, elle soupira :

– Je ne sais pas si c'est une bonne ou une mauvaise chose que tu sois ici. Tu verras cela avec notre mère. Mais tu arrives le plus mauvais jour que nous ayons connu depuis que nous sommes à Troie...

Pourtant son visage s'adoucit. Elle saisit les mains de sa petite sœur et l'attira à elle.

– En tout cas, je suis heureuse de te revoir. Tu as grandi.

Ianée se serra contre elle.

– Moi aussi, même si tout le monde souffre ce soir à Troie, je suis heureuse. Vous m'avez tellement manqué, toutes.

– Qui est ton amie ? demanda Nalia posant son regard sur Atalante.

– Je te présente Atalante, la filleule de la déesse Artémis. Tout le temps que j'ai passé chez la déesse, elle s'est donné une peine de chaque jour pour m'empêcher d'être triste. Elle a même voulu apprendre à monter la plus insupportable jument du monde, uniquement pour m'éviter de trop penser à vous.

– Fleur d'Arcadie n'est pas insupportable, dit Atalante. Elle a seulement le tempérament joueur.

– Quand tu verras Atalante courir, reprit Ianée, tu n'en croiras pas tes yeux. Elle est plus rapide qu'une biche ou une gazelle. Nous nous croyons agiles, nous ne sommes que des lourdaudes. Nous avons tout à apprendre.

Nalia sourit, pendant un instant son visage ressembla à celui de la petite fille qu'elle avait dû être. Elle tendit la main à Atalante.

– Merci pour tout, dit-elle. Venez, je vais vous conduire auprès de notre mère. Pour ce qui est de courir, je pense que nous avons trop pris l'habitude de laisser nos chevaux le faire pour nous.

Nalia leur fit traverser une grande cour, puis on suivit une galerie et de longs escaliers. Dans le palais, encore plus que dans la ville, le deuil était présent. Les gens que l'on croisait, soldats ou serviteurs, par leur regard, semblaient tous poser cette question : « Comment un tel malheur a-t-il pu nous arriver ? »

L'appartement de la reine des Amazones était éclairé de flambeaux. Des armes et des cuirasses étaient suspendues à des crochets plantés dans le mur. Penthésilée était assise au milieu de ses guerrières. Elle se tourna vers Atalante et ses deux filles quand elles entrèrent. Ses yeux se posèrent sur Ianée et une succession de sentiments passa dans son regard. D'abord l'expression d'une tendresse infinie, puis l'irritation de n'être pas obéie, enfin l'inquiétude de voir en danger la petite qu'elle avait cru mettre à l'abri.

– Ianée... dit simplement la reine.

Ianée courut à elle.

– Pardonne-moi, mère, de n'avoir pas respecté tes ordres, mais je ne pouvais plus vivre loin de vous. C'est la déesse elle-même qui m'a permis de vous rejoindre.

La reine la considéra avec perplexité, puis elle ouvrit ses bras dans un geste de fatalité et d'impuissance.

– Si la déesse elle-même a décidé, c'est sûrement une bonne décision. Qu'il advienne ce que les dieux ont choisi pour nous... Je croyais pourtant bien faire en t'envoyant en Arcadie. Sans doute je me trompais...

Elle se tourna vers Atalante.

– Es-tu une amie de la déesse ?

– Je suis une fille adoptive de la divine Artémis. Tout comme Ianée.

– Alors tu es une sœur de Ianée et tu fais donc partie de mes filles. Asseyez-vous là ! Nous avons certainement des quantités de choses à nous raconter mais nous parlerons plus tard. Le temps presse. Je sors du conseil qui s'est tenu chez le roi Priam et je dois vous faire part à toutes des décisions qui y ont été prises.

Penthésilée se recueillit un instant et dit :

– Avant tout, c'est Pâris qui est désormais le chef de guerre de Troie.

À cette nouvelle, il y eut parmi les guerrières des murmures qui exprimaient le peu d'estime qu'elles avaient pour le prince Pâris. La reine les toisa avec sévérité.

– Je sais ce que vous êtes en train de penser : « Pâris, ce lâche, ce couard qui jamais ne se montre au premier rang du combat. Joli chef de guerre, vraiment !... » Eh bien, vous avez tort ! Pâris n'a pas la fougue d'Hector, bien sûr – personne n'a la fougue d'Hector ! –, mais il a une autre qualité : il a l'intelligence. Et j'appelle ici intelligence le sens du réel et l'aptitude à s'adapter aux circonstances. Peut-être, ces derniers temps, aurait-il mieux valu pour Troie un peu moins d'emportement au combat et plus d'analyse. Pâris n'aurait sans doute pas su conduire l'attaque qui a mené à l'incendie des vaisseaux grecs, mais il n'aurait pas commis l'erreur de tuer Patrocle. Je pense que Priam a vu juste et que Pâris est le chef dont Troie a besoin aujourd'hui.

Penthésilée prit une profonde inspiration et continua :

– Une autre décision a été arrêtée ce soir. Le roi Priam et la reine Hécube sont accablés de douleur. Priam a pris un parti d'une grande audace. Il va, dès cette nuit, se rendre seul, à pied, au camp grec et demander à Achille de lui rendre contre une rançon le corps d'Hector.

– Seul et à pied ? demandèrent ensemble plusieurs Amazones.

– À pied, sans armes, et seule une prêtresse du temple d'Apollon l'accompagnera, dit la reine.

– C'est de la folie ! dit Nalia. Il va se faire tuer. Il sera à la merci des voleurs et des ivrognes qui traînent sur la route. Et s'il parvient jusqu'au camp, il sera abattu par les sentinelles. Il lui faut une forte escorte armée.

– C'est de la prudence ! dit la reine. Même le plus vil des êtres n'oserait pas s'en prendre à un vieillard et une femme, cheminant seuls, sans craindre de s'attirer le courroux des dieux. Et une troupe s'approchant du camp grec déclencherait à l'instant même la reprise de la bataille avec, pour couronner le tout, Priam en première ligne.

– Quand part-il ? demanda une Amazone.

– Dans moins d'une heure. On est en train de charger sur un chariot à mules les paniers contenant les tissus et les vases précieux. Priam et sa famille offrent en ce moment un sacrifice aux dieux pour placer l'expédition sous leur protection.

Nalia leva un bras.

– Mère, qui est cette prêtresse d'Apollon qui accompagne le roi Priam ?

Une expression un peu confuse et ingénue passa sur le visage de l'altière reine.

– Moi.

Ce fut un tollé parmi les Amazones. C'était insensé ! On ne se risquait pas dans des aventures aussi hasardeuses quand on était roi ou reine en charge d'un peuple ! Que Priam tente cette folle expédition – à supposer qu'à son âge il parvienne à marcher jusqu'au camp grec – s'il le voulait, mais que Penthésilée ait le bon sens d'éviter d'exposer sa vie dans cette histoire pour rêveurs ! Elle n'avait qu'à désigner n'importe laquelle de ses guerrières pour y aller à sa place !...

Penthésilée leva un bras pour demander le silence.

– Il suffit ! Laissez-moi parler... Je savais que vous réagiriez ainsi. Je sais que chacune de vous est prête à courir ce danger à ma place, mais c'est impossible. J'ai promis à la reine Hécube de ne pas quitter Priam, et une promesse est une promesse. La malheureuse souffre tant que je ne peux faire moins pour elle. Il y a un instant, Nalia, tu parlais des ivrognes et des rôdeurs qui traînent toujours dans les bas-fonds des camps. Si certains osent s'en prendre à un vieillard et une vieille prêtresse, la vieille prêtresse leur montrera de quel bois elle se chauffe.

Elle s'interrompit un instant. Son regard fit le tour de ses guerrières.

– Si – les dieux nous protègent ! – l'expédition tournait mal, dites-vous bien que cela n'est pas un terrible malheur. Nalia est tout à fait capable de prendre ma place à votre tête. Après tout, au combat, nous nous exposons chaque jour à ce risque presque sans y penser. Cette démarche est un peu particulière, c'est tout.

– Mère, interrogea l'une des sœurs de Ianée, là-bas, vas-tu te trouver face à Achille ?

– Priam va se trouver face à Achille. Moi, je ne suis censée être qu'une obscure religieuse. Mais c'est la partie la plus incertaine de notre affaire. Dans quel état d'esprit sera le Grec ? Fou d'orgueil, ou bien ouvert à la compassion ? Pour cela, faites confiance au roi Priam. Ce fin renard connaît mieux que quiconque la pâte dont est faite l'âme des gens, et s'il y a une voie pour toucher le cœur d'Achille, il saura la trouver.

– Mère, comment te vêtiras-tu ?

– On doit m'apporter du temple une robe et un voile de prêtresse. Je mettrai par-dessus un manteau à capuchon.

– Prendras-tu des armes ?

Penthésilée hésita.

– J'aimerais bien... Mais, si nous sommes fouillés à l'entrée du camp grec, des armes mettront à mal notre image de suppliants.

– Ne pourrais-tu pas cacher une lance ou un glaive dans le chariot ?

– C'est la même chose. Si l'arme est découverte, on pourra nous accuser d'avoir voulu pénétrer jusqu'à Achille pour l'assassiner.

Atalante leva le bras pour demander la parole.

– Grande reine, puis-je parler ?

– Je t'écoute, Atalante.

– Emporte un épieu de chasse. Sur la route, cela aura l'air d'un bâton de marche, mais, si on t'attaque, c'est une arme aussi efficace qu'une lance.

– Voilà une fière bonne idée, dit la reine. Allez chez les Lyciens. Ce sont tous des chasseurs passionnés. Demandez-leur s'ils peuvent nous rendre ce service de nous prêter un épieu.

– C'est inutile, grande reine, dit Atalante, je viens moi aussi d'un peuple de chasseurs. Prends le mien. Marche en t'appuyant sur le manche pour ne pas l'épointer.

La reine sourit.

– La déesse a été bonne avec nous en t'envoyant à notre aide. Aucune de nous n'a été capable d'avoir une idée si simple et si efficace.

– Merci, grande reine, mais je crains que tu ne sois déçue quand tu me verras au combat. Je n'ai jamais rien affronté de plus gros que des sangliers.

– Cela suffit amplement, dit une Amazone. Un Grec en armure, c'est fou ce que cela ressemble à un sanglier.

– Le grognement est à s'y méprendre, ajouta une autre.

– Tu frappes au défaut de l'épaule, expliqua Nalia, et il tombe le groin dans la poussière.

Toutes les guerrières, par besoin de détente, sans doute, pendant ces heures difficiles, éclatèrent de rire. Pendant ce temps, Penthésilée avait revêtu sa robe de prêtresse et pris son épieu qu'elle tenait comme une canne.

– Ne te tiens pas si droite, mère, conseilla Nalia. À cent pas on reconnaît une guerrière. Voilà... ça, c'est bien : un peu voûtée. Pense à rester comme ça, surtout dans le camp grec.

En voyant Penthésilée ainsi vêtue, Atalante fut saisie d'une inspiration.

– Grande reine, emmène-moi avec toi ! Je parle grec sans accent, tout au plus celui de l'Arcadie. C'est un accent qui leur est familier. Si nous croisons des patrouilles, nous éveillerons moins de soupçons.

Penthésilée regarda la jeune fille avec attention. Et il lui fut soudain évident qu'Atalante avait raison. Et cela ne ferait pas de différence pour les Grecs que Priam soit accompagné de deux femmes au lieu d'une.

– Artémis te bénisse, tu as raison, ma fille ! Vous autres, courez au temple lui chercher une robe et un voile !... Faisons vite. As-tu un deuxième épieu ou devons-nous demander aux Lyciens ?

– Par chance, grande reine, j'ai emporté les deux que je possédais.

Priam était déjà près de son char. Dans les heures qui avaient suivi la mort d'Hector, il avait semblé transformé en un vieillard brisé. L'action lui rendait son énergie. Droit, le geste ferme et la voix puissante, il querellait ses fils pour les faire presser. On avait jeté sur le char de vieilles bâches usées pour cacher les paniers contenant la rançon.

On entrouvrit une porte de la ville. Des soldats troyens envoyés un moment plus tôt par Pâris les attendaient à l'extérieur des murs. Ils avaient sans bruit reconnu le chemin jusqu'au milieu de la plaine : tout était tranquille. Priam les remercia de deux mots brefs prononcés à mi-voix, et le vieux roi, ses deux gardiennes du corps et ses mules s'éloignèrent dans la nuit.

Les Amazones assistaient à ce départ depuis le haut du rempart. Elles sentirent leur cœur se serrer quand elles les perdirent de vue.

– Artémis les protège ! dit Nalia.

CHAPITRE 21
LA PLAINE DE TROIE

Ils marchaient sur la plaine depuis déjà deux heures. Penthésilée et Atalante avaient réussi à persuader le vieux roi de s'installer sur le chariot en faisant valoir qu'il aurait besoin du meilleur de ses forces face à Achille. Il n'y avait pas de lune mais le ciel était semé d'étoiles, on y voyait juste assez pour ne pas perdre le chemin. Comme l'avaient annoncé les éclaireurs troyens, tout paraissait calme. On devinait en arrière la grande masse de la ville. Devant, on allait vers le camp grec et ses innombrables feux de bivouac.

Comment franchirait-on la porte du camp ? C'était la question qui n'était pas encore résolue.

– Il faut parvenir jusqu'à la tente d'Achille sans nous faire reconnaître, dit Penthésilée à mi-voix. Une pauvre cervelle de soldat grec pourrait avoir la funeste idée de nous faire prisonniers, notre rançon vaut une fortune. Présentons-nous comme des prêtres appelés en consultation pour interpréter des augures. Le plus souvent, on n'ose pas trop poser de questions à des religieux.

À travers le silence de la plaine, un braiment d'âne suivi du blatèrement d'un chameau parvinrent soudain jusqu'aux trois marcheurs. Inquiets, ils s'arrêtèrent.

– Qu'est-ce que cela ? demanda Penthésilée, cherchant des yeux malgré l'obscurité. Cela venait de moins loin que le camp...

– Ce ne sont sûrement pas des soldats, dit Atalante. Des soldats ne montent pas des ânes ou des chameaux... Ce doit être une caravane. Une caravane de ravitaillement. Les Grecs aussi ont besoin de manger.

On entendit à nouveau le chameau puis, en tendant l'oreille, les roulements et les grincements des chariots en marche.

– Je crois que je les aperçois, murmura Penthésilée. Ils marchent vers le camp.

– Nous devrions les rejoindre, dit Atalante. Tous ces chemins ont l'air de se rassembler en étoile vers la grande porte du camp grec. Nous leur demanderons si, pour notre sûreté, nous pouvons marcher avec eux, et nous pénétrerons à leur suite dans le camp. C'est de cette façon que nous sommes entrées tout à l'heure dans Troie, Ianée et moi.

Penthésilée consulta Priam du regard. Celui-ci fit un signe d'assentiment. Il sortit de sa manche une large monnaie d'argent et la tendit à la jeune fille.

– Il est d'usage, dit-il, de payer les caravaniers pour leur protection. Mieux nous respecterons les coutumes, moins on nous remarquera.

Atalante regarda la pièce et eut un mouvement d'admiration pour la prévoyance du vieux roi : c'était une monnaie grecque.

Le convoi approchait.

– Oh ! appela Atalante. Oh là ! de la caravane ! Pouvez-nous nous aider ? Nous nous sommes perdus.

Dans l'obscurité, ils distinguèrent une silhouette de cavalier qui quittait la colonne de chariots et se dirigeait vers eux au grand trot. C'était un homme barbu à l'air suspicieux, monté sur un petit cheval aux courtes jambes véloces. Il parut rassuré quand il vit qu'il n'avait affaire qu'à deux femmes et un vieil homme.

– Qui êtes-vous ? demanda-t-il.

– Nous sommes des prêtres du divin Zeus. Nous cherchons le camp des rois grecs.

– Par cette route ? Par là, vous alliez tout droit chez les Troyens !

– C'est bien ce qu'il nous a semblé, dit Atalante. C'est pour cela que nous avons fait demi-tour.

Il y eut quelques rires chez les caravaniers.

– D'où venez-vous ? continua l'homme à cheval.

– Du sanctuaire de Zeus, à Athènes. Mon maître vient pour tenter d'aider nos confrères à déchiffrer les augures, qui sont bien compliqués ces jours-ci.

– À qui le dis-tu, jeune fille... soupira l'homme. Pourquoi êtes-vous sur la route ? N'êtes-vous pas venus par bateau ?

– Il y a trois jours, notre navire a eu une avarie et a dû relâcher. Nous avons voulu terminer le voyage à pied, mais je crois que nous avons mal compris les explications qu'on nous a données car la nuit nous a surpris sans que nous ayons trouvé le camp. Il me semble que, depuis un moment, nous tournons en rond...

– Et moi, j'en suis sûr. Pourquoi le vieil homme ne dit-il rien ?

– Mon maître est un très saint homme. D'une si grande sainteté qu'il s'abstient de se préoccuper des soucis de la vie quotidienne. Des considérations terre à terre pourraient altérer ses dons de divination et d'interprétation, qui sont immenses.

– Fort bien, fit le guide d'un ton respectueux. Et ta compagne ?

– Elle a fait vœu de silence et de perfection. Allez-vous au camp des rois de la Grèce ? demanda Atalante qui souhaitait écourter l'interrogatoire. Pouvons-nous vous suivre ?

Et, avant d'avoir une réponse, elle glissa la pièce d'argent dans la main du guide. La pièce disparut avec la rapidité d'un tour de magie.

– C'est bon, dit le guide. Marchez avec nous et tâchez de suivre le train ! Il ne fait pas bon lambiner par ici. Les Troyens sont d'humeur chatouilleuse ces jours-ci, surtout depuis qu'on leur a pris la carcasse de leur Hector.

Il y eut des rires railleurs parmi les chameliers et les charretiers. Atalante et Penthésilée jetèrent un rapide regard anxieux vers le roi Priam. Comment allait-il supporter cette insulte faite à son fils ? Mais le vieux roi, le visage impassible, eut seulement le geste de fermer et de rouvrir les yeux pour leur signifier de ne pas s'en inquiéter. Il était de taille à mépriser ces piqûres d'insectes.

Ils auraient souhaité entrer dans le camp simplement et sans contrôle, comme les caravaniers, mais le guide signala leur présence aux sentinelles du corps de garde avant de les quitter.

– Adieu, mes saints compagnons, dit-il. Tâchez que les dieux nous donnent bientôt la victoire.

– Adieu, compagnon, répondit Atalante. Merci pour ton aide.

Trois gardes vinrent les examiner, mais sans méfiance particulière. Ils acceptèrent sans manifester de soupçons l'histoire du navire contraint d'accoster qu'on avait déjà servie aux chameliers.

– Qu'y a-t-il dans votre chariot ? demanda un soldat.

– Les serpents sacrés du sanctuaire de Zeus, dit Atalante. Par leurs nœuds et leurs reptations, si l'on sait les déchiffrer, ils rendent les meilleurs augures qu'on puisse trouver actuellement. Je ne puis malheureusement pas te les montrer, les non-initiés n'ont pas le droit de les voir, cela leur fait perdre leur caractère sacré et l'on n'est plus sûr ensuite de pouvoir se fier à leurs signes. Mais tu peux voir les caisses, si tu le veux...

– Par Zeus, ce n'est pas nécessaire ! Voulez-vous qu'un de nous vous accompagne jusqu'aux tentes des prêtres ?

– Explique-nous seulement le chemin, et merci pour l'intention.

– C'est très simple, vous suivez l'allée centrale. Les tentes des prêtres sont à gauche, après celles du roi des rois.

– Merci, que les dieux vous gardent ! dit Atalante.

Et le chariot se remit en marche. Dès qu'on fut hors de la vue du corps de garde, Penthésilée murmura :

– Nous tournons à droite. Le camp des Myrmidons est tout au bout, du côté de la mer.

– Comment sais-tu cela, grande reine ? demanda Atalante à mi-voix.

– Je suis déjà venue, répondit la reine. J'étais avec Hector quand il a forcé le camp.

Il était tard. Les soldats s'étaient retirés sous leurs tentes. Il y avait peu de monde dans les allées, entre les tentes et les baraquements. Priam, Penthésilée et Atalante marchaient la tête baissée et le capuchon rabattu.

– Allons lentement, murmura le roi Priam. Des gens qui se pressent attirent l'attention.

En fait, les quelques soldats que l'on croisait ne paraissaient pas particulièrement intrigués par le petit chariot du roi de Troie.

– C'est presque trop facile... observa Penthésilée à voix basse.

– C'est un signe, ma sœur, répondit Priam. C'est un signe que notre expédition est agréable aux dieux et qu'ils nous ouvrent le chemin. J'ai confiance, maintenant. Je sais que nous allons réussir.

Un groupe de tentes, entouré d'une haute enceinte de pieux, se trouvait à l'écart des autres, à la limite du camp.

– C'est là, dit la reine des Amazones. Le jour de la bataille, c'est de cette porte dans la palissade que les Myrmidons ont jailli comme des taureaux furieux et nous ont forcés à reculer alors que la besogne marchait si bien.

La porte de l'enceinte était fermée, bloquée de l'intérieur. Il n'y avait pas de sentinelle, personne à qui demander d'ouvrir. Il fallait faire vite. N'importe qui pouvait passer et s'étonner de voir des religieux rôder dans ce secteur écarté.

– Sachons d'abord ce qui se passe dedans, dit Atalante.

D'un geste preste, elle saisit les mules à la bride et les fit se ranger contre la palissade. Elle grimpa d'un bond sur le chariot et, de cette hauteur, elle put saisir à deux mains le haut des pieux. Elle se hissa sur les poignets et amena sa tête au-dessus du mur.

– Il n'y a personne, murmura-t-elle. On dirait qu'ils sont tous dans les tentes... Il y a de la lumière sous chacune d'elles... Sans doute se sentent-ils suffisamment en sûreté pour ne pas multiplier les sentinelles... La porte est fermée par une grande barre de bois placée en travers...

Elle se laissa redescendre sans bruit.

Je crois que, depuis le chariot, je pourrais escalader l'enceinte, passer de l'autre côté et ouvrir cette porte.

– Attends ! dit la reine, ces pieux sont taillés en pointe. Ne va pas t'éventrer là-dessus.

Penthésilée saisit l'une des bâches qui recouvraient le chariot et la plia en plusieurs épaisseurs, puis elle l'étendit sur le haut du mur, masquant les pointes.

– Maintenant, tu peux y aller.

Atalante, pour n'être pas gênée, passa le pan de sa robe dans sa ceinture. Des deux mains, elle saisit le haut de la palissade, appuya son pied sur un nœud du bois et lança l'autre jambe comme si elle s'élançait à cheval. Elle glissa à plat ventre sur le faîte du mur protégé par la bâche et se laissa silencieusement couler de l'autre côté. Un instant plus tard, elle retira la barre de bois et ouvrit la porte. Le char du roi Priam pénétra sans bruit dans la cour du camp d'Achille. Tout cela n'avait pas pris quatre minutes.

– Atalante, tu es aussi hardie grimpeuse que somptueuse menteuse, murmura la reine des Amazones.

CHAPITRE 22

ACHILLE AUX CLAIRS CHEVEUX

Une tente grande comme une maison, surélevée par un plancher, protégée par une charpente et un toit de chaume et d'ajoncs, occupait le centre de l'enceinte. D'autres tentes, ordinaires celles-là, étaient disposées autour en étoile.

De la lumière, des bruits de couverts, des conversations venaient de la grande tente. Il n'y avait pas de garde à l'entrée. Sans doute, on finissait de souper dans la tente d'Achille.

Atalante, du pas le plus léger qu'elle put, s'approcha et entrouvrit de la largeur d'une main le rideau qui fermait la porte. Achille, *Achille aux clairs cheveux*, était assis au milieu de ses compagnons. Elle laissa doucement retomber le rideau et recula de deux pas.

– Ô roi Priam, murmura-t-elle, Achille est là.

– Les dieux sont avec nous, dit Priam.

Et le grand vieillard à la barbe et aux cheveux blancs, hardiment, écarta la draperie et pénétra dans la tente. Penthésilée et Atalante, leurs voiles de prêtresse leur masquant à demi le visage, le suivirent.

Tout d'abord, chose étrange, pendant quelques instants, personne sous la tente ne parut remarquer leur présence. Puis quand on les vit, on ne les reconnut pas. La présence du roi Priam au milieu de la tente des Myrmidons, ses ennemis mortels, était une chose si énorme, elle supposait un tel courage, que pas une des personnes présentes n'eut assez d'imagination pour croire à une telle folie.

Priam traversa la tente. Achille – le seul sans doute qui eût réalisé ce qui était en train de se passer – avait cessé de manger et, sans dire un mot, regardait Priam venir à lui. La stupeur, à mesure que chacun comprenait, devint générale. Un silence complet se fit dans l'assistance.

Le vieux roi s'arrêta face à Achille et d'un geste plein de majesté posa un genou à terre. Il prit avec douceur la main du héros grec et la porta à ses lèvres.

– Achille, dit Priam, souviens-toi de ton père. Comme moi, il entre dans la vieillesse. Comme moi, il connaît peut-être la détresse. Mais lui, il a le bonheur de te savoir vivant et chaque jour d'espérer ton retour. Va, rends-moi Hector. Pour le racheter, je t'apporte une immense rançon. Pense à ton père, Achille, et aie pitié de ma douleur.

Achille regardait toujours Priam. Le héros grec demeurait immobile ; les mots prononcés par le roi troyen avaient éveillé dans son cœur le désir de pleurer sur son père. Des larmes roulèrent sur le visage d'Achille. Des larmes nombreuses, qui ne semblaient pas pressées de s'arrêter. Par moments, dans l'esprit d'Achille, l'image de Patrocle s'ajoutait à celle de son père, sa douleur devenait plus forte encore, et il était secoué de sanglots. Priam, face à lui, soudain accablé de regret et de tristesse, pleurait Hector. Et chacun dans la tente se sentit envahi par la compassion et gagné par le désir de pleurer sur sa propre douleur. Atalante vit deux larmes rouler sur les joues brunes de la reine des Amazones. Elle devina que Penthésilée songeait à ses filles, qui risquaient chaque jour la mort sur le terrain du combat. Et aussi, sûrement, pensait-elle à la grande tribu perdue des cavalières d'Anatolie... Atalante, saisie de pitié, sentit les larmes lui venir à elle aussi. Elle songea à ses mères adoptives en Arcadie, et à Méléagre, son premier ami chez les hommes... Les Myrmidons, ces forts soldats barbus, pensaient à leurs maisons, à leurs femmes, à leurs parents qu'ils ne retrouveraient peut-être pas en vie, à leurs enfants qu'ils avaient quittés dix ans plus tôt et qui étaient en train de devenir grands sans eux... On n'entendait plus dans la tente que des soupirs et des sanglots.

Enfin – personne n'aurait su dire combien de temps s'était écoulé –, les pleurs d'Achille s'apaisèrent. Il se leva de son siège et tendit les deux mains pour aider Priam à se relever.

– Malheureux, dit-il, que de souffrances tu as supportées !...

Il fit asseoir le vieux roi auprès de lui.

– Comment as-tu osé venir tout seul au camp grec pour me rencontrer, moi, l'homme qui a tué tant de tes valeureux fils ? Ton âme est donc de fer ? Allons, assieds-toi, et laissons, malgré tous nos chagrins, la souffrance s'endormir dans nos cœurs... Au fond, notre douleur est la même : tu pleures tes fils, je pleure mon ami, mon père est seul et il sait que les augures ont annoncé pour moi une mort précoce... Mais, va, à quoi bon tant pleurer ?...

Mais Priam se releva d'un geste.

– Non, enfant des dieux ! Ne me fais pas asseoir tant qu'Hector gît dans la poussière sans que personne ne s'en soucie. Laisse-moi le voir, et puis accepte cette rançon que je t'apporte, et laisse-moi le ramener à sa mère et à son peuple.

Le visage d'Achille s'assombrit.

– Ne te donne donc pas tant de mal, vieillard ! Le corps d'Hector, je te l'aurais rendu de moi-même. Dans un songe, Zeus m'est apparu et m'a donné l'ordre d'agir ainsi. Ta venue ici est une confirmation de ce message. Tu ne serais pas parvenu seul avec deux femmes jusqu'au milieu de mon camp si les dieux n'avaient guidé tes pas. Qui aurait déjoué le corps de garde ? Qui aurait ôté la barre de bois qui ferme ma porte ? Je vois bien que je dois te rendre ton fils... Toutefois, j'accepte la rançon. Ces richesses serviront à rendre plus magnifiques les funérailles de Patrocle. Je lui dois bien cela...

Et Achille, sans un regard à ceux qui se trouvaient dans la tente, écarta le rideau et sortit. Il appela Briséis et ses femmes et leur ordonna de prendre soin d'Hector, de laver son corps et de le frotter d'huiles parfumées, puis de l'étendre sur une civière. Des serviteurs s'affairaient pour décharger le petit chariot à mules qui avait amené Priam. Achille examina les vases, les bijoux, les tissus précieux. Il choisit une tunique et un manteau coupés dans un riche tissu brodé d'or qu'il alla porter à Briséis.

– Tiens, dit-il, tu vêtiras Hector avec ceci.

Puis il rentra dans sa tente.

– Je t'ai rendu ton fils, vieillard, comme tu le souhaitais. Dans un moment, avant que l'aurore ne paraisse, tu pourras l'emporter. En attendant, toi et tes compagnes, vous allez manger. La route est longue encore pour revenir à Troie.

Le vieux roi marqua une hésitation – pouvait-on se restaurer en compagnie du meurtrier de ses fils ? – mais Penthésilée posa une main ferme sur son bras. Il leva les yeux, elle fit « oui » de la tête. Il n'avait rien mangé ni bu depuis qu'Hector avait été tué. Les écuyers d'Achille apportèrent des pains coupés en tranches, des viandes rôties et des flacons de vin qu'ils disposèrent devant les deux rois. Ceux-ci mangèrent ensemble. Les Myrmidons, par courtoisie envers leur hôte, prirent tous une part du repas. Atalante se tenait debout au fond de la tente, ne quittant pas Priam du regard, prête à bondir si quiconque – même Achille – avait menacé le vieux roi. Un soldat grec à qui cette attitude n'avait pas échappé lui apporta une épaisse tranche de pain recouverte d'un morceau de viande.

– Tiens, jeune prêtresse !

Comme Atalante avançait la main pour prendre cette nourriture et s'apprêtait à le remercier, celui-ci lui saisit le coude et retroussa la manche de sa robe.

– Prêtresse ou guerrière ? demanda-t-il à mi-voix, en désignant le bras musclé de la jeune fille.

Atalante se dégagea d'une brusque secousse et arracha le pain de la main de l'homme.

– Cela ne te regarde pas, dit-elle, mais si tu me laisses en paix, je peux te dire un secret.

Le Myrmidon s'approcha.

– Marché conclu, dit-il.

Atalante pencha la tête.

– Apporte-moi encore du pain et de cette viande : j'ai faim !

Le repas fini, Achille mena Priam à l'extérieur de la tente. Le corps d'Hector, vêtu de tissu blanc et or, était couché sur une civière déposée dans le char à mules. Il était lavé et peigné. Il n'y avait plus sur son visage cette expression de fougue et de fureur belliqueuse qu'on lui avait connue ces dernières années. Il était sage et paisible comme un enfant qui dort. À cette vue qui le ramenait au temps heureux de l'enfance d'Hector, les larmes de Priam se remirent à couler. Achille comprit et attendit patiemment que cette douleur s'apaise, puis il prit avec douceur le bras du vieux roi et l'attira à l'écart.

– Pour quitter le camp, mon écuyer va te montrer un chemin qui longe le bord de mer et qui t'évitera de passer devant le corps de garde. Mieux vaut pour toi qu'Agamemnon et les autres rois ne soient informés de ta venue ici que le plus tard possible. Tu peux avoir confiance en mon écuyer autant que tu as eu confiance en moi. Et maintenant, dis-moi franchement : combien de temps veux-tu pour faire au preux Hector de dignes funérailles ? Pendant ce temps-là, je resterai tranquille et je retiendrai l'armée.

– Douze jours, répondit Priam. Neuf pour le pleurer comme il convient. Le dixième pour l'ensevelir. Le onzième, pour lui élever un tombeau. Et, le douzième jour, nous pourrons reprendre le combat.

– Il sera fait, roi Priam, selon ton vœu. Pendant douze jours, je suspendrai la lutte. Mais quand elle reprendra, elle sera aussi obstinée, sinon plus, qu'avant.

– Cela va sans dire, Achille. Nous aussi, à Troie, nous combattrons de tout notre cœur.

Les deux hommes se prirent les mains et s'étreignirent silencieusement dans l'obscurité.

– Va, vieil homme, dit enfin le héros grec, les dieux soient avec toi.

– Va, Achille, enfant des dieux, dit Priam, puisses-tu vivre longtemps dans la paix.

Et le petit chariot à mules qui ramenait le corps d'Hector partit dans la nuit et se fondit dans l'obscurité.

CHAPITRE 23
LE SENTIER DES CHASSEURS

L'écuyer d'Achille amena Priam et les siens jusqu'à la plage. Le mur d'enceinte du camp des rois grecs s'arrêtait là. L'endroit était désert. Ce lieu était habituellement gardé la nuit par les Myrmidons, mais Achille, une heure plus tôt, avait fait rappeler les sentinelles.

Ils firent descendre le chariot dans l'eau jusqu'aux essieux et, à travers les vagues, ils contournèrent le mur et les fossés. Puis ils remontèrent sur la dune et s'éloignèrent du camp jusqu'à en être hors de vue.

L'écuyer indiqua une direction dans la nuit :

– Par ici, ô roi Priam, tu vas retrouver le grand chemin. C'est la route qui menait autrefois du port à Troie.

– Merci pour ton aide, jeune garçon, dit le roi. Je crois que je saurai trouver la route de Troie. Je connais ce pays, vois-tu, j'y suis né.

– C'est vrai, ô roi, s'excusa le jeune homme avec un sourire confus, je te demande pardon. Que les dieux veillent sur vous pendant votre retour.

– Que les dieux te protègent, toi aussi, et puisses-tu rentrer vivant chez tes parents, dit le roi.

Le jeune cavalier fit faire demi-tour à son cheval et reprit le chemin par lequel on était venu

– Nous allons bien nous garder de nous approcher du grand chemin, murmura Priam, mais, avant tout, il faut nous assurer que ce garçon ne nous suit pas, ni personne d'autre d'ailleurs.

– C'est facile, ô roi, dit Atalante, je vais aller derrière lui. Quand je serai bien sûre qu'il rentre dans son camp, je vous rejoindrai en courant.

Elle détacha son manteau et le déposa dans le chariot. Avec la pointe de son épieu, elle perça le tissu de sa longue robe de prêtresse puis, d'un geste large, la déchira sur tout le tour à la hauteur des genoux. Et, bien libre de ses mouvements, elle prit sa course, rapide, silencieuse, sur les traces de l'écuyer. Le bruit de ses pas disparut dans la nuit noire. Le chariot repartit à pas lents dans la direction du grand chemin.

– Trop de gens nous ont vus chez les Grecs, déclara Priam à voix basse. Notre rançon vaut une fortune. Il est impossible que nous ne soyons pas dénoncés et poursuivis. Il faut nous écarter de tous les chemins connus, je veux dire : de tous les chemins connus des Grecs. Il existe un sentier qui suit à peu près le bord de mer. Il va nous obliger à un détour, mais je ne pense pas que des étrangers puissent avoir l'idée de nous chercher par là. Dès que notre agile petite compagne nous aura rejoints, nous couperons à travers champs vers ce sentier.

– Crois-tu, demanda Penthésilée, qu'Achille pourrait nous trahir ?

– Achille, non !, mais l'un de ses hommes ! Il faut savoir que partout, toujours, il y a quelqu'un qui est prêt à dénoncer ce qu'il a vu contre de l'argent. J'ai pu l'observer presque chaque jour dans ma vie de roi. Et ce soir, la somme en jeu est trop grande pour ne pas déchaîner les convoitises.

Pourras-tu marcher si longtemps ? s'inquiéta Penthésilée.

– Pour ramener Hector à Troie, je marcherais dix jours et dix nuits s'il le fallait... Écoute ! je crois que ta petite coureuse à pied revient...

En effet, un bruit de pas légers et incroyablement rapides parvenait jusqu'à eux. L'instant d'après, Atalante surgit de l'obscurité.

– L'écuyer d'Achille est bien rentré à la maison, annonça-t-elle. Il n'a pas regardé une seule fois dans quelle direction nous partions. Et, personne ne nous suit.

– Alors, en route ! fit énergiquement le roi.

Il fit tourner les mules. L'attelage sortit du chemin et partit à travers l'herbe rase de la plaine.

Après une heure de marche, on entendit le murmure du ressac.

– Voilà le sentier, dit le roi à mi-voix, je le reconnais. C'est un passage de chasseurs. J'y suis venu bien souvent autrefois.

Ce chemin n'était pas facile. Il était étroit. Il serpentait. Il montait et descendait souvent. Par places, des buissons avaient poussé et l'obstruaient presque. Atalante marchait devant, tenant les mules à la bride pour leur ouvrir la route. Le roi guidait l'attelage. Penthésilée allait en arrière, veillant à ce que le chariot ne sorte pas du chemin. Un peu avant l'aube, les trois fugitifs étaient harassés. Une brume dense se leva comme cela arrive souvent dans cette région de Troade, entourée par la mer, quand la nuit a été sans vent.

– La brume et la nuit, constata Atalante. Cette fois, on n'y voit vraiment plus rien, ô roi.

– Continue de marcher, ma fille, dit le roi. Dans cette partie, le chemin est presque droit. Pour te guider, veille à toujours avoir le bruit de la mer sur ta gauche. Cette brume est un secours des dieux. Si des Grecs sont à notre recherche, ils ne peuvent pas manquer de se perdre.

– Sommes-nous encore loin ? demanda Penthésilée, qui craignait tant de fatigue pour le vieux roi.

– Nous n'avons même pas parcouru la moitié du chemin, répondit Priam. Profitons du brouillard et de ce qui reste de nuit pour continuer à nous éloigner du camp grec. Chaque pas nous écarte du danger.

Le sentier gravissait un escarpement de rocher. Atalante arrêta l'attelage au haut de la côte pour permettre aux mules de reprendre leur souffle et, à elle, de s'orienter. La brume devenait grise. C'était le jour qui se levait. Allons, songea-t-elle, tant mieux... on trouverait plus facilement la route. Elle tendit l'oreille. On entendait toujours le bruit des vagues se brisant sur les rochers, là, sur la gauche. Au moins, on était dans la bonne direction... Mais un son inattendu la fit sursauter : c'était le pas de chevaux ! Elle écouta avec plus d'attention. Il n'y avait pas de doute, un groupe de cavaliers se déplaçait, et pas très loin. Mais avec ce brouillard qui transmettait très intensément les sons et supprimait les distances, il était difficile de déterminer de quel côté ils se trouvaient. Elle se retourna vers ses compagnons.

– Roi Priam ! Grande reine ! dit-elle à voix basse. J'entends des chevaux !

Priam et Penthésilée s'immobilisèrent et écoutèrent.

– Des chevaux ferrés ! murmura la reine des Amazones, ce sont des soldats.

– Ils sont entre nous et Troie, dit le roi en désignant le chemin vers l'avant. Ils nous ont coupé la route.

Ils regardèrent autour d'eux. Le chariot était sur une sorte de plate-forme. D'un côté, il y avait le roc ; de l'autre, des éboulis de rochers. L'endroit était trop étroit pour faire demi-tour sans dételer. De toute façon, les mules étaient trop fatiguées pour aller bien loin.

– Nous sommes pris, constata la reine.

– Les dieux n'auront pas voulu que nous rentrions libres à Troie, dit le vieux roi avec fatalisme.

À cet instant, le bruit des chevaux se fit tout proche. Des silhouettes de cavaliers se détachèrent dans le brouillard du petit jour. Ils étaient sur le chemin. Ils gravissaient la côte, arrivant à la rencontre de Priam et de ses compagnes. Atalante saisit son épieu à deux mains. Certes, on n'avait aucune chance, mais on n'allait tout de même pas leur faire le plaisir de se rendre sans aucune résistance.

Le cavalier de tête, à son tour, aperçut la silhouette de la jeune fille, en garde, en haut de l'escarpement. Il arrêta son cheval et appela, la voix anxieuse :

– Mon père ! Mon père ! Est-ce-vous ?

– Deïphobe, mon fils ! s'exclama Priam. Mes amies, nous sommes sauvés, ce sont les nôtres !

Deïphobe sauta à bas de son cheval et courut au roi. Il mit un genou à terre et lui baisa la main.

– Mon père, te voilà sauf ! Les dieux en soient remerciés ! Avez-vous Hector ?

– Grâce à Apollon et au divin Zeus, nous ramenons ton frère. Comment avez-vous compris que nous passerions par ce chemin à l'écart de tout ?

Les yeux de Deïphobe brillèrent.

– Ah, père ! seul un Troyen ayant grandi dans ce pays pouvait connaître l'existence de ce sentier. Quelques heures avant l'aube, nous avons aperçu depuis les remparts des bandes de Grecs qui parcouraient la plaine au galop. Nous avons tout de suite pensé qu'ils étaient à votre recherche. Pâris a envoyé des détachements à votre secours. Les groupes se sont rencontrés, on se bat un peu partout à l'heure qu'il est sur la plaine de Troie. Mais avec cela, personne ne savait où vous étiez passés... Nous étions mortellement inquiets. C'est ma sœur Cassandre qui a eu tout à l'heure une vision. « Notre père, a-t-elle dit, et notre frère Hector marchent en ce moment sur l'ancien sentier des chasseurs. » Je me suis alors souvenu de ce chemin et j'ai compris comment tu avais déjoué la meute de tes poursuivants.

Quelques heures plus tard, Priam, monté sur le cheval de Deïphobe, Penthésilée, montée sur le cheval d'un écuyer, et Atalante, en croupe derrière un soldat troyen, escortant le char funèbre d'Hector, entrèrent dans Troie par une porte latérale.

La nouvelle que le roi Priam était sain et sauf derrière ses murailles et que les cérémonies des funérailles d'Hector allaient commencer se répandit à travers la plaine. Les escarmouches cessèrent. Les soldats grecs, apprenant que Priam leur avait échappé, laissèrent là ce combat inutile et retournèrent au camp. Les Troyens rentrèrent dans la ville et en refermèrent les portes.

La trêve de douze jours promise par Achille pouvait commencer.

CHAPITRE 24

LE GALOP DES AMAZONES

Douze jours plus tard, comme convenu, les combats reprirent.

Pâris réunit tous les chefs et leur exposa ses priorités.

– Avant tout, dit-il, il faut économiser les vies troyennes. Je ne veux plus de combats héroïques, fort jolis à voir mais très coûteux en hommes de valeur. La mort d'Hector doit nous servir de leçon. À Troie, nous avons le temps de notre côté. Les Grecs souffrent d'être loin de chez eux et aspirent à rentrer dans leurs foyers. Nous, nous sommes chez nous. Soyons patients. Plus la guerre durera, plus leur moral s'effondrera. Si quelques-uns d'entre eux abandonnent et partent, c'est toute l'armée grecque qui suivra.

Pâris s'interrompit un instant pour préparer ce qu'il allait dire ensuite.

– Le deuxième objectif, poursuivit-il, c'est d'abattre Achille. Je pense que c'est une chose possible : tous les présages annoncent qu'il mourra devant Troie. Les Grecs savent bien que, sans les Myrmidons, ils sont moins forts que nous. Supprimons Achille et ils partiront.

La guerre avait donc repris. La mort d'Hector avait rendu les soldats grecs plus agressifs que jamais. Ils voulaient en finir, prendre la ville d'assaut, la piller en bonne et due forme et rentrer chez eux. On était au contraire devenu prudent du côté troyen. On se contentait de tenir les Grecs à distance des remparts sous une grêle de pierres et de flèches, sans prendre de risques inutiles. « Ils en veulent, donnons-en-leur, disait Pâris. Quand ils en auront assez, ils s'en iront. » La nuit, des convois entiers sortaient de la ville pour refaire des provisions de pierres et de bois. On avait aussi ouvert des carrières à l'intérieur même de Troie où l'on taillait des projectiles aux arêtes tranchantes, de la forme qui convenait exactement aux frondes. Les forgerons et les armuriers travaillaient jour et nuit pour fournir suffisamment de flèches et de javelines. Et cette politique semblait la bonne. On ne déplorait plus que très peu de blessés à Troie, et les espions rapportaient que l'ardeur fondait dans le camp grec comme la neige au soleil. « À quoi bon, disaient les soldats, aller chaque jour nous faire tuer sous les murs d'une ville imprenable ? »

Il n'y avait qu'une circonstance pendant laquelle Pâris autorisait ses soldats à se déchaîner sur le terrain, c'était quand le char d'Achille apparaissait au premier rang des combattants. Pâris envoyait alors contre lui les soldats les plus brutaux et les plus impatients de venger Hector. Mais rien ne semblait pouvoir atteindre le héros grec. Il se tenait debout sur son char, au milieu de la mêlée, sa cuirasse brillant au soleil. Les flèches, les pierres ou les coups de glaive paraissaient s'écarter de lui ou rebondir sur son armure. Sa lance, en revanche, ne manquait jamais son but.

– Il est invulnérable, il est protégé par un charme, disaient les soldats à Pâris.

– Il n'y a là ni charme ni magie, répondait Pâris. Achille possède la meilleure armure qui soit et, en outre, il combat en homme qui n'a que faire de mourir. Un soldat à qui la mort est indifférente a toujours l'avantage face à un adversaire à qui il reste un petit désir de continuer à vivre. Nous ne vaincrons pas Achille en bravoure, mais nous pouvons le vaincre par l'habileté.

Atalante faisait son apprentissage de guerrière. En fait, elle ne se sentait pas du tout guerrière. Les morts grecs et les morts troyens lui inspiraient la même horreur et la même compassion. Elle ne tirait jamais l'épée que les Amazones lui avaient donnée. Elle ne la portait que pour se défendre si un jour il le fallait. Elle pensait que la guerre était une bien vilaine occupation, et qu'il n'y avait que l'affection qu'elle portait à Ianée et aux Amazones et la promesse qu'elle avait faite à la déesse qui pouvaient la retenir au milieu de cet absurde embrochage collectif.

Parmi tous les combattants qui se trouvaient à Troie, les Amazones étaient les plus rapides. Pâris voulut se servir de cette qualité pour surprendre Achille.

Les cavalières de Penthésilée sortaient donc régulièrement. Elles se dissimulaient derrière les plis du terrain et, quand il leur semblait que le héros grec était à découvert, elles lançaient une de ces terribles charges dont elles avaient la spécialité. Elles chargeaient sur six rangs, à plein galop, en se faisant précéder d'une nuée de flèches et de javelines. Plusieurs de ces charges les amenèrent très près d'Achille, mais les Myrmidons qui entouraient le chef grec n'étaient pas de petites natures. Ils s'accrochaient au terrain, baissaient la tête et levaient le bouclier sous la grêle de flèches, et ils brandissaient leurs lances en avant comme une muraille de pieux. Les Amazones se heurtaient à un mur vivant. Penthésilée, qui ne voulait pas de combat au corps-à-corps contre ces guerriers forts comme des buffles, donna chaque fois l'ordre de se dégager et de se regrouper en arrière.

Ianée et Atalante participèrent à ces assauts. Par bonheur – pensait Atalante – la règle voulait chez les Amazones que les cavalières les plus endurcies chargent au premier rang et les plus novices au dernier. Ianée était la plus jeune des guerrières présentes, sa place était en arrière et Atalante auprès d'elle. Elles ne furent donc pas trop exposées dans ces premières chevauchées.

Le soir, dans les écuries du palais de Priam, les Amazones soignaient leurs chevaux. Atalante pansait Fleur d'Arcadie. La jument, blanche d'écume, tremblait de fatigue et d'anxiété.

– Ma pauvre Fleur, la consolait Atalante en lui séchant le poil avec une poignée de paille, toi aussi, tu as peur de tout cela. Tu n'es pas plus une guerrière que moi.

– Fleur n'est pas une jument de bataille, dit Ianée, qui bouchonnait Douce dans la stalle voisine. Elle n'a pas été habituée, comme les nôtres, au bruit et au choc des armes. Les chevaux sont naturellement craintifs. Encore une chance que celle-ci ne soit pas trop peureuse.

– Et toi, demanda Atalante, tu n'as jamais peur quand nous chargeons ?

– Bien sûr que si. Et toutes mes sœurs. Et ma mère aussi. Mais nous ne le montrons pas. La peur fait partie du combat et il faut la supporter comme la chaleur, le froid ou la soif. Toutefois, mes sœurs m'ont dit que si l'on parvient à charger assez vite, et avec assez d'ensemble, on ressent une griserie qui fait oublier l'angoisse et fait naître le désir de se porter toujours plus vite en avant quel que soit le danger qui nous attend au bout du chemin.

– C'est étrange, dit Atalante, je n'ai encore rien ressenti de semblable.

– Je suppose que cela vient avec l'habitude du danger... Tu sais, Atalante, tu devrais repartir en Arcadie. Avec Fleur. Tu as déjà fait pour Troie plus qu'aucune d'entre nous. Je suis parmi les miennes, maintenant.

– Et ma promesse à la déesse, qu'en faisons-nous ? Et puis...

– Et puis ?...

– Et puis si je partais maintenant, j'aurais l'impression de vous abandonner. Je reste avec vous. J'espère seulement que les Grecs ne vont plus trop tarder à s'en aller.

Les Amazones se tenaient en embuscade derrière une butte. Nalia avait mis pied à terre. Allongée dans les hautes herbes, sur la crête, elle surveillait la plaine. La mission des cavalières était simple. Si Achille s'écartait du gros des troupes, on lui tombait dessus. S'il restait à couvert, ou ne se montrait pas, alors à la mi-journée on rentrerait dans la ville par une porte hors de vue des Grecs.

Soudain, Nalia fit un geste du bras qui signifiait à ses compagnes de se tenir prêtes. Immédiatement, les Amazones resserrèrent la jugulaire de leurs casques, assurèrent leurs pieds dans les étriers et ajustèrent les rênes.

Achille, sur son char, entouré de trente Myrmidons, marchait au pas sur la plaine. Il circulait en homme peu pressé. Il observait la ville, montrait de la main les remparts et semblait tenir un discours à ses hommes. Sans doute cherchait-il le meilleur endroit pour diriger un assaut contre les murs... Il n'avait pas l'air sur ses gardes. Le soleil s'était levé une heure plus tôt et il était dans le dos des Amazones. Achille et les siens l'auraient en face. Jamais les Amazones n'avaient eu une si belle occasion.

Penthésilée s'écarta de la dune, juste ce qu'il fallait pour avoir une vue de la plaine. Elle considéra les Myrmidons qui approchaient.

– Mes enfants, murmura-t-elle, cette journée est la nôtre.

Les Amazones, sans un bruit, se disposèrent par rangs. Elles étaient tendues comme des arcs prêts à tirer. Les chevaux frémissaient d'impatience et n'attendaient qu'un minime relâchement des doigts de leurs cavalières pour bondir en avant.

Enfin, la reine donna le signal :

– Enfants, allons-y !

Ce fut un déchaînement. Avec un cri sauvage destiné à exciter encore l'ardeur de leurs chevaux, les Amazones se ruèrent en avant. Jamais encore elles n'avaient chargé avec autant d'emportement. Le vent de la vitesse leur coupait le souffle. Le fracas des sabots sur le sol de pierres leur emplissait les oreilles. Atalante, emportée dans ce tourbillon eut le temps de penser : « Nous sommes tous fous ! À cette vitesse, si la charge ne parvient pas à percer le mur des Myrmidons, nous ne pourrons pas nous dégager. Cette fois, soit nous tuons Achille, soit nous mourons toutes. Ou alors, les deux. Artémis, protège-nous ! »

Les Myrmidons virent soudain fondre sur eux cette colonne déchaînée. En soldats supérieurement entraînés, ils réagirent à l'instant. Dans le temps d'un clin d'œil, ils formèrent leur mur. Ils se disposèrent en ligne, un genou calé sur le sol, abrités derrière leurs boucliers plantés verticalement dans la terre. Quand les Amazones furent à quinze pas, ils lancèrent tous, d'un seul mouvement, leurs javelines. Atalante vit partir les javelots comme une barre horizontale. Elle ferma les yeux un très bref instant et les rouvrit, étonnée de n'avoir pas été touchée. Au même moment, elle vit Douce, à côté d'elle, s'affaisser sur les antérieurs et s'effondrer sur le sol. Ianée, emportée par l'élan de ce galop furieux, passa par-dessus la tête de sa jument et alla tomber à plusieurs pas de là. Atalante entendit le choc de sa cuirasse contre les pierres ; elle aurait voulu s'arrêter pour la secourir, mais tout allait trop vite, trop fort, il n'était plus possible d'arrêter des chevaux pareillement emballés. L'instant d'après, les Amazones se heurtaient aux Myrmidons. Ce fut un effroyable entrechoquement d'armes, de cuirasses et de chevaux. Les Grecs ne purent soutenir un pareil choc, les Amazones culbutèrent leurs rangs et traversèrent leur ligne, fonçant vers le char d'Achille dont, pour la première fois, la voie leur était ouverte. Le vrai combat commençait.

Atalante, à l'instant du choc contre les Myrmidons, sentit sa jument s'affoler, se cabrer et trébucher. Dans le tumulte, elle eut la sensation qu'elle tombait et qu'elle roulait dans les pierres. Sa vision suivante fut celle d'un soldat grec, debout devant elle, qui brandissait une lance vers le ciel. D'un coup de rein instinctif, affolé, elle se jeta sur le côté. La lance se planta dans le sol à l'endroit où elle se trouvait un instant plus tôt. Toujours couchée au sol, d'un geste, les doigts en râteau, elle happa une poignée de sable et de graviers qu'elle lança à toute volée à la tête du Grec. N'importe quoi, pensa-t-elle, pour empêcher ce fou homicide d'approcher ! Le sable pénétra par la fente oculaire du casque du Myrmidon et, aveuglé, il s'arrêta dans son élan. Atalante, pendant cet instant de répit, se redressa et s'enfuit le plus vite qu'elle put. Elle s'arrêta et se retourna une quinzaine de pas plus loin. Tout était confus, on se battait partout, le fracas était ahurissant, la poussière volait, on n'y voyait rien. Soudain, elle sentit à l'arrière de sa tête une violente douleur et eut l'impression qu'un voile noir passait devant ses yeux.

Atalante était étendue sur le sol, le visage dans la poussière. Elle n'avait pas perdu connaissance. Elle se sentait très faible et ressentait une vive douleur à l'arrière du crâne. Elle tenta plusieurs fois de lever la tête pour voir comment la bataille tournait. Tout se passait près du char d'Achille. Au milieu du chaos, il lui sembla voir Penthésilée sur son cheval, face au chef grec, la javeline tenue en l'air, horizontale, prête à tirer. Puis la poussière qui volait lui masqua à nouveau le combat. Elle se souvint soudain de Ianée. Il fallait porter secours à Ianée !... Elle s'était sûrement blessée en tombant. Atalante se souleva sur les bras et les genoux et se releva lentement. Puis, moitié marchant, moitié se traînant, elle s'éloigna vers l'endroit où elle croyait se souvenir d'avoir vu tomber Douce. Il semblait à Atalante que le soleil frappait sur sa tête comme un forgeron fou. Elle trébucha sur un talus qu'elle n'avait pas vu et roula deux ou trois pas en contrebas. Elle voulut se relever et continuer sa recherche mais elle se sentit envahie par une lassitude presque invincible. Elle eut l'impression de sombrer dans un sommeil très profond.

CHAPITRE 25
LE VOL DES CORBEAUX

Le soleil commençait à descendre. Atalante ouvrit les yeux. Ce qu'elle vit tout d'abord, ce fut un vol de corbeaux qui tournaient dans le ciel en lançant des cris funèbres. Pendant les premiers instants, elle ne parvint pas à comprendre où elle était, ni à se souvenir de ce qui s'était passé. Puis tout lui revint à l'esprit : la charge furieuse, la chute de Ianée, le Myrmidon qui avait voulu la clouer au sol, la folie partout, le choc contre sa tête, sa marche sous le soleil... Elle avait mal, elle avait soif, et il fallait retrouver Ianée...

Elle détacha les courroies de sa cuirasse et les deux morceaux tombèrent à terre, elle se sentit aussitôt plus libre dans sa respiration. Puis elle défit la lanière de son casque et l'ôta. Elle passa avec précaution la main sur l'endroit douloureux, à l'arrière de sa tête. Elle la retira rouge de sang poissé. Elle palpa sans appuyer : apparemment ce n'était qu'une plaie dans les cheveux, même pas très large, donc rien de bien grave... Elle examina le casque. En regard de sa blessure, il y avait une large encoche dans le métal. Le fer était presque percé. Qu'est-ce qui avait bien pu faire un trou pareil ? C'était au moins une lance... ou le sabot d'un cheval... En tout cas, elle bénissait ce brave casque contre lequel elle avait si souvent pesté parce qu'il était lourd et laid.

Elle se releva et escalada lentement le talus du haut duquel elle avait roulé quelques heures plus tôt. À l'endroit où l'on s'était battu, il n'y avait plus personne. Il n'y avait plus que des chevaux morts. C'était au-dessus d'eux que tournoyaient les corbeaux. Qui avait gagné ? Qui avait perdu ? C'était une chose impossible à dire...

À voir le nombre de chevaux abattus, le combat avait dû être terrible. Le char d'Achille, les deux roues brisées, avait été abandonné – mais cela ne signifiait sans doute rien. Vainqueurs et vaincus devaient avoir eu trop à faire avec les blessés pour s'embarrasser d'une carcasse de char qui ne pouvait plus rouler. On avait oublié Atalante parce qu'elle était allée s'évanouir dans un trou à l'écart de tous. Ianée s'était-elle blessée sa chute ? L'avaient-ils ramassée avant de s'en aller ? Il fallait s'en assurer pendant qu'il faisait encore jour. Mais, avant tout, il fallait boire.

Malgré la tristesse de cette vision, elle marcha vers les chevaux morts. Toutes les Amazones avaient une fonte accrochée à leur selle qui contenait une gourde d'eau mêlée de miel et des galettes de blé. Les fontes étaient vides. En un sens, c'était plutôt bon signe. Si les Amazones avaient repris leur eau et leur nourriture avant de partir, c'est qu'elles étaient en vie. Son cœur se serra quand elle reconnut, étendue sur le sol, la grande jument alezane de Penthésilée ; sa chère alezane au dressage parfait, objet de tous ses soins et de toute sa tendresse... Celle-ci avait encore sa gourde et son pain. Atalante but goulûment une grande rasade d'eau sucrée. Pourquoi la reine n'avait-elle pas emporté son eau et ses vivres ? Atalante ressentit une désagréable impression, mais elle chassa cette idée de son esprit. « Je penserai à cela plus tard, songea-t-elle, l'important, maintenant, c'est Ianée. » Elle mangea coup sur coup trois galettes de blé avec une faim qui l'étonna elle-même. Elle but encore à grandes goulées. Elle se sentit soudain mieux, les idées à nouveau claires et prête à marcher.

Elle regarda autour d'elle : la charge des Amazones était partie du haut de cette espèce de colline, là-bas... Les chevaux avaient dû laisser une trace bien visible. Le long de cette trace, on devrait retrouver l'endroit où Douce et Ianée étaient tombées. Ianée et elle pendant la charge se trouvaient au dernier rang, les dieux en soient remerciés ! Car, au moins, une chose était sûre, Ianée n'avait pas été piétinée par des chevaux venant derrière elle... Voyons, on avait longé ce ravin, cette sorte de lit de torrent à sec... Et les Myrmidons se trouvaient là-bas, sur cet endroit plat, derrière leur mur de boucliers...

Soudain, Atalante poussa une exclamation de surprise : il y avait un cheval au fond du ravin ! Un cheval debout et immobile. Il portait une selle d'Amazone et paraissait attendre. C'était Douce ! Douce, bien vivante !

Atalante descendit en trois bonds dans le lit du torrent. Ianée était là, étendue dans les pierres.

– Brave Douce ! dit Atalante. Tu sais que tu ne dois jamais quitter ta maîtresse, alors, sans poser de questions, tu es restée près d'elle... Tu es une bonne fille !... Si tu t'étais éloignée, je n'aurais jamais retrouvé Ianée derrière ces rochers.

Elle retourna avec douceur la petite Amazone et l'étendit sur le dos.

– Ianée !... Ianée, c'est moi !... Tu m'entends ?

Elle retira avec précaution le casque de la jeune fille. Elle était très pâle, d'une blancheur inquiétante, les yeux clos. Elle ne réagit pas. Atalante lui prit le poignet et, délicatement, avec trois doigts, chercha le pouls. Le pouls était là. Il battait faiblement, de manière un peu précipitée, mais il battait.

– Ianée, écoute-moi, c'est important : tu es vivante ! Tu es vivante, tu comprends ça ? Alors, maintenant, tu vas faire ce que je te dis : ne meurs pas ! Accroche-toi et ne meurs pas ! Moi, je m'occupe de te ramener à Troie.

Elle examina la tête de la jeune guerrière. Il n'y avait aucune blessure. Elle défit sa cuirasse, là non plus, apparemment, il n'y avait pas de plaie ni de contusion. Elle souleva doucement les paupières de Ianée, les pupilles se rétractèrent à la lumière.

– C'est bien, tout ça, petite sœur ! dit Atalante.

Elle ôta les protections de bras et de jambes. La cuisse gauche était violette, gonflée par un volumineux hématome. Il sembla aussi à Atalante qu'elle était déformée.

– C'est là que ça se gâte, murmura la jeune fille. C'est cassé, cet os-là... Que ferait Chiron s'il était à ma place ? Une fracture, cela s'immobilise, je crois...

Atalante prit les deux cuissardes de cuir recouvert de lamelles de fer qu'elle venait de retirer à Ianée et les lia sans les serrer autour de la jambe, enfermant la cuisse brisée dans une double gouttière. Elle se servit pour cela des courroies de la cuirasse.

– Ce n'est pas très joli, dit-elle en considérant son œuvre. Mais j'espère que cela évitera que tu aies trop mal pendant que nous marcherons... Maintenant, il faut que tu boives, essaie d'y arriver.

Douce n'avait pas perdu sa fonte, ni la gourde. Le regard d'Atalante passa sur le poitrail de la jument. Elle était blessée au-dessus de l'antérieur droit. Une grosse contusion, toute gonflée. Atalante approcha la main avec douceur, la jument frémit de crainte.

– Toi aussi, tu es blessée ? C'est pour ça que tu es tombée !... C'était quand les Myrmidons ont tiré... Tu as dû être heurtée par le bois d'un javelot. Tu sais, tu as plutôt eu de la chance, ma vieille, ç'aurait aussi bien pu être le fer... Est-ce que tu vas quand même pouvoir nous porter ? Je suis désolée, mais il va falloir que tu nous prennes toutes les deux sur ton dos. Il faut que je soutienne Ianée sans laisser pendre sa jambe, tu comprends ? Après, c'est promis, tu te reposeras autant que tu le voudras.

Elle souleva doucement la tête de Ianée et fit couler dans sa bouche quelques gouttes du mélange d'eau et de miel. Elle attendit pendant une ou deux minutes. Il lui sembla que, très lentement, la petite Amazone avalait la boisson.

– C'est bien ça, grande fille, continue...

Et, avec patience, elle recommença cinq ou six fois l'opération.

– C'est très bien, on boira encore dans un moment.

Atalante saisit la bride de Douce et lui caressa l'encolure.

– Maintenant, il faut que je monte sur ton dos. Je sais, tu as mal, je vais faire le plus doucement possible.

Elle engagea son pied dans l'étrier et, se faisant le plus légère qu'elle le pouvait, elle passa la jambe et se mit en selle. La jument partit aussitôt dans une série de sauts de mouton furieux, se secouant de droite et de gauche pour jeter sa cavalière à terre. Atalante rejeta le buste en arrière et tira férocement sur le mors, tordant en l'air la tête de la jument. Puis elle se pencha en avant et lui envoya une grande claque en pleine tête.

– Ça va comme ça ! cria-t-elle avec colère. Je sais : tu es une jument de bataille de grande valeur et tu ne supportes pas d'être montée par une autre cavalière que ta maîtresse ! Mais aujourd'hui tu vas nous épargner ton meilleur rôle ! Tu as vu dans quel état elle est, ta maîtresse ? Alors, tu vas la ramener à la maison sans faire d'histoires ! Moi aussi, j'ai eu une journée désagréable et je te préviens que je n'aurai pas de patience. Si tu veux faire la bourrique, fais la bourrique ! Mais tu auras les coups de trique qui vont avec !...

La jument sembla comprendre, sinon le sens exact, en tout cas le ton et l'autorité de ce discours courroucé. Elle ramena les oreilles en avant et baissa la tête avec soumission.

– Tu vois, dit Atalante, si on s'explique franchement, tout de suite les choses vont mieux...

Elle amena la jument, maintenant docile, en contrebas du rocher où était étendue Ianée. Elle tira à elle la petite Amazone et l'installa devant elle, joignit les bras autour de son corps et posa sa jambe blessée sur le quartier de la selle.

– Allez, ma Douce, maintenant il faut marcher...

Et la jument, un peu clopin-clopant, remonta la pente du ravin et sortit sur la plaine. Atalante regarda tout autour d'elle. Le soleil en avait encore pour deux ou trois heures avant de se coucher. La route pour retourner à Troie était plate comme la main. On pourrait les voir à mille pas à la ronde. Si des Grecs rôdaient encore dans le secteur, éclopées comme elles l'étaient, elles n'avaient aucune chance de leur échapper... Et Ianée était trop faible pour attendre la nuit noire.

– Esclave de luxe dans la maison d'un riche Grec... murmura Atalante. Je ne sais pas si ça va me plaire, finalement... et à toi non plus, Ianée.

À quelque distance, le fleuve Xanthe coulait, reflétant l'or du soleil. Atalante reconnut le gué qu'elles avaient franchi avec les caravaniers, le jour de leur arrivée. Elle changea de direction et tourna le dos à la ville.

– On va à Kira, dit-elle. Au moins pour ce soir. Après, on verra bien.

CHAPITRE 26
LE SEIGNEUR AMON

Depuis dix ans que durait cette guerre, les habitants de Kira avaient souvent vu des guerriers troyens rescapés des batailles venir chercher refuge chez eux. En général, comme Atalante et Ianée, ils avaient perdu les leurs et ne voulaient pas s'aventurer seuls sur la plaine. Les habitants du village ne furent donc pas étonnés en voyant arriver chez eux deux guerrières blessées montées sur une jument boiteuse.

Le chef de la caravane qui les avait accueillies le soir de leur arrivée en Troade leur ouvrit sa maison. On étendit Ianée sur le lit. À aucun moment elle n'avait repris connaissance. Son pouls était toujours faible et trop rapide, mais il battait ; pour l'instant, c'était l'essentiel. Il sembla à Atalante et à son hôte qu'elle avait très soif. Si on lui versait de l'eau dans la bouche, avec d'infinies précautions pour qu'elle ne s'étrangle pas, elle parvenait à l'avaler.

– C'est sa chance, dit le caravanier. Tant qu'elle peut boire, elle peut vivre.

Au village de Kira, on ne connaissait pas encore la nouvelle de l'escarmouche entre les Amazones et les Myrmidons. Mais Atalante ne pouvait pas leur apprendre ce qu'il en était résulté, qui avait gagné, qui était blessé ou prisonnier, puisqu'elle avait perdu connaissance dès le début de l'engagement et qu'elle avait repris ses sens alors que tout le monde était parti. Elle espérait seulement de tout son cœur que les Amazones s'en étaient sorties victorieuses, ou au moins sans trop de dommages.

– Il me semble, fit observer le caravanier, que si Achille avait été tué, on le saurait déjà ici. Mais je pars tout à l'heure pour Troie avec un convoi. À mon retour, j'aurai toutes les nouvelles. J'irai prévenir la reine des Amazones que sa fille est chez moi. Elle voudra sans doute qu'on la ramène en ville dans un chariot dès qu'elle sera en état de supporter la route. Il y a de très grands médecins, là-bas.

– Merci, dit Atalante dont le cœur s'était serré à la pensée de Penthésilée.

Elle se souvint de la belle jument alezane gisant sur le champ de cailloux. Une onde d'angoisse la parcourut. La dernière vision dont elle gardait le souvenir, c'était Penthésilée à cheval, brandissant sa lance face à Achille. Que s'était-il passé ensuite ?... Elle secoua la tête comme pour en chasser les pensées pénibles. À chaque jour sa peine. On aurait les nouvelles des Amazones, bonnes ou mauvaises, le surlendemain... En attendant, il fallait s'occuper de Ianée et de Douce.

Elle s'en fut puiser deux seaux d'eau fraîche et emprunter du foin et du grain à un voisin. Les chevaux blessés doivent être bien nourris pour guérir vite. Douce but à longs traits, puis plongea la tête dans le mélange d'avoine et d'orge et se mit à mâcher avec autant de bruit qu'une meule dans un moulin.

– Tu avais faim, ma pauvre vieille, dit Atalante.

Elle se pencha pour examiner le poitrail de la jument. La blessure n'avait pas l'air trop grave. Sans doute le repos guérirait ça... Soudain, on entendit au loin un hennissement et un bruit de galop. Atalante leva la tête, inquiète. Une attaque de soldats grecs ? la nuit ? Elle allait appeler pour donner l'alerte quand le bruit se fit soudain tout proche. Un cheval gris sans cavalier surgit de l'obscurité à plein galop et vint finir sa course près de Douce et d'Atalante avec un hennissement éperdu.

– Fleur ! s'écria Atalante. Ma pauvre Fleur, tu t'étais perdue ? Et tu as su nous retrouver toute seule !... C'est pour ça que tu appelais : tu avais senti notre présence.

Elle caressa la jument encore hors d'haleine, en fit le tour, palpa ses membres.

– Et tu n'es même pas blessée ! Alors, tu es la seule de nous toutes à t'en sortir intacte... Il faut dire que tu m'as joliment plantée là, tout à l'heure, toute seule au milieu des Myrmidons... Merci pour ton aide : à cause de toi, j'ai failli me faire embrocher comme une perdrix.

Elle s'en alla chercher encore de l'eau et du grain.

– Ils t'ont fait peur, ces affreux Myrmidons, avec leurs cris, leurs casques et leurs lances, toi qui es une joyeuse et paisible fille de l'Arcadie... dit-elle en revenant ses seaux pleins. Mais je ne peux pas vraiment t'en vouloir. Moi aussi, ils m'ont fait peur et, moi aussi, je me suis sauvée quand ce fou dangereux a prétendu me transpercer.

Une nuit, un jour, et encore une nuit s'écoulèrent. Ianée n'avait toujours pas rouvert les yeux, mais sa respiration était un peu plus ample et elle buvait plus facilement.

Le deuxième jour après la bataille, au début de la matinée, la caravane revint de Troie. Un homme à la barbe brune était assis sur le siège du plus grand chariot.

– Le seigneur Amon est médecin, dit le guide. C'est dame Nalia qui l'a prié de venir jusqu'ici pour soigner la jeune fille.

Atalante remarqua qu'il avait dit « dame Nalia » et non « dame Penthésilée ». Pourquoi ? Elle n'eut pas le temps de poser la question, le médecin était descendu du char et venait vers elle.

– Allons voir la jeune fille, dit-il. Nous parlerons ensuite.

Ils se rendirent tous trois au chevet de Ianée. Le seigneur Amon examina la tête, les membres et toutes les parties du corps de la jeune Amazone blessée.

– Est-il normal qu'elle reste inconsciente si longtemps ? demanda Atalante

– En quelque sorte, oui, répondit le médecin. L'os fémoral est cassé. C'est une fracture très douloureuse, qui fait perdre, à elle seule, une importante quantité de sang. C'est cette hémorragie qui l'a affaiblie ainsi.

– Mais où a-t-il coulé, ce sang ? demanda Atalante.

– Ici, dit le médecin en montrant la cuisse violette et gonflée. Il est resté sur place. Il va se résorber naturellement, cela prendra vingt ou trente jours. Mais ce n'est pas là la difficulté. Cette fracture est déplacée et il va falloir remettre bout à bout les deux parties de l'os brisé.

– Quand ferez-vous cela ?

– Tout de suite. Vous devrez m'aider. Toi, jeune fille, tu brûleras ces feuilles de pavot près de la tête de ton amie et tu veilleras à ce qu'elle en inspire abondamment la fumée. Évite de la respirer toi-même sinon, rapidement, tu ne seras plus bonne à grand-chose.

Le médecin se tourna vers le caravanier.

– Quand je te le dirai, tu tiendras très fermement la partie supérieure de la jambe. Essaie qu'elle soit bien immobile.

Atalante prit un tison dans la cheminée et enflamma dans une cassolette les feuilles de pavot réduites en poudre. Le mélange commença de se consumer en libérant une fumée bleuâtre et odorante. Atalante, avec une feuille de figuier qu'elle agitait doucement à la manière d'un éventail, orientait la fumée vers le visage de Ianée. Après quelques minutes, les muscles de Ianée semblèrent se relâcher et se détendre, comme chez quelqu'un qui s'endort profondément.

– Voyez, observa le seigneur Amon, l'effet du pavot : elle n'a plus mal. Les muscles perdent cette contraction que la douleur engendre. Encore quelques minutes et nous pourrons remettre l'os en place.

Ianée était tout à fait inerte. Le médecin passa sa main sous la cuisse blessée et la bougea légèrement. Elle ne réagit pas.

– C'est bien, dit le médecin, tu ne souffres pas... Reste aussi calme que tu es à présent, et cela sera très vite fini.

Avec des gestes lents, précis et économes, il saisit à deux mains la partie inférieure de la cuisse et la tira doucement vers lui, comme s'il voulait allonger la jambe vers le pied. Pendant quelques secondes, les yeux presque fermés, par minuscules mouvements, il chercha la position idéale dans laquelle les deux parties de l'os brisé s'emboîtaient exactement. Ianée frémit ; apparemment, à cet instant, la douleur surpassait les effets des vapeurs de pavot. Enfin, la sueur lui perlant au front tant sa concentration avait été forte durant l'opération, le médecin relâcha doucement la tension qu'il imposait à la jambe.

– Je crois que nous y sommes... murmura-t-il.

Il prit des bandes de toiles qu'il avait disposées près de lui et, d'un mouvement rapide, en entoura le membre blessé depuis le genou jusqu'à la hanche. Puis, par-dessus la toile, il disposa deux planchettes d'ivoire poli sur les faces interne et externe de la cuisse. Enfin, il assura la fixité des planchettes par d'autres bandes de toile. Atalante avait augmenté la quantité de pavot et Ianée semblait à nouveau détendue.

– Les lames d'ivoire maintiendront l'os fracturé en place, dit le seigneur Amon. Il faudra les conserver jusqu'à ce qu'il se soit consolidé.

– Combien de temps cela va-t-il prendre ? demanda Atalante.

– Comptez au moins cent jours. Elle est robuste et il semble qu'elle n'a pas tout à fait terminé sa croissance. C'est une chance pour elle : les os qui n'ont pas fini de grandir ont un appétit pour se ressouder qu'on ne retrouve plus jamais ensuite.

Il passa doucement la main sur la jambe de Ianée. Il arrêta ses doigts sur le dos du pied et derrière la malléole, à la recherche des très légers battements des artères du pied.

– Voyez, dit-il, la peau est sans lésion, le pouls passe aisément... Elle guérira bien. Donnez-lui souvent à boire et qu'elle mange quand elle aura repris connaissance.

Il rassembla ses instruments de médecin, puis il prit doucement le bras d'Atalante et l'amena au-dehors. Le soleil était haut et la mer d'un bleu intense. Il demanda :

– Qu'allez-vous faire, maintenant ?

– Je ne sais pas, dit Atalante. La reine Penthésilée a-t-elle ordonné que nous revenions à Troie ?

Le seigneur Amon laissa un instant son regard errer sur l'horizon de la mer, puis il se tourna vers la jeune fille.

– Atalante, dit-il, la reine Penthésilée a été tuée lors du combat contre Achille.

Atalante demeura quelques instants silencieuse, les yeux tournés vers le sol.

– Je crois que je le savais... dit-elle d'une voix à peine audible.

Elle releva ses yeux embués de larmes.

– Seigneur médecin, sais-tu comment cela s'est passé ?

– Oui, je le sais. Tout le monde à Troie le sait. Les Amazones, dans une charge d'une audace comme personne n'a jamais vu, ont forcé la ligne des Myrmidons...

Atalante fit un bref signe de la tête comme pour dire qu'elle voyait ce que le seigneur Amon décrivait.

– La reine Penthésilée chargeait si vite qu'elle avait pris de l'avance sur toutes les autres. Elle s'est trouvée face à Achille, la lance en main. Elle a tiré la première. Elle a atteint le Grec en pleine poitrine. Les Amazones qui ont vu cet instant disent qu'une cuirasse ordinaire eût été percée ou cassée sous un pareil coup, mais les armes d'Achille sont exceptionnelles ; on dit qu'elles ont été forgées dans l'atelier d'Héphaïstos, le dieu forgeron. La javeline a glissé sur la cuirasse. Alors, à son tour, il a tiré, et sa lance a abattu le cheval de la reine. À terre, elle a tiré son glaive et marché vers Achille...

Atalante ferma un instant les yeux. Brave Penthésilée, qui n'avait pas craint d'affronter seule, à pied, le plus fort des Grecs !...

– Elle a combattu avec tout l'art de l'escrimeuse, faisant parfois même, paraît-il, reculer Achille, mais les forces étaient par trop inégales. Dans un redoublement de fougue, le grand Myrmidon a déployé son bras, le glaive s'est engagé dans le défaut de la cuirasse, la reine est tombée. À Troie, j'ai examiné son corps, j'ai vu sa blessure, qui était nette, profonde et allait droit au cœur. Je pense qu'elle est morte dans l'instant.

– Les Amazones ont donc pu reprendre son corps aux Grecs ? demanda Atalante, dont les larmes coulaient sur le visage.

– C'est Achille lui-même qui a restitué le corps de la reine. Après le combat, comme le veut l'usage, il lui a retiré ses armes. Quand il a vu son beau visage, noble et paisible dans la mort, il a été saisi de pitié. Dans un geste généreux, il a pris le corps de la reine dans ses bras et l'a porté lui-même jusqu'à Troie. À distance des remparts, les Myrmidons ont fait sonner des trompes et déployé de grandes écharpes noires accrochées au haut de leur lance en signe de deuil et de trêve. Pâris a envoyé ses meilleurs lieutenants à leur rencontre. Achille leur a alors remis le corps de Penthésilée, et il a refusé la rançon que Priam et Pâris lui proposaient.

– Le preux Achille est un noble cœur, dit Atalante.

– Le bûcher funéraire a été dressé, et les honneurs mortuaires sont en ce moment même rendus à la reine. Les cérémonies commençaient quand j'ai quitté Troie, hier soir, avec le convoi.

– Et les autres Amazones ? D'autres guerrières ont-elles été tuées ?

– Les Amazones se sont regroupées pour tenter une nouvelle charge, mais les Myrmidons, le premier choc passé, s'étaient reformés en un carré solide autour du char d'Achille. La seconde charge a échoué. Nalia a décidé de ne pas risquer de nouvelles pertes et a donné l'ordre à ses cavalières de se dégager.

– Il y a beaucoup de blessées ?

– Quelques-unes. C'est moi qui les ai soignées. Deux sont dans un état qui me préoccupe, les autres n'ont que des blessures légères. Les Myrmidons ont aussi fait trois prisonnières qu'ils ont voulu ramener à leur camp. Mais, au moment de franchir l'enceinte, leur surveillance a été un instant distraite ; dans la même seconde les Amazones ont enfoncé les jambes dans les flancs de leurs chevaux et sont parties dans un galop d'enfer à travers la plaine en culbutant les soldats à pied. Des cavaliers grecs sont aussitôt partis à leur poursuite, mais même leurs meilleurs chevaux n'ont jamais pu les rattraper.

– Ils sont bêtes, dit Atalante en souriant à travers ses larmes. Ils font toujours les mêmes erreurs. Ils devraient pourtant commencer à savoir que personne n'est plus insaisissable que les Amazones. Et pour ce qui est de rattraper des Sœurs du galop à la course...

– Nalia, la nouvelle reine, m'a chargé d'un message pour toi. D'abord, elle est heureuse et soulagée de vous savoir toutes deux sauves à Kira. Les Amazones ont été très inquiètes de ne pas vous retrouver après la bataille. Elles ont craint que vous n'ayez été capturées dès le début du combat. Ensuite, elle souhaite que vous ne reveniez pas à Troie. Elle ordonne que vous vous éloigniez de la Troade.

– Seigneur médecin, Ianée peut-elle supporter un voyage ?

– Dans quelques jours, elle le pourra. Atalante, Nalia a raison : partez ! Les augures n'ont jamais été si mauvais.

– Mais les combats étaient plutôt encourageants, ces temps-ci... À part, bien sûr, cette bataille perdue contre les Myrmidons... Tout le monde, en ville, espère le prochain départ des Grecs...

– Il y a dix ans que tout le monde à Troie espère le prochain départ des Grecs ! Les présages sont néfastes. Les dieux seuls savent ce qu'il va advenir de Troie. Tous ceux qui le peuvent font en ce moment partir leurs femmes et leurs enfants vers les villages de la montagne. Moi même, il y a déjà une semaine que j'ai conduit mon épouse, nos filles et notre plus jeune fils à notre villa des collines. Vous ne pouvez pas rester à Kira, c'est trop près de la ville et du camp grec. Et les Grecs savent certainement que des convois de marchandises partent d'ici. Une attaque est possible à tout moment. Pourquoi reviendriez-vous à Troie ? Ton amie ne peut plus se battre et, toi, je crois savoir que tu répugnes à cela. Si la ville est prise, cela signifie pour vous la captivité. Et je n'ai pas besoin de te rappeler ce qu'implique la captivité pour deux jeunes vierges comme vous.

– Je comprends, dit Atalante, nous allons partir.

– Tu viens d'Arcadie, je crois. Vas-tu y retourner ?

– Mes mères adoptives en seraient bien heureuses, mais j'ai compris que Ianée ne peut pas vivre loin des femmes de son peuple. Chez nous, elle s'étiole comme une plante qui manque d'eau.

– Alors, où comptes-tu aller ?

– À Sinope. Chez les Amazones, ses cousines.

– C'est très loin.

– Nous essaierons d'embarquer sur un navire marchand.

Le seigneur Amon secoua la tête.

– Nous entrons dans la saison des vents de nord dominants, les détroits sont presque infranchissables par mer. De plus les navires marchands, ces temps-ci, se gardent bien de faire escale près de Troie. Il faudra voyager par la route.

– La route est-elle bonne ?

– Encore assez. C'est une des voies utilisées par ces immenses caravanes qui transportent les marchandises venant d'Orient. Elle n'est plus beaucoup fréquentée depuis que le port est fermé, mais elle reste large et facile à suivre.

– C'est bien, dit Atalante, pensive, nous partirons dès que Ianée pourra boire et manger assez pour supporter la route.

– La reine Nalia m'a chargé de vous remettre ceci.

Il sortit de sa sacoche de médecin un petit sac rond et lourd. Il était empli de pièces d'argent troyennes.

– Merci, seigneur médecin. Avec cela, on peut aller au bout du monde. Pourrez-vous dire à la reine Nalia que nous sommes parties pour Sinope ?

– Bien sûr, je le lui dirai. Adieu, mes enfants. Que les dieux vous viennent en aide dans votre voyage.

– Adieu, seigneur médecin. Merci pour tout ce que tu as fait pour nous. Puissent les dieux protéger Troie et tous ceux qui y sont.

CHAPITRE 27
LA ROUTE DE L'ORIENT

Le caravanier de Kira proposa à Atalante un chariot petit et solide et une paire de mules.

– J'achète le chariot sans les mules, dit Atalante. Disons que j'en possède déjà une paire qui fera très bien l'affaire.

Le guide s'offusqua :

– Tu vas faire tirer le chariot par tes juments de bataille ? Mais ce sont des chevaux de grande valeur !... Et tu veux leur faire faire le travail de deux mules ?

– Ça leur ira très bien. Je ne vais pas les nourrir à ne rien faire, non ? Et puis, tu sais, pour Ianée et Douce, le combat, c'est terminé pour un moment. Quant à ma jument, elle est bonne pour tout sauf, justement, pour la bataille où elle se montre particulièrement incompétente ; tout comme moi, d'ailleurs... Mais je suis sûre que nous avons d'excellentes possibilités, elle comme jument de trait et moi comme caravanière.

Ianée, petit à petit, revenait à la vie. Elle était sortie de sa torpeur mais elle restait faible. Elle dormait beaucoup. Elle n'éprouvait aucun désir de manger pourtant elle se contraignait à le faire, d'abord par discipline de jeune fille-soldat, et aussi pour faire plaisir à Atalante, qui, dans l'espoir de réveiller son appétit, se mettait en quatre pour lui procurer des mets affriolants. Sa jambe avait bon aspect, l'enflure diminuait. Ianée prétendait ne souffrir que légèrement.

Avec beaucoup de précautions, Atalante lui apprit que Nalia leur avait donné l'ordre de quitter la Troade et qu'on partirait dans quelques jours pour Sinope. Atalante avait craint que Ianée ne proteste et demande à retourner à Troie pour partager le sort des combattants jusqu'au bout. Mais Ianée l'écouta en silence. Deux larmes coulèrent sur ses joues pâles, et elle fit silencieusement signe que c'était entendu. En la voyant si triste et si abattue, Atalante prit la décision de lui taire la mort de Penthésilée. Elle l'apprendrait plus tard, quand elle aurait repris des forces. Après tout, les nouvelles des deuils arrivent toujours bien assez tôt.

Encore quelques jours et le chariot d'Atalante et de Ianée quitta Kira. Les habitants du village, qui s'étaient pris d'affection pour les deux jeunes filles, vinrent tous les embrasser et faire des vœux pour leur voyage. Leur hôte les accompagna pendant la première demi-journée afin de les mettre sur la bonne route.

– Avant la guerre, dit-il en marchant, on voyait souvent ici des files de deux ou trois cents chameaux. Ils apportaient d'Orient des cargaisons de soie, d'épices et de jade. Ces caravanes allaient au port de Troie. Le port était entouré d'entrepôts et de bâtiments de négoce. Il y en avait autant qu'il y a aujourd'hui de tentes de soldats... Dans une dizaine de jours vous rencontrerez peut-être de ces convois. Marchez avec eux, vous serez en sûreté.

– Où vont-elles maintenant, ces caravanes ?

– D'autres ports, plus au sud, nous ont vite repris le marché... Un des avantages de la route de l'Orient, c'est qu'on y trouve assez souvent des caravansérails. On y mange bien et on y dort sans crainte. Rien n'est plus précieux en voyage.

– Combien de temps nous faudra-t-il pour arriver à Sinope ?

– Soixante jours, si vous marchez bien. Cent, si vous ménagez les pattes fines de ces belles juments.

Et, enfin, les voyageuses se retrouvèrent seules sur la route. Ianée, couchée à l'intérieur du chariot, dormait, bercée par son balancement. Le soleil était haut dans le ciel ; pour s'en protéger, Atalante avait noué une toile autour de sa tête à la manière d'un turban. « Encore quelques jours vers l'est et j'aurai tout à fait l'air oriental », songeait-elle. Elle marchait à côté des juments. Douce renâclait souvent, elle se tortillait dans le harnais d'attelage et se trémoussait comme pour s'en débarrasser.

– Tu n'aimes pas tirer le chariot, ma pauvre vieille, lui disait Atalante. Je comprends, pour une jument comme toi, c'est certainement assez vexant... Mais, va, quand nous serons arrivées, tu pourras reprendre tes grands airs. Nous ne dirons jamais à personne que tu as rempli les fonctions d'une mule... Et puis, tu verras, je suis sûre que tu vas adorer Sinope. Ianée m'a dit que les Amazones, là-bas, élèvent les plus beaux chevaux qu'on puisse imaginer. Elles doivent avoir des étalons étourdissants. Tu auras des poulains... Belle comme tu es, ce serait dommage de t'en priver... Et puis, si tu veux mon avis, les poulains, c'est beaucoup mieux que la guerre...

Il n'était pas sûr que Douce comprenne tout le contenu de ces propos, mais cette calme conversation la rassurait, et peu à peu elle s'habituait à son travail à l'attelage. L'exemple de Fleur l'aidait. Fleur tirait le chariot comme si elle avait toujours fait cela. D'ailleurs, Fleur était maintenant d'accord pour n'importe quelle tâche à condition qu'on ne lui demande plus jamais de combattre les Myrmidons.

Pendant près de dix jours, elles marchèrent seules à travers les collines blanches de la Bithynie. On croisait de temps en temps des chariots ou de petites caravanes. On se saluait et on échangeait les nouvelles de la route. Tel point d'eau était vide, tel gué était haut pour la saison... On croisait aussi de grands troupeaux de chèvres et de moutons. La nuit, Atalante choisissait de s'arrêter auprès d'eux pour dormir sous la protection de leurs chiens. Ces chiens étaient de grandes bêtes au poil ras, à l'œil sauvage et – pensait Atalante – à l'air encore plus effrayant que les loups. On ne pouvait souhaiter de meilleurs gardiens.

Pendant ces journées de marche dans la solitude, Atalante songeait à Penthésilée. Penthésilée, la guerrière d'Anatolie, capable de toutes les audaces… Une phrase prononcée par la déesse Artémis lui revenait en mémoire : « Ma chère vieille folle de Penthésilée… » Tout le portrait de la reine des Amazones tenait dans ces quelques mots. Penthésilée, morte l'épée à la main en combattant le bouillant Achille alors que, dans un coin de sa tête, elle avait parfois rêvé de finir ses jours en paix à tondre ses moutons…

Et qu'allait-il se passer à Troie désormais ? Pourquoi tous ces présages funestes ? Comment – concrètement – les Grecs pouvaient-ils entrer dans la ville ? En prenant d'assaut les murs et en dressant des échelles ? C'était presque physiquement impossible. On l'observait depuis dix ans. Alors en introduisant dans la cité des espions chargés d'ouvrir pendant la nuit les portes de la ville ? Pâris y avait si bien songé que chaque porte était gardée nuit et jour du côté intérieur par une troupe nombreuse. En creusant des souterrains et des cavités sous les remparts pour les faire écrouler ? La ville était construite sur le roc et les remparts étaient si larges qu'il aurait fallu extraire des quantités inconcevables de pierre. C'eût été un travail de géant, qui eût nécessité des milliers de mineurs…

La route était arrivée au sommet d'un col, et la vue de la plaine qui s'étendait de l'autre côté eut pour effet de distraire Atalante de ses méditations. La plaine était immense et d'un vert rafraîchissant après l'âcre poussière blanche des collines de Bithynie.

– Ianée ! appela Atalante. Regarde, en bas : le premier caravansérail ! On va enfin pouvoir manger autre chose que des figues sèches et du pain au moins aussi sec.

– Et se laver à l'eau chaude ! dit Ianée en passant la tête hors du chariot.

– Nous aurons peut-être même deux bassines d'eau chaude, une pour chacune... Imagine ce confort !

– Il faut toujours que tu rêves de luxe... Une, ce sera déjà magnifique.

Le caravansérail était grand et confortable. Il possédait même un petit hammam en carreaux de céramique verts et blancs, qui, quelques heures par jour, était réservé aux dames. Atalante demanda à un serviteur de l'auberge de bien vouloir porter Ianée dans ses bras jusque-là.

– Est-ce que tu ne crois pas que cela peut être mauvais pour ma jambe ? demanda la petite Amazone.

– Je crois que cela sera excellent pour ta jambe. Est-ce qu'elle te fait beaucoup souffrir ?

– Chaque jour moins, dit Ianée qui s'était fait un devoir de ne jamais se plaindre.

Les deux jeunes filles étaient installées sur la banquette recouverte de carrelage qui faisait le tour du hammam. La vapeur d'eau emplissait la pièce. À travers la brume chaude, elles se distinguaient à peine l'une l'autre. Ianée avait allongé sa jambe blessée sur la banquette. Atalante, la tête appuyée au mur et les yeux fermés, goûtait le bien-être de l'instant. Il lui semblait que la chaleur et la transpiration emportaient avec elles la fatigue et les courbatures de ces dernières journées de marche.

– Qu'as-tu fait des juments ? demanda Ianée.

– Elles sont dans un enclos rempli d'une herbe verte et épaisse qui monte plus haut que les genoux. Elles n'avaient plus vu cela depuis l'Arcadie. Elles sont en train de s'en remplir comme des barriques.

– Quand repartons-nous ?

– Après-demain. Une caravane de soixante chameaux est arrivée tout à l'heure. Eux et nous, suivons la même route pendant trente ou quarante jours. Ensuite, pour aller à Sinope, nous obliquerons vers le nord. Jusque-là, nous allons voyager avec eux. Tout est arrangé avec leur guide. Il ne m'a même pas fait payer tellement cher. Ils ont avec eux des hommes d'escorte. Nous serons en sécurité et nous risquerons moins de nous tromper de chemin.

– Tu sais, dit Ianée après un silence, arrête de te tourmenter en te demandant quand tu vas m'apprendre que maman est morte. Je le sais bien, va...

Atalante garda les yeux fermés et demeura un instant silencieuse.

– Quand l'as-tu su ? demanda-t-elle enfin.

– Le jour du combat, je crois... Mais les jours qui ont suivi, j'étais si mal... Je m'accrochais vaguement à l'espoir d'avoir fait un cauchemar. C'est quand tu as dit que Nalia nous demandait de quitter la Troade que j'ai compris. Si maman avait été en vie, c'est elle qui nous aurait envoyé cet ordre. Et puis, je ne sais pas, je le sens en moi... Tu es gentille de ne pas m'en avoir parlé, mais je sens bien que cela te pèse de garder ça pour toi.

– Que t'est-il arrivé le jour du combat ? Comment t'es-tu retrouvée dans ce ravin ? C'était assez loin de l'endroit où tu étais tombée.

– Au moment où j'ai touché le sol, j'ai entendu un craquement, comme celui d'un morceau de bois qu'on brise en deux. J'ai pensé que ma jambe était cassée, mais j'étais étonnée parce que je ne ressentais aucune douleur. Et j'ai aussi pensé qu'il fallait au plus vite me relever et m'éloigner. Tu te rappelles, on nous l'a dit : quand on tombe au cours d'une charge, il faut immédiatement s'écarter car, en se regroupant, les cavaliers repassent souvent au même endroit.

– Bien sûr, je m'en souviens. C'est la règle de combat que j'ai le mieux comprise.

– Douce, comme elle doit toujours le faire, était restée près de moi. Je me suis relevée, mais j'ai senti une terrible douleur à la jambe, une douleur incroyable, qui remplissait tout le corps... J'ai compris que j'allais perdre connaissance et qu'il fallait réagir très vite pendant que j'avais encore ma conscience. Je me suis accrochée avec les mains et les bras à l'étrier, puis à la selle et, à moitié suspendue, à moitié cramponnée, j'ai lancé Douce au trot, au hasard, en tournant le dos à la bataille. Après, je ne sais plus... Je suppose que c'est Douce qui a choisi le ravin dont tu parles. Elle devait trouver que nous y étions bien cachées... Ce qui est étrange, c'est que j'ai eu l'impression de voir la bataille. C'était comme si j'étais derrière les combattants, sur une hauteur. Je voyais ma mère combattre au glaive contre Achille. Je la voyais, mais je ne pouvais rien faire pour l'aider. Achille reculait. Et soudain, il a porté des terribles coups d'allonge et ma mère est tombée tout doucement, un peu comme si elle s'étendait sur le sol... Ce devait être un rêve ou du délire.

– C'est presque comme ça que les choses se sont passées, dit Atalante avec douceur. C'était peut-être une vision. Tu as peut-être un don de prescience, comme Cassandre.

– Peut-être, dit Ianée, cela n'a pas beaucoup d'importance.

Elles se turent un moment. Le brouillard chaud, au contact du corps, se condensait en gouttes d'eau qui glissaient sur la peau.

– Je viens de faire une découverte, dit Ianée.

– Oui ?

– Un bain de vapeur est l'endroit idéal pour être triste.

– Je pensais à l'instant la même chose : les autres gens ne peuvent pas faire la différence entre les larmes et l'eau qui coule sur le visage.

CHAPITRE 28

LA CARAVANE

La file des chameaux serpentait sur la route. C'étaient des chameaux de Bactriane, laineux, courts sur pattes et forts à pouvoir porter leur poids de charge. Ils avaient fait la même route en sens inverse quelques semaines plus tôt, apportant de l'est un chargement de poivre, de cardamome, de cannelle et de muscade. Les caravaniers avaient vendu leur cargaison au port d'Éphèse, et ils repartaient en emportant du vin, du parfum et des armes en fer forgé. Ces marchandises représentaient une telle valeur qu'une vingtaine de gardes, armés de dissuasives épées courbes et montés sur de petits chevaux aux pattes agiles, accompagnaient le convoi.

On avançait bien. Les caravaniers marchaient en gens qui voyagent pour leurs affaires et n'ont pas de temps à perdre. Atalante et Ianée se félicitaient de cette compagnie. On progressait rapidement vers Sinope. Ianée retrouvait ses forces, elle pouvait maintenant rester de longs moments assise sur le siège du chariot, sa jambe étendue à côté d'elle. Toutefois, elles ne pouvaient s'empêcher de songer que plus elles s'enfonçaient vers l'est, moins elles avaient de chances d'avoir des nouvelles de Troie.

– À Sinope, disait Atalante, nous trouverons des nouvelles. Des bateaux seront sûrement passés. Nous avons bien vu en mer Égée comme les bruits circulent parmi les gens de mer.

Il n'y avait que les juments pour ne pas apprécier le voyage avec la caravane. Elles éprouvaient une antipathie totale pour les chameaux de Bactriane. Quand l'une de ces créatures vulgaires s'approchait trop près, elles couchaient les oreilles, montraient les dents et sifflaient des injures et des injonctions d'avoir à se tenir au large. Les chameaux ne paraissaient pas le moins du monde en être chagrinés et répondaient par des torrents d'injures en langue chamelle.

– Les chevaux, les chameaux, tout ça caractère cochon ! disait en riant le chamelier Marko qui marchait chaque jour derrière le chariot d'Atalante et Ianée.

Marko était un petit homme à la figure couleur de cuivre et aux yeux allongés vers les tempes. Son père était déjà chamelier sur la route de l'Orient. Depuis son enfance, il la parcourait d'une extrémité à l'autre à longueur d'année ; il n'était plus capable de dire combien de fois il avait fait le voyage. Il comprenait une vingtaine de langues, toutes celles des contrées que la route traversait. Il savait assez de grec pour plaisanter avec les deux jeunes filles. D'ailleurs tout le faisait rire, le plus simple échange de politesses à propos de la pluie ou du beau temps lui semblait digne des plus grands esclaffements.

La caravane ne s'arrêtait qu'à la nuit noire. Tant qu'il restait un rayon de jour pour voir encore quelques pas de route devant soi, on continuait de marcher. On n'était pas là pour se promener. Un voyage rapide était un voyage qui payait bien, donc un bon voyage.

Un soir, on venait de s'arrêter, les chameaux s'étaient couchés, les caravaniers allumaient leurs feux pour cuire le souper, se chauffer et se réjouir les yeux. C'était un moment de paix. Çà et là, des caravaniers chantaient. Atalante avait dételé les juments et les laissait brouter en liberté près du chariot. Elle ne les attachait pas la nuit. Douce ne quittait jamais Ianée et Fleur ne quittait jamais Douce. De plus, pour s'éloigner, il aurait fallu traverser les rangées de ces haïssables chameaux, et ça, c'était tout à fait hors de question.

Atalante était aplatie au sol, soufflant sur un feu récalcitrant. Ianée, assise sur un rocher, pilait des pois chiches qu'on ferait cuire dans la soupe. C'était une recette que leur avait apprise leur ami chamelier. C'était bon et cela emplissait bien le ventre après la marche. Atalante ressentit soudain une impression des plus étranges, quelque chose d'inexplicable : de ses deux paumes posées à plat par terre, elle sentait une sorte de frisson monter du sol. Une pulsation qui semblait venir de l'intérieur de la terre et qui allait en s'amplifiant. Elle leva les yeux. Les chameaux s'étaient relevés et s'agitaient avec anxiété. Les juments piaffaient comme si elles sentaient venir une menace invisible. Le tremblement augmentait. Le sol, tellement ferme un instant auparavant qu'on n'aurait jamais pu imaginer qu'il pouvait lui prendre la fantaisie de bouger, était devenu mouvant comme la mer. Les juments, épouvantées, se cabraient et ruaient. Atalante eut le geste de courir à elles pour essayer de les calmer mais le bras de Marko l'arrêta.

– La terre folle, les belles juments folles, les chameaux tous fous, toi pas folle et pas prendre coup de pied qui va tuer toi.

Une sorte de grondement s'était élevé, comme un grondement de tonnerre lointain et continu. Quelques chameaux détalèrent. Ce fut le signal : tous les autres suivirent et s'enfuirent dans toutes les directions. Les juments piquèrent à leur tour un galop de panique et disparurent vers l'horizon. Mais le grondement diminuait comme s'il s'éloignait. Et le tremblement paraissait soudain moins intense.

– Tu vois, dit Marko, nous bien calmes et la terre bientôt sage. Nous pas beaucoup danger dans plaine comme ça sous les étoiles. Danger dans la montagne parce que gros bouts de rochers ça tombe partout. Et danger dans les maisons parce que toit et murs et tout ça, ça tombe.

Le tremblement de terre s'apaisait, le bruit s'était tu. Un calme et un silence presque surprenants régnaient maintenant.

– Fini la terre faire la folle, dit Marko. Tu vois, parfois la terre fatiguée d'être sage alors elle bouge, s'étire, danse un peu. Quand fatiguée de danser, la terre sage de nouveau. Pas grave si on est dans plaine et si les dieux de bonne humeur.

Par « les dieux », Marko entendait bien sûr les dieux grecs mais aussi les nombreuses divinités des pays que traversait la route de l'Orient et que, par diplomatie, il révérait aussi.

Atalante se souvint soudain que Marko l'avait empêchée de se jeter à la tête des juments paniquées.

– Merci, Marko, pour tout à l'heure, dit-elle.

– Normal, normal... Les chameaux, les chevaux, caractères de cochon et encore plus fous que la terre. Quand trop peur, bonne idée les laisser courir, et quand bien couru, eux très moins peur.

– Comment allons-nous retrouver les chameaux ?

– Revenir tout seuls. Les chameaux, ça, bêtes de caravane. Toujours vivre ensemble. Peur être tout seul. Nous, tout ça, ici, allumer les feux et les bêtes retrouver le camp. Et demain avec jour, chercher les plus idiots tout à fait perdus.

– C'est très raisonnable, dit Ianée. Ça ne servirait à rien de partir au hasard dans la nuit à la recherche des juments. Et dans quelle direction, d'abord ? Douce est dressée à ne jamais me quitter ; quand sa peur sera calmée, elle reviendra d'elle-même. Et ta Fleur est bien trop peureuse pour quitter Douce. Il n'y a qu'à attendre et espérer que ces deux folles ne se soient pas blessées en galopant dans l'obscurité.

– Alors, dit Atalante en se remettant à l'ouvrage près de son feu, en attendant, nous devrions faire la soupe...

Comme l'avaient prévu Marko et Ianée, la plupart des bêtes, dont Fleur et Douce, revinrent d'elles-mêmes au camp au cours de la nuit. Au matin, la plaine était curieusement normale. Après le séisme de la nuit, on se serait attendu à découvrir un paysage bouleversé, un chaos de rochers brisés et renversés. Mais non ! tout était vert et tranquille, et semblable à ce que l'on avait pu apercevoir la veille aux dernières lueurs du jour. Six chameaux manquaient. On en retrouva trois qui erraient un peu plus loin et la caravane repartit d'un bon pas parce que le temps perdu, c'était du bénéfice perdu.

– La terre a dansé et seulement trois chameaux disparus, les dieux de bonne humeur cette nuit, commenta Marko avec philosophie.

– C'est peu, trois chameaux perdus ? demanda Atalante.

– C'est être beaucoup et être peu. Si la terre envie de danser quand la caravane passe dans les montagnes, parfois tout le monde écrasé, les chameaux, les chameliers... Et la cargaison gaspillée, très très dommage...

En trente-six jours, on arriva au caravansérail de Çatal. C'était là que les chemins des jeunes filles et de la caravane se séparaient. Les caravaniers s'enfonçaient dans les terres, vers le sud-est et les monts du Taurus. Les deux filles remontaient vers le nord, vers la mer Noire et Sinope. Il fallait compter vingt jours de marche, leur dit le maître du caravansérail.

– Faites-vous partie du peuple des Amazones ? questionna le patron après avoir considéré l'équipage de Ianée et d'Atalante.

– Qu'est-ce qui vous fait penser cela ? demanda Atalante.

– Vos chevaux. Ce ne sont pas des chevaux de trait, ce sont des chevaux de bataille.

– En effet, nous sommes des Amazones. Nous allons rejoindre les nôtres à Sinope.

– Alors, écoutez ce conseil, dit le patron : pour la fin de votre voyage, vêtez-vous en Amazones, avec vos armes et vos casques. Dans les collines que vous allez traverser, il ne manque pas de voleurs et de filous, mais la reine Baya et ses guerrières sont respectées jusqu'ici. Personne n'osera faire de tort à deux Amazones.

Atalante remercia et soupira. Alors, il allait falloir renoncer au costume oriental qui était le leur depuis qu'on marchait avec les caravaniers. Le turban coloré, la chemise et le pantalon larges et légers qui laissaient passer l'air et n'entravaient jamais le mouvement. Le manteau qui protégeait de la poussière du jour et du froid du soir... Elles reprirent leurs tuniques et leurs hauts-de-chausses en cuir et ceignirent leurs épées.

– En tout cas, avertit Atalante, en montrant du doigt son casque, je ne marche pas avec cette ferraille sur la tête !

– On a compris que tu trouves qu'il t'enlaidit... dit Ianée en riant.

Ianée recommençait à marcher. Elle tournait autour du chariot en clopinant sur sa jambe bandée, cela malgré les mises en garde d'Atalante, qui craignait plus que tout une rechute.

– Je te jure que cela va bien, disait Ianée. Regarde, je m'appuie dessus et cela ne me fait même pas mal...

– Cela ne te fera pas mal jusqu'à ce que ça se casse une deuxième fois, maugréait Atalante. Le seigneur Amon a dit : cent jours d'immobilisation.

– Atalante, promets-moi une chose...

– Il n'y a pas de danger que je promette sans savoir quoi. C'est le meilleur moyen de se faire avoir.

– Quand nous arriverons à Sinope, cela fera cent jours ou presque... Promets-moi que nous déferons cet appareil avant d'arriver. Je veux me présenter à la reine Baya et aux Amazones sur mes deux jambes.

– On a dit cent jours, pas un de moins. S'il le faut, on campera hors de la ville en attendant la fin du délai.

Il fallut dire adieu aux caravaniers et à l'ami Marko.

– Nous nous reverrons peut-être, dit Atalante. Quand je rentrerai chez moi, nous nous retrouverons peut-être sur la route, dans la direction de la mer.

– Possible, possible, répondit le chamelier, la caravane tous les jours sur la route si les dieux veulent bien. Vous, deux filles guerrières, prudentes ! pas bêtises ! et dieux vous gardent !

– Les dieux te gardent, toi aussi, Marko.

– C'est vrai qu'après, tu vas rentrer chez toi, remarqua Ianée, songeuse. Je l'avais presque oublié.

– Nous n'en sommes pas encore là. Aujourd'hui, notre but, c'est d'atteindre Sinope. Et, tu sais, j'ai une idée : on va essayer de prendre les soucis et les chagrins un par un.

– Atalante, je dis que c'est une grande idée.

CHAPITRE 29
LE DESTIN DE TROIE

Atalante, Ianée, leurs deux juments et le chariot partirent sur la route qui longe le fleuve Kizil-Irmak. À son embouchure, il n'y aurait plus qu'à suivre le rivage de la mer Noire jusqu'à Sinope. Mais, alors qu'on avait si bien marché depuis le départ de Kira, toutes les malchances s'enchaînaient maintenant pour ralentir le voyage. D'abord, il y eut la pluie qui se mit à tomber, régulière, fine, froide, comme si elle ne devait jamais s'arrêter. De temps en temps, une forte averse venait s'ajouter. La route devint boueuse, spongieuse, coupée d'ornières, traversée et inondée par des ruisseaux débordants. Le chariot s'embourbait sans cesse. Il leur fallut dix jours pour atteindre le petit caravansérail de Sara. Par temps sec, trois ou quatre suffisaient. Elles décidèrent de s'arrêter et d'attendre là que la pluie cesse et que la route sèche.

– Il y a peut-être une saison des pluies dans ce pays... dit Atalante.

– Oui, dit Ianée. Elle dure peut-être même plusieurs mois...

La pluie persista une semaine et il fallut encore quelques jours pour que la route durcisse à nouveau. Enfin, elles se remirent en chemin, mais, après seulement deux jours de route, Douce se mit à boiter. Le genou droit était gonflé et chaud. Elles s'arrêtèrent à nouveau et, comme il n'y avait pas d'auberge, elles campèrent plusieurs jours près d'un ruisseau. Quand la jument parut aller mieux, elles repartirent. Pour la ménager, on ne la remit pas à l'attelage. Fleur d'Arcadie tira seule le chariot. Douce marchait derrière. Avec un seul cheval à l'attelage, les voyageuses faisaient désormais de petites étapes. Et, par précaution, elles s'obligeaient à observer une longue pause au milieu de la journée. Si Fleur aussi se mettait à boiter, les choses deviendraient vraiment difficiles.

– C'est curieux, remarqua Ianée, nous avons marché si vite depuis Troie... Nous allons passer autant de temps à faire ce dernier bout de route que ce que nous mis pour traverser la moitié de l'Anatolie.

– C'est ça, les voyages, fit Atalante, flegmatique. C'est peut-être parce que nous avons marché trop vite que ta jument a la patte gonflée. Un peu de patience, nous y serons bientôt... Le bon côté, c'est que les cent jours seront passés avant que nous arrivions à Sinope et que tu pourras enlever l'appareil qui maintient ta jambe.

Un jour, elles firent halte pour le repos de midi et dételèrent Fleur pour qu'elle puisse brouter en paix.

Ianée, qui sautillait maintenant allègrement sur sa jambe valide, s'occupait à allumer un feu. Tant qu'à s'arrêter, autant manger chaud. Atalante remarqua des entrées de terriers sur les talus voisins. Elle prit son arc et s'éloigna. On n'était quand même pas pour rien la filleule de la déesse de la chasse !... Ce serait bien bon du lapin rôti, ce soir... En outre, Atalante avait l'idée que la jambe de Ianée se ressouderait mieux si celle-ci mangeait souvent de la viande. Depuis qu'on voyageait lentement, Atalante allait donc presque chaque jour à la chasse.

Atalante, à l'affût derrière un rocher, un genou au sol, un œil fermé et l'arc tendu, attendait. Un groupe de lapins gris s'occupait à tondre activement l'herbe rase de la colline. Ils étaient sortis de leurs terriers sans deviner le moins du monde la présence de la jeune chasseresse. Atalante choisit le plus gros, elle attendit qu'il soit bien immobile et zac ! lâcha sa flèche. Le gros lapin roula. Ses congénères disparurent instantanément dans leurs trous. Atalante se redressa et courut ramasser son gibier. Elle le soupesa et fut satisfaite. Avec une courroie, elle se l'attacha en bandoulière.

Elle regarda vers la route. En contrebas de la colline, elle voyait le chariot, petit comme un jouet, les juments et la fumée du feu allumé par Ianée. Et soudain, elle fut saisie d'inquiétude : une troupe de cavaliers – vingt ! non, trente ! – venait d'apparaître sur la route. Ils marchaient bon train, au grand trot. En un instant, ils furent près du chariot, l'entourèrent et mirent pied à terre. Les histoires de brigands du patron du caravansérail revinrent soudain à l'esprit d'Atalante. Et Ianée qui était seule, en bas, avec sa jambe immobilisée !...

Atalante bondit dans la descente. Elle dévala la colline en sautant les rochers. Quand elle atteignit le bas de la pente, elle ne ralentit pas mais au contraire allongea sa course. Elle vit quelques-uns des inconnus qui laissaient le chariot et s'avançaient à sa rencontre. Toujours courant, elle prit une flèche et l'engagea dans son arc... Et soudain, à sa grande stupéfaction, les supposés brigands, au lieu de bander leurs arcs et de faire tourner leurs frondes, l'appelèrent par son nom et l'accueillirent avec des rires et des bravos !... Les Amazones ! Les sœurs de Ianée ! C'était même Nalia qui venait à sa rencontre avec un sourire de bienvenue.

– Par tous les dieux, que vous m'avez fait peur !... dit Atalante, arrêtant sa course en quelques derniers pas.

– Tu étais même prête à nous tirer dessus, fit remarquer Nalia en montrant l'arc dont la flèche était encore engagée.

Passé le premier instant de soulagement de se retrouver les unes et les autres en vie et en liberté, une question se présenta immédiatement à l'esprit d'Atalante : que faisaient les Amazones, ici, sur cette route ? La guerre était-elle finie ? Les Grecs avaient-ils enfin renoncé à s'emparer de Troie et levé le siège ? Ou alors ?...

Nalia lut toute ces interrogations sur le visage d'Atalante.

– Troie est tombée, dit-elle.

Atalante et les vingt-huit Amazones – « Tout ce qui subsiste de la tribu d'Anatolie, dit Nalia avec mélancolie. Hier encore nous n'étions que vingt-sept, aujourd'hui vingt-huit puisque nous avons retrouvé Ianée » – s'assirent autour du feu préparé par Ianée.

– Dites-nous ce qui s'est passé depuis que nous avons quitté Troie, demanda Atalante. Comment les Grecs ont-ils pu pénétrer dans la ville ? Ils ont forcé les remparts ?

– Non, répondit Nalia. Le tremblement de terre a fait écrouler les murs et détruit la ville. Les Grecs n'ont plus eu qu'à se donner la peine d'entrer. Mais peut-être l'avez-vous ressenti vous aussi ?

– Oui, dit Ianée, un soir, quand nous étions sur la route.

– Tout d'abord, reprit Nalia, il y a eu la mort d'Achille. Ensuite, tout s'est enchaîné très vite. Rien ne pouvait sauver Troie.

– La mort d'Achille ?... répétèrent ensemble Atalante et Ianée.

– Oui, et comme l'annonçait la prophétie, c'est Pâris qui a tué Achille. Depuis cette bataille où notre mère a perdu la vie et dans laquelle elle aurait abattu le grand Myrmidon s'il n'avait pas porté une armure digne d'avoir été forgée par les dieux, Pâris et ses soldats ont véritablement été obsédés par le désir de vaincre Achille. Ce que nous, les cavalières anatoliennes, avions presque réussi, eux, les défenseurs de Troie et de sa liberté, les enfants nés sur son sol, l'accompliraient. Et ils ont véritablement harcelé Achille. Chaque jour, et même plusieurs fois par jour, ils ont lancé contre lui des attaques. Et c'est Pâris lui-même, sur son char à quatre chevaux mené par Deïphobe, qui conduisait les assauts. Quand je pense qu'avant tout cela je doutais de son courage, que les dieux me pardonnent ! Ces escarmouches ont duré des jours et des jours sans succès. Nous savons bien, nous autres, ce qu'est le mur des Myrmidons... Mais enfin, un jour, à force de fougue, Deïphobe a pu forcer le passage et les deux chefs, sur leur char lancé à plein galop, se sont retrouvés face à face, chargeant l'un contre l'autre. Ils ont tiré presque en même temps. Pâris, instruit par ce qui était arrivé à notre mère, a très soigneusement visé un endroit du corps que l'armure protège mal. Il a frappé entre la cuissarde et la jambière, en haut de la jambe, sous le genou. Il a frappé si terriblement qu'il a rompu l'os et tranché les muscles et les tendons. Mais, au même instant, il a reçu en retour la javeline d'Achille, qui a brisé l'attache de sa cuirasse et l'a atteint au flanc. Quand les guerriers ont vu que leurs deux généraux étaient l'un et l'autre gravement blessés, le combat s'est arrêté et on a ramené les chefs chacun dans son camp. Le lendemain matin, au lever du soleil, Agamemnon et tous les rois de la Grèce, précédés par des trompes et par les Myrmidons, des écharpes noires flottant au haut de leurs lances, se sont avancés vers les remparts de Troie. Priam lui-même est allé à leur rencontre. Les rois ont annoncé qu'Achille était mort au cours de la nuit et qu'ils demandaient douze jours de trêve pour lui rendre les honneurs funèbres. Douze jours, c'est ce qu'Achille lui-même avait accordé pour Hector. Bien entendu, Priam a accepté.

– Achille est mort d'une blessure à la jambe ? demanda Atalante.

– Pendant l'entrevue, les rois ont raconté la dernière nuit d'Achille. La lance de Pâris avait presque sectionné sa jambe. Les artères et les veines déchirées saignaient si fort que les médecins ne parvenaient pas à arrêter l'hémorragie et craignaient qu'Achille n'en meure. Le seul geste qui pouvait faire cesser le saignement était – estimaient-ils – de pratiquer l'amputation de la jambe à hauteur du genou et de ligaturer à ce niveau les vaisseaux sanguins. Ils ont proposé l'opération à Achille. « N'en faites rien, a répondu celui-ci, les oracles avaient annoncé que je mourrais devant Troie et de la main de Pâris. C'est mon destin qui s'accomplit aujourd'hui. Laissez le désir des dieux s'exécuter. »

– Je comprends qu'il ait pris cette décision, intervint une Amazone. Imaginez-vous le grand Achille, le bouillant roi des Myrmidons, rentrer chez lui sur une seule jambe ?

Quelques guerrières approuvèrent.

– Moi, je ne sais pas, dit Atalante, s'il ne vaut pas mieux rentrer chez soi sur une seule jambe que ne jamais revoir ceux qui vous aiment.

– Et Pâris ? demanda Ianée.

– La blessure de Pâris ne lésait aucun organe vital mais elle était profonde. Pendant deux jours, il est resté entre la vie et la mort. Puis il a semblé reprendre le dessus et les médecins ont annoncé qu'on pouvait désormais espérer sa guérison. Cela a été une grande joie à l'intérieur de la ville. Pâris avait donné à Troie un immense avantage. C'était la trêve accordée aux Grecs et on en profitait pour refaire des approvisionnements massifs d'armes de siège. Mais au milieu de tous ces événements positifs, les augures et les signes étaient plus funestes que jamais. D'autres devineresses que Cassandre ont eu la vision de Troie dévastée. Personne ne comprenait et chacun avait peur : on venait de remporter une grande victoire, mais les mauvais présages s'accumulaient... Tous ceux qui le pouvaient profitaient de la trêve pour faire partir leurs familles. À la fin des douze jours, il n'y avait pour ainsi dire plus de femmes ni d'enfants dans la ville. Il ne restait que les hommes en âge de combattre.

– Et nous, dit une Amazone.

– Et nous, dit Nalia. Et aussi la reine Hécube, qui ne voulait pas quitter son époux. Et Cassandre, qui ne voulait pas laisser ses parents. Et Andromaque, la femme d'Hector, qui, malgré tout ce qu'on a pu lui dire, a voulu à toute force rester avec son petit garçon, donnant pour argument qu'elle et lui représentaient désormais Hector et que jamais Hector n'eût abandonné ceux qui combattaient pour Troie.

Nalia se recueillit un instant, puis reprit :

– C'était le soir du douzième jour. La trêve devait prendre fin à minuit. Un peu après le coucher du soleil, la terre s'est mise à trembler, d'abord un frémissement, et puis de plus en plus vite et de plus en plus fort. En quelques instants, on a atteint un paroxysme. Il y a eu un bruit énorme, une sorte d'inimaginable craquement, et une faille s'est ouverte dans le sol, traversant la ville de part en part. Presque toutes les maisons se sont écroulées. Le temple d'Apollon s'est effondré, la moitié du palais de Priam, et, aux deux extrémités de la faille, le rempart était ouvert sur cent pas de largeur...

– Où étiez-vous à ce moment-là ? demanda Ianée.

– Nous étions sur le stade, donc à ciel ouvert. Nous venions chaque jour y faire nos exercices d'équitation. Quand nous avons vu le mur détruit, nous avons su dans l'instant que la guerre était finie pour Troie. Les Grecs, tenus par le serment de la trêve, n'entreraient pas dans la ville avant minuit. Nous avons utilisé les quelques heures qui restaient pour sortir les blessés des décombres et aider tous ceux qui étaient encore là à quitter la ville. Quelques minutes avant minuit, les soldats troyens et les peuples alliés, les Lyciens, les Dardaniens et nous, avons été les derniers à partir. C'est Pâris lui-même qui nous en a fait porter l'ordre. C'était très douloureux de partir, d'abandonner cette belle cité pour laquelle nous nous étions donné tant de peine, mais à quoi bon se faire tuer ou emmener en captivité pour défendre une ville en ruine ?

– Que sont devenus Priam et les siens ?

– Le roi Priam est mort. Quand il a vu la ville, le temple, le palais et les remparts s'écrouler, le désespoir l'a terrassé. Le seigneur Amon, qui était à ce moment au palais, dit que son cœur s'est subitement arrêté de battre. Hécube n'a pas voulu abandonner sa dépouille. Pâris, tout blessé qu'il était, Cassandre et Andromaque sont restés aussi. Je sais qu'ils ont été pris par les Grecs.

– Et le seigneur Amon ? demanda Atalante.

Nalia eut un bref et fugitif sourire.

– Celui-là est sauf. Il prétendait que son devoir était de demeurer à Troie mais, sans vraiment lui demander son avis, nous l'avons mis sur un cheval et emmené avec nous au galop. Il a maintenant rejoint sa famille dans un village des collines.

CHAPITRE 30

SINOPE

Le domaine des Amazones de Sinope était vaste, vert, et, de quelque côté qu'on tourne le regard, on trouvait des chevaux. Des poulinières au gros ventre tranquille, des juments avec leurs poulains, de jeunes chevaux joyeux et désordonnés et, dans des pâtures à l'écart, de grands étalons hautains.

La reine Baya était une forte femme au noble visage. Elle accueillit les Amazones rescapées du désastre de Troie comme des enfants tendrement chéries et attendues chaque jour avec inquiétude.

– Mes pauvres petites, dit-elle en serrant Nalia et ses sœurs contre sa vaste poitrine, que d'épreuves et que de malheurs !... Il n'y a que quelques jours que nous avons appris en même temps la ruine de Troie et la mort de votre mère. Ma cousine Penthésilée était une vraie cavalière d'Anatolie, digne de nos aïeules. Je suis heureuse que vous ayez choisi de venir nous rejoindre.

Elle se tourna vers le groupe des Amazones.

– Y en a-t-il une parmi vous qui s'appelle Atalante ?

Atalante fit un pas en avant.

– C'est moi, grande reine.

– Un ami t'attend au port.

– Un ami m'attend au port ? répéta Atalante interloquée.

– Oui. Il s'est présenté ici il y a une dizaine de jours et a demandé si une certaine Atalante, accompagnant les Amazones d'Anatolie, de retour de Troie, était arrivée. Nous avons été fort surprises, nous ne savions même pas que vous étiez en route vers nous. « Cela ne fait rien, a-t-il dit, je l'attendrai. Quand elle arrivera, dites-lui qu'un ami l'attend au port. »

Atalante descendit les rues en pente qui conduisaient vers le bord de mer. La mer était turquoise, le ciel d'un bleu vif, des enfants couraient dans les ruelles. Elle songea que c'était bien agréable, un pays en paix. Des hauteurs de la ville, elle aperçut le port. Un ami ?... Qui pouvait savoir qu'elle se trouvait à Sinope ?... Et l'avoir su avant son arrivée, encore... Et comment retrouver quelqu'un sur ce port grouillant de monde quand on ne sait même pas qui on cherche ?...

Il y avait des barques de pêche par dizaines, des caboteurs, un navire de haut bord mouillé un peu plus loin dans la baie. Et soudain, parmi les bateaux tirés sur le sable, elle reconnut une coque à la forme familière. La

Sardine ! La barque d'Eskandéros ! Et Eskandéros était là, du moins on apercevait son maigre dos bronzé et sa tignasse blanche hirsute, car il était tourné face à sa coque, occupé sans doute à en gratter les algues et les coquillages.

– Eskandéros ! appela Atalante.

Le vieux marin se retourna.

– Ah, te voilà, fille ! dit-il comme s'il s'était agi du rendez-vous le plus simple du monde.

– Comment es-tu ici ? demanda Atalante qui riait de plaisir.

– Comment je suis venu ? Mais avec mon bateau, bien sûr !

– Mais, pourquoi ? insista Atalante, riant toujours.

– Pour te ramener à la maison, naturellement.

– Mais comment as-tu su que je viendrais à Sinope ?

– Ce n'était pas bien difficile à deviner. Il y a de cela trois ou quatre mois, ou un peu plus, je ne sais plus, l'ami Chiron est venu me voir à Vounia. « Eskandéros, m'a-t-il dit, ma sœur Artémis se tourmente pour Atalante et pour sa petite filleule du peuple des Amazones. Les deux filles sont à Troie. Les présages sont sinistres. – Si Troie tombe, ai-je dit, et qu'elles échappent aux Grecs, ce qui ne m'étonnerait pas, malignes comme elles sont, où iront-elles ? – Les Amazones, a dit Chiron, ont l'esprit de clan. Elles iront sans doute rejoindre les tribus qui ont été épargnées par la guerre. – Bon, ai-je dit, elles iront donc à Sinope, la ville des Amazones. Je vais les attendre là-bas. »

– Et tu as remonté tout seul les Détroits ?

– Pourquoi pas ? Ma *Sardine* sait se faufiler partout, et j'ai eu la chance de passer avant que le vent du nord s'établisse. Mais parle-moi de toi, fille : tu as vu la guerre ?

– Oui.

– Alors ?

– Je n'aime pas.

Il fallut dire adieu à Ianée, aux Amazones et à Fleur d'Arcadie.

– Adieu, c'est beaucoup dire, rectifia Atalante. Il se trouvera sans doute une raison pour revenir ici.

Ianée marchait maintenant presque aussi lestement qu'avant sa chute face au mur des Myrmidons. Elle prit la main d'Atalante et la serra contre elle.

– C'est terrible, ce que tu vas me manquer, dit-elle.

– Toi aussi, tu vas me manquer, ma petite sœur d'adoption. Mais tu es vivante, tu es libre, ta jambe est recollée, et tu es parmi les tiennes. Et je sais que tu seras heureuse, ici. Plus que n'importe où ailleurs.

– Comment pourrais-je jamais te rendre ce que tu as fait pour moi ?

– Il n'y a rien à rendre. Les Amazones sont un grand peuple. J'ai été fière d'être une *Sœur du galop*. Et j'ai été fière que ta mère Penthésilée m'appelle sa fille. Je ne l'oublierai jamais.

– C'est décidé, tu laisses Fleur ici ?

– Ma belle Fleur... elle aussi, je vais la regretter. Mais comment veux-tu que je l'emmène sur un bateau aussi petit que la *Sardine* ? Et même si je pouvais l'emmener, cela lui ferait trop de peine de quitter Douce. Tu la soigneras bien...

– Oh, oui ! je la soignerai bien. Pour cela, tu n'as rien à craindre.

– C'est une belle jument, dit la reine Baya, qui avait écouté ces dernières phrases. Elle a du sang arabe ou je n'y connais rien. J'ai un de mes étalons qui devrait parfaitement s'accorder avec elle. Nous devrions obtenir des poulains étonnants. Quand nous en aurons un particulièrement beau, Atalante, nous te l'enverrons chez toi.

– Mais, grande reine, j'habite très loin, en Arcadie...

– Et alors ? Nous vendons des chevaux parfois bien plus loin que cela. Les dieux soient loués, nous savons les amener à nos clients.

– En ce cas, grande reine, cela me fera un très grand plaisir.

Eskandéros et Atalante prirent la mer. Le vent du nord qui rendait si difficile la remontée des Détroits d'ouest en est favorisait au contraire grandement le trajet inverse. Ils descendirent le Bosphore, traversèrent la mer de Marmara et l'Hellespont, grand largue, confortablement emmenés par le vent portant. Ils s'arrêtèrent souvent pour l'eau douce et les vivres frais. Pendant ces journées de mer, Atalante racontait ce qu'elle avait vu à Troie. Elle racontait le siège, Priam, Achille, Pâris et Penthésilée.

Quand le bateau atteignit la mer Égée, Atalante insista pour qu'on descende le long de la côte de Troade. Elle voulait voir ce qu'il était advenu de Troie.

Les Grecs avaient abandonné le port. Il n'avait pas été entretenu pendant les dix années de la guerre et les jetées tombaient en ruine. Il ne restait que les épaves des bateaux incendiés par Hector et des oiseaux de mer. Là où s'était étendu le camp des rois grecs, il n'y avait plus rien, que des débris épars. Atalante et Eskandéros marchèrent jusqu'à la ville. Sur la plaine où l'on s'était tant battu, il y avait maintenant des troupeaux de chèvres et des cabanes de bergers élevées avec des planches et des pieux récupérés dans l'ancien camp des Grecs.

Le plus navrant, c'était la ville. Le rempart, qui avait été l'orgueil de Troie, était effondré. Le temple d'Apollon n'existait plus. Du palais de Priam, il ne restait qu'un pan de mur dressé solitairement. Là où des rues et de si belles maisons avaient existé, il n'y avait plus qu'un champ de pierres.

– Nalia avait raison, dit Atalante, les larmes aux yeux, rien ne pouvait sauver Troie. Que sont devenus les habitants ?

– Ils sont partis, répondit Eskandéros. Vers les villages, ou d'autres villes, ou d'autres pays. Parfois en ayant tout perdu, parfois en sauvant quelques biens. C'est tout ce qu'Agamemnon voulait : détruire cette cité trop riche et trop forte, et ce port trop actif.

Des gens s'affairaient dans les ruines. On chargeait des pierres dans des chariots. Atalante, en voyant ce pillage, eut un geste de douleur et fit un début de mouvement pour leur crier de s'arrêter, mais Eskandéros lui prit le bras avec douceur.

– Laisse, ma fille. Il est impossible que les choses se passent autrement. Pourquoi laisserait-on toutes ces belles pierres sans emploi ? Elles vont servir à construire d'autres maisons, d'autres temples, des théâtres, peut-être d'autres villes, peut-être aussi belles que l'était Troie... Quelques filous feront du bénéfice dessus, et alors ? Crois-moi, c'est mieux ainsi.

Atalante regardait les carrioles s'éloigner de la ville.

– Maintenant, dit Eskandéros, je crois qu'il est temps de rentrer chez nous.

– Tu as raison, répondit Atalante, rentrons chez nous.

Ils firent demi-tour et repartirent vers le port abandonné. Le soleil commençait à baisser sur l'horizon. La brise de mer n'allait pas tarder à tomber. Demain matin, on lèverait l'ancre au point du jour afin de profiter de la brise de terre et on mettrait le cap au sud-ouest, vers l'Arcadie. Le coucher de soleil était sans nuages, la journée serait belle.

CHAPITRE 31
CNOSSOS

La mer était bleu sombre, parsemée de crêtes d'écume. Un bon vent de nord-ouest soufflait. Le bateau traçait sa route, vent de travers, cap au sud-ouest. Encore quelques jours de ce vent et l'on serait de retour à la maison. Mais un soir le ciel se couvrit de nuages d'altitude effilochés et déchirés. L'horizon, au nord, se chargea de denses nuages blancs. Le coucher de soleil fut gris et furtif.

Eskandéros contempla le ciel et déclara laconiquement :

– Coup de vent de nord.

Ils prirent deux ris dans la voile et jetèrent l'ancre flottante à la mer, une croix de bois que le bateau allait traîner derrière lui pour se ralentir. Puis ils changèrent de cap et laissèrent la barque filer vers le sud, en fuite devant le vent et les vagues.

Et très vite, le vent fut là. Si fort qu'il fallait crier pour se faire entendre. Les nuages, couleur gris de plomb, bas sur l'horizon, semblaient fuir vers le sud. De hautes vagues, emmenant avec elles des traînées d'écume, couraient dans la même direction. Mais le bateau, bien équilibré sur sa voile réduite, et solidement appuyé sur son ancre flottante, suivait la même route que les vagues, ni trop vite ni trop lentement, sans rouler ni embarquer d'eau.

– Tu vois, fillette, dit Eskandéros, criant presque pour dominer le fracas du vent, c'est finalement simple de naviguer par gros temps... Il faut trouver la stabilité, c'est-à-dire l'équilibre entre la force des vagues et la vitesse du bateau.

– À condition de renoncer à la direction, cria Atalante en retour. Nous n'allons plus du tout vers l'Arcadie.

– On ne peut pas tout avoir, dit Eskandéros.

– Quel est notre cap ?

– Plein sud. Vers la Crète. Et si la tempête nous force à passer au large de la Crète, il y a encore l'Afrique et l'Égypte pour nous accueillir.

Le coup de vent dura trois nuits et deux jours. Les deux compagnons se relayaient à la barre.

À l'aube du troisième jour, Atalante, dont c'était le tour de dormir, crut ressentir à travers son sommeil une sensation de bien-être et de confort. Quand elle ouvrit les yeux, le soleil était haut dans le ciel. La mer était encore houleuse, mais les vagues étaient devenues rondes. Le vent s'était calmé. Le ciel et la mer étaient bleus. La tempête était passée. Atalante s'étira en se tournant vers le soleil comme pour en capter la délicieuse chaleur.

– Ah ! soupira-t-elle, c'est pour ça qu'on était si bien !... Tu es gentil de m'avoir laissée dormir. Il doit bien y avoir trois ou quatre heures que mon tour de prendre la barre est passé.

Eskandéros eut un sourire.

– Ce n'était plus très fatigant. Et puis, tu dormais si bien.

– Où sommes-nous ?

– Je ne saurais le dire après deux jours et trois nuits sans voir le soleil ni les étoiles. Il m'a semblé que nous marchions plein sud, mais nous avons sûrement été promenés par toutes sortes de courants.

Atalante plissa les yeux. Au sud, une ligne sombre à peine plus dense que de la brume semblait doubler l'horizon.

– Là-bas, n'est-ce pas la terre ?

– C'est une question que je me pose depuis tout à l'heure. Ce peut être la terre, ou alors c'est ce qui reste de notre tempête, les derniers nuages vus de dos... Nous le saurons quand nous serons plus près et quand le soleil sera plus haut.

C'était bien la terre. Un long trait brun posé sur l'horizon.

– Est-ce la Crète ? demanda Atalante.

– Sans doute, à moins que nous ne nous soyons complètement perdus, ce qui n'est pas exclu.

Eskandéros observait la côte avec attention.

– Regarde ! dit-il soudain, cette montagne en forme de cône...

Une silhouette triangulaire, qui au loin semblait minuscule, se détachait sur le ciel.

– C'est le mont Ida, poursuivit-il, le port de Cnossos est à son pied. Nous sommes bien en Crète.

– Es-tu déjà venu à Cnossos ?

– Plusieurs fois. Tu vas être surprise. Je pense que tu n'as encore jamais vu un aussi grand port.

Ils furent en vue de Cnossos à la fin de la journée. C'était en effet un immense port fourmillant de mâts et de voiles. Construit sur une hauteur, un palais entouré d'une colonnade dominait la ville.

– Le palais du roi Minos, indiqua Eskandéros.

Au pied du palais, un mur de pierre d'une prodigieuse longueur était bâti. Il traversait la ville et s'éloignait vers la campagne. Ce mur était aveugle. Atalante observa un moment cette étrange construction puis enfin demanda :

– Eskandéros, qu'est-ce que ce mur immense ?

– Ça, fillette, c'est la singularité de cette ville : le Labyrinthe. Je t'avais dit que cette ville était pleine de surprises... Nous n'en voyons là que le côté, mais il s'étend encore par derrière et il est aussi large que long. Il est entièrement empli de couloirs, de carrefours et de culs-de-sac. La rumeur dit que personne ne peut y retrouver son chemin. Plus on cherche, plus on s'enferre.

– Mais quelle est son utilité ?

– C'est tout simplement le meilleur instrument de pouvoir de Minos. Un roi en mesure d'enfermer les gens qui lui déplaisent dans le Labyrinthe n'a pas à craindre beaucoup de contestation au sein de son bon peuple, ni d'agressivité chez ses voisins.

– Et le roi Minos s'en sert souvent de ce Labyrinthe ? Il y enferme beaucoup de gens ?

– Je ne le crois pas. Je pense qu'il suffit qu'il en dispose. Le seul fait que le Labyrinthe existe est assez considérable pour faire naître la peur dans l'esprit des gens. On dit de plus qu'un monstre y vit. Le Minotaure. Une créature moitié homme moitié taureau qui déchire et dévore les malheureux condamnés à errer dans le Labyrinthe.

– Est-ce vrai ou est-ce une légende ?

– Je ne sais pas. Personne n'a jamais vraiment vu ce Minotaure, mais les Crétois y croient dur comme fer. On prétend que des hurlements qui n'ont rien d'humain s'échappent parfois de l'édifice... Mais je me suis toujours demandé si toutes ces histoires n'étaient pas seulement une vaste mise en scène destinée à augmenter l'effet terrifiant de ce Labyrinthe...

Le vent était en train de tomber, maintenant. Le bateau des deux amis, emmené par les derniers souffles, progressait doucement vers l'entrée du port. Atalante, captivée, ne pouvait quitter des yeux le palais à colonnes et l'étrange mur qui le prolongeait en contrebas.

– Comment sais-tu tout cela ? demanda-t-elle soudain. Tu es déjà souvent venu ici ?

– Plusieurs fois, oui. Et il se trouve que ce Labyrinthe a été construit par quelqu'un que je connais. C'était même mon meilleur ami, autrefois.

– Vraiment ?

– Il s'appelait Dédale, l'architecte Dédale. Nous nous sommes connus en Sicile, à Syracuse. Nous étions jeunes alors, Dédale et moi. Nous nous trouvions chez le tyran Denys. Dédale inventait pour Denys des mécanismes acoustiques tout à fait merveilleux, des systèmes qui permettaient d'entendre, à plusieurs pièces ou plusieurs étages de distance, des sons aussi légers qu'une conversation chuchotée.

– C'était certainement une invention très utile pour un tyran.

– Certes, approuva Eskandéros, ces fabuleuses « Oreilles de Denys » ont envoyé dans les carrières de nombreux bavards ayant commis l'imprudence de dire à voix basse du mal du tyran. Et les malheureux n'ont jamais su qui les avait trahis. Quand je le compris, je décidai de quitter Denys.

– Les carrières, c'était une prison ?

– Denys avait un remarquable talent d'administrateur. Les carrières, c'était à la fois une prison, un bagne et l'antichambre de la mort. Toutes les personnes arrêtées étaient amenées aux carrières. On jugeait et on faisait le tri sur place. Il n'y avait pas de temps perdu.

– Ton ami l'architecte Dédale, ça ne le dérangeait pas que ses découvertes servent à envoyer en prison des gens qui ne lui avaient rien fait ?

– C'était un garçon étrange, Dédale. Il éclatait de talent. Outre l'architecture, il était passionné par toutes sortes de choses : les mathématiques, la sculpture – ses statues étaient des miracles d'équilibre –, l'astronomie... Il tentait aussi de construire des machines volantes et des cloches pour plonger dans les profondeurs de la mer. Il avait trois ou quatre idées par jour. Et il menait tous ces travaux de front. Passant des « Oreilles » à la machine à plonger, puis au calcul de la courbure de la Terre... Pour lui, rien n'avait d'importance que ses recherches. Il se disait que son rôle, c'était d'inventer, et qu'il n'était pas responsable de la façon dont Denys se servait de ses inventions.

– Et toi, qu'as-tu fait après avoir quitté Dédale et Denys ?

– Un navire quittait Syracuse. De jeunes marins partaient vers les colonnes d'Hercule. Ils voulaient trouver le passage de l'Ouest*, qui – disait-on – s'ouvrait sur un immense océan.

– Avez-vous franchi le passage de l'Ouest ?

– Non. Ce fut un ratage complet. Nous étions pleins d'enthousiasme mais pitoyablement inexpérimentés. Un coup de vent nous a jetés sur la côte africaine, le bateau réduit à l'état de petit-bois. Il nous a fallu survivre pendant deux années à décharger les navires dans un port en attendant le passage d'un navire grec qui nous ramène chez nous. Et ce fut une chance que le satrape local n'ait pas jugé bon de nous garder comme esclaves. À mon retour, j'appris que Dédale avait quitté la Sicile. Le jeune roi Minos lui avait proposé de venir auprès de lui en Crète pour prendre en

* Le détroit de Gibraltar.

charge la création du plus grand Labyrinthe que personne ait jamais construit.

– As-tu revu Dédale, par la suite ?

– Quelques années plus tard. J'étais sur un bateau. Nous avons fait escale à Cnossos. Le Labyrinthe était en cours de construction. J'ai rendu visite à Dédale sur son chantier. Il a été heureux de me revoir et m'a embrassé avec amitié. Il me croyait mort dans ma calamiteuse expédition vers les colonnes d'Hercule. Il m'a gardé toute la journée avec lui sur le site de construction. Il débordait d'enthousiasme. Son Labyrinthe, il le voyait comme une œuvre d'art. Il le voulait plus grand et d'un plan plus subtil qu'aucun autre existant déjà.

« – Possède-tu un plan de ton labyrinthe ? lui ai-je demandé.

« – J'en ai bien sûr dessiné plusieurs mais je les ai tous détruits, répondit-il. Désormais, le plan est uniquement dans ma mémoire.

« – Un ouvrier au regard aigu, observai-je, pourrait reconstituer le plan en travaillant à monter les murs.

« – À Syracuse, répondit-il, j'ai appris de Denys la seule chose qu'il était capable de m'enseigner : l'organisation. Aucun ouvrier ne travaille deux jours de suite sur le même secteur. Et les travaux se font en grande partie la nuit pour achever de les désorienter. »

Je hochai la tête. Je reconnaissais en effet les méthodes de Denys.

« – Que veut faire le roi Minos de ce Labyrinthe ? demandai-je encore.

« – Je ne sais pas, dit Dédale. Cela ne me regarde pas. Minos m'a commandé le plus grand et le plus complexe des labyrinthes. Moi, architecte, je me suis engagé à le lui construire. Je lui dois le secret du plan. Si je lui remettais un édifice dont le dessin court les rues, je le volerais. Si toi, Eskandéros, tu me demandais de te bâtir une maison, je te la bâtirais et je ne te demanderais pas ce que tu as l'intention de faire dedans. Et si tu y commettais ensuite des crimes, cela concernerait les magistrats et non pas l'architecte. »

Je ne répondis rien. Son argumentation tenait peut-être debout pour des particuliers mais pas pour un roi.

Néanmoins, nous nous quittâmes bons amis. Je ne pouvais pas rester plus longtemps, le bateau sur lequel je me trouvais reprenait la mer à l'aube. Dédale avait été heureux de me revoir et me fit promettre de revenir lors de mon prochain passage en Crète.

– Es-tu revenu ? demanda Atalante.

– Plusieurs années plus tard. Le Labyrinthe était terminé. Dédale n'était plus à Cnossos. Je me suis informé, j'ai demandé, je suis même allé trouver un chambellan du roi Minos. Partout on m'a dit que l'architecte Dédale avait quitté la Crète une fois la construction du Labyrinthe terminée, mais personne ne savait où il était allé.

– Et tu n'as plus jamais eu de ses nouvelles ?

– Plus jamais. Ce qui m'a d'abord surpris, puis inquiété, parce que Dédale n'est pas vraiment un homme discret. Enfin, lui est un homme discret, presque secret. Mais ses travaux, eux, font du bruit.

S'il était quelque part, il aurait certainement entrepris quelque invention grandiose dont on aurait entendu parler.

– Tu dis que tu t'es inquiété. Que craignais-tu pour lui ?

– J'ai craint, et je le crains toujours, que le roi Minos n'ait fait disparaître Dédale une fois le Labyrinthe achevé. Dédale était le seul à connaître le plan du Labyrinthe. Minos aurait voulu garder le secret pour lui tout seul.

– Quelle affreuse idée ! Tu crois vraiment qu'une pareille perfidie aurait pu se commettre ?

– Je ne sais pas. Il se peut que je voie les choses trop en noir... Après tout, Dédale est peut-être en Perse ou au bout de l'Égypte, occupé à construire des tours géantes ou des jardins suspendus. Trop loin pour que des nouvelles de lui ne nous parviennent. Lui aussi, jeune, avait la passion des voyages lointains... Ses travaux l'empêchaient de partir, mais il en rêvait autant que moi.

Le bateau des deux amis se faufila à travers les innombrables navires à l'ancre dans le port de Cnossos et parvint à dénicher une place libre sur la plage, entre deux barques tirées au sec. Atalante et Eskandéros empruntèrent des rouleaux à des pêcheurs et s'arc-boutèrent pour remonter leur bateau sur le sable.

– Installons-nous bien au sec, dit Eskandéros. Je crois que nous sommes ici pour quelques jours. Tant que le vent du nord soufflera, nous ne pourrons pas faire route vers l'Arcadie. Et il a l'air de vouloir se maintenir encore quelque temps.

Quand chaque chose fut rangée à sa place, Eskandéros demanda :

– Et maintenant, que veux-tu faire, fillette ?

– Avant toute chose, trouver un hammam et passer au moins une heure dans un bain de vapeur, dit Atalante. Je suis comme une statue de sel.

– Bonne idée. J'y souscris. Et ensuite ?

– Ensuite nous trouverons une bonne auberge sur le port. Un endroit où l'on sert, par exemple, des brochettes d'agneau et du pain blanc cuit du matin. Le poisson salé et le pain noir trempé d'eau de mer, c'est bon, mais, au-delà de quelques jours, on s'en lasse.

CHAPITRE 32
ANDROGÉE

Comme l'avait prévu Eskandéros, le vent du nord persistait. Les deux amis s'installèrent un campement commode sur la plage à côté du bateau et prirent leurs habitudes dans une auberge du port où l'on servait – du moins l'annonçait-on sur une ardoise – les meilleures brochettes de Cnossos.

Un événement qui devait bientôt se produire alimentait toutes les conversations des habitants de la ville. On attendait un navire venant de la ville d'Athènes acheminant quatorze enfants prisonniers. Atalante et Eskandéros furent vite instruits de cette histoire tragique au milieu de laquelle le hasard et une bourrasque de vent du nord les avaient amenés.

Neuf années plus tôt, des jeux sportifs avaient opposé les jeunes gens les plus talentueux d'Athènes, de Mégare et de Cnossos. C'était une tradition ancienne, pacifique et qui, jusqu'alors, avait plutôt maintenu des relations amicales entre ces cités. Cette année-là, le jeune Androgée, le fils du roi Minos, remporta toutes les épreuves de lutte. C'était un enfant de quatorze ans, très doué, qui s'était soumis à un entraînement rigoureux. Il triompha à chaque combat.

Les juges lui décernèrent tous les prix et ses adversaires le félicitèrent de posséder, si jeune, un tel courage. Mais, parmi les spectateurs d'Athènes, une bande de pauvres cervelles se sentit humiliée de voir ses meilleurs champions battus par un gamin crétois. Un groupe d'ivrognes guettèrent le jeune champion à la sortie du stade. On lui lança des pierres, puis la violence et l'ivrognerie appelant la violence, ils se jetèrent sur le garçon et s'acharnèrent sur lui à coups de pied et de poing jusqu'à le tuer.

Le désespoir du roi Minos fut illimité. On lui avait tué ce fils si beau, si aimé, si doué, la fierté et l'espoir de la Crète... Et qui avait accompli ce crime ? Ce que l'humanité pouvait produire de plus consternant : une bande de sacs à vinasse, violents, mauvais perdants et chauvins.

Le roi Minos réunit son armée et vint mettre le siège devant Athènes, qui passait pourtant pour posséder la plus forte des armées grecques. Athènes ne résista que quelques heures. Minos pénétra dans la ville en vainqueur et imposa un terrible tribut aux Athéniens : tous les neuf ans, ils devraient lui amener à Cnossos quatorze enfants – quatorze, comme l'âge d'Androgée –, sept garçons et sept filles, issus des plus illustres familles de la ville, afin d'être enfermés dans le Labyrinthe et livrés au Minotaure. Si Athènes refusait, il incendierait et détruirait la ville.

Les Athéniens, vaincus, durent se soumettre et promettre.

Les neuf années étaient passées. Les quatorze enfants d'Athènes avaient pris la mer. On les attendait.

À Cnossos, on ne parlait que de ces enfants. Le roi Minos allait-il, comme il l'avait annoncé, les jeter en pâture au Minotaure ou se contenterait-il de les garder en otages ? Si Minos décidait de les livrer au monstre, les sacrifierait-il tous, ou seulement quelques-uns ? Un homme qui avait éprouvé la douleur de perdre son fils aurait-il le cœur d'envoyer d'autres enfants à la mort ? Sur ce sujet, le roi était resté impénétrable et personne, même parmi ses conseillers les plus proches, ne connaissait ses intentions.

Atalante, debout près du bateau, travaillait à calfater* la coque. Deux garçons de son âge, assis sur le sable à quelques pas d'elle, renouaient les brins cassés de leurs filets. Et, comme tout le monde à Cnossos ces temps-ci, ils parlaient des otages d'Athènes.

– Il faut aller jusqu'au bout, disait l'un des jeunes pêcheurs avec feu. Il ne faut rien promettre qu'on ne tienne.

– On ne peut pas faire payer à des enfants les infamies de leurs parents, répondait l'autre.

* Rendre plus étanche.

– Les Athéniens ont assassiné Androgée. À leur tour de souffrir !

– Androgée a été tué dans une rixe par une bande de minables.

– Athènes est responsable de ses minables.

– Certes, mais si nous livrons des enfants innocents au Minotaure, Cnossos en sera à jamais salie.

Atalante, qui avait posé son marteau de calfat pour mieux écouter la conversation de ses voisins de plage, les interrompit.

– Le Minotaure, demanda-t-elle, existe-t-il vraiment ?

Les deux garçons tournèrent vers elle un visage scandalisé.

– Bien sûr, le Minotaure existe ! Regarde seulement autour de toi.

Sur le bord de mer, la plupart des boutiques et des tavernes arboraient sur leurs enseignes l'image du Minotaure. Et des marchands ambulants proposaient aux marins et aux voyageurs des statuettes représentant une créature au torse et à la tête de taureau et aux jambes humaines.

– Je vois des peintures et des figurines. Je ne vois nulle part de monstre en activité. Le vrai monstre, est-ce que quelqu'un à Cnossos l'a déjà vraiment vu ?

– Ceux qui sont entrés dans le Labyrinthe, dit un des garçons.

– Mais ils ne sont jamais ressortis pour le décrire, répondit Atalante.

– Certainement non. Même s'ils ont réussi à échapper au Minotaure, personne ne peut sortir du Labyrinthe.

– Ses méandres rendent fou, expliqua l'autre garçon. On dit que ceux qui y sont enfermés s'efforcent d'abord de garder la tête froide et de trouver par le raisonnement le secret du Labyrinthe. Mais, à force de retomber toujours dans la même salle ou toujours dans le même cul-de-sac, ils sont pris de terreur et se mettent à courir en tous sens, ils se cognent aux murs et appellent au secours. La seule personne dont ils attirent l'attention, c'est le Minotaure, ce qui n'arrange pas leurs affaires. Et si le Minotaure, pour une raison quelconque, n'a pas envie de se déranger, ils meurent d'angoisse et d'épuisement.

– Les usages sont charmants chez vous, dit Atalante.

– Ce genre de condamnation est très rare, dit le garçon. Aussi loin que mes souvenirs remontent, je ne l'ai vue s'appliquer que deux fois. Et c'était toujours pour des gredins, qui de toute façon auraient été exécutés d'une manière ou d'une autre... Et, si nous n'avons jamais vu le Minotaure, nous l'avons entendu. Il pousse des cris qui portent jusqu'au-dehors du Labyrinthe.

– Des cris ?

– Des cris qui donnent la chair de poule.

– Tout le monde à Cnossos les a entendus, intervint l'autre garçon. C'est quelque chose d'effrayant, entre le hurlement du loup et le mugissement du taureau.

– Et l'architecte Dédale, demanda Atalante, savez-vous où il est allé après avoir construit le Labyrinthe ?

– L'architecte Dédale ? Non. Il y a bien longtemps qu'il a quitté la Crète.

– Et c'est bien dommage, renchérit l'autre garçon. Si j'avais été le roi Minos, j'aurais tout fait pour le garder à Cnossos. Il aurait construit pour nous d'autres édifices prodigieux qui nous rendraient célèbres dans le monde entier.

CHAPITRE 33

ICARE

Chaque soir, Atalante et Eskandéros se rendaient pour leur souper dans la même auberge du port. C'était la dernière maison le long du bord de mer. Un soir, l'auberge était pleine, le patron leur trouva une table au fond de la salle, appuyée à une colonne. Deux dîneurs occupaient la table voisine, un jeune garçon et un homme à la barbe grise, sans doute le père ou le pédagogue du jeune homme. Eskandéros et Atalante leur souhaitèrent un agréable repas. Les deux amateurs de tranquillité répondirent courtoisement, et chacun se préoccupa de son propre souper.

Le garçon était gai ; il bavardait et plaisantait. L'homme à la barbe parlait peu. Il écoutait son jeune compagnon et paraissait prendre plaisir à sa bonne humeur. À plusieurs reprises, les regards d'Atalante et du garçon se croisèrent et le garçon sourit, gentiment, sans effronterie, simplement parce qu'il trouvait sa voisine d'auberge agréable.

Au milieu du repas, à cause d'une remarque de son compagnon, l'homme barbu eut un bref éclat de rire. Eskandéros tressaillit. Il se pencha pour observer l'homme que le pilier lui cachait et dont le rire, pendant un instant, avait eu pour lui un son familier.

– Par Zeus olympien et par tous les dieux ! fit Eskandéros, Dédale !

L'homme à la barbe se tourna vers lui et ils se dévisagèrent en silence. Une impression de contrariété passa sur le visage de l'homme. Son regard fit rapidement le tour de la salle de l'auberge pour s'assurer que personne n'avait entendu les paroles d'Eskandéros. Il n'y avait pas de danger, Eskandéros avait parlé bas et les dîneurs étaient bruyants. Trois musiciens, porteurs de harpe, de cithare et de tambourins venaient d'entrer et se préparaient à jouer. Personne ne semblait se soucier de ces quatre chercheurs de calme qui mangeaient à l'écart. Rassuré, Dédale, ramena les yeux sur Eskandéros.

– Venez vous asseoir de ce côté-ci, dit-il, nous y serons tranquilles.

Les deux amis se levèrent et vinrent rejoindre l'architecte et le jeune homme.

– Pardonne cet accueil, ami Eskandéros, dit Dédale, je suis profondément heureux de te revoir, mais j'ai de nombreuses raisons pour préférer qu'on ne sache pas que je suis ici ce soir.

– Je n'en doute pas, dit Eskandéros. Tu es donc vivant ? Et te voilà de retour en Crète ?

– Vivant, il me semble. Et je ne suis pas de retour en Crète, je ne l'ai jamais quittée.

– Je t'ai cherché ! Je suis venu ici, à Cnossos. On m'a dit que tu avais quitté l'île sans dire à quiconque où tu allais...

– J'ai su que tu étais venu, mais trop tard pour te faire signe. Tu étais déjà reparti. Crois-moi, je l'ai regretté.

– Pourquoi te caches-tu ?

– Par goût et par sécurité. La célébrité flattait mon orgueil quand j'étais jeune. Elle ne m'a apporté que des malheurs et, aujourd'hui, je la fuis. J'ai des ennemis tenaces, des parents de victimes de Denys, qui m'accusent du désastre de quelques imbéciles incapables de tenir leurs langues. Et quelques autres encore qui seraient enchantés de me voir passer de vie à trépas. Bref, quand le Labyrinthe a été terminé, cela arrangeait tout le monde – quand je dis tout le monde, j'entends, Minos et moi – qu'on me croie mort, disparu ou parti pour les confins du monde.

– Toi, je puis comprendre que tu préfères la paix et la discrétion. Mais, le roi Minos, c'était pour lui une gloire de se montrer à la face du monde avec son architecte de génie.

– C'est un curieux garçon, Minos... dit pensivement l'architecte. Il a le goût du secret à un point étonnant. Davantage même que la vanité du grandiose. Je crois que savoir qu'il m'a pour lui tout seul lui plaît plus qu'exhiber mes constructions.

– Ton « garçon », fit observer le jeune homme d'un air moqueur, il a cinquante ans et des cheveux gris de grand-père.

Dédale sourit.

– Sois indulgent envers les vieux, Icare. Minos, je l'ai connu quand il avait vingt ans. En quelque sorte, je l'ai vu grandir. Il n'a pas beaucoup changé.

– Où habites-tu ? demanda Eskandéros. Dans le palais du roi ?

– Non. Dans le Labyrinthe.

– Dans le Labyrinthe ? s'exclamèrent ensemble Atalante et Eskandéros.

– Eh bien, oui, dans le Labyrinthe, dit Dédale. C'est un endroit très agréable et parfaitement sûr. Peut-être le seul endroit au monde où je suis certain que personne ne peut venir m'importuner. Pendant la construction, j'avais prévu de me réserver dans l'édifice un petit abri, quelques pièces, un atelier suffisamment grand, une terrasse... Et puis, les artistes sont vaniteux. J'ai le ridicule d'être fier de ma construction et il me plaît assez de vivre dans mon chef-d'œuvre... Quand le Labyrinthe a été achevé, il a fallu choisir : partir ou rester. Je m'étais marié entre-temps. Gaïa et moi, nous nous aimions. Je craignais pour elle le danger des aventures. Et Minos ne souhaitait pas que je m'en aille. Il acceptait tout pour que je reste à Cnossos : le secret et la liberté totale dans mes travaux. Je suis resté.

– Tu t'es donc marié ? demanda Eskandéros avec amitié.

– Je suis veuf, répondit l'architecte. Gaïa était une femme des contrées du nord, elle avait les cheveux plus blonds et le teint plus clair qu'on ne saurait le dire. Il y a douze ans, le choléra a frappé l'île. Elle a été l'une des premières emportées. Notre Icare, qui était tout petit, a été atteint aussi, mais, par un bienfait des dieux, il a guéri.

Dédale se tut, les yeux fixés sur le bois de la table, le visage fermé, comme pour exprimer qu'il ne voulait pas parler davantage de ces moments de sa vie. Atalante regarda Icare. Il devait avoir quinze ans mais son visage avait encore la grâce de celui d'un enfant. Ses cheveux étaient d'un blond très clair et ses yeux avaient la couleur des noisettes. Dédale releva les yeux en secouant la tête comme s'il voulait en chasser les tristes souvenirs. Il sourit à Eskandéros.

– Parlons un peu de toi, dit-il. Toi aussi, tu t'es marié ?

Il regarda Atalante avec sympathie.

– Cette demoiselle est-elle ta fille ?

– Si c'était le cas, répondit Eskandéros, je serais gonflé d'orgueil au point de ne pas pouvoir franchir les portes. Atalante est en toute simplicité la filleule de la déesse Artémis. Je ne suis que, fort modestement, son professeur dans l'art de conduire les bateaux sur la mer. Mais, comme elle est en train de devenir meilleure que moi, je ne servirai bientôt plus à rien.

– Ah ! c'est comme moi... dit Dédale en regardant son fils.

Les deux hommes se regardèrent et se mirent à rire.

– Pardonnez mon indiscrétion, dit Atalante, mais, si vous vivez dans le secret, pourquoi venez-vous souper dans cette auberge pleine de monde ?

– Parce qu'on s'ennuie dans le Labyrinthe, répondit Icare. Le soir, c'est bien agréable de voir des gens, des lumières et d'entendre de la musique. Et cela oblige mon père à s'arrêter de travailler. Si je ne le forçais pas à sortir, il oublierait de manger ou de se coucher.

– Pendant des années, nous ne sommes sortis que très rarement, continua l'architecte. Mais désormais, c'est Icare qui gouverne tout ce qui concerne notre vie. Il a décidé que nous devions nous délasser le soir, et il a raison.

– Vous entrez et sortez du Labyrinthe comme vous le voulez ? interrogea encore Atalante.

– Quand et comme nous le voulons, répondit Icare. C'est notre maison. Et ce qui est bien commode, c'est que nous n'avons pas à nous soucier de savoir si nous avons bien refermé la porte derrière nous. Personne n'est jamais entré chez nous pour nous voler.

– Tu trouves ton chemin dans le Labyrinthe ? demanda Atalante à Icare avec admiration.

L'architecte répondit pour son fils :

– Icare connaît le Labyrinthe mieux que moi qui l'ai inventé. Il est né dedans. Il a appris à marcher dans ses méandres et ses carrefours. Le Labyrinthe a été le terrain de tous les jeux de son enfance. Un Labyrinthe est une sorte de problème mathématique construit dans le réel. Icare y trouve encore des combinaisons et des solutions auxquelles je n'avais jamais songé.

Les yeux d'Atalante brillèrent de curiosité.

– Je crois que j'aimerais voir l'intérieur du Labyrinthe.

– Rien de plus facile, délicieuse enfant, dit Dédale. Dès que nous aurons fini ces brochettes que ce gargotier sans vergogne prétend être les meilleures de Cnossos, ce sera pour nous un honneur de vous recevoir dans notre demeure. Comment avez-vous su que lorsqu'on demande à un architecte de visiter ses constructions, il fond littéralement de plaisir ? C'est comme si vous demandiez à un poète s'il veut bien vous lire ses poèmes.

– Tu dis que vous sortez quand vous le voulez, dit Eskandéros. Le Labyrinthe a donc plusieurs issues ?

– Il y a une grande entrée, fermée par un majestueux portail de bronze, qui s'ouvre dans le palais. C'est le passage officiel. Celui qui impressionne la foule. Minos a un passage secret qui communique avec ses appartements. Et puis, il y a nos passages à nous, qui ne regardent personne.

– Et personne ne vous reconnaît jamais ? Comme nous ce soir ?

– Quelques Crétois qui m'ont connu autrefois sur le chantier doivent bien se souvenir de moi, mais il faut croire que ce sont des gens raisonnables qui savent faire semblant de ne pas voir les secrets des autres. Le patron de l'auberge sait sans doute qui nous sommes, mais pourquoi irait-il crier sur les toits que Dédale et son fils soupent régulièrement chez lui ? Pour mettre Minos de mauvaise humeur ? Une grande qualité du Minotaure – la seule, sans doute –, c'est qu'il retient les gens de succomber à la tentation du bavardage. Quand, tout à l'heure, tu m'as parlé en m'appelant par mon nom, j'ai été surpris car c'était la première fois que cela m'arrivait depuis des années. Si j'ai eu l'air désagréable, c'est parce que je ne t'avais pas reconnu – tu étais à moitié caché par cette colonne –, et que je m'apprêtais à répondre froidement que tu faisais erreur et que je ne connaissais personne du nom de Dédale.

– Tu as bien dit le Minotaure ? demanda Eskandéros. Mais le Minotaure existe-t-il ?

L'architecte considéra son ami avec étonnement.

– Pourquoi n'existerait-il pas ?

– Personne ne l'a jamais vu. On l'a entendu, mais des mugissements terrifiants, cela ne doit pas être bien difficile à fabriquer. Les monstres, on en parle mais c'est tout de même assez rare. Le Minotaure pourrait être un mythe. Un subterfuge. Une invention du roi Minos destinée à embellir la légende de son Labyrinthe et à renforcer son effet terrifiant.

– Eskandéros !... C'est gentil que tu aies gardé ce côté sceptique... À ton âge, tu en es encore à vouloir voir pour croire ? Réfléchis : pour quelle raison – il n'y en a qu'une – un homme, un roi, décide-t-il de construire un labyrinthe et, surtout, le plus grand et le plus complexe des labyrinthes ?

– Parce que, dit Eskandéros, comme tous les puissants, il a la manie de vouloir qu'on se souvienne de lui après qu'il sera mort. Alors, il décide de bâtir un édifice grandiose qui portera encore son nom alors que lui sera redevenu poussière depuis longtemps. Et il choisit un labyrinthe parce que c'est une structure mystérieuse, qui suscite à la fois la curiosité et la peur. De plus, il répand et entretient la légende qu'un monstre y est tapi et que tous ceux qui ont essayé de trouver leur chemin dans le Labyrinthe sont devenus fous. L'affaire est dans le sac, on parlera encore du roi Minos et de son Labyrinthe dans des siècles.

Dédale hocha la tête. En effet, cette idée se tenait...

– Minos serait flatté de t'entendre. Je crois que lui-même ne se soupçonne pas une telle subtilité... Mais non, ami Eskandéros, un homme ne se fait pas construire un labyrinthe par vanité. Une tour, une statue colossale, un palais qui s'élève vers le ciel... ça, oui. Crois-moi, j'ai reçu des demandes de la plupart des hommes fortunés du monde pour ce genre de constructions. On ne construit un labyrinthe que pour une seule raison.

– Pour cacher quelque chose ? proposa Atalante.

L'architecte regarda la jeune fille avec un redoublement d'intérêt.

– Naturellement : pour cacher quelque chose. Comment es-tu parvenue à cette conclusion ?

– Quand j'étais petite, raconta Atalante, quand je déchirais un vêtement ou quand je cassais une flèche, pour ne pas être grondée, je cachais les débris ou les haillons dans l'endroit le plus reculé et le plus compliqué de la forêt.

– Et cela marchait ? demanda Icare.

– Non, les nymphes trouvaient toujours.

– Un labyrinthe, exposa Dédale, sert à mettre quelque chose hors de vue et hors de portée des hommes. Ce peut être un secret, un trésor, ou l'âme d'un mort comme dans les hypogées* égyptiens... Minos n'a voulu le Labyrinthe que dans un seul but : que nul ne voie jamais le Minotaure, ou que le téméraire qui soit parvenu jusqu'à lui meure, perdu pour toujours dans les tréfonds du Labyrinthe.

– Il y a quelque chose que je ne comprends pas, dit Eskandéros. Si le Minotaure existe, et tu me dis qu'il existe, pourquoi Minos ne veut-il pas qu'on le voie ?

– C'est un terrible secret. Je ne sais si je dois vous le révéler car il peut coûter la vie à ceux qui le possèdent.

– Atalante et moi, nous sommes des étrangers de passage et nous ne sommes pas de ces malencontreux bavards dont tu parlais tout à l'heure, qui se faisaient des confidences devant les Oreilles de Denys. Nous savons garder le silence.

– Bien, c'est vous qui le voulez.

Le regard de l'architecte fit le tour de la salle de l'auberge. Personne ne leur prêtait attention. Les musiciens jouaient, la plupart des dîneurs dansaient, les autres accompagnaient la musique et la danse en frappant dans leurs mains. Le charivari était à son comble. Il n'y avait aucun risque d'être entendu. Dédale se pencha en avant et fit signe à ses compagnons de l'imiter. L'architecte murmura très bas :

– Minos ne permet à personne de voir le Minotaure car ce monstre est son fils. Je vous raconterai cette histoire quand nous serons dans un endroit plus sûr qu'ici.

* Caveau où les Anciens déposaient leurs morts.

CHAPITRE 34
LE LABYRINTHE

Ils s'éloignèrent de la ville en suivant le bord de mer. Puis ils s'engagèrent sur un sentier qui montait vers la colline. Enfin, le chemin sortit des buissons, face à une muraille à peine éclairée par la lune. C'était le mur extérieur du Labyrinthe, la face qui tournait le dos à la ville.

Malgré l'obscurité, Icare et Dédale circulaient à travers les rochers et les buissons en gens qui passent là tous les jours, ou plutôt toutes les nuits, et n'ont pas besoin de repères pour trouver leur chemin.

Icare s'appuya des deux mains sur une pierre du mur. Ce qui semblait être une pesante pierre de taille était en réalité une dalle mince qui se déplaçait sur le côté, démasquant système de cordes et de poulies. Icare fit jouer les cordes. Une dalle du mur s'éleva de deux ou trois pieds.

– Je suis désolé, s'excusa l'architecte, cette entrée n'est guère confortable, il faut se baisser pour entrer.

Elle fonctionne par un mécanisme de contrepoids et je manque ici de hauteur pour installer des cordes plus longues.

Tous quatre se glissèrent dans l'ouverture et Icare fit redescendre la dalle. Une petite lampe à huile brûlait dans une niche. Le jeune homme y alluma deux lanternes, en prit une et tendit l'autre à son père. Puis il souffla la petite lampe et saisit la main d'Atalante.

– Viens, dit-il en s'engageant dans le couloir.

– Est-ce que nous ne risquons pas de rencontrer le Minotaure ? demanda Atalante.

– À cette heure, il dort si profondément qu'il faudrait le secouer pour le réveiller. Et même si nous nous trouvions subitement face à lui, il ne nous ferait pas de mal. Il craint mon père et, moi, il m'aime bien.

– Disons qu'il y a entre lui et moi une relation de voisinage non agressif, dit Dédale.

– Ne va pas trop vite, alors, demanda Atalante à son guide, que j'aie le temps de tout voir.

– La nuit, tu ne verras rien de plus passionnant que des corridors obscurs, dit Icare. Il faudra que tu reviennes quand il fera jour pour admirer le Labyrinthe dans toute sa splendeur.

– Comment le Labyrinthe reçoit-il la lumière du jour ? demanda Eskandéros, la tête levée vers le ciel et ne distinguant rien d'autre qu'un plafond opaque.

– Par des puits de lumière, expliqua Dédale. Il y en a un à chaque carrefour et à chaque embranchement. Il faut que celui qui cherche son chemin puisse voir nettement toutes les possibilités qui s'offrent à lui et faire son choix.

– Un puits de lumière, c'est un trou dans le toit ? demanda Atalante.

– C'est cela en quelque sorte, répondit Dédale. C'est une ouverture en forme d'entonnoir, qui diffuse la lumière à toute la pièce.

– Un puits de lumière, exposa Icare, permet de recevoir la lumière mais pas de voir le ciel. Un labyrinthe est un jeu d'intelligence. Tout serait faussé si l'on pouvait s'orienter sur la position du soleil ou des étoiles.

Ils allaient le long de couloirs larges comme deux personnes marchant de front. Tantôt ils tournaient à droite, tantôt à gauche. Parfois le couloir devenait courbe et s'enroulait comme un escargot. Atalante et Eskandéros, pendant les premières minutes, avaient essayé de garder en mémoire les successifs changements de direction mais ils durent vite renoncer.

– Comme il fait nuit et qu'on ne voit rien, je vais au plus court, prévint Icare. Je te ferai visiter le Labyrinthe dans son entier quand il fera jour.

– Verrai-je le Minotaure ? demanda Atalante.

– Il ne vaut mieux pas. Il ne voit jamais d'étrangers. Il pourrait réagir brutalement.

– A-t-il vraiment des jambes d'homme et une tête de taureau ?

– C'est exactement cela.

– Ajoutons un cerveau de molosse un peu fruste, intervint l'architecte, et nous aurons un portrait assez complet.

– Est-il féroce ? interrogea Atalante.

– Il est surtout idiot, répondit l'architecte. Plus proche de la bête que de l'homme. On ne peut prévoir ses réactions. Il a une force colossale. Il vaut mieux s'en tenir à distance.

– Tu es injuste, père, observa Icare. C'est la vie de bête enfermée qu'on lui fait mener qui le rend agressif. Mais il est capable d'affection et, si on s'en donnait la peine, on pourrait lui apprendre quelque chose.

– Mon fils, expliqua l'architecte, a apprivoisé le Minotaure. Quand il était petit, je lui défendais formellement de s'approcher de cette créature. Mais essayez donc de surveiller un marmot qui a vécu chaque jour de sa vie dans un labyrinthe, cela vous file entre les doigts comme une anguille... Et il est vrai que quand on travaille, on n'est pas toujours très attentif aux allées et venues d'un enfant...

– Tu veux dire, père, dit Icare moqueur, que, quand tu travaillais, tu oubliais à peu près mon existence et que j'en profitais pour faire absolument tout ce qui me plaisait.

– Admettons... fit l'architecte. Donc, un jour, Icare devait avoir quatre ou cinq ans, je lève le nez de ma table à dessin et, comme d'habitude, mon petit bonhomme s'était envolé. Je me mets à sa recherche – dans un labyrinthe, c'était d'un commode !... – et, saisi d'horreur, je le retrouve, en quelque sorte, entre les pattes du Minotaure. Il était occupé à le caresser sur le mufle et le Minotaure en semblait absolument enchanté. Il ronronnait comme un gros chat.

– Pauvre Minotaure, dit Icare, il n'a jamais vu le soleil !... Quelques caresses et quelques sucreries, ce sont les seuls bonheurs auxquels il a droit.

Icare s'arrêta au milieu d'un couloir en ligne droite, semblable aux cinquante autres couloirs qu'on venait de parcourir. Il appuya les deux mains sur un point du mur, qui pourtant ne portait aucun signe particulier, fit glisser un panneau et découvrit un système de poulies similaire à celui qu'on avait vu à la première entrée. De la même façon, il fit lever quelques pieds de la dalle murale. Un escalier se trouvait derrière.

– Bienvenue chez nous ! dit-il en se glissant dans le passage et en tendant la main à Atalante.

– Comment as-tu su que c'était précisément ici ? demanda-t-elle.

– Allons donc ! Comme si je pouvais passer devant la porte de ma maison sans la reconnaître...

En haut de l'escalier, on entrait dans une vaste salle. L'architecte et son fils allumèrent des flambeaux, qui l'éclairèrent dans son entier. Il y avait dans cette salle des tables couvertes de dessins, des maquettes de palais, des statues inachevées et d'étranges objets évoquant des ailes de chauve-souris et des squelettes d'oiseaux géants.

Eskandéros reconnut aussitôt ces ailes. Il se tourna vers Dédale.

– Tu cherches toujours à faire voler l'homme ?

– Je ne cherche plus, ami Eskandéros, j'y suis parvenu. Du moins, dans certaines conditions. Mais, encore quelques mois, quelques semaines peut-être...

et je crois que je vais bientôt, enfin, que nous allons, Icare et moi, arriver à quelque chose d'incroyable.

Atalante regarda Icare.

– Ton père veut dire que tu peux voler ? dans les airs ? comme un oiseau ?

– Pas encore, répondit le garçon. Pour l'instant, je ne sais que planer.

– Quelle est la différence ? demanda Atalante.

– Elle est essentielle, dit l'architecte. Tu te souviens, Eskandéros, de ces premières machines que j'ai construites chez Denys ?... Je voulais reproduire le vol battu des oiseaux. J'ai passé des années et des années sur ce projet. Je n'y suis pas arrivé. Même avec de très longues ailes, le corps humain est trop pesant pour s'arracher du sol. Ou alors il faudrait qu'il puisse fournir une énergie phénoménale pour faire mouvoir les ailes. Alors, en observant les mouettes et les oiseaux de proie, j'ai songé au vol plané.

– Et le vol plané, tu y es parvenu ?

– Au-delà de mes espérances. Débarrassée de toute cette mécanique agitatoire, l'aile est une structure beaucoup plus simple à réaliser.

L'architecte désigna, suspendu au plafond, une sorte de grand triangle de toile de soie fine montée sur une armature de bois mince.

– Elle est aussi plus légère et plus rigide, ce qui augmente ses qualités aériennes. Il suffit de s'élancer d'une hauteur, le mieux est de partir face à un léger vent contraire, et l'on s'envole, c'est simple comme tout.

– C'est magnifique, dit Atalante.

– C'est magnifique mais cela ne suffit pas, dit l'architecte. Avec cette aile, je pars d'une colline et je me pose dans la plaine, c'est tout. Comme résultat, ce n'est pas très différent des glissades que les enfants s'amusent à faire du haut en bas des dunes.

– Et si l'on partait de très haut, proposa Atalante, de la cime d'une montagne...

– Nous avons accompli plusieurs vols, Icare et moi, depuis le sommet du mont Ida. Nous avons découvert qu'il existe des courants d'air, montants ou descendants, tout à fait comparables à vos courants marins, si ce n'est qu'ils sont verticaux et non horizontaux. Icare, qui a le sens de l'air à un point tout à fait merveilleux, parvient à emprunter des ascendances qui le montent parfois plus haut que la cime du mont... Il y a là des possibilités étonnantes... Mais je n'aime pas parler des travaux que j'ai en route. Je dis des bêtises et, ensuite, je pense de travers... Tout ce que je puis vous annoncer aujourd'hui à propos du vol de l'homme, c'est que j'espère des progrès dans les mois qui arrivent. Et que le hasard a autrefois bien fait les choses en m'amenant à Cnossos où les conditions naturelles se prêtent admirablement à ces expériences.

CHAPITRE 35

L'ÉTRANGE VIE DES CORRIDORS

– Parle-nous du Minotaure, demanda Eskandéros. Tu nous as bien dit tout à l'heure que le Minotaure est le fils du roi Minos ? Je n'en crois pas mes oreilles.

– Et pourtant rien n'est plus vrai. Minos avait dix-huit ans quand il est devenu roi de la Crète. Il a épousé la plus noble jeune fille de l'île, Pasiphaé. Et il s'est trouvé que leur premier enfant a été le Minotaure, cette créature à la fois homme et taureau. Quel crime ont pu commettre Minos et Pasiphaé pour que les dieux leur infligent un châtiment pareil ? Je n'en ai pas la moindre idée. Peut-être ne le savent-ils pas eux-mêmes... Ou, s'ils le savent, ils gardent leur secret. Toujours est-il que leur premier soin a été de recouvrir cette naissance du silence le plus absolu. On annonça à tout le monde que l'enfant était mort à la naissance et on cacha le nouveau-né... Dans une île assez lointaine, je crois, chez des bergers qui ne parlaient ni ne comprenaient le grec... Minos prit aussi la précaution de faire disparaître le médecin et la sage-femme, témoins de la naissance du Minotaure.

– Faire disparaître ?... interrogea Atalante.

– Peut-être dans la mer avec un bloc de granit attaché aux pieds... Ou dans un pays lointain avec de l'or plein les poches... Je ne sais pas, mais je pencherais plutôt pour la deuxième solution. Minos aime bien se donner des airs implacables mais, si on le connaît un peu, c'est un garçon à qui l'injustice et la cruauté répugnent naturellement.

– Et ensuite ? demanda Atalante.

– Ensuite, Minos a cherché comment cacher le Minotaure. C'est qu'il grandissait vite... Alors, songeant aux hypogées égyptiens, enfouis au plus profond d'un labyrinthe afin que personne ne vienne jamais profaner la tombe des morts, il a imaginé de construire un labyrinthe. Il est venu à Syracuse pour me rencontrer.

– Il est venu lui-même à Syracuse ?

– Oui. Incognito. En se faisant passer pour un de ses chambellans. Il m'a alors dit qu'il avait une immense admiration pour mes travaux, ce qui, il faut bien le reconnaître, a chatouillé ma vanité le plus agréablement du monde. J'ai tout de suite trouvé que ce roi était un jeune homme intéressant... Il m'a ensuite révélé qu'il détenait un secret de si grande conséquence qu'il voulait l'enfermer au sein d'un labyrinthe inviolable.

– Il t'a dit la nature de ce secret ?

– Non, bien évidemment. Cela ne me regardait pas. Ce qui m'intéressait, c'était le mot qu'il avait prononcé : « inviolable ». Ce défi a tout de suite excité mon imagination. Je lui ai répondu qu'un labyrinthe était un système conçu par un esprit humain, et qu'il pouvait toujours être déchiffré par un autre esprit humain plus subtil. Néanmoins, je me sentais capable de construire quelque chose qui s'approcherait très près de l'inviolabilité. La suite, tu la connais. La construction a duré dix ans, puis j'ai décidé de me retirer avec ma femme et mon enfant dans l'abri que je m'étais réservé à l'intérieur du Labyrinthe. Je voulais désormais consacrer mon temps et ma tranquillité toute neuve à mes statues et à mes travaux sur le vol... Mais je dois dire que, jusqu'à cette époque, je n'avais aucune idée du secret que Minos voulait enfermer dans le Labyrinthe. Le roi était demeuré muet sur ce sujet. J'imaginais qu'il devait s'agir d'un document, d'un secret appartenant aux rois de la Crète... J'ai été passablement surpris quand, une nuit, le Minotaure est arrivé. J'avoue que je ne m'attendais pas à ce voisinage.

– N'avez-vous pas eu peur ? demanda Atalante.

– Peur, pas vraiment... Une personne circulant dans le Labyrinthe ne peut pas pénétrer chez nous. Enfin, disons qu'elle devrait faire preuve de beaucoup de réflexion et de subtilité.

– Disons, résuma Eskandéros, qu'elle devrait être au moins aussi intelligente que toi.

– C'est à peu près cela. Mais avec le Minotaure et son cerveau à taille de pois chiche, il n'y avait pas grand danger.

– Il a peut-être un cerveau à taille de pois chiche mais il possède un incroyable odorat, intervint Icare. Il sait où se trouvent nos portes. Il est incapable de les faire jouer mais je l'ai plusieurs fois observé dans le couloir en train de flairer l'endroit par où nous étions sortis.

– Comment vit-il ? questionna Atalante.

– Je ne crois pas qu'il soit malheureux, répondit l'architecte. Il ne sait pas qu'il est emmuré. Il croit que le monde entier, c'est le Labyrinthe. Avant de venir ici, il vivait dans des grottes, il n'a jamais connu le monde extérieur.

– Il s'est installé dans l'une des salles circulaires qui se trouvent le long du palais de Minos, de l'autre côté du Labyrinthe, poursuivit Icare. C'est sa maison, sa cabane. Il dort beaucoup. De temps en temps, pour dépenser son trop plein d'énergie, il parcourt le Labyrinthe en courant à perdre haleine et en poussant ces mugissements qui s'entendent dehors. Quand il estime qu'il a assez couru, il retourne à sa cabane, se couche et s'endort. Il adore jouer, aussi. Parfois, ses dresseurs passent un moment à jouer avec lui à la balle, ou bien ils lui fabriquent un mannequin de paille qu'il s'amuse à réduire en miettes.

– Ses dresseurs ?

Zou et Ban, deux Africains, des Nubiens de Méroé, dit l'architecte. Quand le Labyrinthe a été terminé, Minos les a envoyé chercher tout en haut de la vallée du Nil pour prendre en charge le Minotaure. Les hommes de ce pays sont renommés pour leurs talents de dresseurs de fauves. Zou et Ban s'occupaient des lions du roi de Méroé. Et ils ont en plus une qualité essentielle : ils sont muets de naissance.

– Est-ce que ces hommes sont bons avec le Minotaure ? Est-ce qu'il les aime ? s'enquit Atalante.

Icare réfléchit quelques instants.

– On peut dire qu'il les aime, dit-il enfin, parce que ce sont eux qui lui apportent chaque jour sa nourriture. Et parfois, comme je le disais tout à l'heure, ils jouent avec lui. Mais il les craint car chaque fois qu'il a un geste ou une attitude agressive, ils le punissent à coups de bâton. J'imagine qu'en Afrique, c'est de cette façon qu'ils traitaient leurs lions. Le Minotaure pourrait d'une pichenette les écraser contre le mur, mais il a si bien appris à les redouter qu'il ne s'en doute pas.

– Je dois reconnaître que c'est assez commode, dit l'architecte. Quand j'ai à circuler dans le Labyrinthe, je me munis d'une canne. Je n'ai jamais seulement eu à me montrer menaçant mais cela suffit pour que le Minotaure se méfie de moi et fuie ma présence.

– Il n'y a que toi, demanda Atalante à Icare, qui le traites amicalement ?

– Non, il y a Ariane aussi. Elle venait souvent autrefois.

– Ariane ? demanda Atalante, la fille du roi Minos ?

– Ariane ? répéta Eskandéros. La fille du roi se promène dans le Labyrinthe ?

– Certes, répondit l'architecte. C'est une fille d'une hardiesse étonnante. Elle ne devait guère avoir plus de six ans quand elle a demandé à son père d'entrer dans le Labyrinthe.

– Ses parents ont consenti ? demanda Atalante.

– Depuis la mort d'Androgée, sa mère est enfermée dans sa douleur et n'a plus la force de dire oui ni non à quelque demande que ce soit. Quant à son père, il idolâtre sa fille et fait toutes ses volontés. Elle s'est trouvée dans le Labyrinthe comme un poisson dans l'eau. Avec la prodigieuse intuition des enfants, elle y a instantanément trouvé ses repères et, très vite, elle n'a plus eu besoin de personne pour y circuler. Elle entrait et sortait comme elle le voulait par le passage qui s'ouvre dans la chambre de son père.

– Son père ne craignait pas pour elle le Minotaure ?

– Le Minotaure est fou d'elle, répondit Icare. Il l'aime éperdument. Quand elle était petite, elle le tourmentait et elle le câlinait. Quand il était couché par terre, elle lui sautait à pieds joints sur le corps et le bourrait de coups de poing. Il adorait ce jeu, il riait et faisait mollement semblant de se défendre. Parfois elle lui grimpait sur le dos et il l'emmenait dans des courses folles à travers les couloirs du Labyrinthe. Elle ne courait aucun danger avec lui. Au contraire, comme un énorme chien de garde, il l'aurait protégée s'il y avait eu la moindre mauvaise rencontre possible dans ce Labyrinthe.

– La seule rencontre possible, c'était toi, fit observer Atalante.

– Icare, Minos, les deux Nubiens muets – mais ils ne pénètrent pas vraiment dans le Labyrinthe, ils ne s'éloignent jamais de la tanière de leur bestiau – et moi-même, votre serviteur, énuméra l'architecte. En y pensant, mon Labyrinthe est un endroit très fréquenté pour un lieu voué au secret... À l'époque, Minos, perplexe, m'avait demandé mon avis : n'était-il pas imprudent que cette enfant s'aventure ainsi dans le Labyrinthe ? Je lui avais répondu en toute sincérité qu'il n'y avait pas d'endroit plus sûr que celui-ci et que les deux enfants, Ariane et Icare, y étaient à l'aise comme dans un jardin. Quant à la relation d'affection qui existait entre les enfants et le Minotaure, elle nous échappait, mais elle était ce qu'on peut observer quand des bêtes, même des fauves, et des enfants sont élevés ensemble.

– Quel âge a la princesse Ariane ? interrogea Atalante.

– Seize ans, dit Icare.

– Vient-elle souvent dans le Labyrinthe ?

– Petite, elle venait tous les jours. Quand elle a eu treize ans, le Labyrinthe l'a de moins en moins amusée. Puis elle a cessé de venir. Il y a bien un an ou deux que nous ne l'avons plus vue.

– Elle a d'autres occupations, dit l'architecte. Elle est devenue une beauté éblouissante et elle est presque reine de Crète. Elle tient la place de sa mère, qui ne veut plus paraître en public. Elle est toujours vêtue de toilettes magnifiques et entourée d'un essaim de soupirants issus des meilleures familles de Crète.

Reconnaissons que ce sont des galants plus prestigieux que le Minotaure. Ils n'ont peut-être pas beaucoup plus de cervelle mais ils ont davantage de conversation.

– Ils ont exactement la conversation qui convient à Ariane, se moqua Icare, ils lui font des compliments du matin au soir. Et comme elle ne souhaite rien entendre d'autre, tout le monde est donc très content.

– Comment s'orientait-elle dans le Labyrinthe ? demanda encore Atalante. Elle en avait compris le plan ?

– Pas du tout, dit Icare, elle n'a jamais voulu en entendre parler. Elle fonçait. Et, curieusement, cela marchait.

– C'est une impérieuse et une intuitive, ajouta l'architecte. Depuis sa naissance, tout le monde se plie à ses volontés. Et le plus idolâtre de ses esclaves n'est autre que son père, le terrible roi Minos. Quand elle veut quelque chose, la chose se produit, cela ne saurait être autrement. Eh bien, c'était pareil dans le Labyrinthe. Elle désignait une voie et décidait : « Par ici ! », et il se trouvait qu'elle avait raison. Sans jamais chercher à comprendre mes admirables combinaisons mathématiques, elle trouvait son chemin. Je ne sais pas comment... Il devait s'agir, j'imagine, d'un mélange de mémoire, d'intuition et de sensibilité.

– Le roi Minos et la reine ont-ils d'autres enfants ? interrogea Atalante.

– Une autre fille plus jeune, répondit Icare. Elle s'appelle Phèdre.

– Elle s'aventure, elle aussi, dans le Labyrinthe ?

– Non. Elle n'aime pas ce lieu.

– Le roi Minos, demanda Eskandéros, vient-il souvent ?

– Tous les jours ou presque, répondit Dédale. Je te l'ai dit : il a une passion pour mes travaux, cet homme. Il me prend pour un génie, ce que, naturellement, je ne saurais lui reprocher. Il arrive, il me dérange, il touche à tout, il pose mille questions, mais tout cela avec tant d'enthousiasme que je n'arrive jamais à lui en vouloir.

– Et lui, comment trouve-t-il son chemin dans le Labyrinthe ? demanda encore Eskandéros. Il le connaît par cœur ?

– Presque. Il en a bien compris les grandes orientations. Lui, à la différence de sa fille, s'est toujours efforcé de déchiffrer le Labyrinthe par la logique et le raisonnement.

– Quand il découvre une combinaison un peu subtile, il se rengorge comme un paon, dit Icare en riant. Mon père et moi, nous lui faisons parfois des farces. Pendant la nuit, nous fermons un passage et nous en ouvrons un autre dans une direction différente. Un peu de maçonnerie, c'est vite fait. Et ensuite, pendant des semaines, il a la surprise de s'égarer dans un secteur qu'il croyait pourtant posséder.

Atalante sourit.

– Ce n'est pas gentil, dit-elle.

– Mais si. Il adore son Labyrinthe. Nous lui renouvelons son plaisir, c'est tout.

– Comment sais-tu qu'il vient te voir ? demanda Eskandéros. Il arrive ici à l'improviste ?

– Personne ne peut arriver ici à l'improviste, dit l'architecte. Tu te souviens, en Sicile, de nos Oreilles de Denys ?

– Si je m'en souviens.

– J'ai perfectionné le système. Ce Labyrinthe est muni d'« Oreilles de Dédale » situées dans les points de passage obligés qui mènent à notre maison. Les pas résonnent dans le Labyrinthe. Si quelqu'un passe à ces endroits, nous sommes forcément prévenus. Minos les a vite localisées, mais il est bon garçon, quand il passe au-dessous, il s'annonce à pleine voix.

– Est-il au courant de tes recherches sur le vol ?

– Certainement. C'est en grande partie à cause de ça qu'il a consenti à tous mes caprices pour que je reste ici.

– Il serait difficile qu'il ne soit pas au courant, fit observer Icare en désignant les armatures d'ailes disposées çà et là dans l'atelier. Il est fou de vol. Nous l'avons même fait voler parfois.

– Depuis le sommet du mont Ida ? demanda Atalante.

L'architecte et son fils éclatèrent de rire.

– Surtout pas, répondit Dédale. Notre principal souci est de ne pas le casser. Mais il est habité par un tel désir de voler que nous avons cherché un endroit où il puisse quitter le sol de quelques coudées sans trop de danger.

– Il y a par là – Icare désigna du bras la direction de l'est – une plage bordée d'une grande dune de sable.

Personne n'y habite. Quand le vent est facile et bien régulier, nous le faisons voler le long de cette pente. S'il tombe, dans le sable, il ne peut pas se faire grand mal.

– Vient-il seul avec vous deux ?

– Non, dit Dédale. Il se fait accompagner par Zou et Ban, les deux Africains muets du Minotaure. Il n'y a qu'à eux qu'il fait assez confiance pour garder le secret de nos travaux sur le vol.

– De quelle façon parlez-vous avec ces deux hommes ? questionna Atalante.

– Ils entendent assez bien le grec, répondit Dédale. Et, pour s'exprimer, ils possèdent un langage par gestes très élaboré. Minos comprend ce langage avec une subtilité qui m'étonne parfois. Icare, qui a appris ce code dès l'enfance, les comprend aussi. Moi, je peux saisir les phrases simples et cela me suffit.

– J'aime bien, ajouta Icare, lorsque Zou et Ban nous accompagnent quand nous allons voler. Ils sont forts comme des buffles, ils portent tout le matériel. Et en plus, ils font merveilleusement la cuisine. Quand nous campons seuls, mon père et moi, c'est moi qui prépare les repas et nous mangeons très mal. Mais quand mon père s'en charge, c'est encore pire.

CHAPITRE 36

LE POINT DU JOUR

Les quatre compagnons s'étaient assis à l'extrémité d'une longue table recouverte de plans, d'esquisses et de maquettes. Dédale repoussa les tablettes et les rouleaux pour libérer un peu d'espace. Icare apporta une cruche emplie d'un vin de muscat doré et un plat de pistaches et de pâtes d'amandes.

– C'est le roi Minos qui vous approvisionne de choses aussi exquises ? demanda Eskandéros.

– Oui, dit l'architecte, Zou et Ban, outre le Minotaure, sont chargés de nous nourrir.

– Ils vous apportent tout cela ici ?

– Non. Ils répugnent à s'engager profondément dans le Labyrinthe. Ils croient que l'endroit est peuplé d'esprits et ils craignent de les déranger. Quand ils reviennent du marché, ils portent leurs paniers jusqu'à la première Oreille – eux aussi ont bien compris où elle se trouve – et ils frappent dans leurs mains. Icare ou moi allons alors les décharger de leurs paniers.

– Zou et Ban sont gourmands à un point incroyable, ajouta Icare. Et le roi Minos leur a donné l'ordre de nous traiter comme des princes. Alors ils achètent pour nous tout ce qu'ils trouvent de meilleur. Si nous mangions tout ce qu'ils nous apportent, mon père et moi, nous serions gras à ne plus pouvoir passer dans le Labyrinthe.

– Je suppose que vous leur donnez le surplus, dit Atalante.

– Mais oui, dit Icare, ainsi, tout le monde est content. Mais à ton tour un peu de raconter. Tu reviens de Troie ? Tu étais dans la ville quand les remparts se sont écroulés ?

– J'avais déjà quitté la ville quand elle est tombée. Quand le tremblement de terre a eu lieu, je me trouvais sur un plateau de l'Anatolie, à vingt jours de marche. Et plus tard, les Amazones, qui ont été les dernières à quitter Troie, m'ont raconté les dernières heures de la ville...

Atalante s'interrompit. Depuis un moment elle regardait un escalier, qui se trouvait au fond de l'atelier.

– Pardonnez ma curiosité, dit-elle, cet escalier mène-t-il sur le toit du Labyrinthe ?

– Oui, dit Dédale. Sur notre terrasse et de là, si l'on veut, sur tout le toit du Labyrinthe.

– Je meurs d'envie de voir cette terrasse. Puis-je y monter ?

– Bien entendu. J'ai déjà dit tout à l'heure que j'avais le ridicule d'aimer par-dessus tout qu'on visite et qu'on admire mes constructions. Icare va te montrer le haut du Labyrinthe...

Icare se leva et tendit la main à la jeune fille.

– Tu me raconteras là-haut ce que tu as vu à Troie et au pays des Amazones. Moi aussi, je voudrais faire de lointains voyages.

Les deux jeunes gens escaladèrent les marches et quittèrent la pièce. Dédale et Eskandéros demeurèrent seuls. L'architecte emplit machinalement de vin le verre de son ami et le sien.

– As-tu entendu ce que vient de dire Icare ? demanda-t-il enfin.

– Oui, dit Eskandéros, ton fils a dit qu'il voulait voyager. C'est normal. Toi aussi, à son âge, tu avais des fourmis dans les jambes.

– Pas tant que toi, observa l'architecte.

– Pas tant que moi, c'est vrai, reconnut le vieux marin. Même l'âge ne m'a pas assagi. J'ai encore une fois remonté la route des Détroits tout seul dans mon bateau, cette année.

– Qu'allais-tu faire là-haut ?

– Chercher la petite, bien sûr ! Elle ne tient pas en place. Elle est pire que toi et moi réunis quand nous avions vingt ans. Son tuteur, mon vieil ami Chiron, m'a demandé de veiller sur elle. « Un travail de nounou, ai-je songé, voilà qui me convient tout à fait pour mes vieux jours... » Or, il se trouve qu'on m'a confié la plus enragée voyageuse de la création.

– C'est peut-être pour cette raison que Chiron t'a choisi, toi, comme gouvernante. Il a dû penser que vous vous entendriez bien.

Le vieux marin sourit.

– Ce doit être en effet pour cette raison.

Dédale était redevenu songeur.

– Eh bien, dit Eskandéros après un moment de silence, je crois que je peux comprendre le souci qui t'habite. Tu te demandes si tu dois partir avec ton fils, quitter ton Labyrinthe et, ce qui est pis, tes travaux en cours.

Dédale leva sur son ami un regard découragé.

– J'ai toujours su qu'il faudrait quitter le Labyrinthe quand Icare approcherait de l'âge d'homme. Cette espèce de retraite à l'écart du monde que je me suis imposée à moi-même, je pouvais la faire partager à un enfant. Je crois qu'Icare n'en a pas souffert. Il y avait tant de choses à apprendre et à explorer, ici. Mais il est grand, maintenant...

– Partez tous les deux ! Toi aussi, tu en meurs d'envie. Tous les potentats de la Méditerranée s'arracheront l'honneur de recevoir l'illustre Dédale.

– Et mes travaux sur le vol ? Jamais je ne me suis trouvé si près d'aboutir. C'est une découverte fabuleuse, ami Eskandéros, que je sens à ma portée... Mais combien de temps me faudra-t-il encore ? Une année ? Et j'ai besoin d'Icare. Il a le don de l'air comme seul un oiseau peut le posséder. Sans lui, je ne pourrai pas parvenir à ce que je sens être possible en fait de vol. Sans parler du matériel : Minos me fournit de tout ce qu'on peut trouver de mieux. Pour nos ailes, il fait acheminer ici par caravane des bois d'Afrique d'une rigidité extraordinaire et les soies d'Orient les plus résistantes qu'on puisse trouver... Jamais il ne regarde à aucune dépense. Au contraire, plus c'est cher et plus il est content.

– Tu es exigeant : tu veux tout ! Ton fils, tes travaux, ton atelier, et parcourir le monde en plus. Tu devrais commencer à savoir qu'il n'est pas facile de concilier tout cela.

L'architecte eut un sourire teinté de nostalgie.

– Je devrais le savoir, mais je l'oublie toujours.

Il y eut un moment de silence, puis Eskandéros demanda :

– Le roi Minos, enferme-t-il des condamnés dans le Labyrinthe ?

Pendant un instant, l'architecte contempla sans le voir le bois de la table Enfin, sans lever les yeux, il répondit :

– Cela est arrivé.

Avec une expression de défi, il planta soudain son regard dans celui de son ami.

– Tu veux savoir si je m'en sens coupable ? Oui, bien sûr ! Comment pourrais-je faire autrement ? La première fois que j'ai entendu un condamné hurler de peur dans mon Labyrinthe, cela m'a glacé le sang. Je suis architecte, moi, pas bourreau. Néanmoins, le Labyrinthe appartient à Minos, il est le roi, cela lui donne deux fois le droit d'y faire ce qui lui plaît. J'ai alors dit à Minos que la prochaine fois qu'il envisagerait d'utiliser le Labyrinthe comme instrument de sa justice, qu'il ait le tact de me prévenir avant. Assez tôt pour que j'aie le temps d'en éloigner ma femme et mon fils.

– Il l'a fait ?

– Il l'a fait. Par la suite, il a encore prononcé deux condamnations de cette sorte. À cette époque, je ne travaillais pas tant sur le vol. J'avais en route des expériences sur une cloche permettant de s'enfoncer sous l'eau...

– Je me souviens, dit Eskandéros, tu te préoccupais déjà des fonds sous-marins en Sicile.

– Il y a, à trois ou quatre jours de navigation de Cnossos, des fonds qui se prêtaient bien à mes recherches. Avant que les sentences ne soient exécutées, nous partions là-bas tous les trois. Nous revenions quand tout était fini. Gaïa ne s'est jamais doutée de rien et Icare était trop petit. Par la suite, Minos n'a plus jamais prononcé aucune de ces condamnations. Je crois que c'était par égard pour moi, pour ne pas me faire de peine ; au fond, il m'aime vraiment, ce garçon... Mais il ne m'a jamais promis de ne plus le faire. Tout génie que je sois, ou peut-être même en raison du génie qu'il me prête, il pense que je suis un rêveur détaché du monde réel, incapable de comprendre ses obligations de monarque.

– Peut-être, dit le vieux marin, estime-t-il que trois morts dans le Labyrinthe, c'est assez pour dégoûter les curieux de venir y fouiner.

– C'est exactement ça, approuva l'architecte. Minos n'a jamais voulu que ce Labyrinthe soit un instrument de supplice. Ce qu'il voulait, c'était un endroit pour cacher le Minotaure. Le Minotaure, c'est le drame de sa vie. Mais c'est aussi son fils. Il a le devoir de le nourrir et de le soigner. Et par-dessus tout : il ne veut pas qu'on le voie. Si quelqu'un parvenait à pénétrer jusqu'au Minotaure, grâce au Labyrinthe, il ne pourrait jamais ressortir pour raconter ce qu'il a vu. Minos a utilisé trois condamnés de droit commun pour frapper l'imagination des Crétois.

– Comment s'est comporté le Minotaure avec les condamnés ?

– C'est une question que j'ai posée à Zou et Ban. Ils m'ont décrit la scène par une pantomime très explicite. Le Minotaure a d'abord été surpris de rencontrer un intrus. Au début, il s'est montré plus curieux que combatif. Mais, en voyant le monstre, le premier condamné s'est mis à hurler de peur. Le Minotaure s'est troublé, il n'avait jamais entendu de cris stridents, il s'est senti agressé. Il a marché sur le malheureux et l'a écrasé d'un coup d'épaule contre le mur. Les cris ont cessé dans l'instant. Le Minotaure avait compris que pour faire disparaître ce bruit alarmant, il suffisait d'écraser le crieur inconnu. Il a appliqué sa science toute neuve sur les deux suivants, qui ont été encornés ou piétinés dès qu'ils ont commencé à crier et s'enfuir.

– Il est donc vraiment dangereux, le Minotaure ?

– Certainement. Face à un inconnu qui gesticule et qui crie, il tue. Il a une force colossale et des instincts plutôt qu'une intelligence.

La mèche d'une lampe s'était couchée et grésillait en fumant. Eskandéros se leva pour aller l'arranger. Il redressa la mèche, la flamme s'éleva à nouveau, haute et claire.

– Sais-tu ce qui va advenir des enfants d'Athènes ? demanda-t-il soudain.

– Non. Pourquoi le saurais-je ?

Le vieux marin haussa le sourcil.

– Tu vois Minos tous les jours. On dirait qu'il t'honore d'une confiance sans égale. Il aurait pu s'ouvrir à toi.

– Il ne l'a pas fait. Nous ne parlons jamais des affaires de la Crète. D'ailleurs, tu as raison : il me conterait volontiers ses soucis, c'est moi qui ne veux pas en entendre parler. Ces histoires m'ennuient. Il a des conseillers très bien pour tout cela. Je ne me suis pas retiré dans mon Labyrinthe pour qu'on vienne me fatiguer avec les anecdotes du simulacre humain.

L'architecte vida son verre.

– Quand le bateau d'Athènes sera signalé, poursuivit-il, Icare et moi, nous prendrons nos ailes sur notre dos et nous partirons au mont Ida. Je ne sais pas ce qui va se passer ici, mais tout cela me donne le désir d'aller ailleurs. Nous serons mieux sur notre montagne.

Il se resservit de vin, ainsi que son ami, puis il reprit :

– Et si tu veux savoir, je n'ai que faire de ce qui va advenir de ces enfants. Minos peut les servir en brochettes à son bestiau à cornes, cela n'a pour moi aucune importance. Ce sont des Athéniens. C'est de la mauvaise espèce. Je sais de quoi je parle : je suis athénien moi-même.

Eskandéros, surpris de cette nouvelle et de la rancune qu'il percevait dans ces dernières paroles de son ami, ouvrit des yeux ronds.

– Tu es d'Athènes ? Je l'ignorais. Je crois que tu ne me l'avais jamais dit.

– Sans doute pensais-je qu'il n'y avait pas de quoi me vanter. Pour échapper à une injuste condamnation à mort, j'ai quitté cette ville caché dans la cale d'un bateau, misérable, proscrit, et recroquevillé par la peur. Alors, vois-tu, aujourd'hui, les Athéniens n'ont pas grand-chose à attendre de ma compassion.

Dédale médita un instant, puis continua :

– Je n'avais pas encore vingt ans et j'étais l'un des meilleurs sculpteurs d'Athènes. Pas le premier, mais certainement le deuxième. Autrefois, as-tu entendu prononcer le nom de Talos ?... C'était le fils de ma sœur. Nous avions grandi ensemble. C'était plus mon petit frère que mon neveu. Il était presque encore un enfant et c'était déjà un sculpteur de génie. La beauté et le mouvement naissaient sous ses doigts et sous son ciseau...

– Et ensuite, ami Dédale ?

– Ensuite ?... On construisait un nouveau temple. On nous avait confié à tous deux la réalisation du fronton. Quatre caryatides* soutenaient le chapiteau, c'était une splendeur. Et, un jour, alors que nous étions à travailler sur le haut de l'échafaudage, simplement, bêtement, Talos est tombé et s'est tué. Avec l'insouciance de l'enfance, il voltigeait sur les plates-formes. Malgré toutes mes mises en garde, il ne s'attachait jamais. Il ne voulait pas croire qu'un accident

* Statue de jeune femme qui remplace le fût d'une colonne.

puisse arriver. La mort, il croyait que c'était quelque chose qui n'arrivait qu'aux vieux. Ce jour-là, une planche mal fixée a glissé sous son pied et, un instant plus tard, tout était fini. Alors, la rumeur est née. On a dit que, jaloux de la supériorité de mon neveu, je l'avais poussé du haut du fronton. En quelques jours, ce bruit infâme a grandi comme un incendie. Les imbéciles, les envieux, les sculpteurs sans talent, chacun a repris la calomnie et l'a embellie. Les magistrats ont annoncé que j'allais être interrogé. J'ai compris qu'il y aurait fatalement de pauvres cervelles, comblées de se donner de l'importance, pour venir témoigner contre moi. Il y aurait même des imbéciles qui se croiraient presque de bonne foi quand ils diraient m'avoir vu jeter Talos du haut du toit. En quelques jours, je pouvais être condamné à mort. J'ai préféré ne pas attendre pour vérifier. Avant qu'on vienne m'arrêter, j'ai rejoint à la nage un navire à l'ancre. Pendant la nuit, je me suis hissé à bord le long du mouillage et je me suis caché dans la cale. J'ai un peu bourlingué en Méditerranée. J'ai abouti chez Denys. Il était au courant de l'histoire de Talos et, d'ailleurs, il lui était indifférent que je sois innocent ou coupable. C'étaient mes travaux qui l'intéressaient. Je suis resté chez lui. La suite, tu la connais.

L'architecte se tut. Puis il regarda son ami et l'expression de colère qui s'était installée depuis quelques minutes sur ses traits disparut. Il sourit et reprit :

– Allons, ne fais pas cette tête, mon vieux ! Qu'est-ce que tu crains donc ? Que Minos serve ces petits au

Minotaure sous forme de croquettes ? Je le connais, mon Minos !... Il se croit parfois obligé de prendre le genre sanguinaire, mais je ne le crois pas capable de faire du mal à des enfants.

– Tu penses cela ? interrogea le vieux marin.

– J'en suis presque sûr. Et, en y réfléchissant, il me semble que si l'on confrontait des enfants avec le Minotaure, il ne leur ferait pas de mal... Il attaque ce qu'il ne connaît pas et qui lui semble menaçant. Les enfants, à cause d'Ariane et d'Icare, il connaît. Et c'est ce qu'il a eu de meilleur dans sa vie.

Un bruit de pas rapides et joyeux se fit entendre au-dessus de la tête des deux hommes. Icare et Atalante apparurent sur l'escalier qui descendait du toit.

– Père, dit Icare, sais-tu qu'une grande partie de la nuit est déjà écoulée ? Nous devrions peut-être cesser d'ennuyer nos amis à leur raconter notre vie et les laisser aller se reposer.

– Voulez-vous que je vous montre le chemin jusqu'au port ? proposa Icare, qui avait reconduit ses amis jusqu'à la porte secrète du Labyrinthe.

– Tu n'y penses pas, garçon ! dit Eskandéros. Toi aussi, va donc te coucher ! Le jour va bientôt se lever. Il suffit d'aller jusqu'à la mer, nous y arriverons.

Le jeune homme tendit la main à Atalante.

– Alors, bonne nuit, dit-il, si toutefois on peut encore appeler ça une nuit.

– Bonne nuit, Icare. À demain, près du bateau.

Atalante et Eskandéros s'éloignèrent sur le sentier qui s'enfonçait dans le maquis. La nuit était claire et le ciel semé d'étoiles. La Voie lactée le traversait de part en part. La lune à son dernier quartier s'apprêtait à disparaître derrière l'horizon.

– Icare doit venir te voir au bateau ? demanda le vieux marin.

– Oui. Il doit me montrer Cnossos.

– Il se promène comme ça en ville en plein jour ?

– Oui. Il dit que ça n'a pas d'importance car personne ne sait qui il est.

Le sentier arrivait au bord de mer. La lune s'était couchée maintenant et le ciel pâlissait. Un rai de lumière rose éclaira soudain l'horizon du côté de l'est. Un léger souffle de vent chargé du parfum des buissons agita les petites branches souples des arbustes. De légères risées couraient sur la surface de la mer, dessinant des croissants sombres, qui s'éloignaient vers le large.

– La brise de terre se lève, observa Atalante, ce serait un fameux moment pour partir à la pêche.

– Oui, fameux, approuva Eskandéros. Le temps serait parfait.

Il se retourna pour observer le chemin qu'ils venaient de parcourir. Le sentier descendait dans une sorte de vallon. En haut de ce val, on distinguait déjà, dans la clarté grise du petit jour, le mur du Labyrinthe. La brise de l'aube, canalisée par les deux pentes du vallon, s'écoulait avec douceur et régularité.

Eskandéros demanda soudain :

– Est-ce que Dédale n'a pas dit tout à l'heure que les conditions naturelles à Cnossos se prêtent admirablement au vol ?

– Oui, confirma Atalante, il a bien dit cela.

Eskandéros considéra encore un instant le vallon.

– Cet endroit capture la brise comme un courant marin entre deux îles, observa-t-il. Je crois que nos amis n'avaient pas l'intention d'aller se coucher. Remontons. Je pense que nous allons assister à quelque chose de peu ordinaire.

Ils revinrent sur leurs pas. Et, sur le toit du Labyrinthe, ils aperçurent Icare. Il se tenait debout sur le muret, immobile. L'aile qu'on avait vue dans l'atelier était fixée par des courroies à son buste et ses épaules. Il attendait, face au vent, sans bouger. Soudain, alors que le soleil paraissait à l'horizon, la brise se renforça. Alors Icare se lança dans le lit du vent. Pendant un court instant, Atalante et Eskandéros crurent qu'il basculait dans le vide et sentirent leur souffle s'arrêter. Mais, comme une mouette posée sur la plage qui déploie ses ailes et se laisse soulever par le vent, Icare semblait porté par la brise. On eût dit un oiseau un peu flâneur. Il planait dans le courant d'air du vallon, de droite à gauche, puis de gauche à droite, gagnant parfois un peu d'altitude, puis la reperdant.

Le soleil sortit au-dessus de la crête des collines. Le vent faiblit. Icare se laissa ramener par la brise à la verticale du Labyrinthe. Puis il revint se poser, très en douceur, sans heurt, à l'endroit d'où il était parti, sur la terrasse. L'angle du mur le cacha. Atalante et Eskandéros le perdirent de vue.

– Je crois que nous pouvons rentrer maintenant, murmura Atalante après quelques instants de silence.

CHAPITRE 37

LES DUNES

Dans le milieu de l'après-midi, un garçon aux cheveux blonds marchait sur la jetée du port. D'un pas souple et joyeux, il sauta sur la plage et se mit à errer parmi les barques de pêche tirées sur le sable. Visiblement, il en cherchait une. Il avisa un bateau, une toile était accrochée au bordage et retenue au sol par des pierres, formant une tente le long de la coque. Icare hésita avant de frapper sur le bois du bateau pour annoncer sa venue. Si cette barque n'était pas la bonne, n'allait-il pas déranger un pêcheur en train de faire la sieste ? Mais il avisa, posée sur le bateau, une paire de sandales dont la taille et la forme annonçaient un pied indiscutablement féminin. Il lui semblait bien, d'ailleurs, les avoir vues la veille aux pieds d'Atalante.

Icare appela doucement :

– Atalante ?...

Quelque chose remua sous la tente et Atalante, ébouriffée et encore ensommeillée, sortit la tête de son abri.

– Il est déjà midi ? demanda-t-elle avec un bâillement.

Icare rit.

– La moitié de l'après-midi est passée. Tu es seule ?

Atalante prit un pot à eau en terre et but à même la cruche. Elle la reposa avec un soupir.

– Eskandéros a dû partir se promener. Je ne sais pas comment il fait : il ne dort jamais. Toi non plus, on dirait...

Icare rit encore une fois.

– Il ne faut pas exagérer. Il est au moins quatre heures après midi.

Soudain le regard d'Atalante devint grave.

– Je t'ai vu voler ce matin, dans le vallon, au moment du lever du soleil.

Icare s'assit dans le sable à côté de la jeune fille.

– Quand le ciel est très pur comme il l'était ce matin, dit-il, la brise de terre se lève bien et accélère dans le vallon. C'est un bon moment et un bon endroit pour un petit vol.

– Un petit vol ? Tu es resté en l'air la moitié d'une heure.

– Je ne suis pas monté très haut. J'appelle petits les vols au cours desquels on ne gagne pas d'altitude, ou très peu. Le matin, l'air est encore trop froid pour s'élever. Les grands vols, on peut les faire en fin de journée si le soleil a été fort. La terre chauffe et l'air s'élève comme de grosses bulles chaudes. Si l'on arrive à pénétrer dans l'une de ces bulles, on peut se faire emmener très haut dans le ciel.

– Comment les voit-on, ces bulles ?

Icare sourit.

– On ne les voit pas. Elles sont invisibles.

– Comment sait-on qu'elles sont là, alors ?

– On les cherche. On tâte l'air. On les devine. Si on connaît bien l'endroit, on sait où elles ont leurs habitudes, par où elles aiment bien passer... Sur les pentes du mont Ida ou aux dunes de Lakos, je commence à les connaître un peu.

– J'aimerais voir ça, dit Atalante.

– Rien de plus facile. Cnossos ne se prête qu'aux petits vols. Ici, c'est juste bon pour travailler la technique. Et en plus, il nous faut rester discrets. Mais si tu veux, nous pouvons aller demain aux dunes. Le temps a l'air de vouloir rester beau. Nous pourrons voler en toute tranquillité.

– Tu m'emmènerais ?

– Pour moi, ce serait une joie mais je te préviens qu'il faut une journée entière de marche pour y arriver et qu'il faudra que tu supportes ma cuisine.

Atalante sourit.

– Marcher et courir sont mes spécialités. Et pour la cuisine, je m'en chargerai. Sur la route des caravanes, en Anatolie, j'ai appris à préparer la soupe aux pois chiches. Tu verras, c'est très bon. Et je suis tout de même la filleule de la déesse de la chasse ; s'il y a un peu de gibier, là-bas, nous aurons de la viande.

– Alors, c'est convenu ? demanda Icare. Nous partons demain pour les dunes ?

– C'est convenu. Et je t'en remercie.

– Crois-tu que ta nounou sera d'accord ?

– Eskandéros ? Pourquoi y verrait-il un inconvénient ?

– Eh bien, tu es une jeune fille, la filleule d'une déesse... Partir seule avec un garçon... Je crois qu'il y a certaines convenances...

– Quand ma mère m'a envoyée à Calydon, j'étais la seule fille parmi cinquante chasseurs et elle n'a pas eu l'air de trouver cela inconvenant. Il est vrai qu'ensuite, chez les Amazones, la question ne s'est plus vraiment posée.

Les deux jeunes gens installèrent leur campement au pied de la dune de Lakos. Dès le premier matin, Icare observa le ciel. Il était pur et sans nuages. Il n'y avait pour l'instant pas un souffle de vent. Un soleil éclatant commençait à monter dans le ciel. La brise de mer n'allait pas tarder à se lever. Pendant une ou deux heures elle serait très douce puis elle gagnerait en force dans le milieu de la journée.

– Les conditions sont parfaites, dit-il soudain. Tu vas pouvoir faire ton premier vol ce matin.

Atalante fut stupéfaite.

– Moi ? Je vais voler ?

Icare rit.

– Oui, toi ! C'est très facile. Tu vas seulement t'élancer de la dune, pas trop haut, à mi-pente, t'élever de quelques pieds et aller te poser en douceur sur la plage. Même Minos y arrive – et il doit peser trois fois ton poids. Je vais te montrer une fois et, ensuite, tu n'auras plus qu'à te lancer.

Icare déploya l'aile et accrocha le harnais à ses épaules.

– Tu dois te placer bien précisément face au vent. Tu sais que ton aile accroche l'air au moment où tu sens qu'elle t'oppose une résistance, comme si elle te tirait en arrière... Alors tu l'inclines doucement vers l'avant. Tu cours quelques foulées dans la pente et, hop ! tu t'envoles ! Tu te laisses ensuite descendre jusqu'à la mer et tu te poses sur la plage, toujours face au vent. Dès que tes pieds touchent le sol, cours quelques foulées pour ralentir ton aile et t'arrêter progressivement. Ne fais pas comme Minos, qui s'arrête toujours sur place et fait des culbutes spectaculaires en envoyant du sable dix pas autour de lui.

Et, estimant sans doute que l'exemple valait mieux qu'une conférence, Icare partit dans la pente. Il n'avait pas couru trois foulées qu'il quittait le sol. Il s'éleva au-dessus de la dune, dessina dans l'air une courbe élégante et vint se poser sur le bord de l'eau.

– C'est vrai que cela n'a pas l'air compliqué ! s'écria Atalante, qui dévalait la pente pour le rejoindre.

Icare détachait l'aile de ses épaules.

– Maintenant, dit-il, tu vas découvrir la principale difficulté du vol.

– Laquelle ? s'enquit Atalante, inquiète.

– Remonter la pente. Après chaque vol, il faut remonter la pente à pied en portant l'aile.

Atalante, au cours de cette matinée, accomplit quatre fois le vol de la dune. Sa course rapide lui permettait de facilement quitter le sol. Icare l'attendait sur la plage pour guider son atterrissage. C'était grisant. Deux heures plus tard, comme l'avait prévu Icare, le vent se renforça et vint interrompre l'apprentissage aérien d'Atalante.

– C'est terminé pour aujourd'hui, annonça Icare.

– Nous ne volerons plus ?

– Moi, si. Ce soir. Vers la fin de l'après-midi, le vent va se calmer. Le soleil aura bien chauffé la terre. Des zones d'air chaud se promèneront un peu partout. Ce sera le bon moment pour la chasse aux courants montants. Mais, toi, pour l'instant, tu ne peux voler que le matin.

Alors que le soleil commençait à baisser, Icare s'élança du plus haut point de la dune. Pendant un long moment, il se laissa planer le long de la crête, dans un sens puis dans l'autre. Il semblait tâter le vent et chercher quelque chose. De temps en temps, le garçon et son aile étaient secoués comme s'ils étaient heurtés par des vagues invisibles. Puis la situation se calma et, lentement, Icare commença à monter.

Atalante, le souffle rendu court par l'admiration, regardait Icare s'élever. Il décrivait des cercles en volant. Il gagnait régulièrement de la hauteur. Elle comprit qu'il avait réussi à pénétrer dans ce qu'il avait la veille appelé une « bulle ». Bientôt, il ne fut plus qu'une petite silhouette, très haut dans le ciel, éclairée par le soleil, qui descendait sur l'horizon.

Puis Icare redescendit. Lentement, en décrivant de très grands cercles. Il dessina une courbe qui l'amena tout près de la crête de la dune, puis il vint se poser sur la plage, là où Atalante s'était entraînée le matin.

Durant plusieurs jours, les deux jeunes gens se partagèrent la journée : les vols calmes du matin pour Atalante, les vols hauts en altitude et turbulents pour Icare. La nuit venue, ils s'asseyaient près d'un feu de genêts et partageaient la soupe aux pois des caravaniers et les lapins qu'Atalante chassait sur le versant terrestre de la dune et faisait cuire sur la braise.

– Ton père vole-t-il aussi haut que toi ? demanda un soir Atalante.

– Pas vraiment, il faut bien le dire.

– Et pourquoi cela ?

– D'abord, il est plus lourd. Et surtout, il est handicapé par son intelligence.

– Comment est-ce possible ? demanda Atalante en riant.

– Il veut toujours tout comprendre. Or il n'y a rien à comprendre dans le vol. Il n'y a qu'à sentir. Est-ce que les oiseaux se creusent la tête pour savoir s'il est logique qu'un courant ascendant passe ici plutôt que là ? Non, il n'y a qu'à se laisser guider par ses sensations.

À cet instant, un brusque souffle attisa le feu. Une flamme claire s'éleva.

– Du vent, à cette heure ? s'étonna Icare.

– Le temps change, observa Atalante, qui regardait le ciel, la tête renversée.

Les étoiles s'étaient cachées. Le ciel était d'un gris sombre opaque.

– Des nuages et du vent, observa Icare. On ne pourra plus voler pendant plusieurs jours. Demain, nous pourrons plier le matériel et rentrer à Cnossos.

À la fin de l'après-midi, Atalante et Icare, leur chargement sur le dos, parvinrent au sommet de la colline qui dominait la baie de Cnossos. La mer et le ciel étaient gris. Le vent soufflait fort. Les bateaux étaient tout de même sortis. Atalante remarqua, encore au large et descendant sur Cnossos, un navire qui ne ressemblait à aucun autre.

– Regarde, dit-elle à Icare, as-tu vu ce vaisseau, là-bas ?

– Comme il est grand ! Et quelle étrange couleur a sa voile... Noire, je n'avais encore jamais vu ça.

Atalante, en silence, observa encore un moment le bateau.

– C'est une trirème athénienne, dit-elle enfin. Ses voiles sont noires en signe de deuil. C'est le navire qui amène les enfants d'Athènes.

CHAPITRE 38
THÉSÉE D'ATHÈNES

Le grand vaisseau noir vint jeter l'ancre au milieu de la baie. Tous les yeux des habitants de Cnossos étaient fixés sur ce navire, mais personne à bord ne mit de barque à la mer, personne ne vint à terre. Aucune embarcation crétoise, non plus, n'osa s'approcher du navire athénien.

Le lendemain, enfin, une barque, drapée elle aussi de toile noire, fut descendue à la mer. Deux ambassadeurs du roi Égée d'Athènes, vêtus de toges de cérémonie, y prirent place et vinrent solennellement annoncer au roi Minos que les quatorze otages dus par la cité d'Athènes attendaient à bord le bon plaisir du roi de Crète.

Minos reçut ce message le visage impassible. Il répondit seulement :

– La remise des otages aura lieu demain à midi. Je les attendrai devant mon palais, sur l'esplanade des colonnes. La cérémonie sera publique. Chacun à Cnossos pourra y assister.

Il se leva pour signifier que tout était dit et que l'entrevue était terminée. Les deux ambassadeurs saluèrent jusqu'à terre et se retirèrent.

Le lendemain, dès les premières heures du jour, les gens de Cnossos affluèrent sur l'esplanade.

– Irons-nous voir l'arrivée des otages ? avait demandé Atalante à Eskandéros.

– Certainement. C'est un événement considérable, digne de tout notre intérêt.

– N'est-ce pas honteux d'aller nous repaître du spectacle du malheur des autres ?

– Sur le fond, sans doute, mais je pense que demain personne ne fera de mal à personne. Il ne s'agira que d'une cérémonie de parade.

Arrivés dans le milieu de la matinée sur l'esplanade déjà emplie par la foule, Atalante et Eskandéros durent se contenter d'une place près des colonnes, assez loin de la large allée centrale par laquelle les otages devaient arriver, mais proche de l'estrade surmontée d'un dais, où le roi devait prendre place. Un trône dont le dossier avait la forme d'une gigantesque tête de taureau noire rehaussée d'or y était dressé. Un second trône, plus discret, se trouvait à son côté.

À cet instant, quelqu'un dans la foule posa la main sur le bras d'Atalante. Icare les avait rejoints.

– Tu es là, toi aussi, fils ! dit Eskandéros.

– Certes. Je suis comme toute la ville : dévoré de curiosité. Mais je n'éprouve pas de véritable inquiétude pour les otages. Je connais Minos depuis que j'ai l'âge d'avoir des souvenirs. Je ne le crois pas capable de faire du mal à des enfants.

– Tu parles comme ton père, dit le vieux marin. Est-il venu, lui aussi ?

– Non. Il travaille dans son atelier à une nouvelle forme d'aile. Il ne veut rien savoir de cette histoire. Il défend même qu'on lui en parle. Et il a annoncé au roi Minos que nous partirons après-demain au mont Ida pour essayer la nouvelle aile, et que nous y resterons sans doute plusieurs semaines.

– Alors, nous ne nous reverrons plus ? demanda Atalante.

– Je ne sais pas. Quand repartez-vous ?

– Cela dépend du vent et de ce qui va arriver ici, dit Eskandéros.

– Il m'est venu une idée, reprit Icare. Ne voudriez-vous pas venir avec nous au mont Ida ? Atalante, je suis sûr que tu t'y plairais. Pour le vol, c'est encore plus magnifique que la dune.

– Quelle grande idée ! dit Atalante. Eskandéros, ne pourrions-nous pas... ?

– Mes petits enfants, interrompit le vieux marin, tout est possible, mais il me paraîtrait judicieux d'attendre que les événements ici se précisent avant de faire des projets.

– Explique-nous, Icare, toi qui connais Cnossos, demanda Atalante. Le trône à tête de taureau, c'est celui du roi Minos ?

– Oui, c'est son trône d'apparat. Celui qu'il utilise quand il se montre à toute sa ville. Il sait que cela fait plaisir aux gens.

– Il y a une chose que je ne comprends pas. Pourquoi les Crétois aiment-ils tant le Minotaure ? Ils devraient plutôt le craindre ou le détester.

– C'est tout le contraire. Tu as pu le voir sur le port et en te promenant en ville : il y a des Minotaures partout. Le Labyrinthe et le Minotaure sont l'orgueil de Cnossos. Ils sont ce qu'aucune autre ville au monde ne possède. Chacun ici se sent investi d'une petite partie de la puissance et du mystère du Minotaure.

– Et le deuxième trône, qui doit s'y asseoir ? La reine ?

– Depuis la mort d'Androgée, la reine Pasiphaé a fait vœu de ne plus jamais se montrer en public. Je suppose que c'est Ariane qui prendra sa place.

Une rumeur s'éleva dans la foule. Le cortège du roi Minos venait d'apparaître en haut des marches du palais et descendait vers le dais. Minos était un bel homme, majestueux et de grande taille. À son côté marchait une jeune fille vêtue d'une longue robe blanche.

– C'est Ariane, murmura Icare.

Atalante examina la princesse avec attention. Elle était grande, elle aussi, et d'une extraordinaire minceur. Elle avait un petit visage mignon, mais l'autorité qui émanait de sa démarche et de son regard indiquait qu'elle n'avait pas l'habitude d'attendre quand elle émettait un désir. Sa robe claire, d'apparence simple au premier coup d'œil, était par la coupe et par la finesse du tissu un prodige d'élégance.

Minos et Ariane prirent place. Les conseillers et les chambellans se rangèrent debout en demi-cercle derrière les deux trônes.

Une autre rumeur s'éleva soudain dans la foule, mais venant du port cette fois. Certainement les otages avaient débarqué et étaient en chemin vers l'esplanade. Le brouhaha grandissait. On ne le voyait pas encore mais le cortège approchait.

– Il me semble qu'il y a quelque chose d'imprévu chez les Athéniens, dit soudain Eskandéros.

– Qu'est-ce qui te fait dire ça ? interrogea Atalante.

– Le bruit de la foule. Écoute. Il est trop fort. Ceux qui peuvent déjà les voir découvrent quelque chose d'inattendu.

Deux messagers qui avaient contourné la foule avaient rejoint l'estrade royale. Minos les écouta, la tête penchée, puis il appela ses conseillers auprès de lui. Il y eut entre eux un conciliabule un peu agité. À cet instant, les Athéniens apparurent à l'extrémité de l'esplanade. Un remous parcourut la foule. Des cris retentirent : « Treize ! Ils ne sont que treize ! »

– As-tu entendu ? demanda Atalante.

– Oui. On dirait qu'il y a treize otages et non quatorze, répondit Icare. Je me demande ce que cela signifie.

Ils passaient maintenant. Treize enfants, six garçons et sept filles, adorablement beaux, chacun vêtus d'une tunique blanche, marchaient en file. Les ambassadeurs les précédaient. De part et d'autre, des gardes sans armes, vêtus de noir, les protégeaient du contact de la foule. Un grand jeune homme à la démarche d'athlète, une épée au côté, fermait le cortège.

– À ton avis, qui est cet homme à l'épée ? interrogea Icare à mi-voix, penché vers Atalante.

– Un important personnage d'Athènes, j'imagine... Celui qui doit être responsable de la remise des enfants au roi.

Les enfants se tenaient fermement, le regard fixé droit devant eux. Pas un ne pleurait. Les Crétois, qui, au fond, étaient des gens au cœur tendre, furent émus par tant de courage et une si précoce dignité. Le silence se répandit sur l'esplanade, un silence impressionnant au-dessus d'une telle foule. On attendait maintenant avec anxiété les paroles qui allaient être échangées.

Les ambassadeurs s'arrêtèrent à quelques pas du trône de Minos et firent une lente révérence.

– Ô roi Minos, dit le plus âgé des deux, le roi Égée d'Athènes te prie de recevoir ces enfants, garants de la paix entre nos deux cités. Il s'en remet à ta bonté pour les traiter comme un père.

– Ce n'est pas ce dont nous étions convenus.

La voix de Minos était sans colère. Pour l'instant, il se contentait de constater ce qu'il voyait.

– Il manque un garçon, poursuivit-il. C'est une perte irréparable qu'un garçon. Je sais de quoi je parle.

– À ceci, c'est à moi de répondre ! Ô roi Minos ! je demande la parole.

C'était l'homme à l'épée qui venait de parler. Pendant quelques instants, Minos le regarda attentivement, comme s'il voulait comprendre par lui-même qui était ce jeune homme exalté et ce qu'il avait à attendre de cette rencontre.

– Qui es-tu ? interrogea le roi.

– Je suis le quatorzième otage. Mon nom est Thésée, fils du roi Égée.

– Tu ne peux pas être un otage. Tu as déjà atteint l'âge d'homme.

– J'ai exigé d'être le septième garçon. Je me jugerais infâme et indigne de régner si, moi, le futur roi d'Athènes, j'avais laissé partir les plus beaux de nos enfants sans rien faire pour eux que verser d'hypocrites larmes impuissantes sur leur mort.

Thésée parlait fort et lentement, en détachant les syllabes, de manière à être entendu sur toute l'esplanade.

– Pourquoi parles-tu de la mort des otages ? continua le roi. Qu'en sais-tu ?

– Chacun, en Grèce, sait que ton intention est de les livrer à ton monstre tapi dans ton Labyrinthe.

– Vraiment ? Chacun sait cela ? Alors que je n'ai révélé à quiconque quelles sont mes intentions ? Et de qui parles-tu quand tu prononces ces mots : « d'hypocrites larmes impuissantes » ? De ton père, le roi Égée ? C'est bien irrespectueux de ta part.

– Je parle de mon père et de tous les hommes de sa génération qui ont laissé perdre cette guerre d'agression que tu conduisais contre eux, et qui ont accepté cette capitulation honteuse qui sacrifie nos enfants.

– Thésée, fils d'Égée, tu énonces des phrases gonflées de mots ronflants et d'idées simplifiées à l'extrême, tout juste bonnes à séduire les sots. Il n'y a pas de plus grand travers pour un roi. Et le danger de ces discours, c'est qu'on finit par y croire soi-même.

– Je ne suis pas venu à Cnossos pour entendre une leçon de morale. Et je ne te reconnais pas le droit de parler de morale, toi qui exerces une sordide vengeance sur des enfants.

– Tout fils de roi que tu sois, je n'aime pas le ton que tu te permets d'employer avec moi, prince Thésée d'Athènes ! Et il y a là des mots auxquels je dois répondre. Il n'est nullement question de vengeance, mais d'équité et de droit de la guerre. Les Athéniens, il y a neuf ans de cela, ont causé aux Crétois par l'assassinat du prince Androgée une perte irréparable. Il s'est ensuivi une guerre que – c'est peut-être indélicat de ma part de te le rappeler – ton père et les tiens n'ont pas gagnée. Ils étaient moins forts que nous au combat mais ils ont eu la sagesse de s'en rendre compte et de demander la paix plutôt que conduire leur ville au désastre. Vainqueur, j'étais en droit de demander un tribut. J'aurais pu exiger toutes les richesses de la ville et la ruiner définitivement. Je ne l'ai pas fait. On m'avait pris mon enfant : j'ai exigé d'être payé dans la même monnaie. On n'échange pas la vie de son fils contre des richesses.

– On t'a pris un enfant. Tu en as exigé quatorze. Où est l'équité ?

– C'était normal : c'était moi le vainqueur. J'aurais pu en exiger trente ou cinquante, et sur-le-champ de surcroît. Vous n'auriez pas eu d'autre choix que celui de vous soumettre. J'ai demandé ce qui me semblait juste. Et sais-tu pourquoi ton père – que tu te permets de juger si sévèrement – a demandé un délai de neuf ans avant d'envoyer les otages ? Parce qu'il prévoyait qu'il préparait ainsi des années de trêve, et même de paix. Et sais-tu pourquoi j'ai accepté alors que rien ne m'y obligeait ? Parce qu'Androgée a été tué par les plus lamentables de tes concitoyens et que je savais que la plupart des Athéniens étaient innocents de ce crime. Mais venons-en au fait : que veux-tu, prince Thésée d'Athènes ? Pourquoi es-tu venu à Cnossos ?

– Je suis venu pour te lancer un défi, roi Minos. Je te demande de me laisser entrer, comme le premier des otages, dans le Labyrinthe pour combattre le Minotaure. Si je suis vainqueur, je demande le droit de ramener ces enfants à la maison.

Un murmure d'émotion, et d'admiration aussi, pour l'audace de ce jeune prince parcourut la foule. Minos se recueillit un instant.

– Approche-toi, Thésée, dit-il enfin, et parle moins haut. Ce que nous allons dire ne regarde que nous.

Le prince vint se placer à un pas du trône. Minos se pencha vers lui.

– Thésée, le temps a passé – non pas sur ma douleur, elle vivra aussi longtemps que moi – mais sur ma colère. Quand on a tué mon fils Androgée, dans ma rage, j'aurais pu passer au fil de l'épée quiconque était né à Athènes. Mais parfois le temps rend moins fou. Thésée, mon intention n'est pas de jeter ces enfants dans le Labyrinthe. Mon désir est qu'ils grandissent en Crète et qu'ils se marient ici. Ils seront peut-être des éléments de paix entre Athènes et Cnossos. Va, Thésée, va rassurer ton père. Les enfants seront élevés comme des enfants de prince, je lui en donne ma parole. Et dis-lui aussi qu'il envoie le septième garçon. Tous les engagements doivent être respectés.

– Roi Minos, que ces enfants meurent sous les coups du monstre ou qu'ils soient élevés comme des Crétois, c'est la même chose pour nous. Ils sont perdus pour Athènes.

– Arrête donc ces boniments pour cervelle creuse ! Tu n'espères tout de même pas me convaincre, moi, avec ce genre de niaiseries !... Je te connais depuis dix minutes et je sais déjà que tu crèves d'ambition. Tu ne songes qu'au jour où tu seras roi et à la légende que tu veux te donner : le vainqueur du Minotaure !... Mais est-ce une raison suffisante pour aller te suicider ? Est-ce que tu as compris que pénétrer dans le Labyrinthe équivaut à une mort certaine ?

– Ne pas y entrer équivaut à une lâcheté ineffaçable.

– Le Minotaure est sept ou huit fois fort comme toi. Et même si tu parvenais à lui échapper, le Labyrinthe serait ton tombeau. Il rend fous ceux qui veulent en sortir.

– Je suis un chasseur et ton monstre ne me fait pas peur. Quant au Labyrinthe, ce n'est un piège que pour les timorés qui, de terreur, perdent la tête avant même de commencer à réfléchir.

– Je dois reconnaître que tu as du courage. Et aussi une monumentale inconscience. Thésée, pourquoi veux-tu infliger la douleur de ta mort à ton père ?

– Il m'a bien infligé celle de faire de moi un fils de vaincu. Roi Minos, acceptes-tu mon défi ?

– Certes non. J'ai horreur des suicides.

– J'en appellerai à ton peuple. Je te lancerai un défi public.

– Ne fais pas cela. Je ne pourrai alors rien faire pour te protéger. La foule, c'est en général assez bête. Et c'est le plus traître des alliés. Ils t'acclameront bien haut pour tes discours creux et pour ton courage, puis ils contempleront ton trépas avec la plus grande curiosité. Ensuite ils conviendront que c'est bien dommage de mourir si jeune et ils retourneront à leurs affaires.

– C'est ainsi que tu vois les choses ? Eh bien, regarde, roi Minos, et entends...

Thésée se tourna vers la foule et avança de quelques pas.

– Habitants de Cnossos, écoutez-moi !

Sa voix résonna sur l'esplanade.

– Habitants de Cnossos, je suis le prince Thésée, fils du roi Égée d'Athènes ! Je suis venu seul pour vous lancer un défi : je demande à entrer dans le Labyrinthe et à y affronter le Minotaure dans un combat sans merci ! Voilà mes conditions : si je suis vainqueur, les otages seront libres de retourner chez leurs parents, si les dieux ne veulent pas m'accorder la victoire, et contre le Minotaure, et contre le Labyrinthe, alors j'accepterai ma mort. Si vous me refusez le droit d'entrer dans le Labyrinthe, toute la Méditerranée saura que les gens de Cnossos savent enlever des enfants à leurs familles, mais que leur Minotaure n'est qu'une créature misérable et que la réputation du Labyrinthe est un mensonge !

Une tempête s'éleva dans la foule, qui s'agita soudain comme une mer houleuse. Des cris partaient de toute part. Cris d'indignation. Cris d'admiration devant la témérité du jeune homme. Et aussi cris de stupeur et d'excitation à l'idée du combat à mort annoncé.

Minos se laissa retomber contre le dossier à tête de taureau de son trône. Il contempla un moment la masse du peuple qui ondulait devant ses yeux.

– L'imbécile ! Les imbéciles ! murmura-t-il.

Il appela près de lui les deux ambassadeurs d'Athènes.

– Vous direz au roi Égée que j'ai fait ce que j'ai pu pour éviter cela.

Puis il ordonna à ses conseillers d'approcher.

– Vous annoncerez en ville que le prince Thésée d'Athènes entrera dans le Labyrinthe dans sept jours à midi. En attendant, que les otages soient conduits dans les appartements préparés pour eux au palais.

Minos se tourna vers Thésée.

– Thésée, je t'ai donné sept jours pour réfléchir. Les dieux fassent qu'en une semaine, une lueur de raison trouve le chemin de ton cerveau. Ou, à défaut de raison, la peur. Sache que si tu renonçais et que tu décidais de quitter Cnossos, personne ne s'y opposerait.

(Et il ajouta à mi-voix et en regardant le jeune homme dans les yeux :) Au contraire.

– Roi Minos, dit le jeune homme en s'inclinant, je te remercie pour ta sollicitude mais, pour ce qui est de mon départ, n'y compte pas.

Sans ajouter un mot, le roi Minos se leva d'un geste ample, tourna le dos à la foule et repartit vers son palais, suivi de son aréopage. Puis on s'occupa d'emmener à leur tour les enfants otages. La foule tardait à se disperser, chacun étant trop occupé à commenter avec véhémence l'événement pour songer à rentrer chez soi.

– Eh bien, dit Eskandéros, il ne manque pas de panache, ce freluquet arrogant.

– Ce n'est pas fini... murmura Atalante, qui gardait les yeux fixés sur le dais et les trônes.

Ariane, entourée de ses suivantes, s'apprêtait à suivre son père dans son majestueux départ. Elle se leva de son siège, regarda Thésée en face et inclina gravement la tête dans sa direction. L'Athénien en retour la salua lentement et profondément avec toutes les marques d'un grand respect. Enfin, elle se retourna vers le palais et gravit les marches sans un regard en arrière.

CHAPITRE 39

LE CADEAU DE DÉDALE

Deux jours plus tard, Dédale et Icare, Atalante et Eskandéros étaient réunis dans l'atelier de l'architecte. Dédale démontait avec soin la nouvelle aile qu'on emporterait le lendemain vers les pentes de la montagne. Icare et Atalante emplissaient leurs sacs de ce qui serait nécessaire pour installer le campement.

– Cette nouvelle aile est-elle prête à voler ? demanda Eskandéros.

– Je le crois, dit l'architecte. Demain nous marcherons et, si le temps s'y prête, après-demain nous l'essaierons au mont Ida. Alors, ami Eskandéros, est-ce sûr ? Tu ne veux pas nous accompagner ? Tu laisses ta pupille partir seule avec deux fous volants comme Icare et moi ?

– Depuis les dunes de Lakos, fit observer Atalante, je suis moi aussi une folle volante.

– C'est bien décidé, dit le vieux marin. J'aurais beaucoup aimé vous observer mais je ne veux pas laisser mon bateau sans surveillance. Comment rentrerons-nous à la maison, Atalante et moi, si nous retrouvons la *Sardine* pillée, ou pis que cela, volée ?

– Ce serait tant mieux, dit Icare, vous resteriez ici.

– Et j'avoue, continua Eskandéros, que je n'ai pas envie de quitter Cnossos ces jours-ci. Dans cinq jours, Thésée va entrer dans le Labyrinthe. On ne parle que de cela partout. C'est une aventure colossale. Je ne comprends pas votre indifférence à tous les trois.

– Je crois, moi, dit l'architecte, que ce n'est qu'un petit événement regrettable. Il n'y a pas beaucoup de mystère dans ce qui va se passer ici.

– Que penses-tu qui va arriver ?

– Si ce jeune homme s'entête et entre, il va se faire écraser en petits morceaux par le Minotaure. Si, pour une raison mystérieuse – qui peut prévoir ce qui peut passer dans l'esprit de cette créature ? –, le Minotaure décide que ce chétif intrus ne le dérange pas, Thésée mourra d'épuisement dans mes couloirs. Éventuellement, il deviendra fou d'angoisse auparavant. Vous m'excuserez de ne pas assister à ce spectacle, les agonies me répugnent.

– C'est affreux ce que tu dis là, père, dit Icare.

– C'est affreux, mais je n'y suis pour rien. Ce jeune prince est une mule butée aussi bête que brave. Minos a fait ce qu'il a pu pour le retenir. Ou alors, il y a encore une solution, Thésée a du génie. Il est peut-être capable de vaincre le Minotaure et de résoudre tout seul l'énigme du Labyrinthe ; toutefois, quand on écoute le ramassis de platitudes qui constitue son discours, on éprouve quelques difficultés à y croire. Ou enfin, Thésée a imaginé une ruse, ce qui expliquerait pourquoi il est si sûr de lui et pourquoi il s'enferre dans cette conduite insensée.

– Tu es admirablement renseigné pour un homme qui n'a pas quitté son atelier, observa Eskandéros.

– Je croyais que la curiosité était une émotion qui était morte en moi. Eh bien, j'ai eu la surprise de découvrir qu'elle était toujours là, et même fort vivace. Quand vous étiez tous sur l'esplanade, le jour de l'arrivée des Athéniens, j'ai tout à coup été pris du désir de voir et de savoir, moi aussi. Je suis monté sur le toit du Labyrinthe. De là, je suis passé sur celui du palais. Là-haut, j'étais bien placé pour ne rien perdre de cette scène.

– Ta curiosité ne va pas jusqu'à désirer savoir comment tout cela va finir ?

– Je le saurai. Nous le saurons tous. Le monde entier le saura... Ce que je ne veux pas, c'est voir mon beau Labyrinthe servir de théâtre à un drame de plus. Je m'en vais. J'ai averti Minos. Et j'emmène ces enfants avec moi. Sur la montagne, on est beaucoup mieux qu'ici. En quelques heures de marche, on est très loin de ces histoires d'ambition et de mort.

La moitié de la nuit était passée. Eskandéros était reparti vers la plage des pêcheurs. Icare et Atalante s'étaient couchés et dormaient. L'architecte seul veillait dans l'atelier. Il avait commencé par ranger des plans et des projets, puis son attention avait été attirée par un calcul inachevé. Un calcul en entraînant un autre, il avait oublié que son intention avait été d'aller se reposer, et il continuait à tracer des courbes et poser des opérations, assis à sa table, éclairé par le halo de la lampe à huile.

Dans le silence de la nuit, une voix appela doucement :

– Dédale !

Surpris, il leva la tête. L'atelier était plongé dans la pénombre, mais rien ni personne ne bougeait. La voix appela encore :

– Dédale !

Cet appel venait de l'« Oreille de Dédale », et ce n'était pas la voix de Minos. L'architecte, intrigué, presque inquiet, se leva et vint se placer près de l'Oreille.

– Qui est là ? interrogea-t-il.

– Dédale, c'est moi, Ariane !

– Ariane ?... J'arrive. Je viens t'ouvrir le passage...

– Icare est-il là ?

– Oui. Il dort.

– Est-ce que tu ne voudrais pas descendre ? Je préfère que personne n'entende ce que j'ai à te dire.

Dédale descendit l'étroit escalier, fit jouer les poulies et se glissa dans l'ouverture du passage secret. La princesse Ariane était là, seule dans le couloir obscur du Labyrinthe, revêtue d'un manteau à capuchon qui lui couvrait à demi le visage, s'éclairant d'une minuscule lanterne qui donnait une faible lumière.

– Ariane, ma petite princesse ! dit l'architecte reprenant le nom d'amitié dont il se servait quand elle était enfant. Tu te souviens donc du chemin qui mène chez nous ? Tu es venue nous dire au revoir ?

– Dédale, je t'en prie, ne plaisante pas, tout va mal.

– Bien sûr, tout va mal. C'est même pour cette raison que nous nous en allons, Icare et moi. Nous partons avant que tout ne soit pire.

– Dédale, il ne faut pas que tu partes. Si tu t'en vas, ce qui arrivera ici sera atroce.

– De toute façon, ce qui arrivera ici sera atroce. Que je sois là ou ailleurs n'y changera rien. Alors, autant que je sois ailleurs.

– Dédale, il n'y a que toi qui puisses sauver Thésée !

– Moi ?

Cette nouvelle surprit l'architecte au point qu'il dut s'appuyer contre le mur.

– Moi ? répéta-t-il comme s'il ne comprenait pas. Moi, je dois sauver Thésée ?

– Bien sûr, tu dois sauver Thésée. Qui d'autre que toi pourrait le faire sortir du Labyrinthe ?

– Mais, Ariane... Pourquoi irais-je sauver ce fou suicidaire, gonflé du désir de régner et aveuglé par l'ambition ? C'est lui qui a exigé de pénétrer dans le Labyrinthe en dépit de tout ce que ton père a pu dire. C'est lui qui a voulu tout cela. Tant pis pour lui !

– Dédale ! dit Ariane d'une voix brisée.

Il y avait tant de douleur dans la voix de la jeune fille que l'architecte en fut ému. Il considéra avec attention la jeune princesse. Avec douceur, il dégagea le capuchon qui lui tombait jusqu'aux yeux. Il prit la petite lampe et la haussa jusqu'au visage de la jeune fille.

En quelques jours, Ariane s'était métamorphosée. Elle n'était plus la fillette hardie, rieuse et impérieuse, qui avait été la compagne de jeu d'Icare et qui pendant des années avait empli le Labyrinthe de ses chansons, de ses cris joyeux et de ses courses. L'architecte ne reconnut pas non plus l'adolescente royale de ces dernières années, tyrannique et charmante, préoccupée exclusivement de sa personne, de sa beauté et de son pouvoir de séduction. Il avait en face de lui une jeune femme passionnée, bouleversée, éperdue.

– Tu l'aimes donc, ma pauvre enfant, dit-il enfin.

Les larmes couraient sur le visage d'Ariane.

– Oui, j'aime Thésée d'Athènes, répondit-elle. Je l'aime au point de mourir s'il devait lui arriver quelque chose. Je l'aime au point de désirer la mort s'il devait quitter Cnossos sans moi. Et je viendrai mourir dans le Labyrinthe avec lui si son destin est d'y trouver la mort.

– Eh bien, je crois que tu as tout dit : tu l'aimes vraiment ! dit l'architecte en essuyant gentiment le visage de la jeune fille avec un mouchoir qu'il tira de sa poche. Nous voilà dans un beau pétrin. Qu'allons-nous faire ?

Dédale fut sur le point de mettre en garde la jeune fille, de l'avertir que Thésée était de toute apparence un aventurier avide de gloire, un être froid, propre à rendre malheureux tous ceux, et surtout toutes celles, qui attacheraient leur destin au sien... Il allait ouvrir la bouche pour dire tout cela, mais il renonça. Qu'avait Ariane à faire de toutes ces sornettes ? À quoi rimait de parler prudence, raison et modération à une amoureuse ? Et à une amoureuse de la trempe d'Ariane, encore... Il renonça à gaspiller son éloquence. Tout ce qui restait à faire, c'était espérer très fort se tromper en ce qui concernait le prince d'Athènes et trouver rapidement une solution pratique.

– Et pourquoi veux-tu que ce soit moi qui montre son chemin à ton vaillant guerrier ? demanda Dédale.

– Qui d'autre pourrait le faire ? Hormis mon père, il n'y a que toi et Icare qui pouvez vous orienter dans le Labyrinthe.

– Il y a toi, aussi. Quand tu étais enfant, tu courais dans mon Labyrinthe comme dans un jardin. Jamais tu ne te perdais...

– C'est parce que j'étais une enfant, justement ! J'étais comme un jeune animal, mon instinct me conduisait. Cent fois Icare a voulu m'apprendre à raisonner mais je lui ai ri au nez. À quoi bon me fatiguer à apprendre des choses ennuyeuses quand mes intuitions me soufflaient tous les chemins ? Mais, en grandissant, j'ai perdu cette faculté...

Les larmes d'Ariane se remirent à couler.

– Il y a trop longtemps que je ne suis venue. J'ai tout oublié. Je ne sais plus trouver mon chemin dans le Labyrinthe. Pour seulement venir ici ce soir, j'ai manqué vingt fois m'égarer. Par bonheur, j'ai retrouvé l'Oreille et là, les souvenirs me sont assez revenus pour marcher jusqu'à l'entrée de l'atelier.

Elle eut un sanglot.

– Je ne suis plus capable de sauver Thésée...

– Sais-tu que j'ai prêté serment à ton père de ne jamais révéler à quiconque le secret du Labyrinthe ? Faire sortir Thésée est l'équivalent d'une trahison. Minos serait en droit de me faire égorger.

– Il ne le saura pas. Personne ne vous verra.

– Allons donc ! Tu prends ton père pour un sot ? Personne ne mesure mieux que lui la complexité du Labyrinthe. Il a passé sa vie à tenter de le déchiffrer. Dans quelques jours, ton Thésée aux beaux muscles va entrer, ressortir trois ou quatre heures plus tard en disant : « Coucou ! Ce labyrinthe est en définitive très simple », et le puissant roi Minos ne se doutera de rien ? Non, il se dira seulement que son futur gendre est très intelligent... Reviens dans ton bon sens, ma petite fille. Minos – dans l'instant ! – saura qu'on l'a trahi. Soit quelqu'un aura guidé Thésée, soit on lui aura donné le plan du Labyrinthe. Et ton père n'aura pas à chercher longtemps qui a bien pu faire une chose pareille.

– Il ne te fera rien. Il t'aime et il t'admire plus que n'importe qui au monde.

– C'est parce qu'il a une si haute opinion de moi qu'il ne pourra pas supporter de ma part une trahison. Le Labyrinthe, c'est notre œuvre commune, notre pacte. Si je fais sortir Thésée, Minos me tuera. Et je dois reconnaître qu'il n'aura pas vraiment tort.

– Dédale, si tu refuses, Thésée va mourir.

– Tu ne crois pas qu'il aurait pu y penser avant de tenir ce discours grotesque devant la foule de Cnossos ? Quelle folie l'a pris, aussi ?

– Ah, Dédale ! tu ne le connais pas. Thésée a une si belle âme. Il a l'esprit d'un héros. Il a voulu sauver les enfants et accomplir le devoir que les dieux ont tracé pour lui.

– Tu crois à tout cela, toi ?

– Oui, de tout mon cœur.

L'architecte soupira.

– Ma pauvre petite, c'est pourtant vrai que tu l'aimes !... Comment sais-tu qu'il a une âme aussi exceptionnelle ? Comment le connais-tu ?

– Quand j'ai vu Thésée pour la première fois, sur l'esplanade des colonnes, quand il a lancé son défi, il y avait en lui tant de noblesse, tant de courage... J'ai su que je l'aimais. C'était comme une évidence. Le soir qui a suivi, j'ai prétexté une grande fatigue pour que mes dames de parage me laissent seule. J'ai mis un voile, un manteau à capuchon, et je suis sortie du palais. Je suis allée au port. Pour quelques pièces, un enfant de pêcheur m'a prise dans sa barque et m'a conduite au vaisseau athénien où j'ai retrouvé Thésée.

– Ariane !... Quand tu avais six ans, tu étais déjà la fille de toutes les audaces... Et tu as recommencé toutes les nuits ?

– Oui.

Dédale réfléchit un instant puis reprit :

– Et le Minotaure ? Tu ne m'en parles pas. Il me semble que, dans un premier temps, il est plus à redouter que le Labyrinthe. Il a tout de même tué tous ceux qui sont arrivés jusqu'à lui.

– Ce n'étaient pas des chasseurs ni des guerriers, mais des condamnés terrifiés, résignés comme des moutons qu'on mène à l'abattoir. Thésée a fait la guerre, il a combattu des ennemis sans nombre. Il vaincra, j'ai confiance en lui.

– Et cela ne te dérange pas que ton guerrier splendide anéantisse le Minotaure ? Il t'aimait bien, ce pauvre Minotaure...

– Si. Cela me dérange beaucoup. Le Minotaure m'aimait plus que tout. Il m'adorait. Je ne l'oublie pas. Thésée m'a juré de ne pas le tuer. Il ne lui infligera qu'une blessure afin d'obéir à son vœu et d'être déclaré vainqueur. Cela me navre mais on ne peut faire autrement.

– Tu crois vraiment que le Minotaure va se laisser faire ?

– J'ai confiance, répéta-t-elle.

Dédale eut alors le sentiment qu'Ariane pouvait avoir raison. Thésée était peut-être un chasseur redoutable. Peut-être avait-il déjà affronté de grands fauves, ou des taureaux dans l'arène, et avec succès... Ceci expliquerait pourquoi il allait avec tant de vaillance à ce combat. Et comment le Minotaure allait-il réagir ?... Comme l'observait justement Ariane un instant plus tôt, il avait déjà tué des hommes, mais il n'avait pas fait autre chose qu'éliminer des condamnés passifs comme du bétail. Il n'avait jamais vu en face de lui un combattant armé et résolu. Certes, sa force était colossale mais, dans une bataille, l'adresse aussi compte, et l'expérience... Il vint alors à l'esprit de Dédale que ce combat, qu'une heure plus tôt il donnait pour perdu d'avance, était loin d'être joué. Le danger le plus redoutable pour Thésée, c'était peut-être le Labyrinthe.

Une autre idée vint soudain à l'esprit de l'architecte.

– Si tu ne m'avais pas trouvé, tout à l'heure, tu aurais fait la même demande à Icare ?

– Bien sûr, répondit ingénument Ariane, comme je te l'ai dit, il n'y a que toi et Icare qui êtes capables de sauver Thésée.

– Elle l'aurait fait, la folle ! Et Icare, bien entendu, aurait accepté... Deux enfants sans cervelle !... Jamais je ne louerai assez les dieux de m'avoir placé le premier sur ton chemin.

– Moi pas, dit tristement la jeune fille. Je vois bien que je t'ai supplié en vain et que tu ne viendras pas à mon secours. Je ne t'en veux pas. Si tu ne le fais pas, c'est que tu ne le peux pas. De toute façon, il serait injuste que tu mettes ta vie en danger pour sauver Thésée qui ne t'est rien. Sans doute, les dieux le veulent ainsi et c'est notre destin à Thésée et à moi de mourir ensemble dans le Labyrinthe.

– Ne dis pas de bêtises, dit l'architecte. Tu sais bien que je vais t'aider. Mais tu vas d'abord me faire le serment, me promettre par tout ce que tu as de plus sacré de ne jamais chercher à entraîner Icare dans cette folie. C'est bien assez que je m'en mêle, moi.

– Dédale, par ma mère et par ma sœur, par notre île de Crète, par mon amour pour Thésée, je te jure de ne jamais parler à Icare de ce que je t'ai demandé ici cette nuit ! Est-ce que cela te suffit comme serment ?

– Ça peut aller. Et maintenant, écoute-moi. Demain, à l'aube, comme prévu, je partirai...

Ariane ouvrit des yeux effrayés.

– Mais, tu viens de me dire...

– Laisse-moi finir. Ce soir, tout de suite, je vais t'apprendre comment faire sortir ton bel amant du Labyrinthe. Il n'aura pas besoin de moi. Moi, je serai loin d'ici, sur la montagne ; avec un peu de chance et beaucoup d'aide des dieux, cela pourra peut-être sauver ma tête. C'est une idée si simple que je m'étonne que vous n'y ayez pas pensé sans moi. On pourra même laisser entendre sans trop d'invraisemblance que Thésée a imaginé cela tout seul. Écoute-moi : quand Thésée pénétrera dans le labyrinthe, il faut qu'il emporte avec lui un rouleau d'un fil très long, très fin et très solide. Qu'il attache l'extrémité de ce fil près de l'entrée du Labyrinthe et qu'il s'enfonce en le déroulant derrière lui. Je ne sais pas ce qu'il adviendra quand il rencontrera le Minotaure, mais s'il se trouvait que, sain et sauf, Thésée veuille retourner vers l'extérieur, il n'aurait qu'à revenir sur ses pas, le fil lui servira de guide.

Sur le visage d'Ariane, l'expression d'angoisse s'atténua et laissa place à l'étonnement et à l'admiration.

– Dédale, c'est vrai que c'est une idée extraordinaire ! Et, si simple !... Comment n'ai-je pas trouvé cela toute seule ?

– Ce sont souvent les idées simples auxquelles on pense en dernier, observa l'architecte avec philosophie.

– Dédale, je n'aurai pas assez de toute ma vie pour te remercier. Mais puis-je te demander une dernière chose ?

– Qu'est-ce ?

– Mes dames de parage utilisent chaque jour des longueurs incroyables de fil pour broder ou pour filer, mais elles ne se servent que de fils de soie d'un grand prix. Au premier coup d'œil, on saurait que ce fil vient de chez moi. N'as-tu pas dans ton atelier du fil ordinaire ? Du fil que tout le monde pourrait utiliser ?

L'architecte réfléchit un instant.

– C'est juste ce que tu dis là. Attends-moi un instant.

Il se glissa dans le passage secret. Il revint quelques minutes plus tard. Il apportait une grosse bobine d'un fil de lin enroulé serré.

– Emporte cela, c'est du fil à voile dont tous les marins de Cnossos se servent chaque jour.

Ariane prit doucement les mains de l'architecte et les garda dans les siennes.

– Merci, Dédale, dit-elle.

– Maintenant, il faut nous séparer, ma petite fille. Et aussi nous dire adieu. Il va se passer bien des choses. Peut-être ne nous reverrons-nous pas...

– Sans doute, nous ne nous reverrons pas, dit Ariane avec un sourire triste.

– Alors, embrasse-moi, petite princesse. Suis ton destin puisqu'il se manifeste de manière si impérieuse et tâche d'être heureuse avec l'homme que tu as choisi. Je prie les dieux qu'il soit digne de toi. J'espère aussi que ton père ne souffrira pas trop de tout cela.

– Dédale, Thésée est le plus noble cœur du monde. Et pour ce qui est de mon père, je vais lui causer de la peine, je le sais bien, mais le destin des filles est de suivre leur époux et non pas de demeurer dans leur famille. Quand je serai reine d'Athènes, il se consolera et me pardonnera.

– Du fond du cœur, je vous le souhaite à tous les deux.

– Dis encore à Icare qu'il a été mon meilleur ami pendant toutes mes années d'enfance et que je ne l'oublierai jamais.

Ariane, éclairée par la minuscule lumière de sa lampe, s'en fut par le corridor. L'architecte la regarda s'éloigner, puis il regagna le passage secret et le ferma derrière lui. Le Labyrinthe fut rendu à l'immobilité et à l'obscurité. Plus rien ne troubla le silence et la nuit sauf, par moments, le bruit tranquille et discret des pattes d'un loir qui devait habiter sur le toit de l'édifice.

Une heure s'écoula ainsi. Enfin, à une vingtaine de pas de l'endroit où s'étaient tenus Ariane et Dédale, derrière l'angle d'un mur, un froissement très léger révéla que quelque chose bougeait. Quelqu'un, qui s'était tenu pendant tout ce temps accroupi sans faire le moindre mouvement, se relevait lentement. La silhouette, presque invisible dans la nuit, atteignit graduellement la position debout. Elle demeura un moment immobile, aux aguets. Enfin, rassurée par le calme complet qui régnait, elle s'éloigna d'un pas souple, aussi léger que celui d'un chat, par le couloir qu'avait emprunté Ariane.

Le jour allait paraître, le ciel pâlissait du côté de l'est. Icare ouvrit les yeux et sortit la tête de sous sa couverture. L'architecte était assis à la table, face à ses tablettes, ses rouleaux et sa lampe, exactement tel qu'Icare l'avait vu avant de s'endormir. Dédale semblait plongé dans une profonde rêverie. Il regardait sans la voir la lampe dont la mèche fumait et grésillait, près de s'éteindre faute d'huile.

– Père, interrogea Icare, tu ne t'es donc pas couché ?

– Non, répondit l'architecte.

Après quelques secondes, il ajouta :

– Et j'ai eu bien tort. J'aurais mieux fait de dormir cette nuit.

– De quoi t'es-tu occupé ? As-tu travaillé ?

– On ne peut même pas dire cela.

– Alors, qu'as-tu fait ?

– Une monumentale bêtise.

Il songea un instant et ajouta :

– Je ne regrette pas. Il n'y avait pas d'autre possibilité moralement supportable.

Atalante aussi s'était éveillée. Dédale considéra les deux jeunes gens qui le regardaient avec surprise, étonnés d'un langage aussi énigmatique dès le saut du lit.

L'architecte s'efforça de sourire.

– Ne me demandez rien, dit-il, partons plutôt tout de suite. L'air est très pur, la journée s'annonce belle. Un beau vol ce soir, voilà ce qu'il faut. Si nous marchons bien, nous serons au mont Ida avant la fin de la journée, un peu avant le coucher du soleil, ce sera le meilleur moment pour trouver les courants ascendants.

CHAPITRE 40

LE MONT IDA

Après quelques heures de marche à travers les collines de la Crète, Dédale sentit son calme revenir. À mesure que l'on avançait dans le paysage écrasé de soleil, le souvenir de sa conversation de la nuit avec Ariane se faisait moins oppressant. Les trois compagnons, chargés de deux ailes démontées et du matériel de camp, marchaient en silence ; il faisait trop chaud pour parler. Les lignes de collines se succédaient. Le mont Ida, avec sa forme de cône et ses contours estompés par la brume de chaleur, se dressait en face d'eux, au bout du chemin.

En s'éloignant de la ville et des hommes, on avait aussi l'impression de remonter le temps. Dédale et les deux enfants s'enfonçaient dans la Crète originelle. L'île telle que les Crétois des premiers temps l'avaient connue. Le temps d'avant les villes, d'avant les palais, d'avant les ports. Même Cnossos avait disparu derrière les plis du sol. Cnossos la fière et l'orgueilleuse. Cnossos, qui ne cessait de bâtir de nouveaux édifice et de s'accroître. Cnossos, la ville des drames et des passions... Après quelques heures de marche, on aurait presque pu croire qu'elle n'existait pas.

On ne croisait personne sur cette route, sauf parfois un troupeau qui paraissait lui aussi surgir d'un autre âge et dont le berger avait l'air aussi sauvage que son chien.

Dédale, sensible à cette atmosphère d'éloignement, marchait plongé dans ses pensées. « Il arrivera maintenant ce que les dieux ont décidé, songeait-il. J'ai agi, je crois, comme je le devais. Je ne pouvais pas faire plus. Sortir moi-même Thésée du Labyrinthe, c'était trahir le serment fait à Minos. Je ne pouvais pas non plus laisser cette pauvre enfant assister à la mort lente de l'homme qu'elle aime. Je n'ai fait que lui suggérer une idée qu'elle aurait sans doute fini par avoir toute seule... Le devoir qui me reste, maintenant, c'est de tenir Icare éloigné de toutes ces folies. Avec son bon cœur et sa légèreté, il ne manquerait pas d'aller se mêler à tout cela et de s'exposer à la juste fureur de Minos. Nous resterons sur la montagne aussi longtemps qu'il le faudra et, s'il m'apparaît qu'il y a du danger pour lui, nous ne retournerons pas à Cnossos... Je ne parvenais pas à décider s'il fallait partir ou non, cette fois le choix sera fait. Le monde ne manque pas de montagnes où nous pourrons continuer à voler. Qu'importe le Labyrinthe, qui n'est au fond qu'un assemblage de pierres et de mortier, et qui finira un jour par tomber en poussière, alors que nous avons le ciel entier à notre disposition. »

Dédale se sentit rasséréné par ces pensées. Il était arrivé à cette conclusion quand ils abordèrent les premières pentes du mont Ida. À mesure qu'on s'élevait en altitude, la marche devenait plus facile. L'air se faisait plus frais et plus léger. Au milieu de l'après-midi, on atteignit le lieu où Dédale et son fils avaient l'habitude de s'installer. Un foyer bâti avec des pierres empilées encore noircies témoignait des nuits de camp passées là. Une source laissait couler un mince filet d'eau entre deux rochers. Un petit bassin rond pavé de pierres plates avait été creusé à leur pied. Il était plein d'une eau glacée et limpide. Le premier soin d'Atalante et d'Icare fut de s'y ébrouer comme de jeunes chiens.

Dédale ne s'accorda même pas le temps de se reposer. Il posa son sac à terre et s'avança face à la pente, observant l'espace, le ciel et la mer. La pente en contrebas était large et de faible déclivité. Il y avait peu de gros rochers. C'était un magnifique terrain d'envol. L'ardeur du soleil commençait à décliner. Le vent était très faible. La mer, au loin, se teintait de l'éclat métallique qu'elle prend à la fin de la journée.

L'architecte se glissa entre deux rochers et en retira trois perches de bois qu'il avait laissées là lors d'un précédent séjour. Il attacha un ruban de soie en haut de chacune d'elles et les planta dans le sol, disposées en ligne. Les rubans se soulevèrent doucement et se mirent à flotter, parallèles au sol, dirigés vers le haut de la montagne.

Dédale eut un sourire et se tourna vers son fils.

– Que penses-tu de cela, Icare ?

Icare avait déjà déballé les morceaux de la nouvelle aile et commençait à les assembler.

– La même chose que toi, père. Ce serait un crime de ne pas voler un soir comme celui-ci.

Trois jours s'étaient écoulés depuis qu'Atalante et ses deux compagnons se trouvaient sur cette pente du mont Ida. Elle songeait qu'elle n'avait jamais connu un lieu aussi calme, aussi éloigné du fracas et de la fougue du monde des hommes, depuis le temps de son enfance dans la forêt d'Arcadie.

Au mont Ida, dans cet univers minéral fait de rochers et de ciel, on ne voyait personne. Du soir au matin, on ne se souciait que du vent, des nuages, de l'aspect de la mer au loin, de l'endroit par où passaient les meilleurs courants d'air, et de vol. Il semblait à Atalante que pour Icare et Dédale, en ce lieu, le vol était l'unique préoccupation qui valût la peine. Elle voyait avec plaisir le visage de Dédale s'apaiser. L'expression tourmentée qu'il avait depuis le matin de leur départ, après cette mystérieuse nuit sans sommeil, s'en allait.

La nouvelle aile se déplaçait dans l'air au-delà de toute espérance. Le père et le fils n'avaient jamais fini de la perfectionner, de la régler, de modifier mille minuscules détails qui devaient encore augmenter ses qualités aériennes. Le temps était beau. Icare et Dédale passaient de longues heures en vol. En fin d'après-midi, quand le soleil avait consciencieusement écrasé de sa chaleur les masses d'air de la plaine, celles-ci tentaient de s'échapper en s'élevant. C'était l'heure à laquelle Icare réussissait ses vols les plus fabuleux. Il s'élevait parfois plus haut que la cime du mont. Il ressemblait à un oiseau. Et d'ailleurs, comme un oiseau, il chantait. Parfois son chant, comme celui de l'alouette, descendait jusqu'au sol.

Tous les jours, il prenait un peu de son temps pour continuer à enseigner son art à Atalante. Dans l'air frais et régulier du matin, elle parvenait maintenant à enchaîner un ou deux virages au cours de petits vols et elle en éprouvait autant d'orgueil que si elle avait survolé le sommet de la montagne. Et d'ailleurs, ses deux professeurs, avec gentillesse, partageaient sa fierté.

Parfois, l'après-midi, elle prenait son arc et se mettait en quête d'un peu de gibier pour rendre plus attrayant le repas du soir. Elle devait souvent descendre les pentes de la montagne jusqu'à l'étage des buissons et des arbustes. Le gibier était rare et peureux. Quelques petits lapins dont le poil avait la même couleur que la terre. Parfois une ou deux perdrix.

Pendant qu'elle attendait à l'affût, patiente et immobile, la pensée de Cnossos lui revenait à l'esprit et elle se demandait comment la tragédie dont elle avait vu les éléments se mettre en place allait se dénouer. Qu'allait-il arriver maintenant ? La mort de Thésée ? La mort du Minotaure ? La mort des deux, pourquoi pas ? Il n'était pas exclu que Thésée tue le Minotaure mais qu'il ne puisse ensuite jamais ressortir du Labyrinthe. Le Labyrinthe était même conçu exactement pour cela... Atalante ressentait de la compassion pour Thésée. Il était arrogant et insupportable, mais son courage avait une véritable grandeur... Dédale avait agi sagement en se retirant sur la montagne : on ne pouvait rien faire aujourd'hui à Cnossos qu'attendre et avoir peur ; alors, autant occuper ces journées à faire progresser l'art du vol en liberté...

Au moment où elle avait cette pensée, Atalante aperçut Icare très haut dans le ciel. Encore une fois, il se trouvait à une altitude voisine du sommet. Il progressait chaque jour. Dédale ne montait pas si haut, loin s'en fallait. Atalante se souvint de la plaisanterie d'Icare : « C'est son génie qui l'alourdit », et sourit toute seule... Zap ! Clac. La flèche était partie. Trois lapins trompés par le calme étaient sortis de leurs terriers. Les réflexes de la jeune chasseresse n'étaient en rien diminués par la rêverie. Elle eut même le temps de choisir le plus gros. On le ferait cuire en le relevant avec des herbes de la colline. Les hommes seraient contents.

Une pierre plate était posée sur les braises du feu. Les morceaux de viande y cuisaient en répandant une fumée bleue et une odeur qui aiguisait l'appétit. Icare, du bout de son couteau les retournait de temps en temps en détournant la tête quand la fumée lui venait dans le visage.

– C'est aujourd'hui que Thésée est entré dans le Labyrinthe, dit-il soudain.

Les deux autres ne répondirent rien. Eux aussi, depuis midi, étaient poursuivis par cette pensée.

– Eh bien, oui ! dit enfin Dédale. Mais qu'y pouvons-nous ?

– Rien, répondit Icare après un silence. Rien, sauf attendre.

CHAPITRE 41
THÉSÉE, L'OURAGAN

Ils n'attendirent que quelques heures.

Le lendemain, au petit matin, alors qu'Icare allumait le feu pour le premier repas de la journée, qu'Atalante se lavait à la source et que Dédale paressait sous sa couverture, peu pressé d'affronter l'air froid du matin, une voix les appela soudain :

– Enfin, je vous trouve ! Et, les dieux soient loués ! je suis le premier.

– Eskandéros ! s'exclama Atalante.

Eskandéros, hirsute, essoufflé, poussiéreux, les cheveux mêlés de brindilles, venait de surgir du sentier qui montait de la vallée.

– Eskandéros ! s'écria à son tour l'architecte en se dressant sur son séant. As-tu marché toute la nuit ? Ce qui se passe est donc grave ? Avant qui voulais-tu arriver ?

– Avant les gardes de Minos ! Dédale, le roi Minos sait tout ! Et il te cherche. Ou s'il ne te cherche pas encore, cela ne devrait pas tarder. Je l'ai appris hier dans l'après-midi à Cnossos et je suis parti à l'instant même à votre recherche. J'ai marché aussi vite que j'ai pu. Quand j'ai atteint le pied du mont, il faisait nuit. Je me suis arrêté de peur de m'égarer et d'aller me jeter dans quelque précipice. Je suis reparti à la pointe du jour. Par bonheur, j'arrive le premier.

– Assieds-toi près du feu, Eskandéros, restaure-toi, reprends des forces. Et avant tout, réfléchis à cela : as-tu vu des gardes en marche derrière toi sur le chemin ? S'il y en avait eu, tu les aurais aperçus ce matin quand tu escaladais les pentes de la montagne. Par moments, on voit toute la plaine.

– Non, il n'y avait personne.

– Alors nous avons un peu de temps devant nous pour poser clairement le problème et réfléchir dans le calme. On prend en général de mauvaises décisions dans l'affolement. Raconte-nous ce qui est arrivé hier à Cnossos. Qu'entends-tu par : « Minos sait tout » ? Que sait-il ?

– Eh ! ton histoire du fil d'Ariane, bien évidemment. C'est elle qui m'a fait prévenir. Elle m'a fait remettre ceci pour que je te l'apporte.

Eskandéros sortit de son manteau une tablette recouverte de cire sur laquelle des mots étaient gravés au stylet et la tendit à Dédale. L'architecte lut silencieusement :

Dédale, sache que la nuit dont tu te souviens, dans le Labyrinthe, Zou nous espionnait. Il t'a vu me donner le fil et il nous a dénoncés à mon père. Thésée a tué le Minotaure. Je crains que la colère de mon père soit sans mesure. Fuyez, Icare et toi. Ne revenez jamais à Cnossos. Adieu, le meilleur des amis. Pardonne-moi de t'avoir entraîné dans ce malheur.

Aucune expression d'émotion ne passa sur le visage de Dédale durant sa lecture. Il reposa la tablette et observa à mi-voix :

– Il avait pourtant promis qu'il ne le tuerait pas.

– Père ! s'exclama soudain Icare, explique-toi ! Qu'est-ce que cette histoire de fil d'Ariane ? Qu'as-tu imaginé ?

– Presque rien. La petite est venue me voir. Elle pleurait toutes les larmes de son corps. Elle voulait que je fasse sortir son Thésée du Labyrinthe. Sans cela, elle avait le projet d'aller y mourir avec lui. Et elle l'aurait fait, la pauvrette... Alors, préférant ne pas attirer sur ma tête les foudres de Minos, j'ai donné à Ariane l'idée de poser pour Thésée un fil-guide. C'était tout bête, mais personne n'y avait encore songé. Or, apparemment, nous n'étions pas seuls dans le Labyrinthe cette nuit-là et ce cloporte de Zou nous a donnés.

L'architecte médita un instant et ajouta, songeur :

– Je suppose que la mort du Minotaure a dû l'emplir de douleur et d'amertume. Et s'il nous a vus Ariane et moi avec le fil, il a dû nous considérer comme d'abominables traîtres dignes de tous les châtiments, ce en quoi il n'avait pas tout à fait tort.

– Qui a tué qui ? demanda Atalante. De qui parlais-tu en lisant ce message ?

– Thésée a tué le Minotaure. Il avait pourtant promis de ne pas le faire.

– Thésée a tué le Minotaure ? s'écrièrent Atalante et Icare.

Dédale se tourna vers Eskandéros.

– Raconte-nous, Eskandéros. Que s'est-il passé hier à Cnossos ?

– Hier, comme cela avait été annoncé, Thésée est entré dans le Labyrinthe. Il y avait une foule immense devant le palais, plus nombreuse encore que le jour du défi. Un peu avant midi, Thésée a traversé l'esplanade, revêtu d'une cuirasse, son glaive au fourreau et un coutelas passé à la ceinture. J'ai admiré sa bravoure. Il marchait simplement, sans affectation, concentré comme un athlète avant la course. On a ouvert pour lui la grande porte du Labyrinthe, il est entré sans se retourner, la porte s'est refermée. J'ai alors songé qu'il ne servait à rien de demeurer sur cette place où l'on ne saurait sans doute rien avant plusieurs jours. Je suis retourné à mon bateau pour occuper cette attente en travaillant. Je n'y étais que depuis un moment, la moitié de l'après-midi ne s'était même pas écoulée, quand la nouvelle est arrivée au port. « Thésée est ressorti du Labyrinthe ! criait-on. Il a tué le Minotaure ! » Je suis retourné en courant à l'esplanade des colonnes. Thésée se tenait debout en haut des marches, glorieux, maculé de sang, triomphant. D'une main, il brandissait son glaive vers le ciel, de l'autre, il montrait à la foule une sorte d'écheveau de fil emmêlé. « Le Minotaure est mort ! clamait-il. Roi Minos, si tu ne me crois pas, va donc voir toi-même ! Et voilà ce qui a déjoué les pièges de ton inviolable Labyrinthe : un simple fil ! » L'émotion était vive sur l'esplanade. Les sentiments se mêlaient : surprise d'un dénouement aussi rapide ; admiration pour ce guerrier vainqueur encore maculé du sang du terrifiant Minotaure, et du sien car il portait plusieurs blessures, ce qui faisait connaître que le combat avait dû être furieux ; rage et chagrin de voir Cnossos humiliée. Mais Thésée ne semblait pas le moins du monde impressionné. Victorieux, il paraissait prêt à défier la terre entière. « Roi Minos, a-t-il crié en direction du palais, maintenant, tu dois rendre les enfants ! »

Dédale interrompit le récit d'Eskandéros.

– Comment a réagi Minos ?

– Noblement et honnêtement. Il n'a pas paru, mais des hérauts ont annoncé un peu plus tard sur toutes les places que, conformément aux engagements pris par le roi Minos de Crète lors du défi lancé par le prince Thésée d'Athènes, les otages étaient libres de retourner chez eux ; ce qui était confirmer à la ville entière que le Minotaure était mort. J'étais revenu sur la plage. J'observais le va-et-vient des barques qui s'affairaient autour de la trirème athénienne quand je fus abordé par un enfant : « Ce bateau, demanda-t-il en montrant ma barque, est-il celui de la jeune fille, amie d'Icare ? » Je fus à la fois surpris et inquiet de cette question, Icare n'étant pas censé être connu de la population. Je regardai avec attention mon visiteur. C'était un garçon d'une douzaine d'années au joli visage et aux longs cils de fille. Il me considérait avec le plus grand sérieux. Il était vêtu comme un fils de pêcheur, mais je remarquai qu'il avait un parler bien aristocratique pour un enfant du port.

« – Pourquoi cherches-tu cette jeune fille ? demandai-je.

« – Je la cherche, répondit-il, c'est tout. »

Je voulus trouver un biais.

« – J'en connais plusieurs, dis-je, qui vivent sur cette plage. Peux-tu me décrire celle que tu recherches ?

« – Mensonge ! Il n'y en a qu'une et tu la connais très bien. Je vous ai souvent vus ensemble.

« – Pourquoi te dirais-je où elle se trouve ?

« – Parce que j'ai pour elle un message de la plus grande conséquence et qu'elle doit le faire connaître à Icare et à son père. C'est une question de vie ou de mort.

« – Qui lui envoie ? »

L'enfant s'approcha de moi, se haussa sur la pointe des pieds et murmura près de mon oreille : « La princesse Ariane. »

Je manquai en tomber assis par terre dans le sable. Sans me laisser le temps de revenir de ma surprise, l'enfant ajouta à mi-voix :

« – Si je te donne le message, me promets-tu d'aller le porter à la jeune fille, ou bien à Icare et son père, où qu'ils soient ?

« – Certes, je promets. »

Il sortit la tablette de sa tunique et me la donna. Vous m'excuserez tous les trois mais, compte tenu de l'urgence de la situation, je me suis permis de la lire le premier...

« – Par Zeus Olympien, m'exclamai-je, qu'ai-je lu ? Tu as bien fait de me donner ce message. Je crois savoir où les retrouver. Je pars à l'instant.

« – La princesse t'en sera reconnaissante, dit-il simplement.

« – Une dernière chose, demandai-je, qui es-tu pour porter ainsi les messages de la princesse ?

« – Je suis son page.

« – Et tu te vêts en enfant de pêcheur pour circuler discrètement ?

« – C'est plus commode ainsi.

« – Comment la princesse savait-elle que la jeune fille que j'accompagne est l'amie d'Icare ?

« – Parce que je le lui ai dit. Je les ai vus tous les deux en ville, Icare et elle. Je l'ai répété à la princesse. Tout ce qui concerne Icare l'intéresse. Elle m'a donné l'ordre de les suivre. J'ai donc su que cette jeune fille habitait ici avec toi sur ce bateau.

« – Fort bien, dis-je, nous étions donc surveillés de plus près que je ne le soupçonnais, naïf que j'étais. Il ne me reste plus qu'à espérer que les gens de Minos n'ont pas été aussi clairvoyants que toi et qu'ils ne sont pas en ce moment en train de nous observer.

« – Je ne le crois pas, dit le page. Je les connais. Je les aurais vus et je ne t'aurais pas abordé. »

Il se glissa entre deux barques et se fondit parmi les habitants de la plage. Je ne pris que le temps d'aller chercher mon manteau dans le bateau et me mis en route. Et je crois que cet enfant avait raison car personne ne m'a suivi quand je suis sorti de la ville.

Un silence suivit le récit d'Eskandéros. Ce fut Icare qui le rompit :

– Père, tu as bien fait de donner le fil à Ariane. Ma conscience me faisait mal d'avoir abandonné Thésée à son sort.

– Quel gâchis ! conclut l'architecte. Pourquoi faut-il que tout tourne toujours aussi mal à Cnossos ? Y a-t-il ici une malédiction ? Pourquoi fallait-il que ce scorpion de Zou rôde dans le Labyrinthe à cette heure de la nuit, au lieu de dormir comme le font les honnêtes gens ? Et ce pauvre Minotaure !... Je ne peux pourtant pas dire que j'éprouvais de l'affection pour lui, ni que sa vie d'emmuré soit à regretter, mais cette mort me fait de la peine. Thésée avait promis à Ariane de ne pas le tuer. Pauvre petite !... Les promesses de Thésée n'ont pas l'air de peser lourd. Cet homme est un ouragan. Partout où il passe, il dévaste tout.

– Père, intervint Icare, qu'allons-nous faire ?

– Je ne sais pas.

– Partir, décida Atalante. Et sans tarder. Les choses peuvent peut-être s'arranger avec le roi Minos, mais peut-être pas. Il est inutile d'attendre pour savoir si c'est oui ou non.

– Bien entendu, il faut partir, ajouta Eskandéros avec véhémence. Dans une circonstance semblable de ta vie, quand tu courais le risque d'être accusé de la mort de ton neveu Talos, tu n'as fait ni une ni deux, tu as embarqué sur le premier navire en partance. Et le prochain bateau à s'en aller, ce pourrait être la *Sardine*. Toi et ton fils, je vous emmènerai où vous voudrez. Atalante et moi n'en sommes plus à une traversée près.

Dédale posa sa main sur le bras du vieux marin.

– Merci, ami Eskandéros, et merci à toi aussi, Atalante. Ce n'est pas la peine de vous donner tant de mal pour me convaincre, j'avais déjà pris depuis plusieurs jours la décision de quitter la Crète. J'accepte ta proposition, Eskandéros. Nous partirons tous à bord de ton bateau. Je ne sais pas encore pour quelle destination. Donnez-moi quelques heures pour y réfléchir.

– Où tu voudras, je te l'ai déjà dit. L'important est de lever l'ancre au plus vite. Indique-moi un endroit discret de la côte et allez nous attendre là-bas, Icare et toi. Nous retournerons cette nuit à Cnossos, Atalante et moi, et nous prendrons la mer sans attendre que le vent se lève, nous partirons aux avirons. Cette ville ne me dit plus rien qui vaille. Si ce futé petit page nous a repérés, les gardes de Minos ne devraient pas tarder à en faire autant. Quelqu'un parlera, ne serait-ce que le patron de l'auberge.

– Sans doute, sans doute, concéda Dédale, mais nous devrions avoir encore un peu de temps devant nous. Nous connaissons le gamin, Icare et moi, il est beaucoup plus vif que les hommes de Minos ; ce qui n'est pas très difficile, il est vrai. Il doit avoir au moins deux ou trois jours d'avance sur eux. Et Minos sait où nous sommes. Il commencera par venir nous chercher ici.

– Alors, allons-nous-en, insista Atalante.

– En effet, allons-nous-en, dit l'architecte en se levant de la pierre sur laquelle il était assis. Mais je tiens moi aussi à retourner encore une fois à Cnossos.

– C'est une folie ! affirma Eskandéros. Tu ne feras pas trois pas dans la ville sans être reconnu.

– Aussi n'entrerai-je pas dans la ville. Je passerai par l'un des passages secrets du Labyrinthe. Il y en a deux qui donnent sur la campagne. Même Minos ne connaît pas leur existence.

– Tu tiens vraiment à retourner dans le Labyrinthe, père ? demanda Icare.

– C'est dans notre atelier que je dois aller. Je vais laisser à Minos tous les travaux que j'ai entrepris pendant le temps que j'ai passé chez lui. Ils sont à lui autant qu'à moi. Mais il y a certaines idées, certains projets futurs dont j'ai noté les grandes lignes sur mes tablettes. Ces idées-ci n'appartiennent qu'à moi et je ne veux pas qu'un autre puisse se les approprier. Je veux emporter ou détruire ces tablettes. Et je veux aussi écrire une lettre à Minos. J'ai trahi cet homme qui me faisait confiance et qui m'aimait. Je l'abandonne en m'enfuyant comme un voleur. Je lui dois au moins un mot d'explication. Je voudrais lui dire que j'ai seulement voulu protéger sa fille, notre petite princesse. C'est quelque chose qu'il doit pouvoir comprendre.

– Tu as raison, père, et je vais avec toi.

Dédale parut stupéfait.

– Toi ? Cela, non ! Icare. Pas toi.

– Mais si, père, écoute-moi. J'ai une idée : nous allons nous approcher de la ville et nous en repartirons par les airs. On nous cherchera en bas, nous serons en haut. Mais pour cela il faut que je reste avec toi, ce sera beaucoup plus sûr. Nous allons partir tout de suite, la brise du matin devrait nous permettre d'aller nous poser dans la plaine, presque à mi-distance entre le mont et Cnossos. Les gardes de Minos ne devraient même pas encore être arrivés ici que nous serons déjà en sécurité dans le Labyrinthe. Et demain, nous nous envolerons à l'aube en partant du toit du Labyrinthe. La brise de terre, accélérée par le vallon, nous emmènera jusqu'à la côte. Eskandéros et Atalante nous attendront dans la *Sardine*, devant la crique. Ils n'auront pas besoin de beaucoup s'approcher du bord. Portés par la brise, nous devrions pouvoir passer au-dessus du rivage. Et voici mon idée, nous allons tenter quelque chose que nous n'avons encore jamais fait : nous nous poserons sur la mer ! Dans l'eau, tout simplement. En nageant, nous détacherons les ailes et nous n'aurons plus qu'à grimper à bord du bateau.

L'architecte sourit, séduit par l'audace du projet.

– Ton plan me plaît, fils. Nous ferons comme tu as imaginé.

– N'y a-t-il pas de danger pour vous, demanda Atalante, à retourner dans le Labyrinthe ?

– Non, répondit l'architecte. Le danger, pour nous, est au-dehors du Labyrinthe, en ville et sur les sentiers de la côte. Et en nous conformant au plan d'Icare, nous allons le survoler.

Icare ajouta :

– Mille gardes à notre poursuite dans le Labyrinthe ne pourraient pas nous attraper. En un moment, ils seraient tous perdus, ce serait très drôle.

– Alors, si tout est convenu, conclut Eskandéros, partons ! Soyez prudents tous les deux et que les dieux vous gardent.

– Les dieux vous gardent aussi tous les deux ! répondit l'architecte.

Icare commençait à préparer les deux ailes qui allaient les emmener, lui et son père, dans un grand vol vers la vallée. Atalante éteignait le feu et réunissait rapidement ses affaires.

Dédale se pencha vers Eskandéros.

– Une dernière chose, mon ami, sais-tu ce qu'est devenue Ariane ?

– Je pense qu'elle a suivi Thésée et quitté la Crète à bord de la trirème athénienne. Je ne l'ai pas vue embarquer, mais il y avait hier une telle foule de barques autour du navire qu'une femme enveloppée dans un manteau pouvait à tout moment monter à bord sans se faire remarquer. En revanche, je suis bien sûr d'avoir reconnu son page, le faux enfant de pêcheur, dans un canot qui se rendait au vaisseau.

– Tu as raison. Si le gamin est allé à bord, c'est qu'elle s'y trouvait. Elle aussi, que les dieux la protègent !...

CHAPITRE 42
ARIANE

La trirème aux voiles noires avait repris la mer et mis le cap sur Athènes. Tout le monde à bord exultait. En moins de huit jours, Thésée avait libéré sa ville du cauchemar qui durait depuis neuf années, celui d'avoir à livrer ses enfants à Minos. Les enfants, tout à la joie d'être délivrés de la captivité crétoise et de rentrer à la maison, riaient, jouaient et menaient grand tapage sur le pont.

Ariane participait à cette joie. L'amour était tombé sur elle comme la foudre. Elle se trouvait sur le navire de l'homme qu'elle aimait. Et ce bonheur emplissait sa vie. La mer était profonde, les aubes étaient roses, les journées brûlantes et les soirées dorées. Thésée était beau et victorieux. À Athènes, elle deviendrait son épouse, il l'avait promis, et leur vie entière serait belle comme chacune de ces journées en mer.

Parfois la pensée de son île de Crète la traversait, et c'était comme une épine qui se plantait dans son cœur. Elle songeait à sa mère et sa sœur, à son père, qui devait bien souffrir à cause d'elle, et au Minotaure, qui était mort. Alors elle chassait de son esprit ces pensées qui gâchaient son bonheur présent. « Je songerai à tout cela plus tard, se disait-elle, quand du temps aura passé. Toutes ces choses seront alors moins pénibles. Cela s'arrangera. Je ne sais pas comment, mais il n'est pas possible que cela ne s'arrange pas. »

Ariane n'avait emmené avec elle aucun ami d'autrefois. Certaines de ses compagnes avaient demandé à partir avec elle. Elle leur avait à toutes formellement interdit d'embarquer sur le navire athénien. C'était bien suffisant qu'elle, Ariane, fasse de la peine aux siens. Son page était venu à bord lui annoncer que le messager envoyé à Dédale était en route. Malgré ses protestations, elle l'avait embrassé et lui avait ordonné de retourner à terre. Elle savait qu'il était fils unique.

Un matin, elle se reposait dans sa couchette. Thésée était étendu à son côté. Elle ne put s'empêcher de demander :

– N'y avait-il aucun moyen d'épargner le Minotaure ?

Elle n'avait pas vraiment eu l'intention de poser cette question. Elle avait plutôt exprimé tout haut une pensée qui la tourmentait depuis son départ de Cnossos. La réponse ne se fit pas attendre :

– Tu aurais préféré que ce soit lui qui me tue ?

La voix de Thésée était cinglante. Ariane en fut saisie de surprise et d'inquiétude.

Il poursuivit :

– Ce monstre était en furie. Il aurait éventré n'importe quel chasseur normal. Je n'ai pu le vaincre que parce que j'ai l'expérience des chasses contre les sangliers géants des contrées du nord. Crois-tu que dans un combat à mort, on fasse dans la dentelle ? Crois-tu qu'on a le temps de choisir où et comment on frappe ? On frappe pour tuer et c'est tout. Et c'est une bonne chose que j'aie éliminé cette vermine. Tu regrettes peut-être cet animal ?

– Non, mon aimé... répondit Ariane doucement.

Elle se tourna vers la cloison pour que Thésée ne la voie pas pleurer.

Les jours qui suivirent, Thésée se montra gai et prévenant. Il semblait avoir oublié ou, du moins, n'accorder aucune importance aux paroles brutales qu'il avait prononcées ce matin-là. Ariane parvint à ne plus y songer.

Un soir, comme Thésée tardait à venir la rejoindre dans sa cabine, elle s'endormit seule. Quand elle s'éveilla, il faisait jour ; elle était toujours seule. Thésée n'était pas venu. Elle s'habilla et partit à sa recherche. Elle le trouva sur le pont, près de l'homme de barre. Elle vint le retrouver et lui demanda, à mi-voix, pourquoi il l'avait laissée seule cette nuit-là. Y avait-il eu un incident à bord ? Le vent était peut-être monté en force...

– Non, répondit-il les yeux tournés vers l'horizon de la mer, je suis demeuré avec mes hommes. Nous avons vidé de bonnes amphores et joué aux dés.

Il ajouta avec humeur :

– Dois-je rendre compte à une femme de la façon dont j'occupe mon temps ?

Il avait parlé assez fort pour que l'homme de barre entende. Ariane regarda Thésée avec attention : il avait les yeux rougis par une nuit sans sommeil, il n'était pas rasé, il sentait la crasse et la vinasse. Assurément, il avait dû être bien ivre. Le pilote, les yeux fixés sur la route du navire comme si rien au monde ne pouvait les en détourner, semblait souhaiter que le pont du bateau s'ouvre sous ses pieds pour pouvoir cacher sa confusion. Ce fut cet embarras du marin qui chagrina le plus Ariane ; et qui l'emplit de colère, aussi. Elle se redressa avec fierté. Elle était fille de roi, princesse de Crète, et si Thésée avait le dessein de l'humilier devant un homme d'équipage, il en serait pour ses frais. Elle redressa les épaules et dit d'une voix nette :

– Prince Thésée, tu as le cerveau embrumé par le vin et tu ne sais pas ce que tu dis.

Et dignement, le menton haut et le visage ferme, elle lui tourna le dos et s'éloigna. Elle ne retourna pas à sa cabine. Elle ne voulait pas qu'il pût la soupçonner d'aller s'enfermer pour pleurer (et pourtant, les dieux savent si elle en avait envie !). Elle choisit de rejoindre les enfants et de se mêler à leurs jeux en affectant une bruyante bonne humeur. Elle pleurerait plus tard, ou s'il le fallait absolument elle s'en passerait, mais son orgueil serait sauf.

De jour en jour, Thésée s'éloignait. Ariane le sentait à mille détails, à mille imperceptibles froideurs. Oh ! il se tenait correctement désormais. Depuis l'incident de l'homme de barre et leur querelle, il ne s'était plus permis de se montrer saoul devant l'équipage. Et qu'ils soient seuls ou en société, il n'avait plus jamais adressé de paroles blessantes à Ariane. Il la traitait même avec égards, se levant quand elle entrait ou lui donnant la main quand elle avait des marches à gravir ou à descendre. Mais c'était justement cette politesse qui peinait le plus Ariane. Qu'avait-elle à faire de cet air guindé et de ces marques de bonne éducation quand elle brûlait de passion ?

Cette traversée n'en finissait pas. Le vent du nord, qui quelques semaines plus tôt, avait amené Atalante et Eskandéros en Crète continuait de souffler. Pour retourner à Athènes, le vaisseau l'avait en face. Le capitaine tentait de louvoyer. On tirait des bords interminables, qui ne gagnaient que peu de distance vers Athènes. Depuis qu'on était au large, la mer était devenue houleuse. Le bateau roulait bord sur bord. Ariane, qui avait si allègrement supporté le début de la traversée, commença à souffrir du mal de mer. Elle se sentait lasse et serait volontiers restée couchée dans la journée mais elle tenait à être tout le jour debout, droite et élégante. On n'était pas princesse, bientôt reine, pour se laisser aller, songeait-elle. Elle se devait de donner l'exemple de la fermeté. Qu'aurait pensé d'elle Thésée si elle s'était montrée dolente et négligée ? Le mal de mer lui donnait des nausées. Par moments, l'estomac chaviré, elle se sentait incapable de rien manger ni boire. Même l'eau du bord lui soulevait le cœur ; elle lui trouvait un goût saumâtre infect. On n'avait pas touché terre depuis le départ et les vivres frais étaient épuisés. On ne mangeait plus à bord que du pain dur et du poisson. Il arrivait à Ariane de rêver la nuit qu'elle mangeait des pêches et des raisins dans les jardins de Cnossos.

Un matin, la suivante d'Ariane apporta à sa maîtresse le repas du matin ; elle avait essayé de présenter joliment le pain et le morceau de poisson dans le faible espoir de les rendre appétissants, et elle avait coupé l'eau d'un peu de vin pour lui donner meilleur goût. Mais Ariane, à la première bouchée, fut saisie d'un haut-le-cœur.

– Je te demande pardon, Mala, dit Ariane en écartant le plat, mais je ne pourrai rien manger ce matin. (Elle soupira :) Quand donc cette houle s'apaisera-t-elle ? Je n'en puis plus de ce mal de mer.

Mala considéra la princesse avec malice et affection. Mala était la gouvernante d'une des petites filles qui avaient fait partie des otages. Elle était si heureuse de ramener à ses parents, vivante et libre, l'enfant qu'on avait crue perdue que toutes les minutes de sa vie étaient désormais consacrées à remercier les dieux, à louer le destin et à vouer une reconnaissance éternelle au prince Thésée, ce héros. Elle s'était prise d'affection pour la belle princesse au destin si romanesque et, en plus de son service auprès de la petite fille, elle trouvait le temps de choyer Ariane comme une mère poule.

– Princesse, dit la bonne femme, la mer n'y est pour rien.

– Et qu'est-ce qui donne le mal de mer, sinon les vagues ?

– Princesse, crois-tu que je ne sais pas reconnaître dès les premières semaines une femme enceinte ?

Pour Ariane, ce fut comme si le tonnerre tombait à ses pieds. Jamais elle n'avait seulement un instant imaginé qu'une telle chose pût lui arriver.

– Mala, qu'as-tu dit ?

– Je dis, ma jolie princesse, que notre prince va être bien fier car tu portes son enfant dans ton ventre.

– En es-tu sûre ?

– Toute ma vie, je me suis occupée d'enfants, de nouveau-nés et de naissances. À Athènes, les sages-femmes disent que j'ai un don pour reconnaître une grossesse qui commence ; elles demandent parfois mon avis quand elles sont dans le doute. Pour toi, je le pensais depuis plusieurs jours ; maintenant, j'en suis bien sûre.

Et, voyant l'expression stupéfaite d'Ariane, elle ajouta :

– Il ne faut pas t'en faire une montagne, princesse. Il n'y a rien de plus simple que d'avoir un enfant. Crois-moi, c'est même une très bonne nouvelle.

Tout doucement, cette étrange idée faisait son chemin dans l'esprit d'Ariane.

– Tu crois, Mala, que le prince Thésée sera heureux d'apprendre cela ?

– Quel homme ne le serait-il pas ?

Ariane tomba dans une profonde rêverie. L'idée de cette grossesse, si troublante encore quelques minutes plus tôt, était en train de s'installer en elle. Elle posa ses mains sur son ventre. Il était plat et ferme comme à l'accoutumée. C'était curieux qu'il se passe quelque chose de si important et que cela se voie encore si peu. Soudain, elle ressentit un flot de joie et de tendresse pour l'être minuscule qui vivait en elle. L'enfant de Thésée ! Mais, bien sûr ! Mala avait raison, c'était une merveilleuse nouvelle. Un cadeau que les dieux lui faisaient pour redonner force et ardeur à l'amour de Thésée !...

Ariane tourna vers sa suivante des yeux embués de larmes et un visage rayonnant.

– Mala, je t'en prie, promets-moi de garder le secret. Je veux être la première à annoncer cette nouvelle au prince.

– C'est bien légitime, princesse. Je ne dirai rien.

La joie d'Ariane était revenue. Elle se sentait mieux, aussi. Malgré son manque d'appétit, elle s'obligeait à manger et à boire régulièrement, ce qui remplissait d'aise la bonne Mala. N'était-elle pas responsable de la santé et du bien-être de son enfant ? Elle conservait son secret comme un précieux trésor. Elle voulait que le moment où elle se confierait à Thésée soit un moment parfait.

Elle choisit un soir où le ciel était rose, la mer depuis quelques heures s'était calmée, et le bateau, bien d'aplomb, avançait bien. Ils étaient tous deux,

Ariane et Thésée, sur le pont arrière. Thésée, toute la journée, s'était montré aimable.

– Thésée, les dieux sont bons avec nous... commença-t-elle.

– Et pourquoi sont-ils si bons ? demanda-t-il, mi-narquois, mi-gentil.

– Thésée, j'attends un enfant... notre enfant.

– Qu'est-ce que tu dis ?

Il s'était redressé et la regardait en face. Et dans ce regard, Ariane ne vit pas le bonheur émerveillé qu'elle attendait. Elle y lut l'ennui, la contrariété et l'égoïsme. Cela ne dura qu'un instant très bref, mais elle le vit, elle le sentit, elle le comprit intimement. Elle en eut le cœur percé.

– Je te disais, répéta-telle d'une voix éteinte, que j'attendais un enfant. Mais je vois que cette nouvelle ne te fait pas plaisir.

Il s'était repris.

– Qu'est-ce que tu vas chercher ? Bien sûr, cela me fait plaisir. Cela m'a surpris, c'est tout.

Il lui prit les mains et les embrassa.

– Si les choses sont ainsi, tu ne dois pas te fatiguer. Va te reposer, va... Et sois tranquille, je suis très content.

Dans sa cabine, Ariane s'écroula en larmes dans les bras de Mala et pleura, le front appuyé contre sa vaste poitrine.

– Thésée n'éprouve qu'indifférence pour cet enfant, sanglota-t-elle. Et d'ailleurs, pourquoi en serait-il autrement ? Il ne m'aime plus...

La brave femme tentait de la consoler.

– Princesse, tu dis des bêtises... Ce qui t'arrive est plus fréquent qu'on ne croit. Souvent les hommes sont saisis d'inquiétude quand on leur annonce qu'ils vont être pères. Ils ne voient encore rien ; ils ne comprennent rien ; d'ailleurs que pourraient-ils comprendre, les pauvres ?... C'est tout simplement ce qui arrive à notre prince. C'est le plus valeureux guerrier du monde mais il ne connaît rien de rien aux affaires des femmes. Va, ne t'afflige pas... Tu verras le bonheur de notre prince quand il tiendra pour la première fois son enfant dans ses bras. Et songe aussi à la joie de son père, le roi Égée, quand il apprendra qu'il va être grand-père... Notre bon roi, qui doit être si triste et si inquiet ces jours-ci. Et les parents de tous nos enfants... Ils ne savent pas encore que le preux Thésée a vaincu le Minotaure et que nous sommes sur le chemin du retour. Ils ne savent pas non plus que tu es avec nous, notre rayon de soleil, et que tu vas faire cadeau d'un petit prince à notre cité...

Ariane se laissait bercer par ces paroles apaisantes. Ses pleurs, petit à petit, se calmaient. Mala avait sans doute raison. Tout allait mal à cause de ce voyage interminable et de ce roulis. Quand on serait à Athènes, les choses redeviendraient faciles et agréables comme elles l'avaient toujours été.

CHAPITRE 43
L'ÎLE DE NAXOS

Deux jours plus tard, au petit matin, Thésée vint retrouver Ariane dans sa cabine. Il était gai et enjoué.

– Ariane, ma princesse, ne serais-tu pas heureuse d'aller à terre ? L'île de Naxos est en vue. Nous allons y relâcher. Il faut refaire les réserves d'eau douce et de nourriture. Prépare-toi, nous n'allons pas tarder à jeter l'ancre...

Il riait de son rire bon enfant des premiers jours, et Ariane en fut émue au point que des larmes lui vinrent aux yeux.

– Comme tu es gentil, Thésée, dit-elle. Je serai vite prête.

Quand le mouillage fut jeté à la mer, alors qu'on préparait déjà la première barque qui devait se rendre à terre, le capitaine vint parler à Thésée.

– Prince Thésée, profiterons-nous de cet arrêt pour changer les voiles ?

– Pourquoi faut-il changer les voiles ? demanda Thésée. Est-ce qu'elles sont déchirées ?

– Non, prince Thésée, mais elles sont noires.

– Et alors ?

– Les voiles en réserve dans la cale sont blanches. Avant notre départ, avec ton père, nous sommes convenus d'un signal. Quand nous serons en vue d'Athènes, si tu es vivant et que les enfants sont saufs, nous devons hisser des voiles blanches afin d'annoncer à tout le monde l'heureuse nouvelle. Si le sort avait été moins favorable, nous aurions laissé les voiles noires.

– Fort bien, dit Thésée, charmante idée. Hissez donc les voiles blanches.

Thésée, Ariane et les enfants étaient déjà dans la barque qui devait les conduire au rivage, on allait détacher l'amarre quand le capitaine se pencha au-dessus du bordage.

– Prince Thésée, c'est fort étonnant, mais les voiles blanches ne sont plus dans la cale.

– Toi et tes hommes, vous avez mal cherché, dit Thésée. Pourquoi n'y seraient-elles plus ?

– C'est très surprenant. Je me souviens bien de l'endroit où elles étaient. J'avais veillé moi-même à leur amarrage. Quelqu'un les a prises.

– Ridicule ! Qui aurait pu voler nos voiles ? Et nous ne nous serions aperçus de rien ? Ces ballots sont lourds et encombrants comme des éléphants... Dans l'agitation du départ, nous avons oublié de les emporter, voilà tout ! Tu as amarré autre chose dans la cale et tu mélanges tes souvenirs.

– Prince Thésée, qu'allons-nous faire ?

– Par Zeus, laisser à poste les voiles noires, bien sûr ! Nous n'allons pas rester plantés ici comme des imbéciles. À moins que vous ne préfériez tous rentrer à la rame ? Cela ne devrait guère nous prendre plus de six mois...

– Mais que vont penser nos familles en voyant ces voiles de deuil ?

– Ce qu'elles voudront ! Toutes ces histoires de noir et de blanc sont des enfantillages. La seule chose qui compte est de rentrer chez nous ! Nous n'avons plus qu'un seul jeu de voiles, alors nous nous servirons de celui-là en espérant qu'aucune ne se déchirera avant l'arrivée. De toute façon, ce rafiot avance comme une tortue, la nouvelle de notre retour sera parvenue à Athènes des semaines avant nous. Laisse donc ces histoires de voiles et occupe-toi de faire emplir nos barriques d'une eau qui ne pue pas outre mesure. Et trouve-nous aussi de la nourriture décente. Je ferai jeter par-dessus bord la prochaine personne qui me servira du poisson.

Pour Ariane et les enfants, cette journée sur l'île de Naxos fut une fête. Il y avait un petit marché sur le port ; ils achetèrent des figues, des raisins et des grenades et en mangèrent à se rendre malades. Ils se gavèrent aussi de délicieuses miches de pain molles et légères, encore chaudes du four et parsemées de farine crue, qui s'envolait quand ils riaient et saupoudrait de blanc les joues et les vêtements. Grisés de mouvement et de liberté, ils coururent dans les vignes, se roulèrent dans l'herbe et se baignèrent dans une source limpide. À la fin de l'après-midi, las de courir, ils s'assirent sur une petite plage, en face du bateau à l'ancre, pour attendre la barque qui devait les ramener à bord. Ariane, fatiguée par tant de courses et de jeux, se retira un peu à l'écart du groupe ; elle étala son manteau sur le sol, s'étendit, et s'endormit du lourd sommeil des femmes enceintes. Les enfants gentiment s'approchèrent sans bruit et lui étendirent son voile sur les épaules pour qu'elle n'ait pas froid.

La barque revenait avec Thésée et trois marins aux avirons. Le chargement de l'eau douce et des vivres était achevé. On allait relever l'ancre. Il était temps de remonter à bord. Quand la barque toucha le sable, les enfants, un doigt devant la bouche, firent signe au prince et aux marins de ne pas faire de bruit afin de ne pas déranger la princesse.

Thésée contempla un instant Ariane endormie.

– Bien, dit-il à mi-voix aux matelots, ramenez les enfants au navire et revenez nous chercher, la princesse et moi. Je resterai près d'elle en vous attendant.

Tous obéirent. Les enfants montèrent silencieusement dans la barque et elle s'éloigna du bord. Quand les marins revinrent, le prince s'était assis sous un arbre, à quelques pas de la jeune femme, qui dormait toujours. Comme la barque allait toucher terre, il se leva et entra dans l'eau pour aider la petite embarcation à faire demi-tour.

– C'est bon, dit-il à mi-voix, retournons au navire. Ramez !

Et il sauta à bord.

Les marins, interdits, le regardèrent, incapables de comprendre ce que signifiait cette conduite.

– Ne m'avez-vous pas entendu ? demanda-t-il d'une voix rogue, j'ai dit : au navire ! Et ramez ! Par tous les dieux, il me semble que je viens de répéter un ordre.

L'un des marins balbutia :

– Mais, prince Thésée, ne veux-tu pas éveiller la princesse ?...

Thésée posa sur l'homme un regard froid.

– Tu es cruel, toi ! Pourquoi veux-tu réveiller cette pauvre enfant ? Tu ne vois pas comme elle dort bien ? Elle se repose ; elle a oublié tous ses chagrins ; laisse-la donc en paix...

Il ajouta, la voix doucereuse :

– Elle se porte mal sur le navire, elle est malheureuse, elle ne mange pas... Pour son bien et pour sa santé, il est préférable qu'elle reste à terre. On est très confortable sur cette île, elle ne manquera de rien...

Les matelots n'avaient toujours pas bougé. Il gronda :

– Pour la dernière fois, je dis : au navire ! Allez, ramez ! Par tous les dieux, je tranche de mon épée la gorge du premier qui n'obéit pas !

Le soleil était en train de passer derrière l'horizon. Une humidité fraîche se répandit sur la plage. Ariane s'éveilla. Elle ouvrit les yeux. Sans même avoir à lever la tête, elle vit le navire de Thésée, toutes voiles dehors, qui s'éloignait vers le large. Elle était seule sur la plage. L'eau et le sable étaient du même gris. La lumière s'en était allée.

Thésée l'abandonnait ; et elle découvrit avec douleur qu'elle n'en était même pas surprise. Elle ne prit pas la peine de lever sa tête posée sur le sable, pas la peine d'appeler, pas la peine d'agiter son voile ni de faire signe... Elle n'éprouvait pas de colère mais une immense fatigue et une douleur sans limite. Elle regardait le bateau partir et les larmes coulaient le long de son visage, lentement, nombreuses, comme si elles ne devaient jamais s'arrêter. Comme Thésée avait vite cessé de l'aimer !... Comment la déesse de l'amour avait-elle pu permettre que son amour à elle fût un brasier ardent, une fournaise assez forte pour emplir toute une vie, alors que l'amour de Thésée n'était qu'un feu de paille, lassé aussitôt qu'assouvi ?... Comme tout cela était injuste... L'idée lui vint un instant, et la glaça de peur, que peut-être il ne l'avait jamais aimée, qu'il s'était servi d'elle pour sortir du Labyrinthe... Elle écarta aussitôt cette supposition affreuse. Oui, ils s'étaient aimés ! Comme peu de personnes s'étaient jamais aimées. Leur rencontre à Cnossos avait été pour tous deux un éblouissement, un embrasement... Elle avait tout perdu mais, au moins, on ne pouvait lui ôter cela.

« Pour lui, songea-t-elle, j'ai quitté mes parents et mes amis ; j'ai méprisé l'honneur ; et lui, dès qu'il a pu, il est parti... » Le lâche n'avait même pas eu le courage de lui dire adieu. Il s'était enfui comme un voleur en profitant de son sommeil. Et il avait aussi laissé derrière lui son enfant... Ariane posa ses mains sur son ventre et ses pleurs redoublèrent. Pauvre petit ! Si vite conçu et si vite abandonné...

Le navire n'était plus qu'une petite silhouette au large. Il passa derrière un cap rocheux, qui bordait l'île vers l'ouest, et disparut. Dire qu'il avait promis de l'épouser... Les choses apparurent soudain à Ariane dans leur clarté : Thésée ne voulait pas d'elle comme reine d'Athènes ! Il voulait pour épouse une jeune fille pure et vierge de toute tache ; pas une femme qui avait trahi son pays, quitté les siens et conçu un enfant avant les noces, même si tout cela avait été fait par amour pour lui...

Ariane ne se leva pas pour tenter de l'apercevoir une dernière fois. Elle ne se sentait plus aucune force, plus aucune curiosité, plus aucun désir. Elle demeurerait sur cette plage, étendue sur son manteau dont elle n'avait pas bougé. Plus rien n'avait d'importance, désormais.

La nuit vint. Derrière Ariane, la lune se leva. Ariane regardait sa course dans le ciel, écoutait le bruit du ressac, pleurait doucement et souhaitait être morte avant que le soleil ne se lève encore une fois.

Ariane ouvrit les yeux. Le jour était là et elle ne l'avait pas vu venir... Elle sursauta. Elle n'était plus seule. Quatre jeunes femmes étaient assises auprès d'elle et semblaient veiller sur son sommeil.

– Elle ouvre les yeux ! annonça l'une d'elles.

– As-tu bien dormi, jeune et jolie princesse ? demanda une autre.

– Es-tu moins triste ? s'enquit la troisième.

– Si je puis me permettre, dit la quatrième, tu as tort de verser tant de larmes sur Thésée. Il n'est pas trop laid, certes, mais c'est un malotru fieffé.

– Qui êtes-vous ? demanda Ariane abasourdie.

– Nous sommes les nymphes du divin Dionysos*, et désormais tu es des nôtres.

– Que voulez-vous dire ?

– Hier, le dieu se promenait dans ses vignes. Elles se trouvent juste en arrière de cette plage, derrière ces chênes que tu vois là... Entre les branches, il a vu Thésée contempler ton sommeil et éloigner les enfants pour t'abandonner plus commodément. Il a été indigné de cette perfidie. Pour réparer le tort qu'on te faisait, il a décidé de t'accueillir parmi nous.

– Mais le divin Dionysos sait-il ce que j'ai fait ? J'ai trahi les miens, j'ai abandonné mes parents...

– Le dieu sait tout. Il sait que tu as aimé un homme à la folie. Et il t'en aime davantage. Le divin Dionysos adore les histoires d'amour.

– Tu seras même bientôt notre maîtresse à toutes, annonça celle qui, à son réveil, avait parlé la première. Le dieu est venu tout à l'heure un peu avant l'aube pour s'assurer que ton sommeil était paisible. Il t'a trouvée si belle et si touchante qu'il a aussitôt décidé de t'épouser.

La surprise d'Ariane fut si grande qu'elle ne sut que répéter :

– M'épouser ?

Les nymphes éclatèrent de rire.

– Eh bien, oui, t'épouser ! Tu ne vas pas refuser, tout de même... Tu as bien de la chance. Nous aimerions toutes être à ta place.

* Dieu de la joie, de l'inspiration artistique et de la vigne.

– C'est un honneur immense, dit Ariane, et je serai éternellement reconnaissante au divin Dionysos d'avoir eu cette pensée, mais...

Elle posa sa main sur son ventre. Les nymphes la regardèrent avec inquiétude. Ariane poursuivit :

– Je ne crois pas que cela pourra se faire car j'attends un enfant.

Les nymphes poussèrent des cris de joie et de soulagement.

– Ce n'est que cela ? En plus, elle attend un enfant ! Quel bonheur !

Elles expliquèrent :

– Nous, les nymphes, nous adorons les petits enfants mais nous n'en avons que très rarement. Va, nous allons bien l'aimer, ton enfantelet ! Et le dieu sera enchanté, il aime les jeux des enfants autour de lui.

– Tu ne pleureras plus ? demanda l'une.

Ariane regarda l'horizon et le cap rocheux derrière lequel le bateau de Thésée avait disparu la veille au soir. Elle se souvint avoir désiré mourir quand le navire avait cessé d'être visible. Ce désir était parti. Elle éprouvait de la peine, mais elle était supportable et mêlée d'une nostalgie qui n'était pas sans une certaine douceur. Après tout, songea-t-elle, on pouvait peut-être guérir d'un amour perdu...

Ariane se tourna vers les nymphes et eut un petit sourire à la fois triste et brave.

– Je ne pleurerai plus, dit-elle. Ou presque plus.

CHAPITRE 44
LE RÊVE D'ICARE

Atalante et Eskandéros, après avoir quitté l'architecte et son fils au campement du mont Ida et marché aussi vite qu'ils le pouvaient, furent de retour au port de Cnossos à la fin de l'après-midi. Ils emplirent d'eau douce les outres du bateau à la fontaine du port et achetèrent assez de nourriture pour pouvoir rester plusieurs jours en mer.

Pour se donner l'air de partir à la pêche, ils étalèrent leurs filets bien en vue sur le pont, puis ils poussèrent la *Sardine* à la mer. Les pêcheurs de Cnossos étaient en train de rentrer ; partout, on commençait le déchargement et la vente du poisson ; dans le tohu-bohu, personne ne fit attention à leur départ. Et leurs voisins sur la plage étaient bien trop occupés à commenter les événements de ces derniers jours pour se soucier des mouvements d'un petit bateau appartenant à deux étrangers ; même si ce bateau, curieusement, trouvait pertinent de partir pour la pêche à l'heure où tous les autres en revenaient. On avait bien autre chose à penser depuis le combat de Thésée, la mort du Minotaure, ce fameux fil, et le départ la veille au soir de la trirème aux voiles noires. De plus, une rumeur extraordinaire commençait à se répandre : on disait que la princesse Ariane s'était enfuie avec Thésée à bord du navire athénien.

Les gardes de Minos cherchaient Dédale et Icare. Pour l'instant, ils les cherchaient sur les pentes du mont Ida, et il y avait du travail, car la montagne était immense et truffée de cachettes. En ville, la police de Minos n'avait pas encore fait le rapprochement entre Dédale et Icare et les deux marins arcadiens, l'homme aux cheveux blancs et la jeune fille, amenés un soir à Cnossos par le vent du nord. Cela viendrait sans doute. On interrogerait le page d'Ariane ou l'aubergiste du bout du port, mais cela viendrait trop tard : toutes voiles dehors, la *Sardine* venait de sortir du port sans être inquiétée.

Ils s'éloignèrent vers le large et les lieux de pêche habituels. Quand la nuit tomba, ils virèrent de bord et revinrent à la côte. Le vent avait cessé ; ils prirent les avirons et gagnèrent à la rame la petite baie du rendez-vous, face au vallon qui conduisait à la porte secrète du Labyrinthe. Sans bruit, ils laissèrent glisser le mouillage à la mer. La nuit était d'un noir d'encre. Et, dans le plus grand silence, ils attendirent.

Presque imperceptiblement, l'obscurité était en train de devenir moins dense. La silhouette noire des collines se détachait maintenant sur le ciel obscur.

– Allons, murmura très bas Eskandéros, le jour approche.

Les étoiles pâlirent. Le ciel à l'est prit une teinte jaune. Atalante et Eskandéros, allongés dans le fond du bateau, sans faire un mouvement, scrutaient le vallon. Un premier souffle d'air se fit sentir, encore très léger, chargé des senteurs du maquis.

– La brise de terre, dit Atalante. Maintenant, ils vont pouvoir s'envoler.

– Pas encore, dit Eskandéros. Ils vont attendre que le vent soit mieux établi. Dans une heure, je pense...

– Que c'est long !... chuchota Atalante. Je n'aime pas cette expédition dans le Labyrinthe. Qu'ont-ils besoin d'aller se promener si près de la gueule du loup ? Dédale, il ne pouvait pas écrire sa lettre à Minos tranquillement depuis une autre île ?

– Dédale n'en fait jamais qu'à sa tête. Il ne va pas changer à son âge.

– Ils feraient bien de se dépêcher. Il va bientôt faire grand jour. Depuis le sentier, on ne doit voir que nous. S'il y a des gardes autour du Labyrinthe, et il y en a sûrement, ils vont se demander ce que nous faisons-là.

– S'il y a des gardes, Dédale et Icare vont leur passer au-dessus de la tête. Mais tu as raison, si la situation se prolonge, il est possible qu'on vienne nous poser des questions... Dans ce cas, la réponse est simple : nous dormons. Nous sommes restés tard sur les bancs de pêche ; il faisait nuit noire, nous n'avons pas voulu rentrer dans le port de peur de heurter quelque chose ; nous nous sommes mis à l'ancre ici pour attendre le jour. Est-ce d'accord ?

– C'est d'accord, mais s'ils pouvaient se hâter !... La brise est parfaite, maintenant. Par tous les dieux, que font-ils ?

À l'instant où Atalante prononçait ces mots, quelque chose bougea sur le toit du Labyrinthe. Très loin, tout là-haut, une toute petite silhouette venait d'apparaître, debout sur le mur.

– Les voilà ! annonça Eskandéros. Relevons le mouillage.

La première silhouette ailée avait pris son envol. La seconde suivit presque aussitôt. Sans un bruit, portés par l'air et emmenés par le vent, Dédale et Icare descendaient vers la mer en survolant le fond du vallon. Dédale allait le premier. Icare venait ensuite, une trentaine de pieds plus haut.

Dédale passa au-dessus de la plage, son élan parvint à l'emmener jusqu'au milieu de la baie, il toucha la mer, son corps entra dans l'eau, l'aile se posa sur la surface, s'étala et resta là à flotter. En quelques rapides coups d'aviron, Atalante et Eskandéros furent auprès de l'architecte. Il nageait d'un seul bras et, de l'autre, il détachait les boucles et les lanières qui l'accrochaient à l'armature de l'aile.

– Où est Icare ? demanda-t-il avant toute chose.

– Encore en l'air, le rassura Atalante, tout va bien.

Avec l'aide de ses deux amis, Dédale se dégagea de son aile. Ils l'aidèrent à monter à bord, puis sortirent l'aile de l'eau et la roulèrent rapidement sur le pont.

Pendant qu'on repêchait son père, Icare avait considérablement gagné d'altitude. Il était très haut dans le ciel et s'éloignait vers le large.

– Ce garçon est incroyable ! s'exclama Dédale. Il réussit à trouver un courant montant à sept heures du matin... Il pourrait en remontrer à un oiseau... Mais pourquoi part-il si loin ?

– Parce que, dit Atalante, nous n'allons pas tarder à recevoir la visite dont parlait Eskandéros. Regardez, les voilà...

Elle désignait du bras des gardes de Minos qui descendaient en courant le sentier menant à la plage.

– Icare les a sûrement aperçus d'en haut, dit Eskandéros qui avait déjà saisi la drisse à deux mains et qui envoyait rapidement la voile. À la barre, petite ! et cap au large !

La brise de terre gonfla la voile et la *Sardine* s'éloigna. Dédale et Eskandéros se mirent aux rames pour accroître encore sa vitesse.

– Il les a aperçus de là-haut, poursuivit Eskandéros, ramant avec ardeur, et il a voulu nous donner le temps de quitter la baie avant qu'ils ne viennent s'intéresser à nous. Il a une cervelle de bonne qualité, ton fils ! Nous n'avons qu'à le suivre. Borde plus la voile, petite, et ramons donc ! Nous le récupérerons au large. Le plus loin sera le mieux.

Six gardes de Minos avaient passé la nuit en patrouille le long du mur extérieur du Labyrinthe. Leur consigne était claire : « Vous arrêterez et ramènerez au palais toute personne que vous trouverez en train de circuler auprès du mur. Vous rechercherez particulièrement un homme à la barbe grise et un garçon de quinze ans aux cheveux blonds. »

Durant toute la nuit, ils n'avaient vu personne. Un peu après l'aube, engourdis par leur nuit de faction et le froid du petit jour, ils commençaient à se réjouir de voir arriver la fin de leur garde, quand leur chef remarqua que, pendant la nuit, un bateau était venu jeter l'ancre au milieu de la crique. Il examina ce bateau pendant un moment. « Bon, conclut-il, c'est de toute évidence une barque de pêche et l'endroit est un mouillage connu. Il n'y a rien là d'anormal... » Le chef en était à cet endroit précis de ses pensées quand, soudain, apparaissant au-dessus du toit du Labyrinthe, une chose qui semblait être une énorme chauve-souris passa au-dessus d'eux ! Et, un instant plus tard, une autre !... Les deux oiseaux géants passèrent sans bruit. Les gardes, médusés, regardèrent les étranges créatures volantes s'éloigner vers la mer, sans se douter un instant que les deux hommes qu'ils étaient chargés d'arrêter étaient en train de s'évader de l'île, à leur nez et à leur barbe.

La première chauve-souris, celle qui volait le moins haut, alla tomber dans la mer au milieu de la baie. Le bateau de pêche, comme s'il n'avait attendu que cela, se porta immédiatement vers elle. Sans perdre une seconde, les pêcheurs firent monter la créature à bord, la créature qui avait ôté ses ailes et qui était, sans doute possible, un homme. L'autre oiseau, haut dans le ciel, s'éloignait vers le large...

Le chef de la patrouille surmonta son ébahissement. Il fallait voir cela de plus près ! Il entraîna ses hommes et ils descendirent au pas de course le sentier du fond du vallon. Ils n'arrivèrent à la plage que pour voir le bateau, déjà loin, toutes voiles dehors et l'équipage, souquant ferme, s'en aller vers la haute mer.

Icare volait toujours. Très haut dans le ciel, il s'éloignait vers le nord-est. La *Sardine* suivait Icare. Cnossos avait disparu. La côte crétoise n'était plus qu'une ligne sombre à l'horizon, qui n'allait pas tarder à disparaître, elle aussi.

– Pourquoi reste-t-il si longtemps en haut ? s'interrogea Atalante. Il n'y a plus de danger pour se poser, maintenant.

– Je ne sais pas, répondit Dédale. C'est la première fois qu'il accomplit un vol aussi long et aussi haut au-dessus de la mer. Il a sans doute découvert quelque chose... Des sortes de courants que nous ne connaissons pas encore...

– C'est de l'imprudence, dit Eskandéros. Il faut qu'il descende et qu'il se pose sans tarder. Pour l'instant la mer est calme, mais à tout moment la houle peut se lever. Et les dieux seuls savent comment est le vent, là-haut... Des bourrasques sont sûrement possibles...

La main au-dessus des yeux, Atalante observa Icare durant un long moment.

– Je crois... dit-elle, il me semble qu'il redescend.

Tous trois se sentirent rassurés par ces paroles. Ils observèrent Icare avec attention.

– En effet, il descend... confirma Dédale.

Atalante regardait cette descente et se sentit mal à l'aise. Icare descendait vite. Trop vite. Pourquoi ne prenait-il pas son temps ? Il lui avait souvent répété qu'on ne devait jamais se presser pour descendre. Elle entendait encore sa voix joyeuse « Ce qui est difficile, c'est monter. Descendre, c'est facile et agréable. Et c'est aussi dangereux si on va trop vite. Voilà deux raisons pour prendre son temps... » Elle pensa très fort, comme s'il pouvait l'entendre : « Pas si vite, Icare ! Plus doucement ! »

Les trois amis, subitement envahis par l'inquiétude, avaient lâché tout ce qu'ils faisaient dans le bateau et regardaient Icare. Dédale, d'une voix qui parut étrangement calme, annonça soudain :

– Icare ne descend pas, il tombe !

Icare tombait. Il ne contrôlait plus rien. Son aile, derrière lui, bizarrement de travers, n'accrochait plus l'air. Un morceau de toile déchirée vibrait si fort qu'on l'entendait battre jusqu'au bateau.

Cette chute ne dura que quelques instants qui parurent des minutes entières à Atalante et ses amis. Icare toucha la mer à quelques encablures du bateau. On ne vit ni n'entendit rien à cause des vagues. Atalante et Dédale se ruèrent sur les avirons. Vite ! Plus vite ! « Divine Artémis, ma mère adoptive, priait silencieusement Atalante, arc-boutée sur le manche de sa rame avec un acharnement qui menaçait de le briser, fais qu'il soit en vie ! »

À l'endroit où Icare était tombé, des débris de l'aile flottaient. Elle était brisée, hachée en menus morceaux. On eût dit qu'elle avait fait explosion.

– Icare ! Icare ! appela Atalante.

– Icare ! appela Eskandéros.

Rien ne répondit, que le bruit du vent et des vagues.

– Icare ! appela encore Dédale, la voix rauque.

Silence. Ils ramaient lentement, faisant décrire au bateau des cercles autour de la zone où les morceaux de l'aile flottaient. Ils scrutaient l'eau intensément, avec la conscience aiguë que chaque instant qui passait diminuait l'espoir de retrouver Icare en vie. De nombreuses minutes s'écoulèrent ainsi. En fait, ils n'auraient pas su dire combien de temps.

Dédale murmura :

– Il n'y a plus d'espoir.

Il continua :

– À la vitesse à laquelle il tombait, la surface de la mer est aussi dure que le sol.

Des larmes coulèrent sur son visage et sur sa barbe grise.

– Voyez dans quel état est l'aile... Icare s'est tué dans le choc. Il a dû couler à pic.

Tous trois, incapables d'un mouvement, contemplaient les restes de l'aile, qui flottaient épars, les seules traces qui demeuraient du drame.

– Tout cela est ma faute, dit l'architecte. C'est moi qui ai inventé cette maudite aile. C'est moi qui ai poussé Icare à voler toujours plus haut. Jamais je ne l'ai modéré. Je n'ai pas dû deux fois dans sa vie lui donner un conseil de prudence. J'étais si fier de lui !... Il était si doué. Il volait mieux qu'un oiseau. J'éclatais d'orgueil chaque fois que je le voyais voler... Et maintenant, il est mort. Talos, Gaïa, et aujourd'hui mon Icare... Pourquoi est-ce que je porte malheur à tous ceux que j'aime ?

– Tu ne portes malheur à personne, ami Dédale, dit doucement Eskandéros. Tu as des malheurs, et la riche nature de ton âme t'amène à en souffrir plus qu'un autre.

Atalante, accablée de chagrin, s'était assise seule à l'arrière. Sans les voir, elle regardait devant elle l'eau et les vagues. Elle ne parvenait à penser à rien. De temps en temps, elle essuyait ses larmes avec le revers de sa main. Quelque chose frottait contre la coque du bateau. Sans doute un morceau de bois d'épave. Machinalement, presque sans regarder, par réflexe de marin, elle se pencha pour repousser de la main ce débris qui risquait d'endommager la coque. Dans l'eau, Icare, d'une main, peinait pour s'accrocher au navire.

– Tu serais gentille de m'aider à monter à bord, murmura-t-il dans un souffle, et je t'en prie, ne touche pas à mon bras droit, je crois qu'il est cassé.

Icare fut sorti de l'eau, séché, frictionné, bichonné. Son bras droit fut immobilisé et emmailloté par Atalante. (« J'ai déjà eu à soigner, toute seule ou presque, un fémur fracturé alors, vous pensez, un bras... ») Il put enfin raconter son vol :

– Je t'ai vu, père, te poser, ou plutôt t'immerger, au milieu de la baie. J'ai aussi vu qu'Atalante et Eskandéros étaient là pour t'aider, et que tout allait bien pour toi. Au même instant, j'ai aperçu sous mes pieds les gardes qui dévalaient le sentier. J'ai alors pensé que vous aviez juste le temps de prendre le large et qu'il fallait que je m'arrange pour aller me poser plus loin. Ce n'était pas très difficile, j'avais le vent dans le dos, et je trouvais par-ci par-là de drôles de petites ascendances, qui me remontaient par paliers.

» Quand je suis arrivé au-dessus de la pleine mer, tout a changé. J'ai été pris dans un incroyable courant montant, quelque chose que je n'avais encore jamais rencontré, même aux plus beaux jours du mont Ida. Une sorte de pompe, qui m'a hissé jusqu'aux premières barbules des nuages. Jamais, je crois, je n'étais monté si haut. Et là-haut, c'était une féerie de vents. Un grand courant m'emmenait vers le nord-est et des turbulences me secouaient de droite et de gauche. L'air était glacial et le soleil brûlant. Et l'air avait quelque chose de spécial, il était grisant comme du vin, il donnait envie de voler toujours plus haut et toujours plus vite. La vitesse, l'espace, le ciel, tout était beauté pure...

» Et, soudain, il y a eu un clac ! – quelque chose avait lâché dans mon aile. Je ne savais pas quoi ; à cette vitesse, je ne pouvais pas me retourner. Cela m'a dégrisé d'un seul coup. L'aile était tout de travers mais elle était encore capable d'assurer mon retour. J'ai commencé une descente prudente. Je voulais qu'elle soit très lente mais, à mi-descente, quelque chose d'autre a cassé et j'ai entendu ma voile se déchirer. Je suis parti presque en chute libre. Je me suis souvenu du vol du faucon qui descend en piqué vers le sol et qui se freine à la dernière seconde en dépliant ses ailes. Quand j'ai vu la surface de l'eau tout près, j'ai ouvert en grand les bras pour déployer tout ce qui restait de mon aile cassée. Par Apollon et tous les dieux, j'ai cru exploser en vol ! C'est comme si j'avais heurté un mur. Sous le choc, mon aile a éclaté et j'ai bien cru que j'éclatais aussi mais, apparemment, il n'y a que mon bras qui n'a pas résisté. Toutefois la manœuvre a réussi car j'ai pénétré dans l'eau sans trop de dommage au lieu de m'écraser sur la surface comme un kaki* trop mûr. L'instant d'après je m'enfonçais sous l'eau. Je pouvais distinguer le soleil à travers la surface. J'ai tenté de nager. Cela a marché. Je me suis retrouvé à l'air. J'ai aperçu la *Sardine* à cent pas de moi mais, vous, à cause des vagues, vous ne pouviez pas me voir. J'ai voulu vous appeler mais je n'avais plus de voix. Alors, j'ai nagé comme j'ai pu. Atalante m'a pris pour un bout de bois d'épave. Et voilà.

* Fruit du plaqueminier, qui s'écrase très bien quand il est parfaitement mûr.

CHAPITRE 45
À QUOI SERT L'EXPÉRIENCE?

Dédale avait vieilli de vingt ans durant les minutes pendant lesquelles il avait cru son fils mort. Il avait reperdu ces années tout aussi vite depuis qu'on l'avait retrouvé. Il se leva de son banc et se frotta les mains avec énergie.

– Eh bien, ami Eskandéros, que faisons-nous ? Nous n'allons pas rester ici à la dérive...

– Au mont Ida, tu nous as dit que tu avais besoin d'un peu de temps pour réfléchir à ta destination. As-tu choisi ?

– Certes, j'ai choisi. Atalante, Eskandéros, mes amis, êtes-vous prêts à aller jusqu'en Sicile ?

– Tu veux retourner à Syracuse ?

– Non, pas à Syracuse. Je souhaite aller chez le roi Cocalos. Il est venu me voir autrefois, du temps où je construisais le Labyrinthe. Il voulait que je lui bâtisse un palais. C'est une âme d'artiste, cet homme ; il avait une quantité d'idées originales. Depuis quelques jours, je ne cesse de penser à ce palais. Il a déjà pris forme dans ma tête. Il y a longtemps que je n'ai plus touché à mon équerre et aux pierres de taille toutes neuves. J'en ai l'eau à la bouche... Icare, la Sicile te convient-elle ?

– Tout à fait, père.

– Alors, dit Eskandéros, en reprenant la barre, en route pour la Sicile... Cap à l'ouest, virons de bord !

– Le vent est-il favorable ?

– Cela pourra aller.

Six semaines plus tard, Atalante, Eskandéros, Dédale et Icare abordaient en Sicile chez le roi Cocalos et ses six filles, qui furent enchantés de cette arrivée. Le roi Cocalos sortit des rouleaux entiers de dessins et de projets de palais et, lui et Dédale, se mirent incontinent au travail. Le roi réunit aussi en collège tous les médecins de sa ville pour examiner le bras d'Icare. Ceux-ci regardèrent, palpèrent, se consultèrent et finirent par déclarer que l'immobilisation effectuée par la jeune fille était à peu près correcte et qu'il convenait de ne plus toucher à rien, le garçon devant retrouver l'usage de son bras d'ici quelques semaines. Icare entraîna Atalante dans de longues marches dans les collines dont le but était de repérer des pentes propices au vol.

Quelques jours passèrent ainsi ; puis Atalante et Eskandéros annoncèrent leur départ.

– Ne pourriez-vous pas rester encore un peu ? interrogea Icare.

– Ma mère adoptive, la divine Artémis, doit s'inquiéter, dit Atalante. Il y a bien longtemps que je l'ai quittée. J'étais partie pour Troie. Il m'a ensuite fallu traverser l'Anatolie et aller jusqu'à Sinope. Au retour, le vent du nord nous a déroutés et nous a emmenés en Crète. Enfin, nous avons pêché un architecte mouillé et son fils, qui voulaient aller en Sicile. Ma mère doit se demander ce que nous sommes devenus...

– Vous allez me manquer, dit Icare.

– Vous aussi, vous nous manquerez, dit Atalante.

La veille du jour où Atalante et Eskandéros devaient reprendre la mer, Icare et Dédale les invitèrent à prendre un dernier repas dans l'appartement que le roi Cocalos avait mis à leur disposition.

Deux nouvelles étaient parvenues jusqu'en Sicile.

D'abord, celle de l'abandon d'Ariane à Naxos.

– Je me doutais bien, affirma l'architecte, que Thésée était incapable de faire le bonheur d'une fille qui s'attacherait à lui. J'ai même été sur le point de le dire à Ariane quand elle est venue me voir dans le Labyrinthe. Mais je n'imaginais pas qu'il pousserait la perfidie jusqu'à ce sommet.

– Pourquoi ne l'as-tu pas dit à Ariane, père ?

– Elle ne m'aurait pas cru. Elle aimait éperdument.

– On dit en ville et dans les temples, intervint Eskandéros, que le dieu Dionysos, touché par le malheur d'Ariane et par son abandon, l'a recueillie parmi ses nymphes. Il paraît même qu'en la voyant pour la première fois, le dieu lui a trouvé tant de charme qu'il a décidé de l'épouser sur-le-champ.

– Les dieux sont bons et compatissants, dit Atalante. Moi aussi, quand j'étais toute petite, j'ai été abandonnée. C'est la divine Artémis qui est venue me chercher sur la montagne où l'on m'avait laissée.

– Et ensuite, qu'a fait de toi la déesse ? interrogea Icare.

– Elle m'a cherché une famille d'adoption qui me convienne bien. Ce fut une famille de loups ; ainsi, pendant la première année de ma vie, j'ai eu des frères et des sœurs loups. Plus tard, elle m'a accueillie parmi ses nymphes.

L'autre nouvelle, c'était la mort du roi Égée d'Athènes et l'avènement du règne de son fils, le prince Thésée.

– Qu'est-ce qui a causé la mort du roi Égée ? questionna Atalante.

Dédale, qui avait eu dans l'après-midi une conversation sur ce sujet avec le roi Cocalos, répondit :

– La douleur.

– Que veux-tu dire, père ? Il aurait plutôt dû exulter de bonheur.

– À Athènes, ils étaient sans nouvelles de Thésée et des enfants. Le vent contraire a été cause qu'aucun navire venant de la Crète ou de ses environs n'a pu apporter la nouvelle de la victoire de Thésée. Le vieux roi supportait mal cette attente et sa santé s'altérait. Enfin, on accourt pour lui annoncer que la trirème du prince est en vue. Le roi court à son balcon qui s'avance au-dessus de la mer et scrute l'horizon. En effet, ô joie ! le navire est en vue. Mais quand le bateau est assez près, le vieil homme constate avec horreur que ses voiles sont noires.

– En effet, dit Atalante, les voiles du bateau de Thésée étaient noires. Nous les avons tous vues. Et le roi Égée les avait sûrement aperçues lui aussi au moment du départ. Pourquoi en a-t-il été horrifié ?

– Avant le départ de Thésée et des otages, le roi et le capitaine du navire étaient convenus d'un signal. Au retour de Crète, si la trirème portait toujours ses voiles noires, cela signifierait que Thésée était mort et que les enfants étaient restés prisonniers à Cnossos. Si Thésée était vainqueur et les enfants libres, on hisserait des voiles blanches. Or, le roi voyait des voiles noires. Ce qu'il avait craint par-dessus tout était donc accompli : les enfants étaient perdus et son fils était mort.

– Alors, le chagrin l'a tué ? demanda Atalante.

– On dit que le roi a porté ses deux mains a son cœur et perdu connaissance ; il se tenait appuyé au muret du balcon ; dans sa chute, il a basculé et est tombé à la mer. Il était vieux. Il s'est noyé. Toutefois, Cocalos me disait tout à l'heure que des personnes qui se trouvaient près du roi prétendent que, par désespoir, il s'est jeté volontairement à la mer.

– Laquelle de ces explications est la vraie ? s'interrogea Eskandéros.

L'architecte écarta les mains dans un geste d'ignorance.

– Seul le défunt roi Égée pourrait y répondre. La version officielle, celle du nouveau roi Thésée, est, bien sûr, celle du malaise et de l'accident.

– Et, demanda Atalante, comment Thésée explique-t-il les voiles noires ? Pourquoi n'a-t-il pas envoyé des voiles blanches pour son voyage de retour ?

– Thésée prétend qu'il n'y avait pas de voiles blanches à bord et qu'il a été obligé de se servir de ce qu'il avait. Il dit aussi qu'il avait envoyé au-devant de lui des pêcheurs pour porter à son père la nouvelle de sa victoire et lui recommander de ne pas prendre garde à la couleur des voiles, mais que les pêcheurs se sont perdus.

Icare hésita :

– Croyez-vous possible que Thésée ait gardé les voiles noires avec intention ?

Dédale et Eskandéros se consultèrent du regard.

– Nous savons que la délicatesse et les scrupules n'étouffent guère le nouveau roi d'Athènes, dit Dédale, mais c'est tout de même une accusation difficile à porter.

– Peut-être Thésée n'avait-il réellement pas de voiles blanches à bord, proposa Atalante, et il a sous-estimé la douleur qui allait frapper son père.

– C'est possible, admit Eskandéros. Et tant qu'il n'y aura pas de témoin pour affirmer que Thésée a délibérément jeté ses voiles blanches par-dessus bord – et j'ai la sensation qu'on ne trouvera jamais ce témoin –, c'est l'explication qu'il faudra retenir. On déplorera le malentendu et la fatalité.

La *Sardine* faisait voile vers l'est, vent de travers. Atalante et Eskandéros avaient franchi le détroit de Messine et étaient en route maintenant vers l'Arcadie.

– Regarde ! annonça soudain Eskandéros, qui tenait le gouvernail.

Deux dauphins avaient jailli de l'écume et accompagnaient la *Sardine* de leurs bonds amicaux. Cela arrivait souvent. Les dauphins sont nombreux en Méditerranée et d'humeur toujours joueuse. La tradition des marins dit que les dauphins portent bonheur, les équipages étaient donc toujours contents de voir autour d'eux ces joyeux compagnons.

– Mais, ils sont trois... observa Atalante.

Un dauphin minuscule, à peine plus long que l'avant-bras, nageait contre le flanc de sa mère. Intimidé par le bateau et ses occupants, il se montrait à peine et ne quittait pas le contact rassurant de ses parents.

Eskandéros se pencha pour le regarder à travers l'eau.

– C'est un tout petit... Il ne doit pas avoir plus de deux ou trois semaines.

Il ajouta :

– Sais-tu, petite, que cette famille de dauphins me fait penser à toi.

– Tu trouves que je dois me marier et avoir des enfants ?

– Devoir... fi, quel mot abrupt ! certes, non. Mais je pense que ta mère adoptive, la déesse, va être bien heureuse de te revoir, qu'elle va te trouver belle et grandie, et qu'il n'est pas impossible que cette idée lui vienne à l'esprit.

– Tu veux dire que mes amies les nymphes ne vont penser qu'à cela. Elles adorent les histoires de mariages.

– Et toi, qu'en penses-tu ?

– J'ai fait serment de demeurer vierge et chasseresse. Je sais, tu n'y crois pas, mais moi j'y crois !... Mais regarde donc la route de ton bateau au lieu de faire des projets de mariage pour les autres !... Tu es en train de nous faire perdre notre cap.

Eskandéros regarda le soleil, l'horizon et, d'un mouvement de barre, redressa la direction du bateau.

– Par Zeus, elle a raison ! À quoi sert donc l'expérience ? Je me le demande tous les jours...

La mer était bleu sombre, le vent régulier, le ciel sans nuages. Encore quelques jours de ce temps et l'on serait de retour à la maison.

CHAPITRE 46

L'ARTÉMISION

Atalante retrouva les collines aux formes connues par cœur depuis l'enfance, dont chaque sentier, chaque pierre, chaque arbre était comme un vieil ami. Rien n'avait changé, si ce n'est que Ianée et Fleur manquaient maintenant terriblement dans ce paysage.

Enfin, si ! quelque chose avait changé !

Il arrivait que des chasseurs viennent dans les collines de l'Arcadie. C'était un lieu de chasse très prisé, pensez donc ! Le sanctuaire d'Artémis, on ne pouvait guère trouver d'endroit plus prestigieux. Tout chasseur un peu épris de son art rêvait de se rendre au moins une fois dans sa vie en Arcadie. Artémis ne s'y opposait pas, loin de là, elle se sentait même assez flattée de ces visites. Pourtant, quand un groupe de cavaliers approchait ou qu'un campement s'établissait près de sa retraite, elle trouvait toujours d'excellentes raisons pour emmener tout son monde un peu plus loin.

Aussi loin que puissent remonter les souvenirs d'Atalante, elle avait toujours connu sa mère adoptive prenant la fuite quand des visiteurs s'annonçaient. Atalante et les nymphes plaisantaient même souvent la déesse sur sa sauvagerie. « Ils sont très gentils, s'excusait la déesse, mais ils me fatiguent beaucoup. »

Ce qui avait changé pendant l'absence d'Atalante, c'est qu'Artémis ne disparaissait plus quand des chasseurs survenaient. Et même, il lui arrivait régulièrement de demander à Atalante, très étonnée d'un tel changement dans ses habitudes, d'aller les accueillir en son nom et de leur tenir compagnie pendant leur séjour.

– Tu as donc renoncé à la solitude, déesse ? interrogea Atalante.

– Oui. J'ai réfléchi. Tu comprends, ces gens se donnent la peine de venir jusqu'ici... Au fond, c'est un hommage pour moi, presque un pèlerinage... Alors, il m'a semblé que cela n'était pas très poli de ma part de faire ma capricieuse, de me plaindre qu'on trouble ma tranquillité, et de ne même pas leur adresser un signe pour les remercier de leur venue. Je suis très fière quand tu me représentes... Cela ne t'ennuie pas, au moins ?

– Pas du tout, déesse, c'est même amusant.

– Quand on reste plusieurs journées auprès d'eux, ce sont des gens agréables ?

– Oui, ils sont agréables. Ils voyagent pour leur plaisir, ce sont donc des compagnons plutôt gais et insouciants. Ils ne parlent que de choses réjouissantes comme le sport, les jeux Olympiques, la mode ou l'art, et jamais de sujets tristes et ennuyeux tels que les guerres, les malheurs des gens ou les impôts. Ils plaisantent, racontent des histoires amusantes, ils connaissent les nouvelles pièces de théâtre et les nouvelles chansons. Et, en plus, ils m'admirent, ce qui me les rend tout à fait sympathiques. On me demande en mariage, même...

– Vraiment ? Et que réponds-tu ?

– Que mon désir est de demeurer en Arcadie, vierge et chasseresse. Tu sais, déesse, ils sont exactement tels que tu l'as dit parfois : ils sont gentils mais fatigants. Hommes et femmes, ils parlent, ils parlent, ils parlent...

Pendant toutes ces années, que s'était-il passé à Termessos, la ville où Atalante avait vu le jour ?

De bien tristes choses.

Après la disparition de leur première enfant – disparition que la mère d'Atalante crut toujours être un décès dans les premières minutes de la vie –, le roi Chonée et la reine Philis avaient tout mis en œuvre pour avoir au plus vite un second bébé. Mais, soit qu'ils aient offensé un dieu, soit que la naissance d'un enfant vigoureux comme Atalante ait altéré la délicate constitution de Philis, plus jamais la reine ne fut enceinte.

Ils essayèrent tout ce qu'on peut essayer. Ils consultèrent les médecins les plus célèbres et les matrones les plus renommées. Ils tentèrent toutes sortes de régimes et de traitements. Ils prirent des bains dans des sources miraculeuses de grande réputation. On offrit des sacrifices aux dieux. Des chevreaux et des agneaux y passèrent par troupeaux entiers. Et des taureaux, aussi, très recommandés dans les problèmes de stérilité. Le roi Chonée engagea des prêtres supplémentaires afin de s'assurer qu'aucune divinité n'était négligée chez lui... Rien n'y fit. Les années passèrent et, chaque mois, Chonée et Philis attendirent en vain les signes annonciateurs d'un début de grossesse.

Iolos, l'ancien compagnon d'enfance dont la rancœur et les propos jaloux avaient été à l'origine des malheurs de Chonée et de Philis, était mort. Après sa querelle avec Chonée sur le chemin, il s'était abstenu de reparaître au palais. Un jour qu'il chassait seul, il n'était pas rentré. Son cheval était revenu sans cavalier à l'écurie. On avait retrouvé le corps de Iolos sur les rochers, le crâne brisé. On supposa que le cheval s'était emballé et l'avait désarçonné. C'est un accident qui arrive malheureusement souvent.

Chonée et Philis s'étaient rendus dans à peu près tous les temples existant en Grèce, parfois plusieurs fois. Toutefois, Chonée souhaita retourner une fois de plus interroger l'oracle du temple d'Artémis à Éphèse. Philis savait que c'était en Artémis que son époux plaçait le plus de confiance.

La devineresse se tenait dans une pièce à demi obscure de l'Artémision.

– Ô grande Artémis, déesse de la fécondité, demanda le roi Chonée, notre infertilité est-elle définitive ou aurons-nous un jour d'autres enfants ?

La devineresse, entourée d'un rideau de fumée aux vertus divinatoires, baissa la tête et ses longs cheveux masquèrent complètement son visage. Elle resta si longtemps immobile dans cette attitude que le roi et la reine s'étonnèrent. S'était-elle endormie, n'avait-elle pas de réponse ou, au contraire, avait-elle une vision particulièrement intense de leur devenir ? Enfin, la prêtresse releva la tête. Elle médita encore quelques instants, puis elle se tourna vers Chonée et prononça d'une voix nullement endormie, mais au contraire profondément inspirée :

– Par ta descendance, tu connaîtras douleur et joie. Tel est l'oracle de la divine Artémis.

C'était tout. Au sortir de l'Artémision, Chonée tenta de donner à Philis une interprétation encourageante de l'oracle :

– La douleur, nous l'avons eue. La joie est à venir, et quelle autre joie pourrions-nous avoir qu'une naissance prochaine ?

Cependant, il était troublé de ce que la devineresse se soit adressé à lui seul.

Sur le bateau qui les ramenait à Termessos, Philis fut prise de lassitude et d'une fièvre légère, elle s'allongea pendant le reste du voyage. Arrivée à Termessos, la fièvre s'éleva de façon alarmante. Tous les médecins de la cité accoururent à son chevet, mais ils ne purent rien pour elle, elle mourut quelques jours plus tard.

Le roi Chonée sombra alors dans la plus noire tristesse. Il fit tendre toutes les façades de la ville de tissu sombre et ordonna des cérémonies de deuil comme on n'en avait encore jamais vu et qui durèrent trois mois entiers.

Les funérailles achevées, les semaines et les mois passèrent sans que Chonée parvienne à secouer son chagrin. Il savait bien, et d'ailleurs ses conseillers le lui répétaient sans cesse, qu'il aurait dû songer à se remarier. Il était jeune encore, il pouvait avoir d'autres enfants... Mais il ne s'en sentait profondément plus le courage !... Du reste, il était maintenant intimement persuadé d'avoir encouru la disgrâce d'Artémis. Peut-être était-ce pour avoir abandonné l'enfant ? Il avait pourtant sincèrement cru faire le plus précieux des cadeaux à la déesse... Non ! la vérité était autre. Il le comprenait bien aujourd'hui. Il n'avait agi que pour clouer le bec aux Iolos et autres canailles. Il avait agi par vanité et par sottise. Par imbécile présomption. Il était si sûr de lui à l'époque !... Si niais et si convaincu de sa grandeur !... Si sûr qu'il aurait douze enfants en bonne santé parce que tout simplement il était lui-même un enfant gâté de la vie... Tout était clair maintenant. La joie dont avait parlé l'oracle, c'était celle qu'il avait connue pendant les premiers mois de la grossesse de Philis. La douleur, c'était tout le reste. Alors, si la déesse de la fécondité lui en voulait personnellement, à quoi bon affronter les fatigues d'un remariage ? D'autant plus que cela ne réparerait jamais les torts qu'il avait eus envers Philis.

La seule occupation qui avait la vertu, non pas de consoler, mais d'atténuer pendant un moment la mélancolie du roi consistait dans les visites à son haras. Éros, le « meilleur ami », était maintenant trop vieux pour les longues courses dans les collines. Il coulait des jours satisfaits comme étalon du haras, et souvent Chonée, en le voyant entouré de ses cent juments et de ses innombrables poulains, songea que ce gaillard-là avait bien de la chance.

Il ne s'intéressait plus à la chasse, ni aux nouvelles, ni aux bavardages de son entourage. Toutefois, une histoire que racontaient son maître veneur et ses valets de chasse éveilla malgré lui son attention. On disait que la mystérieuse jeune fille qui avait participé à la grande affaire du sanglier de Calydon, Atalante, la fille adoptive d'Artémis, se joignait parfois aux chasseurs qui venaient en Arcadie. On disait aussi qu'elle était belle et agile comme la déesse elle-même.

Chonée éprouva immédiatement l'envie de voir cette fameuse jeune fille. Il s'étonna même de l'ardeur de ce désir, lui qui n'avait plus ressenti d'enthousiasme pour quelque projet que ce fût depuis la mort de sa femme. Il donna l'ordre à son maître des chasses d'organiser une grande expédition dans les collines de l'Arcadie.

Cette nouvelle fit plaisir aux citoyens de Termessos, chacun voulant y voir un signe que le roi sortait de sa tristesse.

CHAPITRE 47

AJAX

Atalante et les nymphes, cachées sur une hauteur, assistèrent à l'arrivée de la caravane de Chonée. Les nymphes, curieuses et bavardes, contrairement à leur maîtresse adoraient les visites.

– Les beaux chevaux ! admira l'une, je n'avais encore jamais vu ça !

– Les cavaliers ne sont pas à dédaigner non plus... fit remarquer une autre. Et les chiens !... Regarde comme ils sont gracieux !

– C'est sûrement la chasse d'un prince.

– Un prince ? C'est au moins un roi.

– Regarde ! C'est sûrement lui, le roi, sur cet alezan... Quel bel homme !

– En a-t-elle de la chance cette Atalante !

– C'est curieux, je n'aperçois nulle part la reine.

– Elle n'est peut-être pas venue. Elle n'aime peut-être pas la chasse.

– Non, intervint une nymphe mieux renseignée que les autres, ce roi est veuf. Et il paraît qu'il souffre d'un chagrin inguérissable depuis la mort de sa femme.

– Comme c'est charmant !... commenta l'une avec mélancolie.

– Et alors, Atalante, qu'est-ce que tu attends pour aller les rejoindre ? Ce n'est pas tous les jours qu'on chasse avec un roi.

– Et surtout, raconte-nous bien tout après !...

Atalante descendit à la rencontre des chasseurs et se joignit à leur groupe, simplement et naturellement comme elle le faisait toujours. Le roi Chonée, suivi de tous ceux qui l'accompagnaient, mit pied à terre en son honneur et la reçut comme la plus illustre des invitées. Il mit à sa disposition une tente aussi vaste et luxueuse que la sienne, quelques servantes pour veiller au bien-être de sa personne, et son propre valet d'armes pour lui ôter jusqu'à la peine de porter son arc. Toutes ces commodités firent bien rire Atalante, toutefois, pendant les quelques jours que dura la chasse, elle prit plaisir à goûter consciencieusement à ce confort et tout particulièrement à se baigner chaque soir dans une vasque d'eau chaude assez longue pour s'y allonger en entier et à se laisser ensuite peigner et masser d'huiles parfumées par quatre suivantes, qui se disputaient l'honneur de lui plaire. Tout cela sous une tente, il n'y avait pas à dire, le luxe était une chose bien agréable.

Pendant toutes ces journées, Chonée se montra avec Atalante courtois, déférent et amical, mais, par une sorte de crainte, il n'osa jamais lui parler en particulier. Il fut le premier à prendre conscience de cette gêne et à s'en étonner. Il était donc intimidé, lui, le hautain roi Chonée, qui n'avait jamais été intimidé par personne ?

Le dernier jour de cette chasse, les rabatteurs débusquèrent une biche. Insaisissable et silencieuse, elle s'enfuyait par ici et reparaissait par là... Rapidement, toute la chasse se trouva dispersée dans les sous-bois. Le roi Chonée se retrouva seul. Il mit son cheval au pas et aspira profondément l'air frais de la matinée. Il montait Ajax, un cheval de cinq ans, l'un des plus prometteurs poulains d'Éros. Il songea que le meilleur de la chasse, c'était quand on perdait les autres chasseurs. On avait alors à soi un moment de grande tranquillité. Libéré du regard des autres, il n'était plus obligé de s'observer à chaque instant et de veiller à prendre une attitude royale pour le geste le plus ordinaire.

Il se pencha et caressa l'encolure d'Ajax.

– Dis-moi un peu, est-ce que tu deviendras aussi bon que ton père ?

Ajax retourna les oreilles vers son maître comme pour s'étonner qu'on puisse poser une question pareille. La réponse allait de soi : bien sûr que oui !

À cet instant, à vingt pas de lui, Chonée aperçut la biche. Sa fine petite tête dépassait des hautes herbes. La biche aussi le vit et disparut sans bruit, comme aspirée par les fougères. Par réflexe de chasseur,

Chonée mit Ajax au galop. En vérité, il n'avait aucunement l'intention de gâcher cette matinée en faisant du mal à cette jolie bête. Depuis son deuil, il n'avait plus aucun goût à tuer des animaux sauvages. Il avait juste envie de donner à Ajax – et à lui-même – le plaisir de la course.

Soudain, il constata qu'il n'était plus seul. Atalante avait surgi d'un taillis et courait à son côté. Elle courait sans précipitation, avec grâce, et visiblement autant de bonheur qu'Ajax lui-même. Parfois la biche descendait une pente raide ou grimpait un talus. Atalante la suivait. Chonée contournait l'obstacle pour ménager les jambes d'Ajax, puis il allongeait ensuite le galop pour revenir à sa hauteur. Il prenait à ce jeu un plaisir intense, un plaisir comme il n'en avait plus ressenti depuis qu'il avait cessé d'être un enfant. Mais il ressentit soudain un pincement au cœur : la biche s'était aventurée en terrain découvert et Atalante préparait son arc...

Il voulut lui crier de ne pas tirer mais il se contint. Elle allait le trouver ridicule. De quoi aurait-il l'air avec ses sensibleries de bonne femme ? La flèche partit. Au grand soulagement de Chonée, elle se planta dans le sol, à peine un demi-pas devant la biche, comme pour signifier que la course finissait là. La biche s'arrêta net en poussant un petit cri apeuré, puis elle fit un saut sur le côté et disparut sous les arbres. Il se trouvait qu'Atalante était dans la même disposition d'esprit que Chonée. Elle aussi avait décidé qu'on ne ferait pas de mal à cette charmante bête.

– Je crois que j'ai gagné, ô roi, dit Atalante en s'arrêtant, joyeuse et essoufflée.

– Je le reconnais, dit Chonée en mettant pied à terre.

Il était charmé qu'Atalante et lui se soient devinés.

Atalante vint à sa rencontre. Elle jeta les bras autour de l'encolure d'Ajax, dont les poils frisaient de sueur, et déposa un baiser entre ses naseaux.

– Tu es un amour de cheval ! dit-elle.

– Ppffllflflfl... ! répondit Ajax en envoyant de la bave partout, ce qui les fit rire, Chonée et elle.

Chonée trouva alors le courage de poser la question qu'il retenait depuis plusieurs jours :

– Quel âge as-tu, Atalante ?

– J'aurai bientôt dix-sept ans, ô roi.

Chonée ressentit une sorte de vertige. Dix-sept années, c'était presque exactement le temps qui s'était écoulé depuis la naissance de son enfant. Il comprit enfin – et pourtant, cela n'était pas bien compliqué – qu'il n'avait pas entrepris ce voyage en Arcadie par hasard ou par désir de se distraire, mais bien parce qu'un espoir puissant qu'Atalante soit sa fille avait surgi en lui dès qu'il avait entendu parler de cette protégée d'Artémis. Et s'il n'avait jamais osé s'avouer à lui-même cet espoir, c'était pour s'épargner une terrible déception si sa recherche n'avait pas abouti.

– Pardonne mon indiscrétion, continua-t-il. Je sais que la divine Artémis est ta mère adoptive, mais as-tu jamais connu tes parents terrestres ?

– Jamais, ô roi. La déesse raconte parfois en riant qu'un jour, un de ses admirateurs a déposé sur les pentes du mont Parthénion un des plus jolis cadeaux qu'on lui ait jamais faits, empaqueté dans un manteau de soldat.

Le trouble de Chonée était immense. Mais dans cette confusion deux sentiments dominaient. D'abord, le soulagement : la déesse avait apprécié son sacrifice ! Alors, cela voulait dire que toutes les idées qu'il s'était faites ces dernières années à propos d'une malédiction d'Artémis dirigée contre lui étaient fausses. Et l'autre sentiment, c'était l'appréhension. Une peur qui lui faisait battre le cœur et venir la sueur aux tempes, parce que, maintenant, il lui fallait regarder le poignet droit d'Atalante. Et si la marque qu'il cherchait ne s'y trouvait pas, ce serait la fin de toutes ses espérances.

– Permets-tu, Atalante, à un homme presque vieux de t'embrasser ? Tu es la fille que je voudrais avoir.

– Avec joie, ô roi, dit Atalante en s'approchant et lui tendant le front. Mais je suis sûre que les dieux, dans leur bonté, te donneront un jour une fille que tu trouveras la plus parfaite du monde.

Chonée prit les mains de la jeune fille dans les siennes et, comme on se jette à l'eau, baissa les yeux. La marque de naissance, minuscule croissant de lune de couleur brun doré, était là sur le poignet bronzé d'Atalante. Chonée crut revoir, avec une précision absolue, comme si cela s'était passé la veille, la toute petite main du bébé, qui s'était accrochée à son doigt. Ses yeux s'emplirent de larmes. Atalante, voyant cette émotion, se souvint tout à coup que le roi était veuf et s'en voulut d'avoir parlé sans délicatesse d'enfants à venir.

– Pardonne-moi, dit-elle, j'ai dit une bêtise, je t'ai fait de la peine.

– Tu ne m'as fait aucune peine, Atalante, bien au contraire. Vois-tu, ce n'est pas la première fois que tes doigts se sont refermés sur les miens.

– Que veux-tu dire, seigneur ?

– Il y aura bientôt dix-sept ans, les dieux m'ont fait don d'une petite fille, et moi, fou que j'étais, pour obéir à un vœu prononcé dans un moment de peur et de colère, j'ai abandonné mon enfant. Je l'ai exposée sur les pentes du mont Parthénion en offrande à la grande Artémis. Mais auparavant, comme le veut la coutume, j'avais tenu mon enfant dans mes mains devant mon peuple. J'ai alors vu qu'elle avait au poignet droit cette marque que tu portes sur le tien.

Atalante, troublée, regarda machinalement son poignet et cette petite tache à laquelle elle n'avait jamais accordé aucune importance.

– Ce que tu veux dire, seigneur, c'est que tu es mon père ?

– Oui, Atalante. Sans le savoir, j'ai fait ce voyage pour te retrouver.

Tous deux se sentirent soudain mal à l'aise. Ils comprenaient que maintenant allait venir une question infiniment difficile, qui pouvait leur faire beaucoup de mal à l'un et l'autre. Chonée rompit ce moment de gêne :

– Je sais, Atalante, que, du jour où je t'ai donnée à la déesse, j'ai abdiqué toute autorité sur toi. Aussi est-ce une prière que je t'adresse : voudras-tu revenir avec moi à Termessos ?

Atalante leva vers lui un regard éteint.

– Pardonne-moi, seigneur, mais je voudrais ne jamais quitter l'Arcadie. La vie chez les hommes est si compliquée, si brutale... Je veux rester dans la forêt.

Chonée demeura un moment silencieux, le visage sans expression, les yeux fixés sur l'herbe.

– Nous respecterons ton choix, dit-il enfin à voix presque basse.

Après un silence, il ajouta :

– Je ne peux te blâmer... Moi aussi, maintenant, si je le pouvais...

Il ne termina pas sa phrase. Les serviteurs et les valets de chasse avaient fini par retrouver leur roi et ils attendaient respectueusement à plus de cent pas qu'il leur fasse signe d'approcher ou qu'il les rejoigne.

– Artémis est bonne, dit encore le roi. Non seulement elle t'a sauvée, mais elle a encore eu la générosité de me permettre de te connaître. Louée soit-elle pour l'éternité !

Il fit quelques pas pour reprendre la bride d'Ajax, qui s'éloignait en broutant activement l'herbe de la forêt.

– Alors, adieu, Atalante, ma chère fille. Peut-être nous reverrons-nous au hasard de tes chasses ? Je n'ai pas besoin de te dire le bonheur que j'en aurai.

Et Chonée s'éloigna en direction du groupe des chasseurs.

CHAPITRE 48

LES PORTES DE TERMESSOS

Atalante, désorientée, désolée, regardait le roi s'éloigner. Pourquoi tout cela s'était-il passé si vite ?... Chonée s'arrêta dans un petit vallon au fond duquel un pli du terrain le cachait à la vue des siens. Il mit le pied à l'étrier et remonta à cheval. Une fois en selle, il redressa les épaules, releva le menton et se recomposa un visage impassible et sévère d'où toute émotion avait disparu. Alors, seulement, il reparut à la vue de ses compagnons.

Aucun de ces gestes n'avait échappé à Atalante. Et tant d'énergie, tant de fierté, tant de noblesse, chez un homme qu'elle savait être si profondément bouleversé, l'émurent plus que tous les discours qu'il aurait pu tenir. C'était magnifique d'être la fille d'un tel homme ! Et soudain, il lui apparut que ce retour chez les hommes, qui, quelques minutes plus tôt, lui semblait inconcevable, était maintenant possible, souhaitable – et même proche et certain.

– C'est aussi mon avis ! dit près d'elle une voix bien connue.

Atalante se retourna. La déesse Artémis, qu'elle n'avait pas vue ni entendue arriver, se tenait à son côté et observait avec elle le départ de Chonée et de sa troupe.

– Que veux-tu dire, ô déesse ?

– Je pense, comme tu le penses aussi, que le temps est venu pour toi de quitter l'Arcadie et d'aller vivre la vie de tes frères humains.

– J'aurais trop de regrets de quitter l'Arcadie !

– Mon enfant chérie, la vie en Arcadie est agréable, mais les jours s'y écoulent presque semblables les uns aux autres. Cela n'a pas d'importance pour nous autres, êtres intemporels. Mais, toi, tu es une mortelle, dont chaque minute est précieuse. Si tu restes avec nous, ta vie passera comme une seule belle journée d'été. Je ne dis pas que cela n'aurait pas son charme, mais ce ne serait pas très excitant.

– Ma mère, est-ce vrai ce que mon p... ce que le roi Chonée vient de dire ?

– Qu'il est ton père ? Oui, bien sûr, c'est vrai.

– Tu le savais ?

– Oui, bien entendu.

– Pourquoi ne me l'as-tu jamais dit ?

– J'aurais pu, mais, jusqu'à il y a un quart d'heure, il ne m'a jamais semblé que c'était une question qui te préoccupait. Je craignais de jeter inutilement le trouble dans ton esprit. Je me disais que le moment viendrait en son temps. Eh bien, j'avais raison : il est venu ! Mais de manière un peu précipitée, peut-être, on ne peut le nier.

– As-tu fait exprès, déesse, de faire venir mon père en Arcadie et de m'envoyer à lui ?

– Non, répondit ingénument Artémis. Enfin, oui, j'avais une idée en t'envoyant vers les chasseurs. J'agissais, en quelque sorte, en mère de famille qui souhaite trouver un mari pour sa fille... Après ton retour de Sicile, je ne voulais pas que tu perdes l'habitude de vivre dans le monde des humains. Alors les chasseurs, cela m'avait semblé une solution proche, facile, commode... Il ne m'était pas venu à l'idée que ton père réagirait si vite, qu'il accourrait ici et se ferait reconnaître, tout cela en moins d'une matinée. Du reste, je pense comme toi : tout cela est allé un peu vite. Je voulais éviter de te troubler, je reconnais que cela n'est pas très réussi.

– Que dois-je faire, maintenant ?

– Ce que tu veux. Toutefois, je crois que l'impression que tu as ressentie tout à l'heure en voyant ton père partir était la bonne.

– Je sais que tu as raison, ma mère bien-aimée, mais comme vous allez me manquer, toutes !...

– C'est toi qui vas nous manquer, notre enfant de loup.

Artémis serra Atalante contre elle.

– Dois-je te le dire, mon enfant chérie ? Parmi tous mes enfants d'homme, c'est toi que j'ai le plus aimée.

Le lendemain, au point du jour, Artémis et les nymphes accompagnèrent Atalante jusqu'aux limites de l'Arcadie. Elles s'arrêtèrent à la lisière de la forêt. La route descendait vers la vallée et vers les hommes. Les nymphes évoquaient la petite louvarde qu'elles avaient accueillie dix-sept années plus tôt, si drôle et si mignonne. Dix-sept années ? Cela faisait déjà dix-sept années ? Mais dites plutôt dix-sept minutes, c'est affreux ce que le temps passe vite, même chez les immortels... Elles embrassèrent et réembrassèrent Atalante en versant d'abondantes larmes et lui firent promettre de revenir les voir pour leur raconter ses aventures chez les hommes.

Enfin, la déesse s'approcha d'Atalante.

– Atalante, j'ai deux choses importantes à te dire. D'abord, j'ai un message pour ton père : tu lui diras que je le remercie pour son aimable cadeau d'il y a dix-sept ans et que, pour ce qu'il sait, je n'étais pour rien.

Atalante eut un regard interloqué, étonnée de ce langage alambiqué comme un oracle.

– Ne t'en fais pas, il comprendra. Ta maman était trop fragile pour avoir un autre enfant. C'est triste, mais c'est la nature seule qui a fait cela.

La déesse songea un instant, secoua la tête et leva au ciel ses bras divins.

– Mais aussi, poursuivit-elle, quelle idée absurde d'imaginer que moi, déesse de la fécondité, j'aille frapper quelqu'un de stérilité !... Cela serait complètement illogique !

Elle poussa un soupir.

– Enfin !... L'autre chose, Atalante, te concerne. Il s'agit du vœu que tu as prononcé le jour de tes onze ans. Je t'en relève.

Atalante allait protester, presque fâchée, mais Artémis eut un geste des mains pour l'apaiser.

– Ne dis rien, laisse-moi finir. Les enfants de onze ans ont une âme de fer et, quand tu t'es engagée par ce serment, rien ne pouvait mieux témoigner ton amour pour moi que cette volonté de me ressembler. C'était délicieux, pour une mère. C'est pourquoi j'ai accepté ton don avec toute la considération qu'il méritait. Aujourd'hui, les circonstances sont différentes...

Atalante voulut parler, mais la déesse continua :

– Je t'en prie, écoute-moi un peu. Je ne t'ordonne pas de prendre un mari la semaine prochaine, encore que, si cela te faisait plaisir... Je te dis que tu es libre, c'est tout. Demeure vierge et chasseresse si c'est ta volonté. Mais si, par hasard, chez les hommes, tu rencontrais l'amour – on ne sait jamais –, je ne voudrais pas que tu puisses regretter un jour d'avoir été ma fille. C'est on ne peut plus simple, tout ça ! Et maintenant, mets-toi en route, grande paresseuse ! Si tu continues à traînasser comme ça, tu vas marcher sous la chaleur, et puis les adieux, c'est toujours très triste pour tout le monde.

Atalante arriva à Termessos un soir. Elle franchit les remparts alors que le soleil se posait sur l'horizon. Elle trouva que la ville était belle, bâtie en pierres blanches à mi-pente de la montagne. Les collines qui l'entouraient étaient recouvertes de forêts d'un beau vert presque émeraude. Il devait y avoir de l'eau en abondance dans ce pays... Elle se sentit plutôt sereine et heureuse en songeant qu'ici, désormais, c'était chez elle. Tout en gravissant les rues en pente qui montaient vers le palais, elle s'interrogea sur l'accueil qu'allait lui faire le concierge. Après des journées de marche, elle était sale et couverte de la poussière des chemins. Elle ressemblait à une vagabonde. Si elle s'annonçait comme la fille du roi, il allait la prendre pour une folle... C'était sûr, on n'allait jamais lui permettre d'entrer...

Elle fut étonnée de trouver les portes du palais grandes ouvertes. Deux gardes présentaient les armes. Elle voulut leur parler mais ils ne lui répondirent pas. Elle insista, voulut se présenter, mais ils s'obstinèrent dans leur mutisme. Bizarre coutume... songea-t-elle, mais enfin, puisque les portes étaient ouvertes et comme personne ne lui demandait rien, elle entra.

L'intérieur du palais était décoré comme pour une fête et illuminé par des centaines de flambeaux. Le roi Chonée, vêtu d'une splendide robe de cérémonie, l'attendait en haut des marches. Il descendit à sa rencontre et lui prit les mains dans un geste à la fois solennel et tendre.

– Je suis venue, mon père, dit-elle.

– Je t'attendais, ma chère fille.

– Un devin t'aurait-il annoncé mon arrivée ?

– Pas un devin, dit Chonée en souriant, mais tout bonnement un guetteur. Depuis que nous nous sommes quittés, là-haut en Arcadie, j'ai placé des veilleurs sur toutes les routes qui arrivent à Termessos, avec ordre au premier qui t'apercevrait de revenir au palais à bride abattue abréger mon attente de chaque minute possible. Et aujourd'hui, enfin, vers midi, l'un d'eux t'a vue.

CHAPITRE 49

LES PRÉTENDANTS

La nouvelle que le roi de Termessos avait retrouvé sa fille unique, et qu'en plus il s'agissait de la fameuse Atalante, la filleule de la déesse, fut connue de toute la Grèce en moins d'une semaine. Les cités envoyèrent immédiatement des ambassades pour féliciter le roi et la princesse. Un grand nombre de jeunes hommes se trouvaient dans les délégations, en partie par curiosité mais aussi parce qu'Atalante était devenue du jour au lendemain l'un des plus beaux partis de toute la Grèce.

Pendant quelques mois, il n'y eut à Termessos que fêtes, chasses et banquets. Au début, ces festivités perpétuelles amusèrent Atalante. Mais, rapidement, elle s'en fatigua. Chez les nymphes, elle avait toujours eu autant de calme et de tranquillité qu'elle en désirait. À Termessos, Atalante fut vite ennuyée de devoir organiser toute une stratégie chaque fois qu'elle avait envie de disposer d'un moment de solitude. Elle ne pouvait rien faire sans être entourée d'une nuée d'amis, d'invités et de garçons. Ah ! les garçons, les « prétendants »... Ils étaient charmants, certes, serviables, spirituels, bien élevés, mais ils étaient bavards, trop nombreux et toujours là.

Pendant un temps, Atalante crut avoir trouvé la solution à ses problèmes. Elle quittait le palais à l'aube par une porte dérobée et s'en allait passer la journée dans les collines avec une ou deux de ses compagnes. Sans s'en rendre compte, elle avait recréé autour d'elle une sorte de petit univers ressemblant à celui des nymphes d'Arcadie. À Termessos, elle avait rapidement trouvé des amies. Elle aimait particulièrement les deux filles cadettes du capitaine des gardes Okaénos. Lia, qui était née quelques semaines après elle, et la petite Élis, plus jeune de trois ans, pour qui elle se sentait une tendresse de grande sœur.

Mais les prétendants n'étaient pas si bêtes et, un matin, Atalante, Lia et Élis eurent la surprise de trouver tout un groupe de garçons, qui les attendait au sortir de la porte dérobée. Elles furent obligées, sous peine de paraître impolies, d'accepter leur compagnie pour la journée.

Atalante s'ouvrit de ses soucis à son père.

– Vivez-vous toujours de cette façon à Termessos ? Avec autant de fêtes, d'invités...

– Par Zeus, non ! répondit le roi, qui songea à la tristesse des dernières années écoulées.

– Tous ces garçons vont-ils rester longtemps ?

Le roi Chonée sourit.

– Je crois que leur intention est de rester jusqu'à ce que tu aies choisi l'un d'eux pour mari.

Atalante crut tomber des nues.

– Pour mari ? Si vite ? Mais je n'ai aucune envie de me marier. Et aucun d'eux ne me plaît. Il faut le leur dire. Ne pourrais-tu pas leur proposer de... partir ?

Ce fut au tour de Chonée d'être scandalisé.

– Tu n'y penses pas, ma fille ! Ils sont tous fils ou neveux de rois, ce serait une très grave insulte envers leurs familles.

Atalante soupira.

– Comme tout est compliqué chez vous autres, hommes ! Que se passera-t-il si je n'en épouse aucun ? Ils vont tous rester éternellement ici comme des invités qu'il faudra chaque jour divertir et distraire ?

– Enfin, ces jeunes gens sont beaux, brillants, instruits... Il n'est pas possible qu'il n'y en ait pas même un qui te plaise.

– Mon père, je désire ne pas me marier. J'ai fait vœu de rester vierge et chasseresse.

Les bras de Chonée lui en tombèrent.

– Et elle dit que c'est nous qui sommes compliqués !... As-tu vraiment prononcé ce vœu ?

– Oui. Solennellement. Devant la déesse Artémis.

Puis elle ajouta, à contrecœur, parce qu'elle ne voulait pas mentir :

– Il est vrai que la déesse m'a déliée de ma promesse, voulant que j'aie ma liberté entière et que j'engage ma responsabilité dans les choix que j'aurai à faire.

Les jours qui suivirent, le roi Chonée revint souvent sur ce sujet du mariage, expliquant et réexpliquant avec patience à Atalante combien cette affaire était sérieuse. Le jour où lui, Chonée, mourrait, elle et son mari deviendraient reine et roi de Termessos. Ce changement de souveraineté serait un passage difficile, et même dangereux, pour deux jeunes monarques. Il fallait considérer qu'elle n'avait pas été élevée dans la cité et que son mari, pendant des années, serait considéré comme un étranger par les citoyens de souche. Et personne n'est plus persuadé d'avoir raison par droit de naissance que les citoyens de souche ; mais ça, c'était une règle universelle, ce n'était pas spécifique à Termessos. Il fallait qu'Atalante fût consciente qu'elle serait toute sa vie entourée de flatteurs intéressés et de requins désireux de faire vaciller son autorité. Plus tôt elle se marierait, et mieux, lui, son père, aurait le temps d'aplanir les embûches de leur règne futur.

Atalante médita ces conférences. Elle comprenait très bien toutes les raisons que son père lui avait si patiemment exposées. Elle les trouvait justes et raisonnables. Mais c'était la conclusion de cette argumentation que son instinct et sa nature profonde refusaient de toutes leurs forces. Elle ne parvenait pas à admettre que le mariage puisse être l'aboutissement d'un raisonnement politique. En tout cas, pas en ce qui la concernait. Aucun de ses prétendants n'était répugnant, ni même déplaisant. Ils n'étaient pas intéressants, c'était tout. Renoncer à son indépendance et partager sa vie entière avec l'un d'eux n'était simplement pas possible. Artémis et Chonée lui avaient donné la liberté de ses choix (et d'ailleurs, songeait-elle, s'ils ne la lui avaient pas donnée, elle se la serait sans doute accordée toute seule), elle était donc en droit de choisir de ne pas se marier. Ce qu'elle voulait vraiment, elle le savait bien, c'était la nature sauvage, l'aube dans la forêt et l'affection sans bornes de la petite Élis, qui serait bientôt de première force au tir à l'arc. Elle demeurerait vierge et chasseresse comme elle l'avait décidé jadis. Alors, bien sûr, il restait le problème du trône de Termessos... Elle n'avait jamais demandé à régner et n'avait d'ailleurs même jamais imaginé que cela pourrait lui arriver un jour. Toutefois, il se trouvait que ce serait à elle d'assumer la responsabilité de Termessos. Elle ne s'y déroberait pas puisque c'était un devoir. Après tout, il y avait des reines qui régnaient seules... Mais, aujourd'hui, Chonée était là. Il n'était pas vieux et en excellente santé. Et il était entouré de très bons conseillers et juristes qui sauraient préparer l'avenir sans qu'Atalante ait à s'encombrer d'un mari.

Ce qui importait, pour l'instant, c'était de leur faire quitter l'idée d'un mariage rapide. Pour cela, il fallait se débarrasser en douceur des prétendants. Tant qu'ils seraient là, Chonée et son conseil persisteraient à penser qu'elle n'avait qu'à choisir l'un d'entre eux, comme s'ils étaient disposés sur une étagère, pour que tout fût réglé.

– Mon père, j'ai réfléchi à tout ce dont tu m'as parlé, ces jours derniers.

– Tu m'en vois heureux, Atalante.

– Vois-tu, il m'est impossible d'élire un de mes prétendants, comme ça, arbitrairement, sur sa bonne mine, ses belles paroles ou la fortune de ses parents.

– C'est bien mon avis. J'espérais que l'un deux, par ses qualités propres, saurait éveiller ton intérêt.

– Ce n'est pas le cas. Aussi je voudrais que les dieux eux-mêmes désignent celui qui m'est destiné. Je souhaite épouser celui qui me vaincra à la course.

Chonée eut un sourire incrédule.

– Voyons, Atalante, c'est une plaisanterie !... Tu cours comme le vent... Personne ne te surpasse à la course... Nous l'observons à chacune de nos compétitions.

– Ce n'est pas une plaisanterie, mon père. Si l'un d'eux court plus vite que moi, je croirai que les dieux ont choisi à ma place.

Cet engagement ne coûtait pas cher à Atalante. Elle était presque sûre qu'aucun humain ne pouvait courir aussi vite qu'elle qui avait grandi parmi les nymphes de l'Arcadie, les meilleures coureuses du monde. De plus, Artémis, orgueilleuse de l'agilité de sa fille, avait parfois dit qu'Atalante était la plus rapide des mortels. Elle ne risquait donc pas grand-chose avec ce genre de promesse.

– Atalante, dit le roi avec douceur, c'est une erreur de s'abriter derrière les dieux ou le destin quand nous avons une décision à prendre. N'est-ce pas toi qui parlais il y a quelques jours de liberté et de responsabilité ? Crois-moi, j'ai payé assez cher autrefois pour le savoir.

Le roi tomba dans une profonde songerie. C'était la première fois qu'Atalante, au mot de mariage, ne disait pas « non » mais « peut-être ». Il y avait là une porte entrouverte qu'il ne fallait pas laisser se refermer. Peut-être, en effet, cette idée était-elle inspirée par les dieux... Peut-être avaient-ils imaginé d'envoyer un agile entre les agiles, capable de courir plus vite qu'elle. Il ne fallait pas exclure cette possibilité. On pouvait aussi penser qu'un des prétendants plaisait à Atalante mais que, par fierté, elle ne voulait pas le dire. Elle le laisserait gagner. Cette course ne serait qu'un stratagème pour désigner son mari sans offenser son amour-propre. En effet, connaissant la hauteur de caractère de sa fille, il comprenait qu'il ne devait pas être facile pour la filleule d'une déesse de choisir son époux parmi de simples mortels, fussent-ils fils de rois...

C'est bien, Atalante, dit le roi sortant de sa rêverie, si tel est ton désir, nous ferons ainsi.

CHAPITRE 50

ATALANTE-CŒUR DE PIERRE

La plupart des prétendants plièrent bagage les jours suivants. Ils avaient eu l'occasion de voir Atalante courir à la chasse ou sur le stade, et ils se refusaient à subir ce qu'ils considéraient comme une humiliation inutile. Ils remercièrent le roi Chonée pour son hospitalité et rentrèrent chez eux chercher une fiancée moins extravagante et moins rapide.

Quelques audacieux relevèrent le défi. Il fut établi que chaque course se disputerait sur cinq tours de stade, et Atalante ordonna que son concurrent parte avec un tour d'avance afin d'équilibrer les chances.

Les adversaires d'Atalante étaient d'excellents coureurs, entraînés, au souffle long et à la foulée puissante. Pour la plupart, ils avaient déjà porté les couleurs de leur ville aux jeux Olympiques. Au son de trompe, ils s'élançaient, efficaces et méthodiques, courant avec une rigueur militaire en allongeant leur foulée régulièrement tout au long du parcours. Contre un autre coureur qu'Atalante, ils auraient amplement mérité de gagner. Mais c'était sans espoir, ils ne couraient pas dans la même catégorie. Atalante courait d'une foulée légère, souple, sans grand effort apparent. Elle courait parfois avec une sorte de nonchalance élégante, comme une biche qu'aucun danger ne menace. Parfois, elle se livrait au beau milieu de la course, contre toutes les règles, à de fulgurantes accélérations, comme ça, par fantaisie, sans aucune stratégie. Il lui arriva aussi de mener un train d'enfer du départ à l'arrivée comme si, ce jour-là, elle était curieuse de voir jusqu'où pouvait aller son endurance. En général, elle dépassait son adversaire au début du quatrième tour et tout était dit.

– Il n'y a rien à faire contre toi, Atalante, durent-ils tous admettre après la course.

Bref, en moins d'un mois, il n'y eut plus un seul prétendant à Termessos. Atalante s'applaudissait de son adresse tandis que le roi Chonée, consterné, constatait que cette histoire de course à pied n'était qu'une ruse de sa rouée fille destinée à faire fuir les candidats au mariage.

Chonée réunit ses conseillers, qui ne purent que constater l'échec des projets de mariage échafaudés pour la princesse.

On demanda l'avis de matrones et de marieuses expérimentées. Elles eurent de longs entretiens en privé avec la princesse. Réunies en collège, elles tinrent d'interminables conciliabules derrière des portes fermées. Enfin, elles remirent au roi leur rapport. Leur opinion était que la princesse Atalante était trop jeune pour le mariage. Non pas trop jeune par l'âge, qui aurait très bien convenu, mais par l'esprit. On pouvait considérer qu'en ce qui concernait la question du mariage prise isolément, la princesse n'était pas encore sortie de l'adolescence. La vie très libre qu'elle avait menée jusqu'alors, et particulièrement la fréquentation des Amazones, qui avaient sur ce point des coutumes très particulières, avait été la plus mauvaise des préparations possibles à l'hymen. En conclusion, elles conseillaient de laisser temporairement la princesse en paix sur ce sujet, afin de ne pas la pousser à s'entêter d'avantage. Et sans doute – peut-être – avec le temps, du moins on l'espérait, son caractère deviendrait un peu plus accommodant. Cela arrivait parfois.

Le conseil entérina cette décision, ou plutôt cette absence de décision. De toute façon, il n'y avait pas grand-chose d'autre à faire puisque tous les prétendants étaient partis. On n'allait tout de même pas leur demander de revenir pour se faire distancer une deuxième fois sur le stade.

Il s'ensuivit une période de calme à Termessos. Les fêtes, les banquets, les soupers à quarante couverts, tout cela, c'était terminé. Atalante avait toute la tranquillité qu'elle désirait. Elle sortait quand et avec qui elle voulait. Elle prenait ses repas et montait à cheval avec son père. Elle trouvait que, finalement, la vie chez les hommes pouvait être charmante et qu'à condition de savoir s'organiser, elle n'était pas si compliquée qu'elle l'avait craint autrefois.

Une nouvelle pourtant lui causa un vrai déplaisir. Elle apprit que ses ex-prétendants l'avaient surnommée : *Atalante, pieds légers et cœur de pierre.*

Non, elle n'avait pas un cœur de pierre !... C'était leur vanité blessée qui leur avait inspiré un si méchant surnom. Elle avait un cœur aimant, au contraire, et elle ne demandait pas mieux que d'être l'amie de tout le monde. Seulement, tout de même, entre l'amitié et le mariage, il y avait un abîme. Décidément, si ! la vie chez les hommes était compliquée et brutale ! Ils rendaient humiliation pour humiliation. À tout moment, quoi qu'on dise ou qu'on fasse, on était exposé à subir des calomnies et des perfidies. La seule façon de leur échapper, songea Atalante, était une extrême prudence. Il ne fallait rien dire en public que de très ordinaire, et désormais voir le moins de monde possible.

Quelques semaines plus tard, vers la fin de l'après-midi, un voyageur se présenta à la porte du palais et demanda l'hospitalité pour la nuit. Il était sale, vêtu d'un manteau commun, sur son visage le sable s'était collé à la transpiration, et ses jambes étaient blanches de la poussière des chemins jusqu'au-dessus des genoux. Mais il était beau et ses yeux noirs pétillaient de gaieté.

– Si le roi et la princesse hésitent à me recevoir, dit le voyageur au concierge, dis-leur que je suis fils de roi et que ma naissance m'autorise à m'asseoir à toutes les tables de Grèce, bien qu'un vœu m'empêche pour l'instant de révéler mon nom.

– Entre, garçon ! fit le concierge. Le roi et la princesse reçoivent tous les voyageurs, fils de roi ou pas. Et les dieux soient bénis de m'avoir fait naître portier et pas roi !

– Et pourquoi cela, grand-père ?

– Parce que vous êtes tous fous, vous autres ! L'un abandonne sa fille parce qu'elle est une fille, l'autre chasse ses prétendants parce qu'ils sont des hommes, et toi, tu cours les routes vêtu comme un clochard au lieu d'apprendre ton métier auprès de ton vieux père. Et, si tu es venu pour défier notre princesse à la course, tu es encore plus fou que tous les autres.

– Eh, sait-on jamais, grand-père ! La plus grande folie, ce serait peut-être de ne pas commettre celle-là.

Au dîner, le roi Chonée invita le voyageur à partager son repas et celui de sa fille. Un majordome fournit au jeune homme une baignoire et des vêtements propres, de sorte qu'il se présenta net et élégant au souper.

– Sois le bienvenu, fils de roi, dit Chonée. Nous savons qu'un vœu t'interdit de révéler ton nom, nous le respecterons.

– Merci, ô roi. C'est bien agréable, après tant de chemin, de recevoir un accueil aussi amical.

– Nous feras-tu le plaisir de rester quelques jours ?

– Merci encore, ô roi Chonée, mais ma route est encore longue et je ne peux m'arrêter plus d'une nuit à chaque étape.

– Et où vas-tu ?

– Je prendrai demain à l'aube la route d'Aspendos.

Le visiteur avait traversé de nombreuses villes et apportait une foule de nouvelles et de potins. La conversation se prolongea tard dans la soirée. Atalante écoutait et ne disait rien. Le visage du voyageur ne lui semblait pas inconnu – oui, mais où l'avait-elle déjà rencontré ? Elle avait beau chercher, elle ne parvenait absolument pas à s'en souvenir. Quand elle croisait son regard, elle avait le sentiment d'une complicité. « Je ne sais pas pourquoi je me fais des idées pareilles, pensa-t-elle finalement. Il doit seulement ressembler à quelqu'un que j'ai croisé quelque part. Peut-être un de ces chasseurs qui venaient en Arcadie... De toute façon, il part demain et c'est tant mieux. »

CHAPITRE 51

LE COL D'ARTABAGE

Le lendemain, il faisait encore nuit lorsque le voyageur descendit à la salle à manger. Le majordome l'attendait ; il allait le prier de s'installer quand, à la profonde stupéfaction de ce serviteur, la princesse pénétra dans la pièce.

– Tu peux aller retrouver ton lit, dit Atalante. Je servirai moi-même notre hôte.

Ça, alors, c'était un événement !

Certes, la princesse se levait tous les jours avant le soleil afin d'aller passer les premières heures du jour dans la forêt mais, jamais, au grand jamais, elle n'était descendue prendre son repas dans la salle commune. Elle se faisait servir dans son appartement. Et pour ce qui était de s'occuper elle-même d'un invité !... Ce qu'elle avait à dire à ce jeune homme était donc bien important ?

Le majordome brûlait d'entendre leur conversation, mais l'invitation à se retirer avait sonné comme un ordre des plus formels. Il aurait volontiers écouté à travers le rideau, toutefois il craignit d'être surpris et n'osa pas.

Atalante et le voyageur, restés seuls, commencèrent à manger. Ils échangèrent quelques banalités sur le pain, qui était encore chaud, et sur la journée, qui s'annonçait belle, mais soudain Atalante fit cette remarque :

– Ton vœu, ton voyage prétendument pressé, ce sont des contes.

Le visiteur leva un regard curieux.

– Qu'est-ce qui rend la princesse si perspicace ?

Atalante ne s'arrêta pas à cette question et continua :

– En vérité, tu es venu ici par curiosité. Tu voulais voir *Atalante-Cœur de pierre*. Eh bien voilà, tu l'as vue. Tu es content. Tu pourras raconter partout qu'elle est aussi méchante qu'on le dit.

– C'est deux fois faux.

– Pourquoi faux et pourquoi deux fois ?

– D'abord, ce surnom est une méchanceté inventée par des lourdauds qui n'ont pas eu le cran de se mesurer à toi. Jamais je ne me serais permis de t'associer une expression aussi irrespectueuse, et je n'aurais sans doute jamais permis que quelqu'un la prononce en ma présence.

Ce n'était pas de la flatterie. Atalante perçut avec netteté qu'il pensait chaque mot qu'il venait de prononcer. Elle en éprouva un profond réconfort. Sans en parler jamais à personne, l'idée qu'elle puisse être un objet de médisance et de dérision la faisait profondément souffrir. Elle ressentit un élan de sympathie pour cet étranger qui prenait son parti contre le clan des imbéciles et des jaloux.

– Tu dis que ce sont ceux qui ont choisi de ne pas courir qui répandent ces méchantes paroles ? demanda-t-elle.

– Oui. Ceux qui ont couru sont des esprits droits.

– Cela me fait plaisir de l'apprendre. Ils avaient si bien couru.

– Ils ont bien couru mais ce sont des sots.

– Tiens donc ! Et pourquoi ?

– Tu m'accuses de raconter des contes, mais mes contes à moi sont des grains de poussière à côté des tiens. Ton défi, ta grande épreuve, « mon vainqueur sera mon époux... », pardonne-moi, mais c'est très gros ! Les plus obtus de tes prétendants auraient dû comprendre qu'il ne s'agissait que d'une manière polie de les prier de s'en aller. Ceux qui ont accepté l'épreuve en croyant pouvoir gagner se surestimaient, donc ils étaient sots. Ou bien, ils espéraient que tu ralentirais ta course pour eux, et ils atteignaient une sorte de sommet dans la sottise ; il aurait dû être évident pour toute personne te connaissant depuis plus de deux minutes que tu ne ralentirais jamais ta course pour personne. Ou encore, ils sont partis battus d'avance, et c'est sûrement très beau de marcher à la défaite pour l'honneur mais, à mon avis, c'est inintelligent.

– Alors, pourquoi as-tu dit, hier en arrivant, que, si c'était une folie d'accepter mon défi, cela serait une folie encore plus grande de ne pas le faire ?

Le jeune homme considéra Atalante et souleva un sourcil admiratif.

– Tiens donc ! La princesse, sauvage comme l'oiseau et limpide comme l'eau de source, dispose dans sa ville d'une police à faire envie à un vieux magistrat... Et cette police lui a déjà fait connaître des propos tenus hier soir hors du palais ?

En vérité, le portier avait rapporté cette phrase du visiteur à sa femme et à sa fille, la fille l'avait répétée à Élis, qui s'était empressée d'en informer Atalante.

– Ces considérations sur l'eau et les oiseaux ne font pas une réponse, répondit-elle évasivement.

Elle était en secret assez amusée, et assez flattée aussi, à l'idée qu'on puisse l'imaginer – elle ! – en chef de la police de Termessos.

– Je voulais dire que si un homme avait le désir de devenir ton mari, il serait fou de ne pas tenter cette course, puisque c'est le seul moyen. Mais d'autre part, accepter de courir contre toi est une erreur puisqu'il est impossible de gagner, c'est le plus sûr moyen de te perdre définitivement. Tu enfermes tes concurrents dans deux propositions contradictoires. Ton défi n'est pas une course à pied, c'est un concours de ruse. Il faut donc te combattre avec tes propres armes, c'est-à-dire la ruse et le stratagème.

– Je ne comprends rien à ton histoire. Pour être clair, tu as l'intention de me défier, ou pas ?

– Si je le faisais, c'est que je serais sûr d'avoir autant de chances que toi de gagner.

– Entraîne-toi bien, alors ! Sur un stade, la plus grande subtilité, c'est encore une très grande rapidité des jambes.

Elle s'interrompit pour se servir de fruits et mordit dans une grenade. Puis elle reprit :

– Pourquoi as-tu dit tout à l'heure que je me trompais deux fois ?

– Tu n'oublies vraiment rien, constata-t-il. J'ai dit cela parce que je ne suis pas venu pour te voir, mais pour te revoir.

– Où nous sommes-nous déjà vus ?

– À Calydon.

Atalante le regarda avec un intérêt renouvelé.

– Tu étais à Calydon ? Tu faisais partie des chasseurs ? Je savais bien que je connaissais ton visage. Pardonne-moi de ne pas t'avoir reconnu.

– Nous avons eu tant à faire, là-bas, que tu es pardonnée du crime abominable de ne pas m'avoir remarqué.

Par délicatesse, il s'abstint de rappeler qu'à Calydon elle n'avait eu d'yeux que pour Méléagre.

Atalante se leva.

– Si tu veux marcher jusqu'à Aspendos, il faut te mettre en chemin. La route qui rejoint la côte fait un détour. Je connais un passage par la montagne qui te fera gagner la moitié d'un jour de marche, mais il faut que je te guide. Sans moi, tu te perdrais.

– Princesse, ma reconnaissance est sans bornes. Mais dois-je comprendre que tu as envie que je revienne ?

Atalante prit l'air le plus indifférent qu'elle put.

– Cela me serait parfaitement égal, répondit-elle.

– Si cela t'était égal, il te serait aussi égal que je disparaisse dans le premier trou venu de la forêt.

Atalante eut un regard irrité. Vraiment, il était trop insolent ! Mais elle vit qu'il riait et, malgré elle, elle sourit aussi.

– Si je souhaite ton retour, dit-elle, c'est seulement pour te montrer comment je parcours cinq tours de stade pendant que tu en fais deux.

Ils marchèrent jusqu'à la mi-journée. Le sentier en effet disparaissait souvent et il fallait connaître toutes les pierres de la montagne pour ne pas s'égarer. Vers midi, ils atteignirent une crête. De l'autre côté, une vallée descendait jusqu'à la mer que l'on apercevait comme un trait bleu foncé à l'horizon.

– Nous sommes au col d'Artabage, dit Atalante. Maintenant tu ne peux plus te tromper. La route d'Aspendos est là, en bas. Si tu n'es pas trop fainéant, tu peux y arriver avant la nuit.

– Merci, belle princesse. Je dirai partout qu'Atalante est aussi bonne et serviable que rapide.

– Tu peux peut-être me dire ton nom maintenant que je sais à quoi m'en tenir sur ton vœu.

– Mais j'avais réellement fait un vœu.

– En vérité ?

– En vérité. J'avais juré de ne révéler mon nom que si la sublime Atalante marquait assez d'intérêt pour ma pauvre personne pour me le demander elle-même. Il me semble que c'est le cas.

– Tu es d'une prétention insupportable.

Il rit.

– C'était pour rire, princesse. Je m'appelle Hippomène de Kos.

Et il entreprit de descendre la pente de rochers éboulés qui constituait l'autre versant du col. Atalante le regardait s'éloigner. Il posait les pieds lentement pour ne pas faire rouler les éboulis. Soudain, elle ne put s'empêcher d'appeler :

– Est-ce que tu reviendras ?

Le ton de sa voix la surprit elle même : il exprimait le désir et l'anxiété. Et aussitôt elle se sentit furieuse contre elle-même de s'être ainsi laissée aller, elle, la fière Atalante ! Et devant cet effronté, encore, qui ne ratait pas une occasion de se moquer d'elle...

Il s'arrêta et leva vers elle la tête.

– Est-ce que cela te fera plaisir ?

Atalante essaya de retrouver toute la dignité qu'elle pouvait.

– Je t'ai déjà dit que cela m'était égal. Je ne posais cette question que par politesse.

Il était debout au milieu de sa pente de cailloux et la considérait, l'œil moqueur et parfaitement incrédule. Atalante soutint ce regard, le visage sévère, essayant de copier l'attitude glaciale que prenait son père le roi quand des courtisans l'importunaient par une demande. Mais après une dizaine de secondes de cet affrontement de regards, se sentant ridicule, elle ne put se contenir et laissa fuser son rire.

– Je reviendrai, dit Hippomène.

Et il disparut au bas de la pente.

CHAPITRE 52

«DEMAIN, SUR LE STADE!»

Hippomène avait dit : « Je reviendrai. » Atalante commença d'attendre. Et elle fut étonnée de constater que cette attente emplissait sa vie. À la chasse ou à cheval, elle se surprenait à surveiller l'horizon des routes dans l'espoir de voir apparaître la silhouette d'Hippomène. Quand Chonée invitait des voyageurs à leur table, elle écoutait passionnément leur conversation, mais uniquement par désir d'entendre prononcer le nom d'Hippomène. Lorsque des messagers arrivaient, son cœur battait à l'idée que, peut-être, Hippomène avait écrit.

Mais, rien ! Personne n'apportait de ses nouvelles. Aucune lettre n'arrivait.

Les premiers temps, Atalante se sentait joyeuse, légère. Même les déceptions quotidiennes dues à l'absence de nouvelles n'entamaient pas sa bonne humeur. Elle évitait de penser à l'avenir. Ce qui importait, c'était qu'il revienne. Ce qui se passerait ensuite

– lui lancerait-il un défi ? perdrait-elle la course exprès ? – tout ça, on verrait bien ! Au fond, cela avait très peu d'importance... Mais les semaines passèrent et cette attente commença à lui peser. Pourquoi avait-il promis de revenir, s'il ne revenait pas ? Il aurait pu écrire, donner un signe de vie... Mais peut-être était-il malade ? Ou bien des brigands l'avaient attaqué sur la route et avaient jeté son corps dans un ravin !... Ou, pis encore, il était rentré à Kos et il s'apprêtait à se marier !... Avec une gourde, incapable de courir dix pas, mais qui levait sur lui des yeux de biche éperdue d'admiration. Cette sorte de regards qui font croire à ces imbéciles d'hommes qu'ils sont sublimes et irrésistibles !... Quand elle avait de ces pensées, la rage prenait Atalante au point de s'enfoncer les ongles dans la main à se faire saigner. Dans ces moments, elle eût volontiers transpercé Hippomène de son javelot, et la supposée gourde avec pour faire bonne mesure.

À la colère succéda l'abattement. Atalante devint morne et triste. Elle devait se contraindre pour la moindre activité. Elle n'avait même plus le désir de surveiller les arrivées du courrier. « Reviens, songeait-elle. Si tu revenais, j'annoncerais que je renonce à mon défi. De toute façon, s'il fallait courir contre toi, mes jambes seraient sans force... Tu vois bien que, pour toi, je suis prête à briser ma fierté en morceaux, alors pourquoi ne reviens-tu pas ? »

Chonée et les marieuses assistaient, désolés, à ce découragement dont ils ne comprenaient pas la cause.

Lia s'était mariée quelques mois plus tôt et attendait un bébé. Elle eut un petit garçon, Philippe. Atalante passa de nombreuses heures avec son amie. Il régnait auprès de Lia et de Philippe une telle sérénité, un si agréable oubli du monde, qu'Atalante s'y sentait mieux que partout ailleurs. Le bébé Philippe tétait, dormait, souriait et semblait goûter à chaque instant le bonheur d'être auprès de sa mère. « C'est un vrai sage, ce Philippe ! », remarquait parfois Atalante.

Un jour, Ismène, la mère de Lia et d'Élis, vint se joindre à eux. Ismène était huit fois mère et quinze fois grand-mère. Elle témoignait à Atalante, non pas le respect dû à la princesse, mais plutôt l'affection qu'elle aurait eue pour une fille supplémentaire.

– Eh bien, Atalante, ne trouves-tu pas qu'ils font plaisir à voir, tous les deux ?

– Il est vrai, chère Ismène, que notre Lia donnerait à un rocher le désir d'être mère, répondit Atalante en souriant.

Ismène et Lia furent étonnées de cette réponse. Elles avaient plutôt l'habitude de voir Atalante devenir lointaine et impersonnelle quand on parlait de mariage ou de maternité. De plus Atalante, soudain près de pleurer, leva sur elles un regard désemparé.

– Je ne sais pas ce que je dois faire, Ismène, dit-elle à voix presque basse. Je ne sais pas...

Les jours qui suivirent, Atalante médita les paroles qu'elle avait échangées avec Lia et Ismène. Elle sentit avec plaisir le désir d'action renaître en elle. Elle allait prendre une décision.

Il lui apparaissait maintenant que son désir de rester vierge et chasseresse était un de ces souhaits auxquels on attache une importance immense dans l'enfance mais qu'on voit d'une façon différente quand on a un peu vieilli. Elle comprenait pourquoi Artémis, avec sagesse, l'en avait déliée. Elle ne pouvait rester seule comme une prêtresse. Cela ferait le malheur de tout le monde : celui de Termessos, celui de son père, et le sien. Hippomène avait promis de revenir et n'avait pas tenu parole. Elle n'allait pas se désespérer pendant des années en attendant un infidèle qui, peut-être, ne reviendrait jamais. Peut-être faisait-il ce genre de promesses à toutes les filles qu'il croisait...

Que savait-elle des hommes, d'abord, elle, Atalante ?... Rien. Malgré tous ses voyages, ses aventures, le siège de Troie, le Labyrinthe, elle ne connaissait rien aux hommes, il fallait l'admettre. Ni Achille ni Icare ne lui avaient appris comment on choisit son mari. Et encore moins les Amazones...

Dans quatre semaines, il y aurait un an jour pour jour qu'ils s'étaient quittés, là-haut, au col d'Artabage, et les dieux savaient si elle se souvenait précisément de cette date ! Elle aurait même pu en indiquer l'heure. Elle lui donnait encore ces quatre semaines, pas un jour de plus. Si, à la fin de ce délai, elle n'avait toujours aucune nouvelle, elle dirait à son père qu'elle renonçait à son défi et elle le prierait de réinviter les prétendants. Elle choisirait parmi eux un garçon agréable, comme le mari de Lia. Un garçon qui serait amoureux d'elle, qui la respecterait et l'admirerait. Et elle aurait des enfants, des bébés mignons comme Philippe, qui deviendraient des enfants rapides comme le vent. Et si « lui », où qu'il soit, pouvait apprendre ce mariage et en être contrarié, tant mieux ! Elle lui souhaitait de souffrir autant qu'elle avait souffert ! Et même plus si possible.

D'avoir pris cette décision, Atalante se sentit mieux, presque sereine. Elle avait retrouvé sa fierté et son goût du combat. Elle était réconciliée avec elle-même. Elle regarda avec calme les semaines prescrites s'écouler. Tout au plus, à la fin de chaque journée, éprouvait-elle un moment de lassitude et de découragement quand la nuit tombante confirmait qu'il n'arriverait plus ni voyageur ni messager. Mais, au matin suivant, elle retrouvait intacte sa détermination.

Le délai des quatre semaines avait expiré depuis dix jours. Atalante était ferme dans sa décision. Elle était même plutôt soulagée de voir cette période d'incertitude terminée. Maintenant, tout était dit. Dans quelques jours, elle annoncerait à son père qu'elle souhaitait qu'il rappelle les prétendants. Elle s'accordait à elle-même ces journées supplémentaires pour laisser le calme revenir dans son esprit.

Comme chaque soir, elle allait entrer dans la salle à manger, quand elle entendit à travers le rideau son père rire et parler d'une voix forte. Il y avait donc quelqu'un ? Un invité ? Et soudain, elle s'arrêta net. Elle venait de reconnaître, répondant au rire du roi, « son » rire !

Elle n'eut pas un instant de doute. Elle n'avait pas besoin de le voir pour en être certaine. C'était lui et personne d'autre. Ce qu'elle éprouva à cet instant ne fut pas de la joie mais de la colère. Il n'avait pas le droit ! Il croyait donc qu'on pouvait disparaître pendant une année et, comme ça, revenir ?... Pourquoi réapparaissait-il maintenant qu'elle avait fait son deuil de lui et enfin retrouvé son calme ? Pour la faire souffrir encore ?

Elle empoigna le rideau comme s'il se fût agi d'un ennemi personnel et l'écarta de son chemin. Elle entra dans la salle à manger, le visage indigné.

– Atalante, dit Chonée qui était, lui, d'excellente humeur et qui n'avait pas remarqué l'air courroucé de sa fille, te souviens-tu de notre ami Hippomène ? Il est délivré de son vœu et peut à nouveau annoncer son nom.

Atalante regarda Hippomène dans les yeux et dit d'une voix glaciale :

– Je me souviens de lui.

Elle ne prononça aucune parole de bienvenue. Chonée fut surpris de ce manque de courtoisie, inhabituel chez sa fille, mais Hippomène sembla ne pas s'en apercevoir. Il s'approcha d'Atalante et la salua profondément.

– Princesse, je suis heureux de te revoir. Tu es encore plus belle que dans mon souvenir.

Atalante ne répondit rien. Mais Hippomène, que ce silence ne semblait pas troubler le moins du monde, poursuivit :

– Depuis que nous nous sommes quittés, le désir de devenir ton époux n'a cessé de grandir en moi. Princesse, je te défie à la course !

Atalante sortit de son silence.

– Crois-tu que je sois plus paresseuse qu'autrefois ? Ou peut-être penses-tu que, pendant ton absence, je suis devenue vieille comme une grand-mère et que je ne sais plus courir ?

Il l'enveloppa de son regard, qui était à nouveau amical et moqueur.

– Je crois au contraire que tu es plus agile que jamais.

Atalante détourna brutalement les yeux.

– Nous verrons cela demain sur le stade !

Puis elle tourna le dos et sortit sans ajouter un mot.

CHAPITRE 53

LE CONCOURS DE RUSE

Atalante, à peine rentrée dans son appartement, sentit sa belle et digne colère s'effondrer et se transformer en chagrin. Qu'avait-elle fait ? Elle avait tout gâché ! Elle avait attendu Hippomène pendant une année entière, en l'espérant tous les jours... Enfin il arrivait. Dix ou douze jours après l'expiration du délai, mais quelle importance avaient dix ou douze jours, et du reste quelle importance avait cette date arbitraire qu'elle avait fixée toute seule ?... Et comment l'accueillait-elle ? Avec un visage fermé et des paroles acerbes.

Elle fit demi-tour et repartit en courant vers la salle à manger. Il expliquerait sa si longue absence. Elle lui dirait combien il lui avait manqué. Tout pouvait s'arranger...

Mais au milieu de l'escalier, le souvenir de cette année de détresse lui revint. Elle s'arrêta. Où courait-elle donc, là ? Retomber sous l'emprise de ces yeux noirs enjôleurs dont elle avait eu tant de mal à se défaire ? Abdiquer encore son orgueil ?

Atalante s'assit sur une marche, posa le menton sur ses genoux et songea longtemps. La décision qu'elle avait prise le mois précédent était une sage décision qui lui ferait une vie tranquille, sans doute heureuse. Elle s'y tiendrait... Hippomène s'était moqué d'elle. Demain, sur le stade, elle mènerait une course foudroyante qui lui montrerait comment elle traitait ceux qui l'offensaient... Elle se releva et remonta lentement l'escalier.

Elle ne dormit pas. Une ou deux fois au cours de la nuit, elle fut prise du désir d'aller le retrouver, là, tout de suite, maintenant. Mais elle n'osa pas. Et ensuite, dans un demi-sommeil agité, elle se réjouissait à l'idée de l'humilier définitivement.

Elle vit le jour se lever. Elle était lasse et dans un désarroi complet. Dans l'espoir de ramener un peu de calme dans son esprit, elle se rendit de très bonne heure sur le stade et fit avec patience de longs exercices d'assouplissement. Puis elle s'assit par terre et se massa les jambes avec une huile destinée à échauffer les muscles. Et enfin elle laça minutieusement ses sandales de course.

Ce n'était pas la fatigue de n'avoir pas dormi qui la gênait le plus – elle savait par expérience que cette fatigue-là ne diminuait pas ses performances ; c'était ce trouble, cette passivité de l'esprit et cette incapacité à prendre une décision... Que faire ? Gagner la course ou laisser Hippomène la devancer ? Il lui était impossible de décider. Tout ce qu'elle savait, c'est qu'elle était fatiguée, qu'elle n'avait aucun désir de courir, et qu'elle avait envie de rentrer chez ses mères adoptives, en Arcadie. Oui, en Arcadie... Loin des hommes, des choix, des déconvenues, des amours méconnus, des oublis...

– Ma princesse, je souhaite que la journée te soit agréable et que les dieux te soient favorables.

Il était là, debout en face d'elle, dans le soleil, ses sandales à la main. Tout à ses pensées, elle ne l'avait pas entendu arriver. Et il y avait dans ce souhait du matin tant d'amitié, tant de tendresse, tant de complicité, qu'Atalante se sentit à l'instant soulagée, détendue. Un ami était là, et il allait lui venir en aide ! Voilà ce qu'Hippomène avait de plus que les autres : dès qu'il était là, elle cessait d'être seule ! Un dernier reste de rancune lui fit désirer répondre avec froideur, mais malgré elle, comme un an plus tôt au col d'Artabage, au premier mot qu'elle dit, elle ne put s'empêcher de rire, ni son visage de s'éclairer.

– Une bonne journée pour toi aussi, Hippomène, dit-elle.

Et maintenant tout était clair, possible, facile, évident. Elle allait mener une très belle course. Elle y donnerait toutes ses forces et tout son esprit de compétition. Mais quand elle arriverait à la hauteur d'Hippomène, elle se réglerait sur sa vitesse et ils finiraient le parcours ensemble. En arrivant sur la ligne, elle ralentirait assez pour qu'il la franchisse un pas devant elle. Cela serait vraiment une façon pleine de panache d'annoncer à tous qu'Atalante choisissait pour époux le prince Hippomène de Kos !... Le terne projet de trouver un mari raisonnable que, quelques heures plus tôt, elle envisageait encore, disparut définitivement de sa mémoire. D'ailleurs, par la suite, en toute bonne foi, elle ne se souvint jamais d'avoir eu un tel dessein.

Au son de trompe, Atalante et Hippomène s'élancèrent. Tous les habitants de Termessos étaient réunis sur les gradins. Ils étaient tous fins connaisseurs du style de leur princesse. On observa qu'elle partait très vite ; elle semblait particulièrement en forme ; sa foulée était longue, déliée, souple et joyeuse. Apparemment, elle avait décidé d'imposer, dès le départ, un rythme très rapide à la course. Elle remontait régulièrement sur son adversaire. Encore un qui n'avait aucune chance. Il allait se faire piler comme dans un mortier...

Comme on l'avait presque toujours observé dans les épreuves précédentes, elle le rejoignit au début du quatrième tour. Et là, alors que tout semblait joué, à la grande surprise des spectateurs, elle ralentit. Les deux adversaires couraient maintenant côte à côte. Que se passait-il ? La princesse avait-elle trop présumé de ses forces et fourni un effort excessif dans les premiers tours ? Une crampe est toujours possible et les meilleurs athlètes peuvent se laisser surprendre... Toute l'assistance suivait la fin de cette course avec passion, le souffle suspendu.

Hippomène avait entendu derrière lui les pas d'Atalante se rapprocher, puis, sur son côté droit, il aperçut sa silhouette. Sans ralentir, il tourna la tête vers elle et eut un sourire joyeux, un peu malicieux. Atalante sourit aussi ; encore deux tours de stade et tout ceci serait fini...

Mais Hippomène fit un geste étrange. Toujours courant, il glissa sa main dans sa tunique et en retira un objet. Atalante, intriguée, n'eut que le temps de voir que cet objet était rond et d'un jaune doré, presque lumineux. Hippomène, d'un mouvement large, lança la mystérieuse chose. Elle décrivit une longue trajectoire courbe et vint rouler jusqu'au milieu du stade.

Atalante, stupéfaite, s'arrêta pour regarder cette chose ronde et dorée qui n'en finissait pas de rouler sur le sable. Et soudain, elle eut un impérieux désir de comprendre. Elle voulait voir et toucher cet objet ! Au prodigieux étonnement de l'assistance, elle quitta la piste et gagna le centre du stade.

C'était une pomme, tout simplement ! Mais une pomme si jolie qu'on l'aurait dite éclairée par le soleil couchant. Et un parfum !... capiteux comme celui de la rose.

Atalante, la pomme dans la main, leva des yeux étonnés en direction d'Hippomène comme pour lui demander l'explication de tout ceci. Mais, à cet instant, un tonnerre d'acclamations retentit : Hippomène avait franchi la ligne d'arrivée.

La course !...

Ah bien oui, la course !... Tout à sa curiosité, elle avait oublié la course... Elle sourit : cela avait si peu d'importance, maintenant.

Hippomène, à l'extrémité du stade, la regardait. Il leva les bras dans un geste de victoire mais, en même temps, en regardant Atalante, il secoua la tête avec une mimique à la fois joyeuse et confuse, comme pour s'excuser des moyens qu'il avait employés pour gagner. Atalante haussa les épaules. C'était donc ça, la fameuse ruse ? Alors, il avait passé une année entière à chercher ce fruit miraculeux capable de lui faire oublier la course ?...

Mais, s'il était revenu le lendemain de leurs adieux dans la montagne, ou si tout simplement il avait fait demi-tour sur les éboulis d'Artabage, elle l'aurait épousé le jour même, et ils n'auraient pas passé un an à se chercher l'un l'autre. Mais non, il avait fallu qu'il le gagne, son concours de ruse !...

Et sans plus se presser maintenant, Atalante, sous l'ovation du public, marcha vers Hippomène.

Le roi Chonée, transporté de joie, ordonna qu'on tende toutes les façades de la ville de tissus des couleurs les plus vives et qu'on prépare de grandioses cérémonies de mariage. On envoya des invitations dans toutes les villes de Grèce. Les matrones et les marieuses s'embrassaient et se félicitaient mutuellement pour la justesse de leur diagnostic et le succès de leurs recommandations. Tout Termessos se réjouissait et se congratulait.

CHAPITRE 54

LA PLAGE D'APHRODITE

Le soir, le calme étant provisoirement revenu, Hippomène raconta à Atalante sa quête de l'année passée.

– Après t'avoir quittée, je n'avais qu'une seule idée : trouver comment te vaincre par le stratagème puisqu'il m'était impossible de te surpasser en vitesse. Mais j'avais beau chercher et retourner le problème, j'en revenais toujours à ce que tu avais dit toi-même : « Sur une piste de course, le plus rapide est le plus intelligent. »

J'ai eu l'idée d'aller interroger l'oracle du sanctuaire d'Aphrodite La devineresse est restée longtemps silencieuse, mais enfin elle a annoncé :

« – Je n'ai aucune vision pour toi, Hippomène de Kos, mais, c'est curieux, j'ai nettement entendu le bruit que font les vagues sur une plage. Cela indique peut-être que la déesse se réserve de te faire signe elle-même. Tu devrais aller à sa plage.

« – Où se trouve cette plage ?

« – Dans l'île de Chypre, elle regarde vers le sud-ouest. Pour se baigner, la déesse aime particulièrement le lever du soleil. Mais, à mon avis, si elle ne se manifeste pas, il est inutile d'attendre plus de sept jours. »

J'ai donc pris un bateau pour Chypre. Sur la plage d'Aphrodite, j'ai assisté six fois au lever du soleil. Je n'ai rien vu d'extraordinaire. Le soir du sixième jour, le ciel s'est couvert de nuages et il s'est mis à pleuvoir. J'étais désolé, on ne verrait pas la septième aube et mon expédition avait échoué. Glacé, déçu, je me suis allongé entre deux rochers et je me suis endormi.

J'ai fait un songe : il faisait beau et la déesse nageait devant la plage. Elle allait et venait et semblait prendre un plaisir exquis à cet exercice. Enfin, elle sortit de l'eau et vint vers moi.

« – Tu ne pensais tout de même pas que ces nuages allaient me faire renoncer à mon bain... Mais parlons de ce qui t'amène. Je crois que tu as raison de ne pas affronter ta petite coureuse à pied. Cela serait imprudent ; tu penses : une fille d'Artémis !... Même si elle t'aime, dans l'ivresse de la vitesse, elle est capable d'oublier de te laisser gagner... Mais j'ai eu une idée qui pourra peut-être te rendre service. Voilà, il faut savoir que les objets qui m'appartiennent exercent un effet curieux sur les gens qui aiment : ils éprouvent une envie irrésistible de les voir et de les toucher. Alors, je t'ai apporté cette pomme de mon jardin. C'est très simple mais cela devrait suffire. Sers-t'en au bon moment. Mais, souviens-toi que j'ai très peu d'influence sur les gens qui n'aiment pas. Crois-tu qu'elle t'aime ?

« – Je ne sais pas, répondis-je, mais je suis prêt à prendre tous les risques.

« – C'est une bonne idée, dit la déesse. Il faut bousculer un peu les événements, sinon les choses traînent et n'en finissent pas... Eh bien, bonne chance, Hippomène ! »

Je me suis éveillé. Le jour était levé. Le ciel était toujours aussi gris. Et, près de moi, sur un galet, il y avait cette pomme.

Je suis revenu à Termessos aussi vite que j'ai pu. Mais le vent était contraire et la traversée en bateau a été longue. Ensuite, j'ai parfois marché deux ou trois étapes en une seule journée. Je suis arrivé hier soir. La suite, tu la connais.

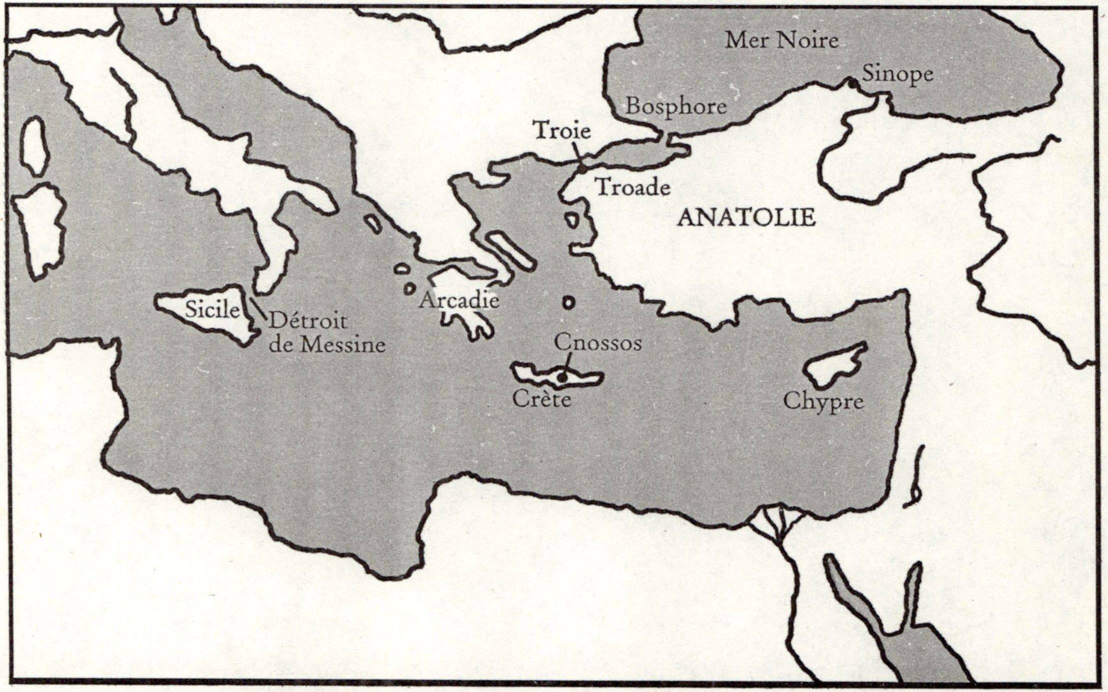
Mer Noire
Sinope
Bosphore
Troie
Troade
ANATOLIE
Sicile
Détroit
de Messine
Arcadie
Cnossos
Crète
Chypre

TABLE DES MATIÈRES

1 – Le terrible vœu ... 7
2 – Confiée aux dieux ... 12
3 – Un an chez les loups ... 16
4 – Le sanglier de Calydon ... 20
5 – Les hommes de Calydon ... 27
6 – Est-ce cela, être amoureux ? ... 33
7 – Méléagre ... 41
8 – Les centaures ... 46
9 – La *Sardine* ... 53
10 – Grecs et Troyens ... 58
11 – Cassandre ... 65
12 – Ianée ... 72
13 – Le peuple des Amazones ... 79
14 – Les femmes du Nord ... 87
15 – Les présages ... 92
16 – Patrocle ... 97
17 – Sœurs du galop ... 102
18 – Le *Poisson-Volant* et l'*Oursin* ... 106
19 – La mort d'Hector ... 112
20 – Penthésilée ... 117
21 – La plaine de Troie ... 127
22 – Achille aux clairs cheveux ... 135

23 – Le sentier des chasseurs 142
24 – Le galop des Amazones 149
25 – Le vol des corbeaux 158
26 – Le seigneur Amon 166
27 – La route de l'Orient 179
28 – La caravane 188
29 – Le destin de Troie 197
30 – Sinope 207
31 – Cnossos 214
32 – Androgée 225
33 – Icare 231
34 – Le Labyrinthe 241
35 – L'étrange vie des corridors 248
36 – Le point du jour 259
37 – Les dunes 272
38 – Thésée d'Athènes 280
39 – Le cadeau de Dédale 293
40 – Le mont Ida 309
41 – Thésée, l'ouragan 316
42 – Ariane 328
43 – L'île de Naxos 338
44 – Le rêve d'Icare 347
45 – À quoi sert l'expérience ? 359
46 – L'Artémision 367
47 – Ajax 374
48 – Les portes de Termessos 382
49 – Les prétendants 389
50 – Atalante-Cœur de pierre 396
51 – Le col d'Artabage 402
52 – « Demain, sur le stade ! » 409
53 – Le concours de ruse 416
54 – La plage d'Aphrodite 422

DU MÊME AUTEUR

Dans la collection « Castor Cadet »
Duchesse en sabots
Cheval de roi

Dans la collection « Castor Poche »
François Ier contre l'affreuse secte (n° 697)
Mon ami Louis (n° 887)
Une princesse à Versailles (n° 950)
La Sentinelle de l'Empereur (n° 998)
Course contre le Roi-Soleil (n° 1012)

Dans la collection « Grands formats »
Marie-Antoinette, le jardin secret d'une princesse